新注和歌文学叢書 1

清輔集新注

芦田耕一 著

青簡舎

目次

凡　例

一、注　釈

〔本文〕

1　本書は閲覧しうる『清輔集』諸本のうち一二本の伝本を用いて校訂した。底本には、書陵部蔵御所本（五〇一・四三）を用い、諸本を校勘して本文を校訂した。諸本は同一系統に属し、若干の異同から大きく二類に分けられるとされているが（『新編国歌大観』解題等）、その中でも底本は独自異文が比較的少なく、和歌や字句の脱落も少なくて文意が把握しやすい本文を有している。

2　底本にできるだけ忠実によることを旨とした。ただし、底本に明らかな誤りや欠字等が見られる場合、あるいはどうしても文意を解しにくい場合にかぎり、諸本の本文等を参照して、底本の本文に校訂を加えた。

3　表記において、漢字と仮名の別は底本のままを原則とした。ただし、仮名に適宜漢字をあてたところが少しあるが、この場合、もとの仮名は平仮名でルビの形で示した。そして、〔校異〕の見出しではもとの仮名、〔語釈〕の見出しでは漢字で示しておいた。

4　仮名遣いは歴史的仮名遣いに統一するために改めたところがある。

5　送り仮名が必要なところは適宜補い、・を付して示した。

6　漢字は新字体を用い、俗字や異体字は原則として通行の字体に改めた。
7　漢字のよみは底本になくても便宜をはかって付し、平仮名で（　）に囲んで示した。
8　句読点や濁点を付した。
9　集付けは省略した。
10　ミセケチは新しい本文により、〔校異〕には挙げていない。

〔校異〕

1　底本のほか、参照した諸本とその略号は次のとおりである。

底……書陵部蔵御所本（五〇一・四三）　六……六条家二代和歌集本（文化一〇年版本）（一五〇・五七三）
片……書陵部蔵片玉集前集本（四五八・一）　鷹……書陵部蔵鷹司本（鷹・一四五）
内……内閣文庫本（二〇一・四四八）　益……益田勝実氏本
多……多和文庫本　青……青山文庫本
神……神宮文庫本（三・一一三九）　版……元禄一二年版本
尊……尊経閣文庫本　群……群書類従本

このうち、集中的な欠脱歌を持つ本、独自異文を多く有する本もあるが、伝本の状況を知るため、あえて取り挙げた。

2　次のものは異文として校異に取り挙げなかった。
（1）　同義の漢字
（2）　仮名の表記の有無で、文意に影響しないもの

（3）仮名遣いや漢字と仮名の表記の違いだけで、文意に影響しないもの
（4）集付けの有無
（5）異本注記の「○○歟」、「○○イ」、「本ノマ、」などの有無（ただし、底本は除く）
（6）他出の本文を示す傍書の有無

3　次に掲げるものは校異に取り挙げた。
（1）傍注で「に《は》」のように本文と同レベルと考えられるもの
（2）「中摂政《基実》」のような人名注記

4　ミセケチは新しい本文による。

〔現代語訳〕

校訂した本文に即して現代語訳したが、できるだけ意味が通るように、〔語釈〕を踏まえながらことばを補うなどした。

〔参考歌〕〔他出〕

1　〔参考歌〕はできるだけ厳選して取り挙げた。
2　〔他出〕はおおむね勅撰集、私撰集、私家集、定数歌、歌合、秀歌撰、その他の順により掲出した。
3　和歌については、原則として『新編国歌大観』によった。万葉集は西本願寺本の訓を用いた。歌学書や韻文資料は信頼のおけるテキストに従った。（〔語釈〕も同じ）

〔語釈〕

1　本文異同の検討、語釈、注釈を中心に行なった。

2　歌題の検索は主に『平安和歌歌題索引』（瞿麦会編）によった。

〔補説〕

〔語釈〕で扱いにくいものを中心に取り挙げた。

二、索　引

1　和歌の初句索引である。ただし、初句が同一の場合は第二句も挙げる。

2　配列は、平仮名表記にし、歴史的仮名遣いの五十音順とした。

3　数字は歌番号を示す。

注釈

春

1　立春

いかばかりとしのかよひ路近ければ一夜の程にゆき帰るらん

〔校異〕　（歌題）―ナシ（内）　一夜の―一夜か（片）

〔現代語訳〕　立春を詠んだ歌、
　どれほど年の行き通う道が近いので、一夜のうちに速くも行き去ってまた帰ってくるのだろうか。

〔他出〕　久安百首・903、続古今集・春上・2

〔語釈〕　○立春　歌題としては、『和漢朗詠集』に見え、堀河百首からほぼ定着する。勅撰集では、金葉集・春に堀河百首から選入した「立春の心をよみ侍りける」とあるのが初出。○とし　「近ければ」とあるので、「とし」と「疾し」の掛詞とする。古今集・雑上に「題しらず　よみ人しらず　かぞふればとまらぬ物を年といひてことしはいたくおいぞしにける」とある。○ゆき帰る　年月などが過ぎて、もとの日付などに返る。ここは、旧年十二月が去り、新年一月に立ち戻ることをいう。

〔補説〕　本歌をはじめとして清輔は「らむ」を詠み込むことが多い。清輔の奥義抄・上には「又歌に詞病と云事あり。……近代出来事か。たとへば、けれ・らむなど云類也。まことに耳にたちて聞ゆ。さるべき事也。あふまでとせめていのちのをしければこひこそ人のいのちなりけれ　是等又よき歌也。たゞいかなることもよくつゞけつればあしくも聞えず。……」と見えている。
　本歌のように一夜のうちに年が改まるという発想は、千載集・冬の「としのくれの心をよめる　相模　あはれにもくれゆくとしのひかずかなかへらむことは夜のまとおもふに」（続詞花集・冬に入る）などにも見られる。

2

いつしかとかすまざりせば音羽山音ばかりにや春を聞かまし

〔現代語訳〕
いつのまにか音羽山に霞がかかっていなかったならば、噂だけで春の訪れを聞くのではないだろうか。

〔校異〕　ナシ

〔他出〕　新後撰集・春上・5、久安百首・904、今撰集・春・1、歌枕名寄・一・228

〔語釈〕　**○音羽山**　山城国の歌枕で、現在の京都市山科区にあり、京都府と滋賀県の境をなす。清輔の和歌初学抄に「山城　おとは山　オトスルコトニソフ」と見え、ここは「音」を導き出す役割もしている。「音羽山」はふつう郭公、紅葉、秋風などと詠み合わされることが多く、「霞」とともに詠まれるのは少ない。

〔補説〕　「立春」題にしては、一番のように立春が明確ではなく、そのためか久安百首の部類本は「早春の心を詠める」とする。

3

立春曙

けふこそは春はたつなれいつしかと気色ことなる明ぼのゝ空

〔校異〕　立春曙―立春暁（底・内・益・尊）　こそは―よりは（片）　なれ―なり（青）

〔現代語訳〕　立春の曙を詠んだ歌、
今日、立春であるようだ。はやくも昨日までとは様子が違ってみえる曙の空であるよ。

〔他出〕　一字御抄・二

〔語釈〕　**○立春曙**　底本の「暁」は夜が明けようとしてまだ暗い頃、「曙」は暁につぎ、夜が明け始めて物がほのかに見える頃あいであり、時間帯が違う。歌に合うように底本を改める。「暁」を含む題で「曙」を詠む歌もいくらか見られ、たとえば、成仲集に「東山の歌合に、暁郭公をよめる　ほととぎすあさくら山のあけぼのにとふ人もなき名のりすらしも」とある。なお、両方とも清輔以前に他見しない歌題である。**〇気色ことなる**　この措辞は八一番にも見られる。

4

山家早春

をの山の春のしるしは炭がまの煙よりこそ霞みそめけれ

〔校異〕　けれ―けり（益）、けん（版）

〔現代語訳〕　山家の早春を詠んだ歌、

小野山に春がきた目印は炭窯の煙から霞み初めたことだよ。

〔他出〕　夫木抄・春一・96

〔語釈〕　**〇山家早春**　行宗集に見える。**〇をの山**　歌枕として著名なのは今の京都市左京区上高野から八瀬大原に至る一帯であり、炭の産地。小野の炭焼きは曽禰好忠以後盛んに詠まれるようになる。和歌初学抄に「山城　をの山　スミヤク」、「炭竃　大原山　ヲノ山　カサトリ山」と見える。

〔補説〕　小野山の炭窯の煙と霞を詠むのは二一六番にも見られる。また、顕輔集にも「霞　すみがまのけぶりにむせぶをの山はみねのかすみもおもなれにけり」とある。

5

社頭子日

松はいな神のみむろのねのびには榊をちよのためしにはせん

〔校異〕いな―はな（神）

〔現代語訳〕社頭の子日を詠んだ歌、

松はだめだ、子の日の今日は社殿に榊を奉納して千代の長寿の佳例としよう。

〔他出〕夫木抄・春一・145

〔語釈〕**○社頭子日**　初出の歌題である。**○松はいな**　正月の年中行事の「子の日」は、特に初子の日には不老長寿を願って野外に出て小松を引き、若菜を摘む。このことを踏まえての表現。**○神のみむろ**　「みむろ」は神の降臨する場所で、顕昭の古今集注に「神ノミムロトイフハ、社ナリ」と見える。**○榊**　常緑樹であることから古来神事に用いられる。

〔補説〕諸本の中には、「にはせん」に「ともせん」「ともみん」「にもみん」「にもせん」と異本注記するものがあるが、これらの本文を持つものはない。また、夫木抄にも見えない。

6

霞

あさがすみふかくみゆるや煙立つむろのや島のわたりなるらん

〔校異〕ナシ

〔現代語訳〕霞を詠んだ歌、

朝霞が特に深く見えるのは、絶えず水煙の立つ室の八島のあたりなのであろうか。

〔参考歌〕詞花集・雑上「（詞書省略）　源頼家朝臣　はるがすみかすめるかたや津のくにのほのみしまえのわたりなるらん」

〔他出〕新古今集・春上・34、久安百首・905、玄玉集・二・76、歌仙落書・39、中古六歌仙・66、歌枕名寄・二

六・6815

〔語釈〕　**○霞**　本題の初見は天暦一〇年（九五六）二月催行の「麗景殿女御歌合」である。勅撰集では、拾遺集・春に「かすみをよみ侍りける」とあるのが初出。**○むろのや島**　下野国の著名な歌枕で、現在の栃木県栃木市にあり、野中の清水から水が蒸発して煙のように見えることから、特に「室の八島の煙」として詠まれる。和歌初学抄に「下総　むろのやしま　ケブリタエズタツ」と見え、清輔の袋草紙・上に下野国守源経兼が都からの使者に何の接待もせず、室の八島を指して教えるだけで帰したという話があり、清輔には親しい歌枕であった。

〔補説〕　参考歌として挙げた歌とは歌体が似ており、念頭にあったのではなかろうか。霞が煙で深く見えるという発想の歌は他にも拾遺集・雑春の「（詞書省略）よしのぶ　たごの浦に霞のふかく見ゆるかなもしほのけぶりたちやそふらん」がある。

7

海上晩霞

夕しほにゆらのとわたるあまを舟かすみの底にこぎぞ入りぬる

〔校異〕　ナシ

〔現代語訳〕　海上の晩の霞を詠んだ歌、

夕暮れに潮が満ちている頃、由良の門を進んでいく海人の小船は霞の向こうに漕ぎ入って見えなくなってしまったよ。

〔他出〕　中古六歌仙・67

〔語釈〕　**○夕しほ**　夕方に満ちてくる潮。万葉集・一一に「みさごゐるすにをるふねのゆふしほをまつらむよりはわれこそまさめ（れ）」（作者未詳歌）とある。**○ゆらのと**　紀伊国の歌枕で、現在の和歌山県日高郡由良町とするのが一般的である。「と」は水路の狭くなった所。**○かすみの底**　この措辞は一一番にも見られる。ここは舟が霞によって遠く隔てられた所へ消えていく感じを「底」で表現したのであろう。これに類するものに六九番の歌詞「雲の底」、一一二番の歌題「風底荻」があり、清輔の好みであったと思しい。なお、「霞の底」「雲の底」「風底」は『本朝文粋』や『本朝無題詩』などに頻出し、院政期から新古今時代に多用される措辞であり、本朝詩における流行表現の和語化であるとされている。

〔補説〕　本歌は無名抄や俊恵の林葉集によって、承安二年（一一七二）八月催行の「藤原公通家十首会」での歌とされており、無名抄に拠れば、「霞の底」では「入海かとおぼゆ」として難じられている。この歌会は一七名出席しているが、一〇題すべての歌が知られるのは四名に過ぎない。本題で詠まれたと思われるのは七首存し、「夕霞」「晩霞」「霞」と区区である。清輔は本集選入に際して、より的確な、しかも新奇な歌題に変えたと考えられる。なお、本題は他見しない。詳しくは、拙著『六条藤家清輔の研究』（以下、単に「拙著」とする）所収「清輔の「公通家十首会」への参加をめぐって」参考のこと。

8

鶯

春のくるこのあかつきの鳥の音をはつ鶯とおもはましかば

〔校異〕　鳥の音を―そのおとを（鷹・版）

〔現代語訳〕　鶯を詠んだ歌、

春がやって来るこの暁に聞こえてくる鳥の声を鶯の初音だと思ったらどれほどうれしいことだろうか。

〔語釈〕　**○鶯**　本題の初見は天暦一〇年二月催行の「麗景殿女御歌合」である。勅撰集では、拾遺集・春に「うぐひすをよみ侍りける」とあるのが初出。**○はつ鶯**　その年の春初めて鳴く鶯。また、鶯の初音。勅撰集では、後撰集・哀傷の「先坊うせたまひてのはる、大輔につかはしける　はるかみの朝臣のむすめ　あらたまの年こえくらしつねもなきはつ鶯のねにぞなかるる」が唯一の例であり、諸歌集でも多くは見られない。

9

かた岡に谷の鶯かどでして羽ならはしにくちずさぶなり

〔校異〕岡に―岡の《に》(多)、岡の(版)　かど―こと(多・版)　ずさぶ―すさむ(片)

〔現代語訳〕

　片岡に、今まで谷間で冬ごもりしていた鶯が出てきて、羽ならしにさえずっているよ。

〔他出〕夫木抄・春二・320

〔語釈〕**○かた岡**　普通名詞か歌枕か不明。前者なら岡の片側の意であり、後者なら大和国の歌枕で、現在の奈良県北葛城郡王子町あたりの丘陵地帯をいう。八雲御抄・五に「かたをか(清輔抄、名所と云り。若只かたをかの山歟。実否可ㇾ尋。)」とあるが、「清輔抄」が何をさすか不明。和歌初学抄には見えない。なお、「片岡」と「鶯」が詠み合わされるのは諸歌集に一〇首程度ある。**○谷の鶯**　歌語で、冬に氷に閉じられた谷間にいる鶯のこと。初出は、寛和二年(九八六)六月催行の「内裏歌合」の「鶯」で詠まれた「少将斉信　こほりとくかぜのおとにやすごもれるたにのうぐひすはるをしるらむ」である。**○羽ならはし**　鳥が飛ぶ練習をすること。勅撰集では、後撰集・夏の「題しらず　伊勢　こがくれてさ月まつとも郭公はねならはしに枝うつりせよ」が唯一の例であり、諸歌集でも多くはない。**○くちずさぶ**　歌において、さえずるの意で用いられる唯一の例である。「くちずさむ」も同様である。「かどで」と合わせ考えると、擬人化を意図したのであろう。

10

鶯のなくこのもとにふる雪は羽かぜに花のちるかとぞ見る

〔校異〕 もとに―そとに（鷹） 花―雪（益）

〔現代語訳〕

鶯が鳴く木の下に降っている雪は、鶯の羽ばたきで花が散っているかのように見えることだよ。

〔参考歌〕 久安百首「春二十首　左京大夫顕輔　梅がえにふりつむ雪は鶯の羽風にちるも花とこそみれ」

〔他出〕 永暦元年七月「太皇太后宮大進清輔朝臣家歌合」・1

〔語釈〕 **○羽かぜ**　鶯の羽風を詠んだ歌に、古今集・春下の「うぐひすのなくをよめる　そせい　こづたへばおのがはかぜにちる花をたれにおほせてここらなくらむ」がある。ただし、清輔本古今集の永治二年本は第二句「おのかはふきに」である。

〔補説〕 参考歌として挙げた父の詠は千載集・春上に「むめの木に雪のふりけるに、うぐひすのなきければ、よめる」として入る。清輔はこれに倣ったのであろう。なお、「清輔朝臣家歌合」では「なだらかなり」とだけ評されている。

11

なにごとを春の日くらしおもふらん霞の底にむせぶうぐひす

〔校異〕 ナシ

〔現代語訳〕

どんなことを春の一日中思って暮らしているのだろうか。霞が深くたちこめる中で霞に咽び鳴いている鶯は。

〔語釈〕 **○日くらし**　一日を過ごすこと。終日。古今集・恋五に「題しらず　僧正へんぜう　今こむといひてわかれし朝より思ひくらしのねをのみぞなく」とある。**○霞の底**　七番に既出。ここは、霞がたちこめて鶯の姿が見えないことをいう。「鶯」と「霞の底」が詠み合わされるものに、清輔弟の重家集の「（詞書省略）　鶯はおのがねぐらにかへるとてかすみのそこにこゑきこゆなり」、清輔と親しい覚性法親王の出観集の「（詞書省略）　山ざとははるのあさあけぞあはれなる霞のそこの鶯のこゑ」がある。**○むせぶ**　咽ぶように鳴く。鶯を擬人化した表現。「霞に咽ぶ鶯」は山家集に「寄鶯述懐　うき身にてきくもをしきはうぐひすの霞にむせぶあけぼのの山」とあり、林葉集・一にも見える。この措辞は、院政期漢詩に鶯などが咽び鳴く意を表わすのに用いた「咽霞」「咽霧」によっている。

ひめもすにをのがなきをる声のあやはげにもゝひろになりもしぬらん

〔校異〕　ひめもすに―終日に（六・鷹・多・版）をのが―をの（版）げに―実（青）もゝひろ―もしひろ（多）なりも―なりや（片・内）、成と（青）、成（神）

〔現代語訳〕
　朝から晩まで鶯自らが鳴いて織っている声のあやならぬ声でできたこの綾は、なるほど百尋と鳴き、きっと百尋の長さになることだろう。

〔他出〕　夫木抄・春二・321（第四句は「げにももいろに」）

〔語釈〕　**○ひめもすに**　「ひねもすに」に同じ。終日。中世から近世にかけては「ひめもすに」の方が一般的であった。**○をる**　「居る」と「織（お）る」の掛詞。新古今集・雑上に「（詞書省略）　三条院女蔵人左近　梅が枝にをりたがへたる時鳥こゑのあやめも誰かわくべき」とある。**○声のあや**　鶯の鳴き声を「声の文」といい織物の「綾」を掛けている。鶯が一日中しきりに鳴いているのを綾を織っている様子に見立てたもの。後撰集・秋上に「題しらず　藤原元善朝臣　秋くれば野もせに虫のおりみだるこゑのあやをばたれかきるらん」とある。この歌について、奥義抄・中は「こゑのあやとはあやしといふことなり。たへなるもあやしと云ふ。あやしと云ふことは、よき事にもわろき事にもかよひてきはまりぬる事をいふなり」と注する。なお、この措辞は「虫」に使われるのが普通である。**○もゝひろ**　綾織物の関係から長さを示す「百尋」が考えられる。また、「鶯」と「もゝひろ」を詠む久安百首の「青柳の糸のながさか春くればももひろとのみうぐひすのなく」（待賢門院安芸作）から鶯の鳴き声についての表現かとも思われる。いまこれらの掛詞としておく。なお、『増鏡』「老のなみ」に「ももいろと今や鳴くらん鶯も九かへりの君が春へて」と見え、「ももいろ」と「鶯」が詠まれている。「織る」「綾」「百尋」は縁語である。

13

あまのとをおしあけがたにうたふなり此の鶯のあさくらのこゑ

〔校異〕　あま―あさ（尊）　此の―こや（尊・群）

〔現代語訳〕

明け方に鶯が鳴いている。これは朝の暗い時分に名告りをするように朝倉で鳴く声だよ。

〔他出〕　夫木抄・春二・322（第四句は「こやうぐひすの」）

〔語釈〕　**○あまのとをおし**　「あけがた」を起こす序詞。新古今集・恋四に「題しらず　読人しらず　あまのとをおしあけがたの月みればうき人しもぞこひしかりける」がある。「おしあけがた」の例としては、和泉式部集にある「（贈歌省略）かへし　ねられねど八重むぐらせるまきのとにおしあけがたの月をだにみず」が初出か。**○此の**　必ずしも明確ではないが、「この」とよみ、上の句の内容をさし示したのではないか。**○あさくらのこゑ**　「あさくら」は「朝暗し」、および神楽歌「朝倉」の「（本）朝倉や　木の丸殿に　わが居れば／（末）名のりをしつつ　行くは誰（行くは誰がこぞ）」に歌われた斉明天皇の行宮の置かれた所（福岡県朝倉郡）の「朝倉」を掛けている。これに関わっていえば、本歌は、「行くは誰」は鶯であり、この鳴いている様を「名のりをしつつ」とみなしたと考え、さらにこれを聞いたのは「木の丸殿に　わが居れば」だからというような体裁をとっているのではないだろうか。

なお、奥義抄・中は、この「朝倉」を挙げて説明しており、清輔には熟知した歌であった。

〔補説〕 神楽歌「朝倉」は神を帰す明け方に歌われるので、本歌のように詠まれる。続詞花集・神祇にも「神楽の心を　藤原政時　あさくらのこゑこそ空にきこゆなれあまの岩戸もいまや明くらん」がある

14

谷のとにかへりやしぬる鶯の花のねぐらはちりつもりつゝ

〔校異〕 とに―とを（青・神）　かへり―うつり（内・益）

〔現代語訳〕

谷の戸に帰ってしまったのだろうか。鶯がねぐらとしていた花はいま散り積もっているよ。

〔語釈〕 **〇谷のと**　古今集・春上に「（詞書省略）　大江千里　うぐひすの谷よりいづるこゑなくは春くることをたれかしらまし」とあるように、鶯は春に谷から人里に出てくる鳥とされている。ここは住居の谷に戸があるとしたもの。**〇花のねぐら**　鶯がねぐらとする花。少し後の「千五百番歌合」に「百四十二番　右　三宮　むめがえの花のねぐらはあれはててさくらにうつる鶯のこゑ」とあり、梅のことか。この表現は一七〇番、顕輔集の七三番にも見える。

〔補説〕「谷」と「花のねぐら」を詠み合わせた歌に源氏物語・初音の「めづらしや花のねぐらに木づたひて谷のふる巣をとへる鶯」がある。

15

早鶯猶若

鶯は花のみやこに旅だちてふるす恋しきねをやなくらん

〔校異〕 早鶯猶若―早鶯（六・鷹・多・青・版）

〔現代語訳〕 早き鶯はなほ若しを詠んだ歌、

鶯は花の咲いている都に旅立っていき、いま谷の古巣を恋しがって鳴いているだろうか。

〔他出〕 一字御抄・三

〔語釈〕 **○早鶯猶若** 初出の歌題である。「若」は春の初めの鶯のまだ鳴きなれない声をいうか。**○花のみやこ** はなやか都。後拾遺集・春上に「長楽寺にはべりけるころ、斎院より山ざとのさくらはいかがとありければよみ侍ける　上東門院中将　にほふらんはなのみやこのこひしくてをるにものうき山ざくらかな」とある。**○ふるす** 谷の古巣である。詞花集・恋下に「（詞書省略）　律師仁祐　うぐひすはこづたふはなのえだにてもたにのふるすをおもひわするな」とある。そして「谷」から「花の都」へ鶯が出ることは、堀河百首に「鶯　公実　春くればいづれの谷のうぐひすも花のみやこにきつつ鳴くなり」と見える。

16

若菜

しろたへの袖ふりはへて春の野のわかなは雪もつむにぞ有りける

〔校異〕 ナシ

〔現代語訳〕 若菜を詠んだ歌、

白い袖を振りながら、わざわざ出かけて行って女たちが摘んだ春の野の若菜は、女たちだけではなく、積もった雪も摘むのだったよ。

〔参考歌〕 古今集・春上「（詞書省略）　つらゆき　かすがののわかなつみにや白妙の袖ふりはへて人のゆくらん」

〔他出〕 久安百首・907

〔語釈〕 **○若菜** 歌題としては、天暦一〇年（九五六）二月催行の「麗景殿女御歌合」から見え、堀河百首にある。

勅撰集では、千載集・春上に堀河百首から選入した「わかなの歌とてよめる」とあるのが初出。**○ふりはへて**　「袖を振る」の意と「わざわざする」の意の「ふりはふ」の掛詞。**○わかなは雪もつむ**　若菜と雪を詠み合わせた歌に、古今集・春上の「（詞書省略）よみ人しらず　君がため春ののにいでてわかなつむわが衣手に雪はふりつつ」、後拾遺集・春上の「正月七日子日にあたりてゆきふりはべりければよめる　伊勢大輔　ひとはみなのべのこまつをひきにゆくけさのわかなはゆきやつむらん」などがある。特に、後者は、積もった雪が若菜を摘むというように擬人化された歌と解し、本歌も同様に「つむ」を「積む」と「摘む」の掛詞と考えて、上のようにした。なお、若菜だけではなく、一緒に雪までも摘むとも解せないこともない。

〔補説〕　歌題は、「若菜」だけではなく「雪」を含むようなものが相応しいのではないか。

17

梅

梅の花おなじねよりは生ひながらいかなるえだの咲きおくるらん

〔校異〕　ナシ

〔現代語訳〕　梅を詠んだ歌、

同じ根から育ってきている梅の花であるはずなのに、一体どこの枝が咲き遅れてしまうのだろうか。

〔他出〕　久安百首・98、袋草紙・上・102、十訓抄・中・102

〔語釈〕　**○梅**　歌題としては、延長八年（九三〇）以前催行の「近江御息所歌合」から見え、堀河百首にある。勅撰集では、後拾遺集・春上に「あるところの歌合に梅をよめる」とみえるのが初出。**○おなじ根**　袋草紙では、清輔が歌により昇進する逸話のなかにあり、「愚詠の百首の歌、（本歌省略）と云ふ歌を、故北の政所（注、関白藤原忠通室宗子）哀れましめ給ひて、朝覲の行幸の御給にて五位従上に叙せらる」と見え（二五番参照）、本歌は清輔の昇進が弟達より遅れていることを訴えていると考えられる。「根」は六条藤家をさす。**○いかなるえだの咲きおくるらん**　清輔が従五位上に叙せられたのは仁平元年（一一五一）ころ、時に四十四歳（一一〇八年生まれとする。一三五番参考）であり、弟重家は久安五年（一一四九）にはすでに従四位下（二十二歳）、頼輔は正五位下（二十一歳くらい）であった（四二〇番参考）。

〔補説〕　十訓抄では、本歌と同じ内容の中国の詩を挙げたあとに「清輔朝臣は加階を望み申すとて、よめる歌、またこの詩にたがはざりけり」として紹介する。

ちればをしにほへばうれし梅の花おもひわづらふ春のかぜかな

〔校異〕　ばうれし―こかれし（片）　わづらふ―につらふ（底）

〔現代語訳〕

梅の花が散ると惜しい、匂うと嬉しい、吹くべきか吹くべきでないか思い煩っている春の風だなあ。

〔参考歌〕　長方集「百首歌中に梅花を　花はちり香は匂ひくる梅ゆゑにうれしくつらき春の風かな」

〔他出〕　久安百首・910（初句は「ちればうし」）

〔語釈〕　**○にほへば**　ここは嗅覚をさす。**○おもひわづらふ**　底本では意不通なので、諸本により改める。吹くと散るし、吹かなければ芳香を味わうことができないからとどうしたものか悩んでいる春風を擬人化した措辞である。

〔補説〕　本歌のように二律背反を詠んだものとして、参考歌以外に詞花集・春の「梅花遠薫といふことをよめる　源時綱　ふきくれば香をなつかしみむめのはなちらさぬほどの春かぜもがな」がある。また、歌体が酷似する歌に、拾遺集・春の「子にまかりおくれて侍りけるころ、東山にこもりて　中務　さけばちるさかねばこひし山桜思ひたえせぬ花のうへかな」がある。

19

みるたびに軒ばの梅のにほひこそやどのものともおぼえざりけれ

〔校異〕 こそ—にて（内） やど—そと（尊） けれ—けり（神）

〔現代語訳〕

みるたびに軒端の梅の美しく咲いているその様子は、我が家の梅とはとても思われないなあ。

〔語釈〕 ○軒ばの梅 この措辞は、長能集の「鶯 我がやどの軒端のむめやさきぬらんうぐひすきなくこゑきこゆなり」が初出か。○にほひ ここは視覚で、美しく映えていること。○やど 自宅をさす。

〔補説〕 梅が沈淪の家に相応しくなく美しく咲いている様を詠んだものであろう。同じ趣向の歌に、たとえば二八番の「柳 わが門のいつもと柳いかにしてやどによそなる春をしるらん」がある。

20

春くればすそ野のむめのうつりがにいもせの山やなきなたつらん

〔校異〕 すそ野—す丶野（神） 山や—山と（尊） なきな—なさな（内） たつらん—なるらん（内・益）

〔現代語訳〕

春がくると、妹背山の裾野に咲く梅の移り香が人の移り香と疑われて、身に覚えがないのに妹背山は悪口を言われるだろうよ。

〔他出〕 夫木抄・春三・700

〔語釈〕 ○うつりが 他の物から移った香り。ここは、裾野に咲く梅の馥郁たる移り香をいう。○いもせの山 紀伊国の歌枕で、現在の和歌山県伊都郡かつらぎ町の紀ノ川を挟んである妹背山をいう。奈良県吉野郡吉野町の吉野川の両岸の山とも。平安時代の歌学書では、紀伊国の歌枕とする。和歌初学抄には、「紀伊国」として、「いもせ山 山フタツアリ、イモトセノ山トモ、中ニヨシノガハナガル、ヲトコ女ノコトニソフ」と見える（川の名を間違ってはいるが）。ここも、恋に関わるので妹背山を詠み込んでいる。**〇なきな**　身に覚えのない評判。ここは、梅の移り香を人の移り香と疑われ、あだ人にされることを、妹背山のせいにすること。

〔補説〕　梅の移り香により無き名が立つという歌に、堀河百首の「梅花　隆源　むめがえをりつる袖のうつり香にあやなくなき名たちぬべきかな」がある。

21

なさけあらん人にみせばや梅の花をり〳〵かをる春のあけぼの

〔校異〕　をり〳〵―数〳〵（六・鷹・版）、数《おり》〳〵（多）

〔現代語訳〕

もののあわれを解する人に見せたいものであるなあ。梅の花がときどき薫っている春の曙の頃を。

〔語釈〕　**〇なさけあらん人にみせばや**　これに類する措辞に、後拾遺集・春上の「（詞書省略）能因法師　こころあらん人にみせばやつのくにのなにはわたりのはるのけしきを」がある。

〔補説〕　梅花は闇や夜そのものとともに用いられてその芳香が強調されるのが一般的であって、春の曙とともに詠まれるのは本歌が最初であろう。曙はいまだ眠りから覚めやらない意識朦朧の時間帯であり、これに折々の梅花の甘美な香が加わり――「数々薫る」よりも「折々薫る」の方が情緒的にふさわしい――、いわば視覚と嗅覚のない交ぜになった情調を詠んだ歌である。梅花と春の曙が次に詠み込まれるのは、千載集・春上の「題しらず　仁和寺法親王守覚　梅がえの花にこづたふうぐひすのこゑさへにほふ春の曙」であり、これにはさらに鶯が詠まれていて、視覚・嗅覚・聴覚が交感された春の情調をうたっている。詳しくは、拙著所収「清輔の反伝統的詠歌」参考のこと。

22

あしがきのおくゆかしくもみゆる哉たがすむやどの梅のたちえぞ

〔校異〕やど—さと（六・鷹・多・版）　えぞ—えに（版）

〔現代語訳〕
葦垣が情趣深く見えることだ。いったい誰が住んでいる家の梅のすばらしい立枝なのだろうか。

〔他出〕玄玉集・六・465、雲葉集・一・82（第四句は「誰がすむ里の」）、永暦元年七月「太皇太后宮大進清輔朝臣家歌合」・5、治承三十六人歌合・1、歌仙落書・38（第二句は「かくゆかしくも」）、中古六歌仙・69

〔語釈〕**○あしがき**　葦を結い合わせた粗末な垣。たとえば、奥義抄・下に「或物云、あしがきはよわきものなれば、ことがきよりははしらを近くたつれば、まぢかけれどもとはよめるなりと侍れども、いかゞときこゆ。あしがき、ことがきよりもまぢかしともみえず。あしがきはひまなきものにはべり。ひがきのやうにくみたるは、さまもなくおしよせてくみたれば、まじかしとはいへるなりとぞみゆる」と見える。**○おくゆかしく**　梅の立派な立枝からその家の葦垣に心ひかれたことをいう。**○たちえ**　梅の枝のように、高く生い立った枝。拾遺集・春に「冷泉院御屛風のゑに、梅の花ある家にまらうどきたる所　平兼盛　わがやどの梅のたちえや見えつらん思ひの外に君がきませる」とある。

〔補説〕「清輔朝臣家歌合」では、「いひなれたる様なり」とだけ評されている。「あしがき」と「たちえ」を詠み込む歌に、重家集の「紅葉出牆　わが物といはぬばかりぞあしがきのまぢかきやどのはじのたちえは」があり、あるいは重家は兄の本歌を意識していたか。

23

梅度年香

香にぞしる雪の下よりさきそめて霞のうちに匂ふ梅がえ

〔校異〕梅度年香—ナシ（片）　霞—霜（底）　梅がえ—むめかゝ（片）

〔現代語訳〕　梅は年を渡りて香るを詠んだ歌、
香りで知ったことだ。雪におおわれた時から咲きはじめて、春霞の中で匂っている梅の枝であるよ。
〔他出〕　一字御抄・四
〔語釈〕　○梅度年香　旧年の冬に咲きはじめて新年の春まで咲いている梅花を詠む歌意から考え、「度」を「渡る」と読んで解釈した。初出の歌題である。○雪の下より咲きそめて　冬に咲く梅を詠む歌には、たとえば、拾遺愚草員外に「花　冬ごもり年のうちにはさきながらかきねのほかに匂ふ梅がえ」があるが、清輔以前には見出せない。○霞　底本は「霜」とあるが、歌意から諸本により改める。

梅有色香

うらうへに身にぞしみぬる梅の花にほひは袖に色は心に
これは、はらからどども、みなあるべきほどなるをおもひてよめるなり。

〔校異〕　身に—みる（青）　しみ—入（版）　梅の花—梅花（青）　これは—是（片・神・群）、これ（多・青）　みな—この（片）　あるべき—あるへしき（底・内・益・神・尊）、有へかしき（六・群）、あるつらき（片）、あるへきを（青）　なるを—なと（内）　よめるなり—よめる（鷹・多・版）

〔現代語訳〕　梅に色香ありを詠んだ歌、
二つに分かれて身に染みた梅の花であるよ。匂いは袖に移り付き、色は心に深く感じることだ。
これは、兄弟たちが皆しかるべき位であることを願って詠んだ歌である。
〔他出〕　一字御抄・四
〔語釈〕　○梅有色香　初出の歌題である。○うらうへに　前後・左右など相対するもの、正反対のものをいう。宇治拾遺物語・三に「うらうへに（注、両側にの意）二ならびに居なみたる鬼、かずをしらず」とある。ここは前者の意に近いと解し、梅花の色香の染むところが袖と心に分かれることをいう。**〇あるべき**　底本では意不通なので、他本により改める。**〇これは…おもひてよめるなり**　この左注の意味は明確ではなく、本歌の左注であることも疑われる。さらに清輔の自記か否かも不明である。本集では兄弟の官位や昇進などがよく詠まれるので、本歌も同様とし、いまかりに試案を示しておくが、これが歌とどう結びつくか分からない。

〔補説〕　梅花が袖と心に染むことを詠む歌として、他には隆信集の「（詞書省略）むめのはないろもこころにそむれどもとまるは袖の匂なりけり」がある。

法性寺殿の大北のまん所、此の歌をあはれがりて、春のはじめのみゆきありけるに、か、いたまはせたりけるをよろこびて、かの家の女房のもとへ、

梅の花かれぬる枝とおもひしをあまねくめぐむ春もありけり

〔校異〕　がりて―かり給て（片）　か、い―かくい（底・六・鷹・益・多・青・版・群）　たまはせ―たはらせ（六・鷹）、たはせ（片・多・青・神・版・群）　たり―たまはり（六・鷹）、い《た》り（多）、いり（版）　かの―ナシ（片）　女房―女（片・神・群）　枝―宿（青）　しを―しに（神）　めぐむ―めつむ（神）　けり―ける（鷹・版）

〔現代語訳〕　法性寺殿の北の方がこの歌を哀れに思ってくださり、春の初めに行幸があった折に加階を下し賜ったのを喜んで、法性寺殿の女房のもとへ送った歌、

枯れた梅の枝と思っていましたが、この梅の枝までもすべてが芽ぐむ春があったのだなあ。私にもようやく恵みの春がやってきました。

〔他出〕　袋草紙・上・103（第二句は「かぬれぬ枝と」）

〔語釈〕 **○法性寺殿の大北のまん所** 「法性寺殿」は関白藤原忠通のこと。関白忠実男。一〇九七年生、一一六四没。摂政。氏長者。「大北のまん所」の「大」は尊称、「北のまん所」は摂政・関白の妻の敬称。ここは忠通室の宗子のこと。権大納言藤原宗通女。母顕季女。清輔のいとこ。一〇八九年生、一一五五没。**○此の歌** 袋草紙によれば、直前の二四番ではなく、一七番である。**○春のはじめのみゆき** 袋草紙では、朝覲の行幸とある。これは天皇が正月に上皇や皇太后の御所に行幸して拝謁する儀式。**○かゝいたまはせたりける** 「かゝい」に異同があるが、袋草紙には、この朝覲の行幸の御給で従五位上に叙せられたとあるので、整合性からみて、「かゝい（加階）」の本文がよいのではないか。底本を改める。なお、従五位上に叙せられたのは、一一五一年ころとされている。**○かの家の女房** 袋草紙では、「殿下（注、忠通）の参河の君」とある。

〔補説〕 本歌の詠まれた経緯について、袋草紙によって説明してきたが、相違するところがある。本歌は袋草紙では「この度の加級（従五位上に叙せられたこと）の慶びに、殿下の参河の君の云ひ送られたる返り事に云はく」と見え、女房への返事になっている。また、大きな相違点である既述の「此の歌」については次のように考えられる。清輔集は原則として、一字題、複合題、日常生活詠の順で配列されており、当の「梅」歌群についても、一七～二二番は一字題、二三～二四番は結題、二五～二七番は日常生活詠である。本歌は普通ならば一七番のあとに置かれるはずであるが、そのようにするとしかるべき配列を崩すことになりかねないし、体裁も悪い。このため、ここに置いたのであろう。それにしても、なぜ「此の歌」のままにしたのだろうか、そして詠歌状況の不備な叙述もあり、不審が残る。詳しくは、拙著所収「『清輔集』の成立について」参考のこと。

きさらぎの比、三条の女御の御もとへまうでたりけるに、雪ふれるあしたなりければ、たゞにはいかになど女房申しければ、軒ちかき梅をゝりてさしいるとてよめる、

26

梅の花にほひも雪にうづもればいかにわきてかけさはをらまし

〔校異〕きさらぎの—二月の（内・益）、きさらき（版）　三条の女御—三条女御（片・尊）　まうで—まて（片）　いかに—いか、（多）、いとふ（版）　女房—女房の（青・尊）　申しければ—申されけれは（六・鷹・多・版）、申けれは（尊）、申されしかは（片・神・群）、申されは（青）　さしいる—さしいる、（群）　うづもれば—うつもれて（内・益）　わきて—わけて（内・益・青・神・群）、分て（多・版）

〔現代語訳〕二月の頃、三条の女御の御方に参上しました時、雪が降っていた朝だったので、「何もなしではどうかしら」と女房が申したので、軒近くの梅を折って御簾の中に差し入れるのに詠み添えた歌、

梅の花が匂いまでも雪に埋もれてしまったならば、どのように判別して今朝は折ったらよいのだろうか。しかし、香り高いので、このように折ることができました。

〔他出〕玉葉集・春上・74

〔語釈〕**○三条の女御**　内大臣藤原公教女、琮子のこと。保元二年（一一五七）一〇月に後白河天皇女御となる。承安三年（一一七三）六月に病のため出家（『愚昧記』）。梅壺女御とも。清輔は公教と従兄弟であり、その関係で琮子のもとに参上したのであろう。**○梅の花にほひ**　梅の芳香を詠むことにより、梅壺女御を称えている。

27

かへし、　　女房、

君見ずはかひなからまし梅の花匂ひは雪にうづもれずとも

〔校異〕女房—ナシ（内）　見ず—こす（六・多・尊）

〔現代語訳〕女房の返事の歌、

あなたが見てくださらなかったならば、咲いたとしてもその甲斐がなかったでしょう。たとえこの梅の花の匂

いが雪に埋もれていなかったとしても。

〔他出〕玉葉集・春上・75

〔補説〕玉葉集では、返歌の作者は「読人不知」である。

28

柳

わが門《かど》のいつもと柳いかにしてやどによそなる春をしるらん

〔校異〕やどに―やとの（六・鷹・青）、やとの《に》（多・版）、そとに（尊）

〔現代語訳〕柳を詠んだ歌、

わが門前の五本の柳は、沈淪しているわたしの家とは関係のない春をどのようにして知るのだろうか。ちゃんと萌しているよ。

〔他出〕久安百首・911、夫木抄・春三・774、雑三・14975

〔語釈〕**○柳**　歌題としては、延長八年（九三〇）以前の春催行の「近江御息所周子歌合」から見え、堀河百首にある。勅撰集では、金葉集・春に堀河百首から選入した「柳をよめる」とあるのが初出。**○いつもと柳**　五本の柳。和歌童蒙抄・七に「いつもと柳とは、昔もろこしに陶令（注、陶淵明）と云者閑居をこのみて、琴をひき酒をのみき。門に五柳生たり。仍五柳先生と云きなり」とある。初見は万葉集・二〇の「わがかどのいつもとやなぎいつもいつもおもがこひすすなりましつしも」（結城郡矢作部真長歌）である。出観集に「柳色透霞　緑なるいつもと柳ほのみえてかすめどしるし君がかどたは」と見える。**○やどによそなる春**　「よそなる」は自分とは無関係の意。述懐を込めるこの措辞は陶淵明を意識しての謂であろう。用例として、重家集の「家のはなをりて刑部卿のもとへことしさへなにとてはなの匂ふらんはるはよそなるやどとなりにき」がある。

わぎも子がすそ野になびく玉柳うちたれがみの心《ここ》ちこそすれ

〔補説〕同想の歌が一九番に見られる。

〔校異〕すれ―す（尊）

〔現代語訳〕

山の裾野でなびいている美しい柳は、わたしのいとしい人の垂らし髪のような感じがすることだ。

〔他出〕久安百首・912

〔語釈〕**○わぎも子が**　「裾」「裾野」にかかる枕詞。ここは、「うちたれがみ」にも意味の上でかかる。この起こし方は、堀河百首の「早苗　顕季　わぎも子がすそわの田井に引きつれてたごのてまなく取るさなへかな」、顕輔集の「蘭恋　わぎもこがすそのににほふふぢばかまおもひそめてし心たがふな」（久安百首出詠）の、これら父祖詠を襲ったものであろう。**○玉柳**　和歌色葉・下に「玉柳とは柳をほむる詞也」とある。勅撰集の初出は、後撰集・春下の「題しらず　よみ人も　鶯の糸によるてふ玉柳ふきなみだりそ春の山かぜ」である。**○うちたれがみ**　婦人や子供が髪を結び上げないで垂らしたもの。和歌色葉・下に「うちたれがみとは柳のはのしだりかゝりたる髪に似たるをいふ也」とある。「うちたれがみ」と「玉柳」を詠み込んだ歌に、堀河百首の「柳　匡房　さほひめのうちたれがみの玉柳ただ春風のけづるなりけり」がある。**○心ちこそすれ**　この語について、稲田利徳氏は中古和歌に頻出する「類成句」であるとし、「非現実的、不条理な対象認識―そこに生じる隔絶や非道理による摩擦を柔らげ釈明するもの」と説明している（「中古和歌から中世和歌へ―表現手法の変化の一様相―」（「国語国文」昭四五・一一））。本集には他に五首に詠まれている。

垂柳臨水

さるさはの池になみよる青柳は玉もかづきしあさねがみかも

〔校異〕垂柳―宅柳（六・鷹・多・版）　さるさは―さよさは（版）　青柳は―青柳の（版）

〔現代語訳〕垂柳水に臨むを詠んだ歌、
　猿沢の池に波が寄り、並んで一方に片寄っている青柳は、藻をかざした采女の寝乱れ髪のように美しく見えることだ。

〔参考歌〕大和物語・一五〇「わぎもこが寝くたれ髪を猿沢の池の玉藻と見るぞかなしき」（柿本人麿作。拾遺集・哀傷に入る）、同「猿沢の池もつらしなわぎもこが玉藻かづかば水ぞ乾なまし」（奈良帝作）

〔他出〕夫木抄・春三・785（第三句は「青柳」）、一字御抄・四

〔語釈〕**○垂柳臨水**　初出の歌題である。**○さるさはの池**　大和国の著名な歌枕。現在の奈良市にある。参考歌に挙げた、帝の寵愛が衰えたのを悲しんでこの池に身を投げた采女を悼んだ人麿の歌により有名になった。和歌初学抄に「さるさはの池　ムカシウネメミヲナグ、タマモハソノカミナドモ」と見える。**○なみよる**　「波寄る」と「並み寄る（並んで一方に寄る）」の掛詞であろう。続古今集・春上に「岸柳を　大納言通方　ぬれてほすみどりもふかしはるかぜになみよるきしのあをやぎのいと」とある。**○玉も**　「藻」を美しく言う歌語。また、女性の長く美しい髪にたとえられることが多い。**○かづき**　頭にかぶる。かざす。大和物語では、「玉藻かづく」は入水をいうが、本歌では、藻をかざすということで、美しい髪の形容であろう。**○あさねがみ**　朝の寝乱れた髪。拾遺集・恋四に「題しらず　人麿　あさねがみ我はけづらじうつくしき人のた枕ふれてしものを」とある。本歌では、大和物語の「寝くたれ髪」をこう表現したのであるが、大和物語と同様にその美しさをいうためであろう。

〔補説〕青柳の美しさを強調するため、「玉もかづきしあさねがみ」と重ねて表現したのである。

31

桜

をとめごの袖ふる山をきてみれば花の袂もほころびにけり

〔校異〕 をとめごの―をとめこか（六・片・鷹・多・青・版・尊）

〔現代語訳〕 桜を詠んだ歌、

袖振る山に来てみると、桜の花が咲き始めていたよ。

〔参考歌〕 万葉集・四「をとめらがそでふるやまのみづかきのひさしきよりおもひきわれは」（柿本人麿歌。拾遺集・雑恋、奥義抄・下に見える）、六条修理大夫集「春雨　かすみしくこのめはるさめふるごとにはなのたもとはほころびにけり」（新勅撰集・春上に入る）

〔他出〕 続拾遺集・春上・56（初句は「乙女子が」）、万代集・春上・223（初句は「をとめごが」、第四句は「はなのたもとは」）、歌枕名寄・一〇・2948（初句は「をとめ子が」、第四句は「花のたもとは」）

〔語釈〕 **○桜** 歌題としては、天暦一〇年（九五六）三月催行の「斎宮女御徽子女王歌合」から見え、堀河百首にある。 **○をとめごの** 「をとめごが」は平安時代以降盛んに用いられた枕詞であるが、いま底本を尊重してこの本文で「袖振る山」にかかる枕詞とした。和歌色葉・上に「乙女子とは神女なり。神の女は舞ふものなれば、袖ふる山とはそへたるなり」と見える。 **○袖ふる山** 八雲御抄・五に「大和」として「そで《袖》ふる《振》（或異名歟。吉野也。一説在二対馬一）」とある。 **○花の袂** 咲いている花を衣にみたてていったもの。 **○ほころび** 桜の花が咲き始めることを衣の袂の縫い目が解けるのに喩えたもの。

〔補説〕 本歌は参考歌の二首を合わせたような形になっており、「袖」「袂」「ほころび」は縁語である。

32
おもひねの心やゆきて尋ぬらん夢にも見つる山ざくらかな

〔現代語訳〕
山桜を見たいと思いながら寝たので心が出かけて尋ねて行ったのだろうか、夢の中で山桜を見たことだよ。

〔校異〕　夢に—夢と（青）

〔他出〕　続千載集・春下・89、万代集・春上・210、夫木抄・春四・1247

〔語釈〕　**○おもひね**　ものを思いながら寝ること。特に、恋の場合に用いる。また、本歌のように「夢」と合わされることが多く、古今集・恋二の「題しらず　みつね　君をのみ思ひねにねし夢なればわが心から見つるなりけり」、千載集・春上の「（詞書省略）崇徳院御製　あさゆふに花まつころはおもひねの夢のうちにぞさきはじめける」などがある。**○心やゆきて尋ぬ**　心が尋ねて行くの意。同様に詠まれるものに、元永二年（一一一九）七月催行の「内大臣（注、藤原忠通）家歌合」の「尋失恋」の「盛家　人しれず心はゆきてたづぬれどあはぬ恋路にまどふ比かな」がある。

33
見るたびにこぞにことしはさきまさる若木の花の末ぞ床敷《ゆかし》き

〔校異〕　こぞに—去年に（六・青）、こそは（内）

〔現代語訳〕
毎年見るごとに前年よりも今年は咲きまさっている。その若木の桜の花の行く末を見たいものだ。

〔語釈〕　**○若木の花**　万葉集以降多くは梅に詠まれており、万葉集・四に「はるさめをまつとにしあらしわがやどのわかきのうめもいまだふふめり」（藤原朝臣久須麿歌）、千載集・賀に「（詞書省略）大納言忠教　ほりうゑしわかぎのむめにさく花は年もかぎらぬにほひなりけり」などがある。

〔補説〕 清輔は植物の生命力をわが身の不遇や老いと比べて詠むことが多い（一九番、二八番）が、本歌もその一首であろう。

をはつせの花のさかりやみなの河みねより落つる水のしら浪

〔校異〕 をはつせの―をはつせや（六・鷹・版） さかりや―さかりの（六・鷹・版）、さかりに《は》（内）

〔現代語訳〕

初瀬山はいま桜の花の盛りなのだろうか。あたかも峰からみなの川に流れ落ちてくる水の白波のようであるよ。

〔他出〕 新後拾遺集・春下・83、歌枕名寄・二一・5641

〔語釈〕 **○をはつせ** 初瀬山。大和国の歌枕。「を」は接頭語。現在の奈良県桜井市初瀬にある。和歌初学抄に「をはつせ山 同（注、クモヰニタカクヨム）」と見える。特に、花（桜）、月、雪と詠まれる。長谷寺があることでも有名。千載集・春上に「（詞書省略） 太宰大弐重家 をはつせの花のさかりをみわたせば霞にまがふみねのしら雲」とある（重家集に入る）。**○みなの河** 水無川。男女川とも。常陸国の歌枕。筑波山より流れ落ちて桜川に入る川。後撰集・恋三の「（詞書省略） 陽成院御製 つくばねの峰よりおつるみなの河恋ぞつもりて淵となりける」で著名であるが、「みなの河」は和歌初学抄には見えない。本歌は「筑波山」ではなく、大和国の「初瀬山」と詠まれており、いかにも不審である。大和国との関係で言えば、和歌初学抄に、大和国の川として「みなれ河 ミナレテト」と挙がる「みなれ河」がある（所在地未詳）。たとえば、堀河百首に「川 河内 いそげども渡りやられずみなれ川みなれし人の影やとまると」と見える。清輔が間違えて「みなの河」を詠み込むはずもなく、それゆえに「れ」の字母「礼」と「の」の字母「能」の草書体の酷似による誤写かと考えられる。後考を俟ちたい。**○水のしら浪** 古今集・恋四に「題しらず よみ人しらず いしま行く水の白波立帰りかくこそは見めあかずもあるかな」

と詠まれて以後よく用いられる歌語的表現である。初瀬山一面の全盛期の桜の花を峰から落ちる川の白波と見立てたもの。この見立ては、たとえば千載集・春上の「（詞書省略） 顕昭法師 よし野川みかさはさしもまさらじをあをねをこすや花のしら浪」の「花のしら浪」とも表現される。

〔補説〕 第三、四、五句の始めに「み」があり、リズミカルである。

35

老いらくは心の色やまさるらん年にそへてもあかぬはなかな

〔校異〕 そへても―そへては（六・鷹）、つても（群） はな―色（青）

〔現代語訳〕

老年になるにつれ、心の華やぎがまさるのだろうか、年に伴って、花の美しさに満足できないでいるなあ。

〔他出〕 玉葉集・春下・169（第四句は「年にそへては」）

〔語釈〕 **○老いらくは** 「おゆらく」の転。老いること。**○心の色** 心が華やぐことをいい、その心を花の色によそえた表現。後撰集・恋三に「五節の所にて、閑院のおほい君につかはしける もろまさの朝臣 ときはなる日かげのかづらけふしこそ心の色にふかく見えけれ」とあり、これ以降、千載集までなく、この頃より好んで用いられた。**○そへ** ここは、年の経過に伴うの意。

36

唐国《からくに》のとらふす野べににほふとも花のしたにはねてを帰らん

〔校異〕 唐国―から花（版） 野べに―野への（神） にほふ―にほひ（神） ねてを―ねてそ（六・鷹・版）、ねても（片・神・群）

〔現代語訳〕

たとえ外国の虎が臥すという危険な野辺に桜が美しく咲いていても、花の下で寝てでも観賞して帰ろう。

〔他出〕 玄玉集・六・527、雲葉集・二・155（第五句は「ねてもかへらん」）、六華集・一・208（第五句は「ねてや帰らん」）、夫木抄・春四・1525（第五句は「ねてをかへらん」）、永暦元年七月「太皇太后宮大進清輔朝臣家歌合」・13（第五句は「ねてぞ帰らん」）

〔語釈〕 **○唐国のとらふす野べ** 「唐国」は中国のことであるが、本歌では天竺（インド）のことをいうので、広く外国と解する。この措辞は、釈迦が前世に飢えた虎にわが身を与えたという捨身説話を踏まえた表現。三宝絵詞などに見える。拾遺集・雑恋に「をとこもちたる女を、せちにけさうし侍りて、あるをとこのつかはしける 有りとてもいく世かはふるからくにのとらふすのべに身をもなげてん」とある。「とらふす野べ」については、和歌初学抄に「おそろしき事には」の一つとして「トラフスノベ」を挙げており、顕昭の拾遺抄注や八雲御抄・三にも同様に見える。**○にほふ** 美しく咲くの意。**○ねてを** 「を」は強調の間投助詞。たとえば、古今集・秋上の「題しらず よみ人しらず 萩が花ちるらむをののつゆじもにぬれてをゆかむさ夜はふくとも」がある。

〔補説〕 「清輔朝臣家歌合」では、「今すこしはなをめづるこころふかければ、左やすぐならん」と評されている。

神がきのみむろの山は春きてぞ花のしらゆふかけてみえける

〔校異〕 きてぞ―きても（内）

〔現代語訳〕
三室の山は春がやって来ると、桜の花までもが白い木綿をかけているように見えるよ。

〔他出〕 千載集・春上・58、夫木抄・春四・1475、久安百首・914（初句は「神なびの」）、定家八代抄・春下・102、歌枕名寄・八・2492

〔語釈〕**○神がきの**　「みむろの山」にかかる枕詞。「神がき」は神社の周囲の垣のこと。**○みむろの山**　三室の山。大和国の歌枕で、現在の奈良県生駒郡斑鳩町の神無備山とされている。和歌初学抄に「みむろ山　神ノミムロニソフ」とある。古今集・神あそびのうたに「とりもののうた　神がきのみむろの山のさかきばは神のみまへにしげりあひにけり」とあるように、榊や紅葉と詠み込まれることが多く、桜は珍しい。**○花のしらゆふ**　「しらゆふ」は白い木綿《ゆう》。「木綿」は楮の樹皮を織った糸で、幣帛として榊やしめなわなどにつける。「神がきのみむろの山」だから、桜が祭りに用いられる白木綿のように見えるというのである。

〔補説〕「花のしらゆふ」は清輔以前では源俊頼が用いたくらいの新奇な措辞であり、このあと、顕昭が承安元年（一一七一）八月催行の「全玄法印房歌合」の「花」で「立田姫花のしらゆふとりしでてけふやみむろにかざまつりする」と詠んでいる（夫木抄・春四による）。本歌を意識したものであろう。

をしむ身ぞけふともしらぬあだにみる花はいづれの春もたえせじ

〔校異〕をしむ身―おしむに（底）

〔現代語訳〕

桜の花を惜しむわが身は今日どうなるか分からない。はかなく見える花はいつの年の春も絶えることなく咲くだろうが。

〔他出〕続後撰集・雑上・1038（第三句は「あだにちる」、第五句は「世にもかはらじ」）、久安百首・916（第二、三句は「けふともしらずあだにちる」、第五句は「春にたへせじ」）

〔語釈〕**○をしむ身**　諸本の方が解しやすいので、底本を改める。**○あだにみる**　続後撰集、久安百首はともに「あだにちる」とあり、「花」のことをいうので、この方が普通であろう。

〔補説〕 本歌は植物の生命力を人事と絡ませて詠んでいるが、これに類する歌が本集に多く見受けられる。

かざしをるみわの桧原の木のまよりひれふる花や神のやをとめ

〔校異〕 をる—たの（青）

〔現代語訳〕
挿頭《かざし》として桧の枝を手折った三輪の桧原の木の間から領巾を振るように見える花は、まるで神に仕える八少女が振るようであるなあ。

〔他出〕 夫木抄・春四・1403、中古六歌仙・70

〔語釈〕 **〇かざしをる** 勅撰集初出は、新古今集・雑中の「題しらず　殷富門院大輔　かざしをる三輪のしげ山かきわけてあはれとぞおもふ杉たてる門」であり、多用されるものではない。地名「三輪」にかかる枕詞とも解されている。「かざし」と「三輪」のつながりは、万葉集・七の「いにしへにありけむひともわがごとかみわのひはらにかざしをりけむ」（人麿歌集歌）による。**〇みわの桧原**　「三輪」は大和国の歌枕。初瀬や三輪山あたりは桧の美林が続いていたので、このように言われ、後々まで詠み継がれる。**〇木のまよりひれふる**　「ひれ」は細長い白の薄布で、女性の頸に掛けて左右に垂らす。人との別れを惜しみ、情愛を示す時に振る。松浦佐用姫が任那《みまな》に行く夫を見送る時に高山の峰に登り、領巾を振って別れを嘆いたという伝説によった表現であろう。たとえば、堀河百首に「初恋　基俊　木の間よりひるふる袖をよそにみていかがはすべき松浦さよ姫」（千載集・恋四に入る）がある。**〇ひれふる花**　分かりにくいが、樹間に咲いて見える桜を領巾を振っていると見立てたのであろう。**〇やをとめ**　神楽などに奉仕する巫女。三輪山が神体となっている大神《おおみわ》神社の関係で「八少女」を詠んだのである。

〔補説〕 本歌は「松浦佐用姫」ならぬ「神のやをとめ」が別れを惜しんで領巾を振ると取り成したのであろう。

40

待山花

よも山のはなまつほどの白雲はそゝやそれとぞおどろかれける

〔校異〕よも山—よもの山（内）　白雲—白雪（尊）　そゝ—そよ（六・鷹・多・版）、ナシ（神）、二字分ノ空白アリ（群）　や—と（尊）　ける—ぬる（鷹・多・版）

〔現代語訳〕山の花を待つを詠んだ歌、

四方の山の桜を待っている時の白雲を見てそれぞれ桜だとはっとすることだ。

〔語釈〕○待山花　初出の歌題である。「山花」は「桜」の次にあるので「山桜」のことであろう。「山桜」ではあまりにも平凡であり、歌題の多様化を意図しての所為であろう。詳しくは、拙著所収「『清輔集』における結題」参考のこと。○白雲　本歌のように「白雲」が「さくら」の見立てになっている歌に、古今集・春上の「（詞書省略）つらゆき　桜花さきにけらしなあしひきの山のかひより見ゆる白雲」がある。○そゝや　感動詞で、驚いたり、うながしたりする時に発することば。それそれ。そうそう。詞花集・秋に「題不知　大江嘉言　をぎの葉にそそやあきかぜ吹きぬなりこぼれやしぬるつゆのしらたま」とあり、これに対して、顕昭の詞華集注は「ソ、ヤトハ、モノヲキ、驚詞也。ソ、トモスレバトヨメリ」と説明する。二四六番にも詠まれている。

41

晩望山花

み吉野の水わけ山のたかねよりこす白浪や花のゆふばえ

〔校異〕晩望—暁望（底・版）

〔現代語訳〕晩に山の花を望むを詠んだ歌、

みよし野の水分山の高い峰から越してくる白波と見えたのは夕映えの桜であるよ。

〔他出〕 夫木抄・春四・1246、承安三年八月「三井寺新羅社歌合」・2、一字御抄・六

〔語釈〕 **○晩望山花** 底本は「暁望山花」とあるが、歌意により諸本に従い、底本を改める。初出の歌題である。**○水わけ山** 大和国の歌枕。万葉集・七「かみさぶるいはねこごしきみよしののみづわけやまをみればかなしも」(作者未詳歌)の「水分山」が「みづわけやま」と詠まれてきたことによる。奥義抄・上に「水わけ山ミヨシノ、」、八雲御抄・五に「大和」として「みづわけ《水分》(みよしの、。月。神さぶる。岩ねこりしく)」とあり、現在の吉野の青根峰に比定されている。**○花のゆふばえ** 「ゆふばえ」は夕日の薄明かりの中で、物がくっきりと美しく見えること。散木奇歌集・一に「修理大夫顕季卿六条家にて、桜歌十首人人によませ侍りけるに せりつみしことをもいはじさかりなる花のゆふばえ見ける身なれば」とあり、後には、玉葉集・春下の「山花を 右兵衛督雅孝 さかりなる嶺のさくらのひとつ色に霞もしろき花の夕ばえ」などと見える。

〔補説〕 本歌はもともと承安三年(一一七三)催行の「三井寺新羅社歌合」に出詠されたもの。「遥見山花」の一番右で作者は「少輔君」とあり、清輔の代作と考えられている。判者藤原俊成の判詞は「右歌、水分山のとおきて、こすしらなみにまがへたる心はをかしきを、末に花の夕ばえといへるや、ついでなく聞ゆらん」であり、負けとなっている。「花のゆふばえ」が「ついでなく」詠まれたという難に対しても歌詞に何ら手を加えることなく、しかし歌題は内容に近づけるべく直して入集したのであろう。なお、「三井寺新羅社歌合」での代作歌で本集に入るものには他に一九六番がある。

本歌のような見立てを「――や――」という型で詠むのは三九番にもある。

42

見花述懐

身をつめば老い木の花ぞあはれなるいまいくとせか春にあふべき

〔校異〕 いくとせ—いくとし（六・鷹・多・版・尊）

〔現代語訳〕 花を見ての述懐を詠んだ歌、
わが身を抓《つね》って考えてみると、老い木はことさらあわれ深いものだ。この桜もあと何年春にめぐりあえるのだろうか。

〔参考歌〕 山家集・上「ふる木のさくらの、ところどころさきたるをみて　わきてみんおい木は花もあはれなりいまいくたびか春にあふべき」

〔他出〕 中古六歌仙・71

〔語釈〕 **○見花述懐**　以前に見られる歌題である。**○身をつめ**　わが身をつねって人の痛さを知るの慣用表現。拾遺集・恋二に「女につかはしける　よみ人しらず　身をつめば露をあはれと思ふかな暁ごとにいかでおくらん」とある。

〔補説〕 参考歌の西行詠は本歌と同想であり、西行が倣ったものだろうか。
清輔の今までの歌には、本歌の趣きとは違って植物の生命力を詠んだのが多く見受けられる。

43

南殿のさくらを見て、

吉野山みねつゞき見し花桜一木が末にさきみちにけり

〔校異〕 花桜—さくら花（六・鷹・多・版）、二字分ノ空白アリ（青）

〔現代語訳〕 南殿の桜を見て詠んだ歌、
　吉野山では峰つづきに見た桜の花は、ここでは一本の木のしかも木末にいっぱいに咲きあふれていることだ。
〔語釈〕 ○南殿　紫宸殿のこと。○吉野山　大和国の歌枕。桜の名所として一般的に詠まれるようになったのは平安末期からであり、それまでは雪が主であった。吉野山の峰つづきの桜を詠んだものに、拾遺集・春の「題しらず　よみ人しらず　吉野山きえせぬ雪と見えつるは峯つづきさくさくらなりけり」がある。
〔補説〕 本歌は二条天皇に関わっての歌という蓋然性が高く、内容からしてその御代を謳歌する歌となっていると考えられる。このことから、天皇在位時のことで、あるいは天皇主催の歌会の折にでも詠まれたのではないかと推測しておいた。詳しくは、拙稿「藤原清輔の「南殿の桜」詠をめぐって——二条天皇とのかかわり——」（「島根大学法文学部紀要　島大言語文化」第十七号）参考のこと。

　宇治左大臣、花見給ひて帰りてのち、人々に歌よませ給ひけるに、
あかずおもふ心は花にとめつるをとまらぬ人に身をばまかせて

〔校異〕 宇治—宇治の（青・尊）　宇治左大臣—宇治左大臣《頼長》（六・鷹・群）　人々に—人々（六・鷹・版）　まかせて—任て（内）
〔現代語訳〕 宇治左大臣が花をご覧になってお帰りになった後、人々に歌を詠ませなさった時に詠んだ歌、
　満ち足りることのない心だけは桜の花に留めておいたので、花は泊まらないで帰った私に身を任せています。
〔語釈〕 ○宇治左大臣　藤原頼長のこと。関白忠実男。一一二〇年生、一一五六没。左大臣。悪左府と称される。保元の乱（一一五六年）を起こすが、失敗。日記に『台記』がある。○花見給ひて　『台記』によれば、久安元年（一一四五）三月一七日に、顕輔らが頼長を誘って法勝寺に出かけて詠歌しており（歌題は「惜レ華忘レ帰」）、清輔も同

行していたかとする（井上宗雄氏『平安後期歌人伝の研究』所収「六条藤家の人々」）。時に頼長は内大臣、正二位である。
○とめつるを　「を」は下の句に対する原因・理由を表わす意と解した。
〔補説〕　上のように解釈しておくが、「を」を逆接の意にとり、「まかせて」を「まかせで」と否定とし、花に心を留めて帰ってきたが、花はそんな薄情な人に身を任せないでいるとも解することができよう。

落花繞砌

けさ見れば軒ばとめゆくあま水のながれぞ花のとまりなりける

〔校異〕　繞砌―曙砌（鷹・多・神・版）、曙（青）、曝砌（群）　ながれぞ―なかれに（版）
〔現代語訳〕　落花砌を繞《めぐ》るを詠んだ歌、
今朝見ると、軒端をたどって雨水が流れ落ちていくが、その行き着き先が桜の花の落ち着き場所であるよ。
〔他出〕　一字御抄・七
〔語釈〕　**○落花繞砌**　初出の歌題である。「砌」は軒下などの雨滴をうけるために敷いた石畳の所。**○とめゆく**　求めてたどって行く。**○とまり**　最終の到着場所。「○○のとまり」という措辞は、古今集・秋下の「秋のはつる心をたつた河に思ひやりてよめる　つらゆき　年ごとにもみぢばながす竜田河みなとや秋のとまりなるらむ」、千載集・春下の「百首歌めしける時、くれの春のこころをよませたまひける　崇徳院御製　花はねに鳥はふるすにかへるなり春のとまりをしる人ぞなき」、六条修理大夫集の「九月尽　もみぢ葉のちりてつもれるこの本や暮行く秋のとまりなるらん」などにあるが、「花のとまり」は珍しい用例である。

遠尋残花

ちりはてぬ花の梢のよそにみばうすぐもかゝる嶺とみえける

〔校異〕（本歌）―ナシ（多・版）、今朝みれは軒端（以下ナシ）（青）よそにみば―よそめには（六・鷹・尊）、よそにては（片・群）嶺と―嶺に（尊）ける―けり（六・群）

〔現代語訳〕遠くに残りの花を尋ぬを詠んだ歌、

散り終わっていない桜の花の梢をかけ離れた所から見たならば、薄雲がかかっている峰のように見えることだなあ。

〔語釈〕○遠尋残花　同じ歌題で詠まれたものに、有房集（寿永百首本系統）の「二条院御前にて、遠尋残花といふことを　ちりぬらんとおもふおもふぞたづねこしうれしかりけるおそざくらかな」がある。〔補説〕参照。○梢の「の」は格助詞「を」に通う用法であり、たとえば、万葉集・三の「いはとわるたぢからもがなてをよわきをとめにあればすべのしらなく」（手持女王歌）がある。

〔補説〕有房集と同じ折に詠まれたとされる歌に、重家集の「又、内にて　遥尋残花　一枝もかぜにしられぬはなや有るとはやましげ山こえもゆくかな」（歌題が少し違うが）などがあり、これらは応保二年（一一六二）三月七日催行の二条天皇主催の歌会の詠と考えられている（西村加代子氏『平安後期歌学の研究』所収「清輔の昇殿と応保二年内裏御会」）。本歌もこの歌会で詠まれたものではないだろうか。

本歌のように、桜の花を峰にかかる雲と見立てる歌に、頼政集・上の「花　つねよりも花の梢の隙なきはたちやならべる嶺のしら雲」などがある。

47

残花何有

しら雲にまがひし花やのこれるとうはの空にもたづねゆく哉《かな》

〔校異〕　しら雲に―しら雲の（六・鷹・多・版）　のこれると―のこるかと（底・六・尊を除く諸本）、にこれると（尊）

〔現代語訳〕　残花は何《いづれ》に有るやを詠んだ歌、

白雲と似ていて区別がつかなかった桜の花は咲き残っているだろうかと、心落ち着かず尋ねて行くことであるなあ。

〔他出〕　一字御抄・四

〔語釈〕　**○残花何有**　初出の歌題である。**○うはの空**　浮いた気持ちで落ち着かない様子。千載集・恋一に「題しらず　徳大寺左大臣　ひとめみし人はたれともしら雲のうはのそらなる恋もするかな」とある。

〔補説〕　本歌のように、花を白雲と見間違う歌に、後拾遺集・春上の「（詞書省略）　源縁法師　山ざくらしらくもにのみまがへばやはるの心のそらになるらん」があり、奥義抄・上の「盗古歌証歌」にこの歌が見られる。

48

春駒

みごもりにあしの若葉やもえぬらん玉江の沼をあさる春駒

〔校異〕　若葉―青葉（多・版）

〔現代語訳〕　春駒を詠んだ歌、

水中に隠れたまま葦の若葉は芽吹いたのであろうか。春の若駒が玉江の沼で餌を探している。

〔他出〕　千載集・春上・35、後葉集・春上・33、久安百首・913、中古六歌仙・72、歌枕名寄・一五・4234

〔語釈〕 **○春駒** 歌題としては、長久二年（一〇四一）二月催行の「弘徽殿女御生子歌合」に見られ、堀河百首にある。勅撰集では、後拾遺集・春上に「はるごまをよめる」と見えるのが初出であるが、多く詠まれる歌題ではない。**○みごもり** 水の中に隠れていること。和歌色葉・上に「みごもりとは水がくれなり。水籠とかけり」とある。拾遺集・恋一に「題しらず　人まろ　おく山のいはかきぬまのみごもりにこひや渡らんあふよしをなみ」とある。三八六番にも「みごもりの」で見える。**○玉江の沼** 和歌初学抄に「摂津」として「たま江　アショム」、五代集歌枕・下にも「摂津」として「たま江」がある。現在の大阪府高槻市の三島江のこととされる。一方、奥義抄・中には、後拾遺集・夏の「だいしらず　源重之　なつかりのたまえのあしをふみしだきむれゐるとりのたつそらぞなき」に「玉江とは越前の国にあり」と注しており、和歌童蒙抄・七も同様であり、現在の福井市花堂町に比定される。清輔の著作そのものが別々の説であり、本歌ではいずれとも決しがたい。**○あさる** 八代集抄に「あさるは、求食也。芦の若葉をはむにやと也」とある。

49

春雁向北

はつかりはこし路うれしく見し物をけふはかへるの山もうらめし

〔校異〕 春雁向北―春雁向（青）　うらめし―かなしき（片・神）、うれしき（群）

〔現代語訳〕 春雁北に向かふを詠んだ歌、

初雁が越の国からやって来たのを嬉しく思ったが、帰る今日は越の帰山が恨めしいことだ。

〔他出〕 一字御抄・三

〔語釈〕 **○春雁向北** 初出の歌題である。**○はつかり** 北方からその秋にはじめて日本に渡ってくる雁。**○こし路** 越（越前、越中、越後）の国の地。歌には、春はそこから雁が飛んで行く地、秋は飛んで帰る地として詠まれる。

「来し路」と「越路」の掛詞。**○かへるの山**　帰山。越前国の歌枕。現在の敦賀市付近である。和歌初学抄に「越前」として「かへる山　カヘルニソフ」とあり、「帰る」との掛詞である。

〔補説〕　本歌のように、「雁」「越路」「帰山」を詠み込んだ歌に拾遺愚草・上の「春ふかみこしぢに雁の帰る山名こそ霞にかくれざりけれ」があり、本歌を意識したものだろうか。

霞帰雁衣

にしきとも見えぬかすみの衣きてなに古郷へ帰る雁ぞも

〔現代語訳〕　霞は帰雁の衣を詠んだ歌、

錦衣とはとても見えない霞の衣を着て、どうして雁は故郷へ帰るというのだろうか。

〔校異〕　雁ぞも—雁かね（六・鷹・内・青・版）、雁かね《そも》（多）

〔語釈〕　**○霞帰雁衣**　初出の歌題である。**○にしき**　華麗な文様を織り出した厚地の高級な織物。**○かすみの衣**　霞を春の衣に見立てた歌語。古今集・春上に「題しらず　在原行平朝臣　はるのきるかすみの衣ぬきをうすみ山風にこそみだるべらなれ」とある。本歌のように、雁が霞の衣を着て故郷に帰るという歌に、金葉集・春（橋本公夏筆本拾遺）の「雪のふる日帰雁をききてよめる　慶経法し　ゆきかかる雲ぢは春もさえければかすみの衣きてかへる雁」がある。

〔補説〕　本歌は周知のごとく、直接的には、『南史』柳慶遠伝の「卿衣レ錦還レ郷」を踏まえての表現であり、立身出世して故郷に帰るの意。これによるものには他に、後撰集・秋下の「題しらず　よみ人も　もみぢばをわけつつゆけば錦きて家に帰ると人や見るらん」、重家集の「紅葉　やまひめやきてふるさとへかへるらんにしきとみゆるころもでのもり」などがある。

51

杜若《かきつばた》

こやの池のみぎはにたてるかきつばた浪のをればやまばらなるらん

〔校異〕　こやの池の―こやいけの（青）

〔現代語訳〕　杜若を詠んだ歌、

　これが、昆陽の池の水際に生えているかきつばたなのか。波が立って寄せては折るので、まばらなのであろうか。

〔他出〕　夫木抄・春六・1995、久安百首・920、雲葉集・三・247、歌枕名寄・一四・4123

〔語釈〕　**○杜若**　堀河百首に初出の歌題で、勅撰集では、金葉集・春に堀河百首から選入した「百首歌中にかきつばたをよめる」とある顕季詠が唯一の例。**○こやの池**　摂津国の歌枕。現在の兵庫県伊丹市と尼崎市にわたる一帯。行基が造ったとされる。和歌初学抄に「摂津」として「こやの池　イヘニ」とある。これが「かきつばた」と詠まれるのは本歌が初めてかと思われ、以降は「俊成五社百首」の「杜若　こやの池のみぎはにさけるかきつばた蘆のかこひをまばらなりとや」が早い例である。なお、「こや」は、後拾遺集・雑二の「ひとにはかなきたはぶれいふとてうらみけるひとに　上総大輔　これもさはあしかりけりやつのくにのこやことつくるはじめなるらん」のように、「此や」と「昆陽」の掛詞と解しておく。**○浪のをれ**　水辺の草木が波に折られるという歌には、後撰集・春下の「題しらず　よみ人も　わがやどの影ともたのむ藤の花たちよりくとも浪にをらるな」、金葉集・春の「（詞書省略）修理大夫顕季　すみよしのまつにかかれるふぢのはなかぜのたよりになみやおるらん」などがある。

沢畔苗代

鶴のすむさはべにかへるなはしろはよをながひこのたねやまくらん

〔校異〕 鶴—つる（片）、たつ（尊） かへる—みゆる（六・鷹・多・版）、うへる（内）、かくる（青）、かへす（群） ながひこ—なるひこ（版）

〔現代語訳〕 沢の畔《ほとり》の苗代を詠んだ歌、

鶴が住んでいる沢辺で鋤き返された苗代では、御世が長かれと祈って、ながひこの種を蒔いているのだろうか。

〔他出〕 一字御抄・三

〔語釈〕 ○沢畔苗代 初出の歌題である。平安後期には「苗代」を含むやや複雑な歌題が散見されるが、本題もその一つである（佐藤明浩氏「藤原清輔の「ながひこ」詠をめぐって」（『前田富祺先生退官記念論集 日本語日本文学の研究』所収）。本歌については、本論によるところが大きい）。○かへる 諸本間に異同があり、必ずしも明確ではないが、ひっくりかえるの意から、鋤き返すと解しておく。永承五年（一〇五〇）二月催行の「六条斎院歌合」に「なはしろ左 宮殿 きのふまでかへるやまだとみしほどになはしろみづはかげすみにけり」とある。○ながひこ 和歌初学抄に「稲」の一つとして「ナガヒコノイネ」と挙げられており、稲の品種名である。和歌に詠まれることが多く、大半は大嘗会和歌である。これは、「ながひこ」に「長し」の意を掛けて、御世の長久を予祝するに相応しい措辞であるゆえであり、本歌も「よをながひこ」と詠まれている。夫木抄・雑一三に「ながらのむら、近江或丹波 天仁大嘗会 藤原正家朝臣 はるばるととしもはるかにみゆるかなながらの村のながひこのいね」とある。

〔補説〕 佐藤氏は、「鶴」と「よをながひこ」という祝言性の強い表現から、本歌は大嘗会和歌、さらにそのなかの苗代を題材とする屏風和歌の性格にきわめて近いとして、清輔が大嘗会和歌作者であることを願った、あるいは、大嘗会和歌作者となったことと深く関わっていると論じている。大いに首肯されるところである。

藤松樹花

藤なみのさきかゝらずはいかにしてときはの松の春をしらまし

〔校異〕　藤松―藤村（神）　かゝら―かゝらカ（版）

〔現代語訳〕　藤は松の樹の花を詠んだ歌、

藤波が松に咲きかからないならば、どのようにして常に変わらない松に春が来たことを知りえようか。

〔語釈〕　○藤松樹花　初出の歌題であるが、中世以後になると、典型的な歌題となる。○藤なみ　藤の花が風などになびく様を「波」に見立てた歌語。早く、万葉集・三に「ふぢなみのはなはさかりになりにけりならのみやこをおもほすやきみ」（大伴四綱歌）とある。○かゝら　「なみ（波）」の縁語である。

〔補説〕　周知のごとく、藤が松にかかるという景は枕草子に「めでたきもの……色あひふかく花房ながく咲きたる藤の花、松にかゝりたる」（三巻本）と見え、また、倭絵屏風の類型的構図として「松にかかれる藤波」があり、貫之時代のこれを詠んだ歌ではほとんどが屏風歌である。そして江帥集の「ふぢのはな　ときはなるまつにかかれるふぢなみをちとせのはなといふにやあるらん」のように祝言性を有する歌としても詠まれる。片桐洋一氏『古今和歌集の研究』所収「松にかかれる藤浪の」参考のこと。

歌体が酷似するものに、古今集・春上の「（詞書省略）　大江千里　うぐひすの谷よりいづるこゑなくは春くることをたれかしらまし」、拾遺集・春の「（詞書省略）　中納言朝忠　鶯の声なかりせば雪きえぬ山ざといかではるをしらまし」（ともに奥義抄・上に挙がる）がある。

54

池辺藤花

かぜふけばみぎはの藤のむらさきに浪のしらいとよりまぜてけり

〔校異〕 藤花―藤並（多・版）、藤浪（青）　まぜて―ませに（群）

〔現代語訳〕 池辺の藤の花を詠んだ歌、

風が吹くと、水際に咲く藤の紫色に白波が寄ってきて糸を縒るように混ぜ合わさっていることだなあ。

〔他出〕 一字御抄・三

〔語釈〕 **○池辺藤花** すでに金葉集・春（三奏本）や散木奇歌集・一に見られる歌題であり、貫之集に頻出する屏風絵の画題にも「池のほとりの藤の花」などとある。笹川博司氏『隠遁の憧憬』所収「古今集「池の藤波」考」参考のこと。**○よりまぜて**「より」は「（波が）寄る」と「縒る」の掛詞である。

〔補説〕 藤と波が詠み合わされる歌はほとんど見られない。屏風歌的発想で、紫色と白色の取り合わせを詠むのが本歌の眼目であろう。

55

大臣の家にて、ふぢの花のうたよみけるに、

ひとたびはしるしみえにし紫の雲の名をたつやどの藤なみ

〔校異〕 花のうた―花を（六・鷹）、花（版）　みえにし―こえにし（六・鷹）、み、にし（片）　名を―名に（六・鷹・版）　やど―とと（尊）

〔現代語訳〕 大臣の家で藤の花を詠んだ時の歌に、

一度は栄える瑞祥であった立后ですばらしい評判をとった大臣の家の藤の花でありますよ。

〔語釈〕 **○大臣** 「藤の花」から藤原氏と解し、太政大臣藤原実行と考えておく（拙著所収『清輔集』にみられる三条家」）。実行は権大納言公実男。一〇八〇年生、一一六二没。蔵人頭、権大納言を経て、一一四九に右大臣、翌年に太政大臣になり、一一五七まで在任する。**○しるし** ここは、瑞祥、瑞兆の意。この語を詠み込んだよく似た歌に、拾遺集・雑春に「左大臣むすめの中宮のれうにてうじ侍りける屏風に　右衛門督公任　紫の雲とぞ見ゆる藤の花いかなるやどのしるしなるらん」がある。**○紫の雲** 皇后の異称。能因歌枕（広本）に「むらさきの雲とは、きさきの事をいふ」とある。そして拾遺集・雑春の「延喜御時、藤壺の藤の花宴せさせ給ひけるに、殿上のをのこどもうたつかうまつりけるに　皇太后宮権大夫国章　ふぢの花宮の内には紫のくもかとのみぞあやまたれける」に対して、奥義抄・中は「これは慶雲の心をよめるなり。みかど后の出でき給ふべき所には紫の雲のたつなり」と注している。本歌にいう皇后は藤原公実女の待賢門院璋子（一一〇一〜四五）であろう。一一一八に鳥羽天皇の皇后となる。実行は璋子の兄である。**○名をたつ** 名声を上げる。万葉集・一九に「……のちのよのかたりつぐべくなをたつべしも」（山上憶良歌）がある。

〔補説〕 かって皇后を出した家柄なので、これから将来もきっと瑞祥が訪れるであろうと寿いでいるのである。

款冬《やまぶき》

わがやどに八重やま吹をうつしうゑて千とせの春を重ねてやみん

〔校異〕 やどに―やとの（版）　うゑて―うへ（版）

〔現代語訳〕 款冬を詠んだ歌、

わたしの家に八重山吹を移し植えて、千歳の春を八重山吹のように何度も重ねてみようかしら。

〔語釈〕 **○款冬** 歌題としては、天暦一〇年（九五六）二月催行の「麗景殿女御歌合」から見え、堀河百首にある。

勅撰集では、金葉集・春に「後冷泉院御時歌合にやまぶきの心をよめる」と見えるのが初出である。**〇千とせの春**　貫之集・二に「相坂山　君と猶千とせの春に相坂のし水は我もくまんとぞおもふ」とある。

〔補説〕　同想の歌に、新拾遺集・賀の「二品覚性法親王に八重桜にそへてつかはしける　法橋顕昭　君がへん千とせの春をかさぬべきためしとみゆるやへざくらかな」があり、本歌を意識したものか。

57

款冬繞池

山吹のくちなし色にとぢられていひいだすかたもみえぬ池水

〔校異〕　ナシ

〔現代語訳〕　款冬池を繞るを詠んだ歌、

池の水が山吹の花のくちなし色に覆われているので、池の樋《いい》を開けて水を出す場所も見えないことだ。

〔他出〕　一字御抄・七

〔語釈〕　**〇款冬繞池**　初出の歌題か。〔補説〕参考。**〇いひ**　樋のこと。池の堤に穴をあけて水を導くようにした筒樋。池の水を出し入れする水門。後撰集・恋四に「大輔がもとにつかはしける　敦忠朝臣　池水のいひいづる事のかたければみごもりながらとしぞへにける」があるが、この「いひ」は多くに見られるように「樋」と「言ひ」の掛詞。ただし、本歌は掛詞と解さなかった。「いひいだすかたもみえぬ」は「くちなし」に関わっての表現。

〔補説〕　本歌の結題は、重家集に「乗興人人又うたよみしに　款冬繞池　きしごとにやまぶきにほふ池水はこがねのはこのかがみとぞみる」とあり、同じ歌会での歌題であったかもしれない。

58　あづさ弓春の山べにいりぬれば身のいたつきもしられざりけり

〔校異〕ナシ

〔現代語訳〕雑春を詠んだ歌、
　春の山辺に入ると、そのすばらしさに、わが身の苦労もつい忘れてしまったよ。

〔他出〕久安百首・917

〔語釈〕**○雑春**　初出の歌題であり、他にもほとんど見られないが、拾遺集の部立名にはある。**○あづさ弓**　枕詞で、ここは弓の操作に関わる「張る」と同音の「春」にかかる。**○いり**　「入る」と「あづさ弓」の縁語「射る」の掛詞。本歌のように、「あづさ弓」「はる」「いる」を詠み込む歌に、貫之集・一の「ゆみのけち　梓弓春の山べにいる時はかざしにのみぞ花は散りける」、古今集・春下の「はるのとくすぐるをよめる　みつね　あづさゆみ春たちしより年月のいるがごとくもおもほゆるかな」がある。**○いたつき**　骨折り、苦労。古今集・仮名序に「さく花におもひつくみのあぢきなさ身にいたづきのいるもしらずて」、大和物語・一四七に「あるはここながらそのいたつきかぎりなし。これもかれもいとほしきわざなり」とある。奥義抄・下巻余は大和物語を挙げたあとに「これらにて心をうるにいたづきは煩也。煩は悩也。苦也」と述べる。なお、この語には古今集のように「鏃《いたつき》（やじりが付いている矢）」が隠されているだろう。そうだとすると、「あづさ弓」「はる」「いる」「いたつき」が縁語となる。

59　暮春

おほかたも春ぞくるゝはをしきかと花なきやどの人にとはゞや

〔校異〕春ぞ―春の（六・片・鷹・多・版・尊）、春も（神）

〔現代語訳〕暮春を詠んだ歌、

一般に春が暮れるのは名残惜しいかどうか、桜の花がない家の人に尋ねてみたいものだ。

〔他出〕 久安百首・922（第二句は「春の暮るるは」）、後葉集・二・78（第二句は「春のくるるは」、第四句は「花なき里の」）、中古六歌仙・73（第二句は「はるのくるるは」）

〔語釈〕 ○暮春 歌題としては、延喜五年（九〇五）四月催行の「左兵衛佐定文歌合」から見える。勅撰集では、金葉集・春（三奏本）に「天徳四年内裏歌合に暮春のこころをよめる」とあるのが初出で、それほど多く詠まれる歌題ではない。春終わる頃をいう。 ○花なきやど たとえば、後拾遺集・春下に「隣花をよめる 坂上定成 さくらちるとなりにいとふはるかぜは花なきやどぞうれしかりける」とある。

〔補説〕 古今集・春下の「亭子院の歌合のはるのはてのうた みつね けふのみと春をおもはぬ時だにも立つことやすき花のかげかは」のように惜春の情は結局花を惜しむことに他ならないので、本歌もこう詠んだのである。六条修理大夫集の「人人、はるのこころはなにありといふ心をよみ侍りしに 心見にさてもやはるはうれしきとはなきとしにあふよしもがな」は本歌と同想であり、ともに花の春を謳歌した詠と思しい。また、本歌と歌体が酷似するものとして、清輔と同世代の頼輔集に「（詞書省略） おほかたのとしのくるるはをしきかとおいをいとはぬ人にとはばや」がある。

旅宿暮春

あけゆかばわれもたちなむかりのいほにとまらぬ春を恨むべしやは

〔校異〕 旅宿暮春―旅宿春暮（尊） あけゆかば―明行は（六・鷹・多・版）、あけゆけは（片）、あすゆかは（青） 恨む―惜む（六・片・多・版）

〔現代語訳〕 旅宿の暮春を詠んだ歌、

夜が明けたならば、春が去るように私もここを発つだろう。この仮りの宿に留まらない春を恨むべきであろうか。

〔語釈〕 **○旅宿暮春** 初出の歌題である。〔補説〕参考。ここの「暮春」は歌意からして、三月最後の日をいう「三月尽」のことであろう。**○われも** 添加の「も」で、「春」だけではなく「われ」も、の意。**○かりのいほ** 「いほ」は隠遁者の草庵の意味に用いられることが多いが、ここは「旅宿」から一夜の宿と解しておく。林葉集・三に「旅亭草花　かりの庵にかこひこめたる女郎花おもはぬ旅の一夜づまかな」と見える。**○べしやは** 「べし」は当然の意で解釈しておいた。「やは」は反語の助詞。私もここを発つのだから、同様に去っていく春を責めることはできないというのだろう。

〔補説〕 本題に似るものに、重家集の「内にて当座御会　旅宿春暮」がある。これに清輔が参加していた可能性があり、この場合は歌題の拡充や深化を意図していたゆえに少し変えたのであろう。あるいは、清輔が創った独自の結題でもっていわば机上の産物として本歌を作ったことも考えられよう（拙著所収「『清輔集』における結題―その成立と関わって―」）。なお、和歌一字抄・上に「旅中春暮」がある。

61

夏

卯花

さかき葉にゆふしでかけてやかつかみまつるかきねとみゆる卯の花

〔校異〕 やかつかみ―つはつかみ（六・鷹・多・版・群）、天津かみ（片）、つはつかは（神）、「やかつかみ……卯の花」―ナシ（青）　かきねと―かきねも（片・多・神・版）

〔現代語訳〕 卯の花を詠んだ歌、

榊の葉に木綿《ゆう》の四手をかけたらして宅神《やかつかみ》を祭っている垣根のように見える卯の花であるよ。

〔他出〕久安百首・924

〔語釈〕**○卯花**　歌題としては、天徳四年（九六〇）三月催行の「内裏歌合」から見え、堀河百首にある。勅撰集では、後拾遺集以後に見られる。卯の花は初夏に白い五弁の花をつける。白いものに見立てられて詠まれることが多く、本歌では垣根に咲く卯の花を木綿四手に見立てている。和歌初学抄に「卯花は浪　雪　木綿　布　白タヘゴロモ　月　ヒル」とある。**○ゆふしで**　木綿（楮の繊維を糸状にしたもの）を榊や注連縄《しめなわ》に付けて垂らしたもの。拾遺集・神楽歌に「さかきばにゆふしでかけてたが世にか神のみまへにいはひそめけん」とある。**○やかつかみ**　宅神。家を守護する神。和歌初学抄に「神…ヤカツ神（家神也）」、八雲御抄・三に「神…うけもちの神（家神也）やかつ（同）」とある。宅神を垣根に祭っていたことは、為忠家後度百首の「神祭　やまがつのかきねにいはふやかつかみうのはなさけるをかにみえるかも」（兵庫頭仲正作）からも分かり、また、本歌のように「卯の花」が詠み合わされていることにも注意したい。なお、宅神祭のことは、小右記などの平安朝日記に多く見られる。

62
　卯花混月

うの花のうばひてもてる雪の色を又月影にとられぬるかな

〔校異〕もてる―もたる（尊）

〔現代語訳〕卯の花月に混じるを詠んだ歌、
　卯の花が奪って持っていた雪のような白さをまた月の光に奪い取られたことだなあ。

〔他出〕一字御抄・六

〔語釈〕**○卯花混月**　初出の歌題である。**○うの花のうばひてもてる雪の色を**　「うばふ」は六朝初唐詩に例の多い「奪」を歌語として用いた表現とされている。この上の句は、金葉集・夏の「（詞書省略）東宮大夫公実　ゆきのいろをうばひてさけるうの花にをののさと人ふゆごもりすな」、詞花集・夏の「題不知　源俊頼朝臣　雪のいろをぬすみてさけるうのはなはさえでや人にうたがはるらむ」に影響されたのであろう。**〇又**　奪ったものを奪いとられたことをこう表現したものか。あるいは、「月影にとられ」たことが何度もあったということか。**〇とられぬる**　「うばひてもてる」に関わっての措辞であり、前述の俊頼詠の「ぬすみて」と「うたがはる」の対応に倣ったのではないか。

〔補説〕「卯の花」「雪」「月」がともに詠まれる歌に、金葉集・夏の「卯花をよめる　江侍従　ゆきとしもまがひもはてずうのはなはくるれば月のかげかとも見ゆ」がある。

本歌は白く咲く卯の花に月光が皓皓と照っている景を詠んだものであるが、新古今時代になると、卯の花の白さを月光の白さに見立てることが多くなってくる。詳しくは、竹下豊氏『堀河院御時百首の研究』所収「『堀河院御時百首』の影響と享受」参考のこと。

郭公《ほとゝぎす》

なにごとをぬれぎぬにきてほとゝぎすたゞすの森になきあかすらん

〔校異〕　郭公─郭公の歌とてよめる（尊）　らん─哉（内・益）

〔現代語訳〕　郭公を詠んだ歌、

一体どんな濡れ衣を着て、ほととぎすは糺《ただす》の森にやって来、糺して無実を証してほしいと鳴き明かしているのだろうか。

〔他出〕　夫木抄・夏二・2763、久安百首・925

〔語釈〕 ○郭公　歌題としては、仁和ころ（八八五～九）催行の「民部卿（在原行平）家歌合」から見え、堀河百首にある。勅撰集では、後拾遺集以後に多く見られる。○きて　「着て」と「来て」の掛詞。○たゞすの森　山城国の歌枕。現在の京都市左京区の賀茂川と高野川との合流点で、下鴨神社にある森。和歌に詠まれるのはわずか数例で、八代集では、新古今集・恋三の「（詞書省略）　平定文　いつはりをたゞすのもりのゆふだすきかけつつちかへわれをおもはば」が唯一の例である。「糺す」との掛詞。○あかす　「明かす」と「証す」の掛詞。

〔補説〕 ほととぎすが「たゞすの森」と詠まれることはなく、古今和歌六帖・四の「ちはやぶるたゞすのかみのまへにしてそらなきしつるほととぎすかな」のように、「たゞすの神」ならば見られる。

あかでのみこの世つきなば時鳥かたらふ空の雲とならばや

〔校異〕 あかで―きかて（六・鷹・多・版）、あはて（片・益・青・神・群）、あはと（内）　なば―なそ（版）

〔現代語訳〕

お前の鳴き声に聞き飽きないままでこの世を去ってしまったならば、ほととぎすよ、昵懇になれるよう空の雲となり、もっと声を聞きたいものだ。

〔他出〕 今撰集・夏・58、宝物集・七・502（上の句は「郭公あかで此世をつくしては」）

〔語釈〕 ○あかで　底本は少数本文であるが、意味が通じ、かつ今撰集、宝物集も同じなので、これに従う。「きかで」という本文からも勘案して、まだ声が聞き足りないというのであろう。○かたらふ　「ほととぎす」詠によくみられる擬人化の用法である。ほととぎすと「かたらふ」を詠んだ歌には、たとえば千載集・夏の「郭公のうたとてよみ侍りける　権大納言実国　なごりなくすぎぬなるかなほととぎすこぞかたらひしやどとしらずや」がある。

〔補説〕 新日本古典文学大系『宝物集』は本歌を、不本意にも死去したなら、冥界で厚遇を得るために亡霊の道案内をするといわれるほととぎすと懇意になれるよう空の雲になりたいと解している。『宝物集』に採られた意図からすれば、こう考えるのも首肯される。

ほと丶ぎす心のま丶にたづぬとて鳥の音《ね》もせぬ山にきにけり

〔現代語訳〕

ほととぎすよ、心のおもむくままにおまえを訪ね来て、鳥の声も聞こえない奥山に来てしまったことだなあ。

〔校異〕 ナシ

〔参考歌〕 高陽院七番歌合（寛治八年（一〇九四）八月催行）「通俊卿　ほととぎす心のままにたづねつついくたのもりにひとこゑぞきく」

〔他出〕 永暦元年七月「太皇太后宮大進清輔朝臣家歌合」・17、中古六歌仙・74

〔語釈〕 **○鳥の音もせぬ山**　これに似た措辞に、古今集・恋一の「題しらず　読人しらず　とぶとりのこゑもきこえぬ奥山のふかき心を人はしらなむ」があり、笹川博司氏はこの上二句の表現は「極めて仏教的色彩が濃厚であり」、「平安中期・後期から中世にかけて流行する隠遁思想は、「深き山に入る」と表現されることが多かったが、「鳥の音も聞こえぬ山」という表現は、その「深き山」をさらに強調した表現であった」と説明している（『深山の思想　平安和歌論考』所収「古今集「飛ぶ鳥の声も聞こえぬ奥山」考」）。久安百首の藤原公能詠にも「世中をいとふあまりに鳥の音もきこえぬ山のふもとにぞすむ」がある。本歌も、俗世の煩わしさから隔絶した境地に至り着いたことを詠んでいると解される。また、参考歌の上の句が意識されていたこともあるだろう。拙著所収「清輔の述懐歌」参考のこと。

〔補説〕 「清輔朝臣家歌合」では「尋ぬる心はふかけれど上にほととぎすといひて末に鳥といふ病にやあらん、但、証歌あるらん、されどもよからざらん事はまねぶまじ」と評されている。
重家集に「深山尋時鳥　あぢきなや山ほととぎすたづぬとて鳥もこゑせぬたにきにけり」と酷似する歌がある。これは、重家集の年代順の配列から嘉応元年（一一六九）四月ころと考えられており、清輔詠に倣ったのであろう。

66

いさや又なきもやしけん時鳥けふぞわれには初音なりける

〔校異〕　いさや―いまや（鷹）　しけん―しなん（尊）

〔現代語訳〕

さあどうだか知らないけれども、そのほかに鳴いたのだろうか、ほととぎすは。今日聞いた声は私には初音であったよ。

〔語釈〕　**○いさや**　「いさ」の意味を強めた言い方。「いさ」は副詞で、下に多く「知らず」をとり、さあ、どうだろうかの意。新古今集・離別に「別の心よめる　俊恵法師　かりそめの別とけふをおもへどもいさやまことのたびにもあるらん」とある。**○初音**　その年の季節の最初の鳴き声。

67

郭公よこ雲わたる山のはにさもほのめきて過ぎぬなるかな

〔校異〕　ナシ

〔現代語訳〕　横雲が通り過ぎる山の端を、ほととぎすがよくもまあほのかに鳴いて過ぎて行ったようだよ。

〔語釈〕　**○よこ雲**　明け方の東の空に横にたなびいている雲のこと。新古今集のころから多く用いられる歌語であるが、和歌一字抄・上の「朝見花　匡房卿　山桜わきぞかねつるみよしののよこ雲渡る春の明ぼの」が初出と思われる。「ほととぎす」と「よこ雲」が詠み込まれるものに、顕輔集の「（詞書省略）　月かげにたづねきたればほととぎすなくやまのはによこぐもわたる」があり、これを意識したのであろう。この歌語を清輔は好んだらしく、他にも一九八番に「みねのよこ雲」、安元元年（一一七五）一〇月催行の「右大臣家歌合」の「暁恋」に「独ねの恋のけぶりやほのぼのと明けゆく山のみねのよこ雲」と見える。**○さも** 感じ入る意を表わす。まことに。なるほどよく。千載集・恋二に「しのびてくれにまうのぼるべきよし侍りける人につかはしける　二条院御製　などやかくさもくれがたきおほぞらぞわがまつことはありとしらずや」とある。**○ほのめき** ここは、ほのかに鳴くの意であろう。「ほととぎす」と「ほのめく」が詠み込まれるのは多くなく、八代集では、金葉集・夏の「（詞書省略）中納言女王ほととぎすほのめくこゑをいづかたときまどはしつあけぼののそら」、千載集・夏の「（詞書省略）権中納言長方心をぞつくしはてつるほととぎすほのめくよひの村雨のそら」くらいである。**○なる** 終止形につく助動詞「なり」の連体形で、ほととぎすの声を聞いて、山の端を過ぎて行くのを推量したのである。

いくとせぞきかじとおもへば時鳥待つにつけても老いぞかなしき

〔校異〕（本歌）―ナシ（鷹・版）　いくとせぞ―いくとせか（六）、いく年も（多）、いくとせも（尊）　きかじと―聞と（六・片）、きくと（群）

〔現代語訳〕

ほととぎすの声をあと何年も聞くことはないだろうと思うと、鳴き声を待つにつけても老いは悲しいと知ることだ。

〔他出〕　中古六歌仙・75（初句は「いくとせも」）

〔語釈〕　**○いくとせぞ**　「ぞ」は結句にもあり、不審であるが、いま底本に従っておく。尊経閣文庫本と中古六歌仙は「いくとせも」とあり、この本文で意味がより明確になるので、これにより解釈しておいた。

郭公声幽

かざこしをゆふこえくれば時鳥ふもとの雲の底に鳴くなり

〔校異〕　郭公声幽―ナシ（六・鷹・多・青・版）、郭公声香（内・益・神）、郭公声杳（群）　かざこしを―かさこしの（片・神）、かさし近（版）

〔現代語訳〕　郭公の声幽《かす》かなりを詠んだ歌、
　風越の峰を夕方越えてくると、山麓に湧く雲に閉ざされたはるか下で鳴いているほととぎすの声がかすかに聞こえる。

〔参考歌〕　古今集・夏「おとは山をこえける時に郭公のなくをききてよめる　きのとものり　おとは山けさこえくれば郭公こずゑはるかに今ぞなくなる」、詞花集・雑下「しなののかみにてくだりけるにかざこしのみねにて　藤原家経朝臣　かざこしのみねのうへにてみる時は雲はふもとのものにぞありける」

〔他出〕　千載集・夏・158、今撰集・夏・52、治承三十六人歌合・2、中古六歌仙・76（第二句は「ゆふこえゆけば」）、歌枕名寄・二五・6606

〔語釈〕　**○郭公声幽**　初出の歌題である。歌題のない本も多く見られ、他出文献にも相違がある（千載集は「郭公の歌とてよめる」、今撰集は「郭公声遥」など）ことからすれば、もともとの清輔集には存しなかったのかもしれない。**○かざこし**　信濃国の歌枕で、現在の長野県飯田市の西方にある。多く「風越の峰」の形で平安中期以降に詠まれるようになる。八雲御抄・五の「嶺」に見える。参考歌や本歌のように、雲の上にそびえる高山として詠まれることが多い。**○雲の底**　七番と一一番には「霞の底」が見られる。この措辞は漢詩では『本朝文粋』や『和漢兼作集』にあるが、勅撰集では、千載集が初出で、本歌以外に「暮天郭公といへる心をよみ侍りける　仁和寺法親王守覚　ほととぎすなほはつこゑをしのぶ山ゆふゐる雲のそこに鳴くなり」（夏）がある。他には、秋篠月清集に「擣

衣五首　やまがつのたにのすみかに日はくれてくものそこよりころもうつなり」と見える。雲に隔てられたはるか下方にある場所をいう。

〔補説〕　本歌は歌体は古今集により、かつ詞花集の本歌取りになっている。

「風越の峰」については、詞花集以外にも、袋草紙・上に、ある人が証歌として挙げた「かざこしの峰よりおるるしづの男の木曾の麻衣まくりでにして」（出典未詳）が見え、清輔には熟知の歌枕であった。本集の二一七番にも詠まれている。

墻《かき》根郭公

ほとゝぎすかきねがくれのしのびねも我ばかりにはへだてざらなむ

〔校異〕　がくれ—はかり《かくれ》（多）、はかり（版）　ざらなむ—さるらん（尊）

〔現代語訳〕　墻根の郭公を詠んだ歌、

ほととぎすよ、垣根の陰で鳴く忍び音も、私にだけは隔てないで聞かせてほしいものだ。

〔他出〕　一字御抄・一

〔語釈〕　**○墻根郭公**　散木奇歌集・二に既に見られる。**○ほとゝぎすかきねがくれ**　同様の言い方に、実方集の「（詞書省略）　卯花のかきねがくれにほととぎすわがしのびねといづれほどへぬ」があり、「しのびね」も詠み込まれている。**○しのびね**　陰暦四月ころのほととぎすの初音で、本格的に鳴く前のもの。

〔補説〕　後拾遺集・雑四の「（詞書省略）　六条斎院宣旨　しのびねをききこそわたれほととぎすかよふかきねのかくれなければ」を意識して詠まれたものであろう。

71

独聞水鶏《くひな》

とはすべき人だになくてやすらへばたゝく水鶏に聞きぞなしつる

〔校異〕 とはす―とはる（六・鷹・多・版） なしつる―ならへる（六・鷹）、なつかし（内）

〔現代語訳〕 独り水鶏を聞くを詠んだ歌、
わたしの安否を問わせるはずの人さえもいなくて思い煩っていると、戸をたたく水鶏に誰かやって来たのではないかと聞きなしてしまったことだ。

〔語釈〕 **○とはす** 「す」を使役の意味にとり、誰かに安否を問わせると解しておいた。**○人だになくて** この「だに」は直接訪問してくれる人はいないことを言外に知らせている。**○やすらへ** 和歌初学抄に「やすらふ 徘徊也思案也たちやすらふおもひあむずる」と見え、ここは「おもひあむずる」であろう。新古今集・夏に「堀河院御時、きさいの宮にて、潤五月時鳥といふ心を、をのこどもつかうまつりけるに 権中納言国信 ほとゝぎす五月みな月わきかねてやすらふ声ぞ空にきこゆる」とある。**○たゝく水鶏** 「水鶏」は夏の夜昼わかず鳴き、その声が戸を叩く音に似ているといわれる鳥である。歌では、水鶏の声に人（特に、恋人）が訪れたのではないかと心を留めるというように詠まれることが多い。

〔補説〕 本歌題が藤原教長の貧道集や藤原公重の風情集にも見られ、しかもこれらが「崇徳院句題百首」詠であることから、本歌も同詠と考えられている（藏中さやか氏『題詠に関する本文の研究 大江千里集 和歌一字抄』所収「崇徳院句題百首考」）。

72

社頭水鶏

夜もすがらあけの玉がきうちたゝき何事をねぐ水鶏なるらん

〔校異〕 玉がき—玉（版）

〔現代語訳〕 社頭の水鶏を詠んだ歌、

夜通し朱塗りの玉垣を打ち叩いて、いったいどのような事を祈っている水鶏なのであろうか。

〔語釈〕 **○社頭水鶏** 初出の歌題である。「社頭」は神社の付近、宮前。**○玉がきうちたゝき** 玉垣を打ち叩くことは、後拾遺集・神祇に「いなりによみてたてまつりける 恵慶法師 いなりやまみづのたまがきうちたたきわがねぎごとを神もこたへよ」と見える。この行為は、祈願するのに瑞垣を叩くと普通は解されているが、あるいは柏手を打つとも考えられようか。いずれにしても、水鶏の鳴き声を叩く音と聞き、擬人化したものである。**○ねぐ** 祈願する。

端午述懐

人なみに袂《たもと》にかくるあやめ草うきにおひたるこゝちこそすれ

〔校異〕 端午—端牛（底・神） かくる—かゝる（青）、めくる（版） おひたる—ほひたる（底）、をひたる（益）、生たる（六・鷹・内・多・版）、老たる（神）

〔現代語訳〕 端午の述懐を詠んだ歌、

人並みに菖蒲を袂に掛けているが、その菖蒲が埿《うき》に生えているように、私は人並みでなく憂き世を過ごしている感じがすることだ。

〔語釈〕 **○端午述懐** 底本の「端牛」では意不通なので、諸本により改める。初出の歌題である。「端午」は陰暦五月五日の男子の節句。**○袂にかくるあやめ草** 「あやめ草」は菖蒲のこと。端午の節会には邪気払いに菖蒲を袂にかけて祝う習慣がある。**○うきにおひたる** 「おひたる」は底本「ほひたる」とあるが、諸本により「おひたる

（生ひたる）」に改める。「うき」は「渥（泥深い地）」と「憂き」の掛詞。同じ措辞に、後拾遺集・雑三の「ことありて播磨へまかりくだりけるみちより五月五日に京へつかはしける　中納言隆家　よのなかのうきにおひたるあやめぐさけふはたもとにねぞかかりける」などがある。

〔補説〕　同想に、千載集・雑下の「五月五日菖蒲をよめる　道因法師　けふかくるたもとにねざせあやめ草うきはわが身にありとしらずや」がある。

照射《ともし》

ことわりやさこそはつらくおもふらめともしの鹿のめをもあはせぬ

〔校異〕　ともし—とめもし（底）　あはせぬ—あはせめ（多）、あはすな（神）

〔現代語訳〕　照射を詠んだ歌、

もっともなことだなあ。さだめし、鹿はむごく思うからであろう。照射をして待っている鹿が火に目を合わせないのは。

〔他出〕　夫木抄・夏二・3092、久安百首・928

〔語釈〕　**〇照射**　歌題としては、長元八年（一〇三五）五月催行の「賀陽院水閣歌合」から見え、堀河百首にある。勅撰集では、金葉集以後に見られ、特に千載集に多い。「照射」は和歌色葉・下に「五月闇のめざすともしらぬ夜、野山に馬にのりてやなぐひより二三尺ばかり長き串に火をともして、〔やなぐひにさしぐして〕鹿のめをあはするをねらひいるをいふ也。ほぐしとは、その火をともす串也。ちひさきかゞりの名也」と見えるように、夏山の鹿猟の方法である。またその火をいう。たとえば、和泉式部集に「夏の夜はともしのしかのめをだにもあはせぬ程に明けぞしにける」とある。**〇さこそ**　きっと。さぞかし。**〇ともし**　底本は「とめもし」とあるが、意不通なので諸本により改める。

五月雨

時しまれ水のみこもをかりあげてほさでくたしつ五月雨の空

〔校異〕 時しまれ—時しもあれ（六・片・鷹・多・版・尊・群）、時しあれ（青・神） 水—みつ（六・片・鷹）、御豆（内・益） みこも—みこもり（青） 五月雨—五月（鷹・版）

〔現代語訳〕 五月雨を詠んだ歌、

時もあろうに折あしく、水につかった美豆の御牧の水菰を刈り上げたまま、干さないで腐らせてしまったよ、五月雨続きの空の下で。

〔参考歌〕 後拾遺集・夏「（詞書省略） さがみ さみだれはみづのみまきのまこもぐさかりほすひまもあらじとぞ思ふ」

〔他出〕 千載集・夏・184（初句は「時しもあれ」。以下の歌集も同じ）、久安百首・927、歌枕名寄・五・1501

〔語釈〕 **○五月雨** 歌題としては、治安万寿ころ（一〇二一～四）催行の「或所歌合」から見え、堀河百首にある。勅撰集では、金葉集以後に多く見られる。**○時しまれ** 「時しもあれ」の約。折も折。為忠家後度百首に「亭午月などやかくうしのかひふくときしまれ月はむまにもかげのなるらん」（勘解由次官親隆作）とあり、六条修理大夫集にも「（詞書省略） ゆふづくひいるさのやまにときしまれをりはへてなくほととぎすかな」（もう一首あり）と見える。**○水** 参考歌からみて、歌枕「美豆」との掛詞であろう。「美豆」は山城国。美豆の森、美豆の御牧とも詠まれ、現在の京都市伏見区淀美豆町に名が残っている。朝廷の牧場があった。駒、真菰、菖蒲と結びつく。**○みこも** 水辺に生えている菰。古今和歌六帖・一に「あやめぐさ つらゆき さはべなるみこもかりてはあやめ草袖さへひちてけふやとるらん」とある。

〔補説〕　新日本古典文学大系『千載和歌集』は「賤の男に身を置いて甲斐の無い仕事に終った不充足感を嘆ずる。不遇述懐歌」とするが、「不遇述懐歌」とまで述べるのは如何なものか。参考歌を念頭において詠まれた歌に他に八〇番がある。

たごの浦のもしほもやかぬ五月雨にたえぬはふじの煙なりけり

〔校異〕　もしほも―もしほのも（内）　なりけり―なりける（尊）

〔現代語訳〕

田子の浦で藻塩も焼かないような降り続く五月雨でも、絶えることがないのは富士の煙であるのだなあ。

〔他出〕　風雅集・夏・365、治承三十六人歌合・3、中古六歌仙・77、雲葉集・四・327

〔語釈〕　**○たごの浦**　田子の浦。駿河国の歌枕。富士山南麓の駿河湾に面する海岸一帯を指す。白砂青松の地として著名であった。**○もしほもやかぬ**　「もしほ」は歌語で、ここは製塩に必要な鹹水を得るために海藻にかける海水のこと。「もしほやく」は鹹水を煮詰めて塩を製する作業をいう。「田子の浦」の「もしほ」が詠まれる歌に、拾遺集・雑春の「小一条のおほいまうちぎみの家の障子に　よしのぶ　たごの浦に霞のふかく見ゆるかなもしほのけぶりたちやそふらん」がある。**○ふじの煙**　富士山は平安時代にしばしば噴火したことが記録に見え、都の人には活火山として知られていたと思われる。本歌のように「五月雨」とともに詠まれる歌に、為仲集の「宮のさぶらひにてだいをさぐるに、さみだれをとりて　かきくらし晴るるまのなき五月雨のふじの煙はなほや立つらむ」がある。

〔補説〕　本歌は拾遺集の「たごの浦」「もしほ」、為仲集の「五月雨」「ふじの煙」を詠み込んだような歌である。

二条院の御時、この歌をよろしとやきこしめしたりけん、御さうしかきにたまはせたりけるなかに、紙《かみ》に書《か》きてさしはさまれたりける歌、

ふじの山けぶりばかりを雲のうへにならせることはうしとおもふや

〔校異〕 かきに―きに（六・版） かみ―かは（六） 歌―ナシ（尊） おもふや―おもへは（片・神・群）

〔現代語訳〕 二条天皇の御世に、天皇はこの歌が良いとお思いになったのであろうか、御冊子を書かせるためにお与えになった中に、紙に書かれ挿しはさまれていた御歌、

富士山の煙のようにお前の思い焦がれる心のみを雲の上に慣れさせることだけで終り、お前をいつまでも昇殿させないでいることを悲しいと思っているのだろうか。

〔語釈〕 **○二条院** 二条天皇は後白河天皇第一皇子、母は藤原経実女懿子。康治二年（一一四三）生、永万元年（一一六五）没。在位は保元三年（一一五八）から没年の六月までで、六条天皇に譲位後の七月に崩御。**○この歌** 「ふじの煙」を詠んでいることから、前歌の七六番を指すのであろう。なお、「この歌をよろしとやきこしめしたりけん」と、わざわざ「この」と明示し、かつ「や……けん」と他人事のような筆致から考えて、七五、六番を含む多くの歌を閲覧に供していたと解することができる。詳しくは、拙著所収「『清輔集』の成立について」参考のこと。**○御さうしかきに** 「さうし」に「綴じ本」の意味があり、これには本文が書写されたものや白紙のものがあるが、ここは後者と思しい。「御」があるのは天皇から拝領されたことをいい、「かきに」は必ずしも明確ではないが、書かせるために白紙を与えたというのであろう。この冊子下賜は袋草紙の書写のためではないかと考えられる。なお、袋草紙は平治元年（一一五九）一〇月には天皇に献上されている。**○けぶり** 思い焦がれる苦しみを暗示する。新古今集・恋一に「題しらず 貫之 しるしなき煙を雲にまがへつつよをへてふじの山ともえなん」とある。**○雲のうへ** 殿上を暗示する。

〔補説〕 本歌は七八番の詞書により、清輔が昇殿できずに嘆いていることを天皇が気遣った歌と解しておく。清輔の昇殿が許されたのは応保二年（一一六二）三月六日である。

78

此の御歌の心は、うへゆるされぬことをおぼしめしけるになむ、さて御かへしに申す、

雲ゐまでふじの煙ののぼらずはむせぶおもひもしられざらまし

〔校異〕 御歌—歌（内・益） うへ—ナシ（版） けるに—ける（鷹） なむ—な歟む（版） 申す—ナシ（尊） ざらまし—さゝまし（神）

〔現代語訳〕 前の御歌の意味は殿上が許されていないことをお思いになって詠まれたのであろう。それでその御返事に申し上げた歌、

もし天上まで富士山の煙が昇らなければ息苦しくなる思いがお分りにならないように、私が昇殿しなければ、咽び泣く思いもあなたさまには知られないことでしょう。

〔語釈〕 ○此の御歌 七七番を指す。○うへ 禁中。殿上の間。○雲ゐ 「空の高い所」の意と「宮中」の意を掛ける。○むせぶ 和歌初学抄に「むせぶ 鳴咽也トゞコホリユカヌ也」とある。ここは、「煙等で息苦しくなる」の意と「咽び泣く」の意を掛ける。「むせぶおもひ」は二八七番にも見られる。

79

船中五月雨

五月雨のせとにほどふる友舟は日影のさゝむをりをこそまて

〔校異〕（本歌）—ナシ（青） 五月雨の—五月の（多・版） せと—宿（尊） さゝむ—さゝぬ（版）

〔現代語訳〕 船中の五月雨を詠んだ歌、
五月雨の降る海峡で時を過ごす友舟は、日の光が射す折を待ちに待っている。

〔語釈〕 **〇船中五月雨** 本題は、清輔とほぼ同時代の、俊恵の林葉集・二に「船中五月雨 五月雨にたななし小舟湊いれば棹にぞさはる蘆のは末も」、覚綱集に「賀茂の月まうでに、船中五月雨といふことを、よみけるに はるるまをいまやいまやとまつらぶねこころづくしの五月雨の空」とある以外は見られない。**〇せと** 狭い海峡。ここで天気の回復を待っているのである。**〇友舟** 連れ立っていく船。堀河百首に「霞 公実 春霞しかまの海をこめつればおぼつかなしやあまのともぶね」、玄玉集・二に「海辺の霞といふ心をよめる 顕昭法師 友舟は霞にきゆるこしの海春の波路はさびしかりけり」とある。

田家夏雨

刈りしほのそとものむぎもくちぬべしほすべきひまもみえぬ五月雨

〔校異〕 そとも―ことも（神） ほす―おす（版）

〔現代語訳〕 田家の夏の雨を詠んだ歌、
家のすぐ外で刈り取った麦の穂もきっと朽ちてしまうだろう。干すべき合間もないぐらい降り続いている五月雨であるよ。

〔参考歌〕 後拾遺集・夏「（詞書省略） さがみ さみだれはみづのみまきのまこもぐさかりほすひまもあらじとぞ思ふ」

〔他出〕 夫木抄・夏二・3109（第三句は「くちぬらし」）

〔語釈〕 **〇田家夏雨** 初出の歌題である。「田家〇〇」という歌題は概して秋、冬の歌に多い。**〇そとも** 外面。

歌語であり、能因歌枕（広本）に「そともとは、うしろの庭を云、家のほかをも」、和歌初学抄に「そとも　ホカ也」と見える。金葉集・春に「（詞書省略）　藤原隆資　やまざとのそとものをだのなはしろにいはまのみづをせかぬひぞなき」とあり、これがこの語の勅撰集での初出である。本集の四〇二番には「外面田」が詠まれる。

〔補説〕　本題については、「五月雨」が詠み込まれているので、「田家五月雨」とするのが常道であろうが、これ自体他に見られない歌題ではあっても、このままでは七九番の「五月雨」と重なり、「五月雨」では言い旧された歌題である。そして新しい歌題を創出しようとする考えもあり、このようにしたのではないか。拙著所収「『清輔集』における結題」参考のこと。

　参考歌を念頭において詠まれたと思しい歌が七五番にもある。

81

盧橘《ろきつ》遠薫

たがやどの花たちばなにふれつらん気色ことなる風のつて哉

〔校異〕　花たちばなに—花のたちはな（鷹・版）　たがやどの—たかとの（尊）
〔現代語訳〕　盧橘遠く薫《にほ》ふを詠んだ歌、
　誰の家の花橘に風は触れてきたのであろうか。いつもとは様子が違う風の便りであることよ。
〔語釈〕　**○盧橘遠薫**　「盧橘」は元来金柑の別名であるが、『和漢朗詠集』「橘花《ママ》」の「盧橘子低山雨重」（白居易作）で橘と混同されて以来、踏襲されて、「花橘」にこの字をあてるようになったとされている。この歌題のよみについては、〔補説〕で述べる隆信集に「院御供花のほど、はなたちばなとほくにほふといふ事を、人人よみ侍りしに」とあるのに従う。**○気色ことなる**　趣きがいつもとは異なるの意。三番にも詠まれている。**○風のつて**　風の便り、風の媒介などの意。金葉集・夏に「（詞書省略）　中納言俊忠　さつきやみはなたちばなのありかをばかぜのつてにぞそらにしりける」とあり、これも花橘と風が詠み合わされている。
〔補説〕本題は、重家集の「院（注、後白河）御供花次に人人歌よまれしに　盧橘遠薫　わがやどのはなたちばなのにほひゆゑをちかた人のたちとまるらむ」、頼政集・上の同じ折と思しい歌（一五五番）、隆信集（書陵部本）の同じ折と思しい歌（二六番）などで見られる。そして重家集にある同じ供花会での「近隣恋」が本集の二五七番にもある。これらから、清輔の後白河法皇主催の当供花会（ほとんど毎年行われている）への参会について、久保田淳氏は「かれと後白河法皇との関係を考える上にも、かなり重要な問題を含むのであるが、はっきりしたことは言えない」と述べている（『新古今歌人の研究』所収「藤原俊成の研究」）。

風静盧橘芳

君が代に枝もならさでふく風は花たちばなの匂ひにぞしる

〔校異〕風静—風（片）、風声（神）　盧橘—蘆橘（底・益）
〔現代語訳〕風静かにして盧橘芳《かうば》しを詠んだ歌、
　君の御代に枝も鳴らさないほど穏やかに吹いている風は、運んできた花橘の匂いによって知ることだ。
〔参考歌〕玉葉集・賀「（詞書省略）　出羽弁　風ふけど枝もならさぬ君が世に花のときはをはじめてしかな」、実家集「はるのはなを、おのおのいはひによせて、人人よみしに　きみがよにえだもならさぬ春風はのきばのむめのにほひにぞしる」
〔他出〕一字御抄・五
〔語釈〕〇風静盧橘芳　底本等の「蘆橘」は間違っているので諸本に従い、「盧橘」と改める。初出の歌題である。
〇枝もならさでふく風　後漢時代の王充の『論衡』「是応」に「儒者論ニ太平瑞応一……風不レ鳴レ條、雨不レ破レ塊」

とあり、天候もよく、世の中がよく治まっていることをいう。
〔補説〕参考歌として挙げた実家集の藤原実家（一一四五～九三）は清輔より四十歳くらい年下であり、清輔と親しい実定の弟であるので、実家は本歌に倣ったと思われる。

海辺螢

はまかぜになびく野島のさゆり葉にこぼれぬ露は螢なりけり

〔校異〕はまかぜに―はまかせの（青）　さゆり―さゆる（版）　葉に―葉の（内）
〔現代語訳〕海辺の螢を詠んだ歌、
浜風に靡いている野島のゆりの葉に置きながら、こぼれない露は実は螢であったのだなあ。
〔参考歌〕千載集・雑上「夏草をよめる　源俊頼朝臣　しほみてば野じまがさきのさゆりばに浪こすかぜのふかぬ日ぞなき」
〔他出〕夫木抄・夏二・3231、一字御抄・一
〔語釈〕〇海辺螢　初出の歌題か。〔補説〕参考。〇野島　歌枕で、「野島が崎」とも詠まれる。所在地については、淡路、近江など諸説あり、和歌初学抄には「出羽　のじま」とみえる。安田純生氏は、参考歌について、俊頼が父経信の大宰府赴任の途次淡路国に立ち寄っていることから、俊頼は「野島が崎」を淡路国の地名と解して詠んだことは確かであるとし、清輔はこれにより「野島」を淡路国の「野島が崎」と同じ地と理解していたと論じている（『歌枕試論』所収「野島が崎の百合」）。現在の兵庫県津名郡北淡町にある。〇こぼれぬ露は螢なりけり　和歌初学抄に「露は玉　螢」とある。同様の歌に、玉葉集・夏の「叢間螢といふことを　三条入道左大臣　吹く風になびく沢べの草のはにこぼれぬ露やほたるなるらん」、和歌一字抄・下の「草螢似露　式部　草しげみおける露かと見えつ

るはすだく螢の光なりけり」がある。特に、前者の作者「三条入道左大臣」の藤原実房（一一四七～一二二五）は清輔より四十歳くらい年下であり、清輔のいとこ公教男であるので、実房は本歌に倣ったと思われる（拙著所収『清輔集』にみられる三条家」）。

〔補説〕本歌題は清輔と親しい藤原教長の貧道集にも見られるが、それ以上のことは分からない。

瞿麦《くばく》満庭

庭のおもの唐なでしこのくれなゐはふみているべきみちだにもなし

〔校異〕おものーおもは（片・神）　くれなゐはーくれなゐに（六・片・鷹）、くれなゐは《に》（多・版）　ふみているべきーふみ入つき（版）

〔現代語訳〕瞿麦庭に満つを詠んだ歌、

庭一面が唐なでしこの紅色で覆われているので、踏み入る道さえもないことだ。

〔他出〕一字御抄・七

〔語釈〕**○瞿麦**　なでしこのこと。顕注密勘に「瞿麦をば鍾愛抽二衆草一、故曰二撫子一。艶装千年、故曰二常夏一と、家経朝臣の和歌序にかけり」とある。**○唐なでしこ**　中国から伝わった石竹をいう。花の色は赤、濃紅紫などで、枕草子に「草の花は　撫子。唐のはさら也、大和のもいとめでたし」（三巻本）とある。千載集・夏に「なでしこの花さかりなりけるをみてよめる　和泉式部　みるがなほこの世の物とおぼえぬはからなでしこの花にぞ有りける」と見える。

〔補説〕本題は六条修理大夫集、出観集、風情集にも見られるが、それ以上のことは分からない。

85

夕立

おのづからすゞしくもあるか夏衣ひもゆふ立の雨のなごりに

〔校異〕　ゆふ立―ゆふくれ（片・鷹・尊）　なごりに―なこりは（内・益）

〔現代語訳〕　夕立を詠んだ歌、

自然に涼しく感じられることだなあ。夏衣の紐を結ぶ、日も夕暮になって降った夕立の名残で。

〔他出〕　新古今集・夏・264（第四句は「ひもゆふぐれの」）、夫木抄・夏三・3565、久安百首・930、詠歌大概・21（第四句は「ひもゆふぐれの」）、定家八代抄・夏・255（第四句は「日も夕ぐれの」）

〔語釈〕　**○夕立**　歌題としては、古今和歌六帖が初出で、これ以降平安後期まで見られず、勅撰集では、続拾遺集までその例がない。**○ひもゆふ**　「日も夕」と「紐結ふ」の掛詞。古今集・恋一に「題しらず　読人しらず　唐衣ひもゆふぐれになる時は返す返すぞ人はこひしき」とある。**○ゆふ立**　諸本に「ゆふくれ」と異同が見られ、新古今集、詠歌大概、定家八代抄も「ゆふくれ」である。「夕立」は歌材として清輔以前は好忠集、能因法師集、散木奇歌集などの家集に散見されるくらいである。俊頼髄脳は「六月にはゆふだちといひて、俄に降るあめをゆふだちと書けるは夕暮にふるべきなめり。まことにもさぞふるめる」と説いている。

〔補説〕　本歌は、『和漢朗詠集』「納涼」に見られる「青苔地上銷残暑　緑樹陰前逐晩涼」（白居易作）によっている。詳しくは、拙稿「藤原清輔の『和漢朗詠集』の漢詩摂取」（「島根大学法文学部紀要　島大言語文化」第十九号）参考のこと。

86

水辺納涼

川島の松の木かげのまとゐには千代の齢《よはひ》ものびぬべきかな

〔校異〕 ナシ

〔現代語訳〕 水辺の納涼を詠んだ歌、

川島の松の木陰で団欒していると、千年の寿命も延びるに違いないなあ。

〔他出〕 夫木抄・雑五・10414

〔語釈〕 **○水辺納涼** 多く詠まれる歌題である。**○川島** 一般名詞か歌枕か不明であるが、たぶん後者であろう。和歌初学抄に「摂津 かは島」と見え、八雲御抄・五にも同様に挙がる。後者と考えられているものに、千載集・恋四の「（詞書省略） 従三位季行 君にのみしたのおもひはかはしまの水の心はあさからなくに」がある。**○まとゐ** 大勢で輪になって座ること。車座。奥義抄・上に「まとゐ、まはりゐたる也」とある。古今集・雑上に「題しらず よみ人しらず 思ふどちまとゐせる夜は唐錦たたまくをしき物にぞありける」と見える。

夏月浮泉

なにごとにすゞしく物をおもはまし岩まの水の月みざりせば

〔校異〕 （歌題）と（本歌）―ナシ（内） なにごとに―なにことも（益） すゞしく―すゝしき（版）

〔現代語訳〕 夏の月泉に浮かぶを詠んだ歌、

どんなことに涼しいと感じるだろうか。岩間の泉の水に映っている月を見ないでいるならば。

〔他出〕 中古六歌仙・78（第四句は「いはまにやどる」）、一字御抄・五

〔語釈〕 **○夏月浮泉** 初出の歌題である。

〔補説〕 本歌のように、水に映る月を涼しいと詠む歌に、千載集・夏の「題しらず 顕昭法師 さらぬだにひかりすずしき夏の夜の月をし水にやどしてぞみる」がある。

夏神楽

河社《かはやしろ》なみのしめゆふ水のおもは月のひかりもきよくみえけり

〔校異〕 なみ―水（内）

〔現代語訳〕 夏神楽を詠んだ歌、

川社の折に波が注連縄《しめなわ》を結っている水面は、映っている月の光もことさら清く見えることだなあ。

〔他出〕 夫木抄・夏二・3285、久安百首・931（第四、五句は「神の心もすずしかるらむ」）

〔語釈〕 **〇夏神楽** 既に詠まれている歌題ではあるが、多くは見られない。**〇河社** 中古歌学において難義の一つである。奥義抄・下巻余に「かはやしろのことさま〴〵に申すめれど、皆ひがごと也。是は夏神楽のこと也。神楽は冬することを、おのづからにはかなる事にて夏などする時にはきよき川のほとりにてする也。河の瀬にさかき四本を立て、それをはしらにて、しの竹をたなにかきてそれに神供をばそなふ。これをかはやしろといふ也」とあり、清輔は夏神楽のことと説いている。自説を主張するねらいで本歌を詠んだのではないだろうか。詳しくは、拙著所収「清輔の詠歌と難義」参考のこと。**〇なみのしめゆふ** 結いめぐらした注連縄を白波が洗う様子をいう。江師集に「六月つきぬ、人のいへ かはやしろあきはあすぞとおもへばやなみのしめゆふかぜのすずしき」、続後撰集・夏に「夏のくれの歌 前中納言匡房 ゆふかけて浪のしめゆふかはやしろ秋よりさきにすずしかりけり」とあり、ともに「かはやしろ」と詠み合わされている（「かはやしろ」の意味は必ずしも明確ではないが）。清輔はこれらが念頭にあったのではなかろうか。**〇月のひかりもきよくみえけり** 奥義抄に、神楽は「きよき川のほとりにてする」とあるので、清き川に月も清く澄み渡って、いっそう美しく見えるというのである。

〔補説〕 続詞花集・神祇に「夏神楽をよめる 多忠節 ゆふしではなみにまがひぬ河社さかきぞ神のしるしなりける」とある。この「さかき」は奥義抄にいう「河の瀬にさかき四本を立て」に当たり、それゆえ「河社」は「夏神楽」のことになるだろう。無名に等しい（勅撰集入集はない）忠節の歌を自撰の私撰集に、しかもこの一首だけを入れた清輔のねらいは明らかである。

夏猟

夏の野をゆずゑふりたてこまなべてあさふませゆく人やたがこぞ

〔校異〕夏猟―夏野（六・鷹・多・版）、夏狩（片・群）、夏秋（神）、夏（青）　ゆずゑ―ゆす《き》ゑ（鷹）、ゆきゑ（版）、ゆすへ（内）　こま―馬（六・鷹・多・版）

〔現代語訳〕夏の猟を詠んだ歌、

　夏の野を、弓の末を勢いよくふり動かしながら立て、馬を並べて、朝、踏ませて行く人はどこのどなたやら。

〔他出〕秋風集・四・206（初句は「なつのよを」、第三句は「こまなめて」）、久安百首・929（第三句は「こまなめて」）

〔語釈〕**○夏猟**　既に詠まれている歌題である。**○ゆずゑ**　弓の上端。万葉集・三に「ますらをのゆずゑふりたていつるやをのちみむひとはかたりつぐがね」（笠朝臣金村歌）とある。**○ふりたて**　万葉集・一五に「おほぶねにかしふりたててはまぎよきまりふのうらにやどりかせまし」（作者未詳歌）とある。**○こまなべて**　顕注密勘に「こまなべてとは、駒ならべてと云也。駒なめてもかけり。万葉には、駒並とかけり。こまをうちならべてゆく心也」と見える。清輔は奥義抄・上で「こまなべて」を挙げずに、「こまなめて、駒ならべて也」と述べている（和歌初学抄も同じ）。**○たがこぞ**　「こ」は親愛の気持ちでいう語。万葉集・一六に「……さすたけのとねりをとこもしのぶらひかへらひみつつたがこぞとやおもひてあらむ……」（作者未詳歌）とある。

〔補説〕第三、四句は万葉集・一の「たまきはるうちのおほのにうまなめてあさふますらむそのくさふけの」（間人連老歌）を踏まえており、本歌は万葉集仕立ての歌になっている。

90

山路草深

と山には草葉わけたるかたもなし柴かるしづのおとばかりして

〔校異〕草葉わけたる―草わかれたる（片）、草は侘たる（神）、草は絶たる（群）

〔現代語訳〕山路の草深しを詠んだ歌、

外山には草葉を踏み分けて進んで行った形跡もない。柴を刈る農夫のいる人音がするだけで。

〔他出〕中古六歌仙・79

〔語釈〕**○山路草深**　初出の歌題である。**○と山**　深山に通じる、人里に近い山。古今集・神あそびのうたに「とりもののうた　み山まにはあられふるらしとやまなるまさきのかづらいろづきにけり」とある。**○おと**　人音、人の気配と解しておく。万葉集・一六に「……ひやみづのこころもけやにおもほゆるおとのすくなきみちにあひぬかも……」（作者未詳歌）とある。

91

水草隠橋

まこも草たつきもしらずなりにけりはわけのすぢや沼のまろはし

〔校異〕はわけ―葉分（六・尊）、葉わけ（鷹）、いわけ（底・内・益・多）、いはけ（神・群）、いはけ《はわけ》（青）、いはせ（片）　すぢ―末（六・鷹・多・版）、すゝ（片・神・群）、すゝ《すち》（青）　まろはし―丸橋（内）、丸はし（益）

〔現代語訳〕水草橋を隠すを詠んだ歌、

真菰草の様子を知る方法も分からなくなったなあ。一枚一枚の葉に分けている筋の所が沼に架かる丸木橋なのであろうか。

〔他出〕　一字御抄・五

〔語釈〕　**○水草隠橋**　初出の歌題か。なお、出観集に「水草蔵（かくす）橋」がある。**○まこも草**　いね科の多年草で、高さ一～二メートル。沼沢に自生し、夏に刈って筵に編んだりする。奥義抄・上に「薦、かつみ　花がつみ」と見え、俊頼髄脳では「こも」を陸奥国では「かつみ」と言うと説明する。後拾遺集・夏に「（詞書省略）さがみ　さみだれはみづのみまきのまこもぐさかりほすひまもあらじとぞ思ふ」とある。**○たつき**　様子・状態を知る方法。一般に「知らず」を伴って用いる。古今集・春上に「題しらず　よみ人しらず　をちこちのたつきもしらぬ山なかにおぼつかなくもよぶこどりかな」とある。**○はわけ**　底本の「いわけ」では意不通なので、諸本により改める。歌語で、一枚一枚の葉ごとに分けること。古今和歌六帖・一に「吹く風に我が身をなして草しげみはわけをしつつあはんとぞ思ふ」、千載集・冬に「冬のはじめのうたとてよめる　藤原定家　冬きては一よふたよを玉ざさのはわけの霜のところせきまで」とある。

刈野草

花さかむ草をばよきよ夏の野をなべてなかりそしづのをだまき

〔校異〕　草をばよきよ―草をよきよ（多）、草をはよきて（神）、草をはは《よ》きよ（版）　なかりそ―名残そ（青・神）　をだまき―をたにき（底・青）

〔現代語訳〕　野の草を刈るを詠んだ歌、

　花が咲くであろう草を除いてくれ。夏の野をすべて刈り取らないでくれ、農夫よ。

〔語釈〕　**○刈野草**　初出の歌題である。**○しづのをだまき**　底本の「をたにき」では意不通なので、諸本により改める。歌語で、しづ（古代の織物の一種）を織る糸を繰り出して巻きつける道具。「賤し」や「くる」にかかる序詞としての用法が多い。古今集・雑上の「題しらず　よみ人しらず　いにしへのしづのをだまきいやしきもよきもさかりは有りしものなり」、伊勢物語・三二の「いにしへのしづのをだまき繰りかへし昔を今になすよしも哉」がある。ただし、奥義抄・下に「物の異名しるしたる物には、いやしきをとこをしづのをだまきとはいふとかけり」、和歌初学抄に「賤男……シヅノヲダマキ」などとあるので、本歌では、この意味に解しておく。

〔補説〕　似る歌に、林葉集・二の「夏野　さきそむるこはぎはよきよおしなべて夏のの草はかりしあふとも」がある。

夏祓

河の瀬におふるたまものゆく水になびきてもする夏ばらへ哉

〔校異〕　ナシ

〔現代語訳〕　夏祓を詠んだ歌、

川の瀬に生えている玉藻が流れる水に靡くように、流れに靡いて禊《みそぎ》をする夏祓であるなあ。

〔参考歌〕　万葉集・一三「……あすかのかはのはやきせにおふるたまものうちなびきこころはよりて……」（作者未詳歌）、貧道集「讃岐院の百首のなかの恋歌　かはのせにおふるたまものうちなびききみにこころはよりにしものを」

〔他出〕　新後拾遺集・夏・284（作者は「左京大夫顕輔」）、久安百首・932

〔語釈〕　**○夏祓**　忠盛集にも見える。この歌題に類するものに、夏越祓、六月祓、荒和（あらにぎ）祓などがあり、私撰集や私家集では早くから見られるが、勅撰集では後拾遺集が初出である。「夏祓」は、毎年陰暦の六月晦日に行われる年中行事で、川原に出て半年間の罪や穢れを清めるために禊などをすること。奥義抄・中に「……あしき

94

神のあるなり。これをはらへなごめむとて六月祓はするなり」とある。

秋

旅泊秋来

もゝづてのなみ路に秋や立ちぬらんせとの塩風袂涼しも

〔校異〕 せと―せこ（底）、おと（版）

〔現代語訳〕 旅泊に秋来たりを詠んだ歌、

波路に秋がやって来たのだろうか。瀬戸を渡る潮風が袂に涼しく感じられることだよ。

〔他出〕 夫木抄・秋一・3849、一字御抄・一

〔語釈〕 **○旅泊秋来** 初出の歌題である。**○もゝづての** 辞書類に見えない。万葉集・九に「ももつてのは（や）そのしまわをこぎくれどあはのこしまはみれどあかぬかも」（作者未詳歌）、散木奇歌集・四に「田上にてささふの山にのぼりてあそびけるに、まゆみのもみぢをみてよめる　ももづてのいそしのささふしぐれしてそつひこまゆみもみぢしにけり」、師光集に「いはひを　君がよのかずにはたらじももづてのやそのはまぢのまさごなりとも」などとある。万葉集の例歌は初句の「百伝之」を現在では「ももづたふ」と訓んでいる。「ももづたふ」は「渡る」「津」「五十（いそ）」「八十」などにかかる枕詞である。散木奇歌集や師光集の「ももづての」はこれらにかかっており、西本願寺本の万葉集に従って用いたものと思われる。清輔もこれらと同様であろうが、どの語にかかるかは明らかでない。なお、六条家二代和歌集本と鷹司本は「もゝづての」の傍に「もゝ伝ふィ」と記す。**○なみ路** 波の上の船の通る道筋。航路。**○せと** 底本の「せこ」では意不通なので、諸本により改める。**○塩風** 能因法師集・中の「のだのたま河　ゆふされればしほかぜこしてみちのくののだの玉川ちどり鳴くなり」がもっとも早い例か

と思われるが、歌語として定着したのは新古今集以降である。

95　早秋

山ざとは庭のむら草うら枯れてせみの鳴く音も秋めきにけり

【校異】　むら草―くさむら（六・鷹・多・版）　せみの鳴く音も―やみのなくほとも《むしのなく音も》（青）

【現代語訳】　早秋を詠んだ歌、
　山里は庭の群草の葉先が枯れてしまい、蟬の鳴き声もか弱く、秋めいてきたことだなあ。

【他出】　夫木抄・秋一・3848、久安百首・933、中古六歌仙・80

【語釈】　**〇早秋**　既に詠まれている歌題である。**〇むら草**　群がり茂っている草。和泉式部集に「くさのいとあをやかなるを、とほくいにし人を思ふ　たれわけんたれかてなれぬこまならんやへしげりゆくにはのむらくさ」とある。**〇うら枯れ**　末枯れ。草木の末葉の枯れること。拾遺集・恋三に「（詞書省略）　人麿　わがせこをわがこひをればわがやどの草さへ思ひうらがれにけり」とある。**〇せみの鳴く音**　詞花集・夏の「題不知　相模　したもみぢひと葉づつちるこのしたにあきとおぼゆるせみのこゑかな」のように夏の鳴き声が主に詠まれ、秋に詠まれるのは少ない。

96　七夕

おもひやる心も涼しひこぼしのつままつよひのあまの河かぜ

【校異】　七夕―題不知七夕（版）、七夕のこゝろをよめる（尊）

〔現代語訳〕 七夕を詠んだ歌、
思いをはせる心も涼しくなってくる。彦星が織女星の通って来るのを待つ今宵の天の川の川風は。
〔参考歌〕 新古今集・秋上「家に百首歌よみ侍りける時　入道前関白太政大臣（注、藤原兼実）　いかばかり身にしみぬらむ七夕のつままつよひの天の河かぜ」
〔他出〕 風雅集・秋上・463、月詣集・七・614、久安百首・934（第五句は「あまの羽ごろも」）、中古六歌仙・82
〔語釈〕 **○七夕** 古今集以後、多く見られる歌題である。**○おもひやる** 思いをはせる、想像するの意。**○ひこぼしのつままつよひ** ここは、彦星が織女星が来るのを待つと解しておく。普通は、彦星が天の川を渡って織女星に会いに来ると詠むが、中国風に織女星が通ってくると詠むこともある。拾遺集・秋に「延喜御時屏風歌　みつね　ひこぼしのつままつよひの秋風に我さへあやな人ぞこひしき」、新古今集・秋上に「延喜御時月次屏風に　紀貫之　おほ空をわれもながめてひこぼしのつままつよさへひとりかもねん」とある。
〔補説〕 参考歌は本歌と違って織女星が待つ歌になっている。

花染のころもはかさじたなばたのかへる色とていみもこそすれ

〔校異〕 たなばたの―たなはたに（底・内・益・青・神・尊・群）
〔現代語訳〕
花染め色の衣は供えるまい。彦星が別れて帰るということで、褪《あ》せる色を嫌って織女星が避けるといけないので。
〔参考歌〕 師光集「七夕　たなばたにあひそめ衣ぬぎかさむかへる色をばいみもこそすれ」
〔語釈〕 **○花染** 花で染めた色。色が褪せやすいことから、変わりやすいものの喩えにされる。古今集・恋五に

「題しらず　よみ人しらず　世中の人の心は花ぞめのうつろひやすき色にぞありける」とある。**〇かさじ**「かす」はここでは、織女星に衣や糸を供えるの意である。古今集・秋上に「なぬかの日の夜よめる　凡河内みつね　織女にかしつる糸の打ちはへて年のをながくこひやわたらむ」、千載集・秋上に「百首のうたの中に、七夕の心をよませ給うける　崇徳院御製　たなばたに花ぞめごろもぬぎかせばあか月露のかへすなりけり」とある。**〇たなばたの**　底本は「たなはたに」とある。「たなばたにころもはかさじ」の倒置表現かともとれるが、不自然な感は免れず、他の諸本により改める。**〇かへる**　色が褪せるの「かへる」と彦星が「帰る」の掛詞。堀河百首に「七夕　公実　天の河あふ瀬ほどなき七夕にかへらぬ色のころもかさばや」とある。**〇もこそ**　……すると困るからの意。新古今集・冬に「（詞書省略）　崇徳院御歌　みかりするかたののみのにふる霰あなかままだき鳥もこそ立て」がある。

〔補説〕　源師光は清輔と親しい。師光詠は色の褪せない藍染の衣を供えると詠んでいる。

おもひやるけさのわかれはあまの河わたらぬ人の袖もぬれけり

〔校異〕　おもひやる―おもひとる（尊）

〔現代語訳〕

後朝の今朝の別れに思いを馳せると、天の川を渡らない私の袖も涙で濡れることだ。

〔他出〕　玄玉集・五・417、永暦元年七月「太皇太后宮大進清輔朝臣家歌合」・29

〔語釈〕　**〇おもひやる**　思いを馳せる。九六番参照。**〇けさのわかれ**　七月七日の星合の後朝の別れをいう。

〔補説〕　本歌のように、七夕の後朝を非当事者が思いやって泣くという同想の歌に、千載集・秋上の「七夕後朝の心をよみ侍りける　土御門右のおほいまうちぎみ　あまの川心をくみておもふにも袖こそぬるれ暁のそら」がある。「清輔朝臣家歌合」では、「左右ともにさもとおぼえたり」と評され「持」となっている。

99
あまの河水かげ草におく露やあかぬわかれの涙なるらん

〔校異〕 ナシ
〔現代語訳〕
天の川のほとりに生えている草に置いている露は、満ち足りない思いで別れた二星の涙なのであろうか。
〔他出〕 新勅撰集・秋上・218、題林愚抄・秋一・3182
〔語釈〕 **○水かげ草** 水辺に生える草。袖中抄・一六に「顕昭云、水陰草とは水の陰に生たる草を云。詞を略したる也」と述べ、そして「或書云、水かげ草とは苗を云也」と異説を紹介している。万葉集・一〇に「あまのがはみづかげくさのあきかぜになびくをみればときはきぬらし」(作者未詳歌)、林葉集・三に「師光の君家にて、七夕歌あまた人人読み侍りしに、十首　あまの川水かげ草の夕露にそふさへあやな袖なぬらしそ」と見える歌体が似る歌に、散木奇歌集・八の「寄草恋　谷ふかみ水かげ草のした露やしられぬ恋の涙なるらむ」がある。
〔補説〕 本歌のように、二星の別れの涙と露を詠んだ歌に、金葉集・秋の「七夕の後朝の心をよめる　皇后宮権大夫師時　たなばたのあかぬわかれのなみだにやはなのかつらもつゆけかるらん」がある。

100
たなばたやおのがきぬ〴〵なりぬらん空なる雲の中のたえぬる

〔校異〕 たなばたや―たなはたは(六)　なりぬらん―さりぬらん(版)　たえぬる―たえまは(六・鷹・多・版)、たえぬは(青)
〔現代語訳〕
織女星は朝になってめいめいの着物を着て別れたのであろうか。空にある雲が途中で断ち切れているよ。
〔他出〕 夫木抄・秋一・3967

〔語釈〕**○おのがきぬ〴〵**　「おのが」はそれぞれがの意。「きぬぎぬ」は朝になってめいめいの着物姿になることであり、すなわち男女が朝になって別れることをいう。古今集・恋三に「題しらず　よみ人しらず　しののめのほがらほがらとあけゆけばおのがきぬぎぬなるぞかなしき」、出観集に「後朝　いつよりもけさ露けきはたなばたのおのがきぬぎぬなれる涙か」とある。**○雲の中のたえぬる**　金葉集・秋に「（詞書省略）　土左内侍　よろづ代にきみぞ見るべきたなばたのゆきあひのそらをくものうへにて」とあるように、雲の上は二星が会う場とされており、これが「たえぬる」ゆえに別れたと推測したのであろう。

101

たなばたはあまの玉床《たまゆか》打ちはらひ心もとなく暮をまつらむ

〔校異〕あまの―あの（底）　玉床―玉ゆか（尊）

〔現代語訳〕

織女星はいまごろ天上の美しく飾った床の塵を払い、待ち遠しい気持ちで夕暮れを待っていることだろう。

〔語釈〕**○あまの**　底本の「あの」では意不通なので、諸本により改める。**○玉床**　たまゆか。玉で飾った美しい床のこと。八雲御抄・三に「床　まゆか。しきたへ。……たまゆか《床》」と見える。出観集に「七月五日、近侍七夕といふことを　ひこぼしもいまふつかとやかぞふらむあまのたまゆかひとりねぬよを」、行宗集に「うちの御だいばん所へ　たなばたは我がたまゆかをうちはらひちりのたちゐやくれをまつらむ」とある。なお、万葉集・一〇に「あすよりはわがたまゆかをうちはらひきみとはねずてひとりかもねむ」（作者未詳歌）と見える（「たまゆか」を新訓では「たまどこ」としている）。

102

けふばかりあまの河かぜ心せよ紅葉のはしのとだえもぞする

〔校異〕 ナシ
〔現代語訳〕
今日だけは天の川の川風よ、気をつけておくれ。紅葉の橋が途絶えるといけないので。
〔他出〕 玄玉集・五・416、歌仙落書・41、中古六歌仙・81
〔語釈〕 **○あまの河かぜ** 天の川を吹く風。金葉集・秋（三奏本）に「七夕をよめる 宇治入道前太政大臣 ちぎりけむほどはしらねどたなばたのたえせぬけふのあまの河風」とある。**○紅葉のはし** 歌語で、天の川に渡す、紅葉が流れ積もってできた橋。八雲御抄・三に「七月……七夕……紅葉のはしは、まことにはあるにはあらず。たとへばあらましに云也」と見える。古今集・秋上に「題しらず よみ人しらず 天河紅葉をはしにわたせばやたなばたつめの秋をしもまつ」がある。**○もぞ** ……すると困るからの意。新古今集・恋一に「百首歌の中に、忍恋を 式子内親王 たまのをよたえなばたえねながらへばしのぶることのよわりもぞする」がある。

七夕言志

たなばたはわたりもやらじあまの河紅葉の橋のふまばをしさに

〔校異〕 ふまば―ふま丶（六・鷹・多・青）、ふまく（版）
〔現代語訳〕 七夕の志《こころざし》を言ふを詠んだ歌、
織女星は渡りきることはするまい。天の川に架かる紅葉の橋を踏むことが惜しいので。
〔他出〕 御室五十首・321（作者は「正三位季経」）
〔語釈〕 **○七夕言志** 同じ歌題が、和歌一字抄・下の顕季詠と俊頼詠に見られる。「言志」は、心に思うことを述べること。**○やらじ** 「やる」は他の動詞について、すっかり……するの意。

〔補説〕　本歌は、九六番と同じように織女星が通うことを詠む。

たなばたの雲のはたてにおもふらん心のあやもわれにまさらじ

〔校異〕　ナシ

〔現代語訳〕

織女星は機《はた》で織ったという雲のはるか端の方まで眺めてもの思いに耽っているであろう。だが、その物思いも私に勝ることはあるまい。

〔他出〕　夫木抄・秋一・3968

〔語釈〕　○雲のはたて　雲のはるかな果て。「はた」は「機」と「果た（て）」の掛詞であり、かつ「たなばた」、「あや（綾）」と縁語関係にある。古今集・恋一に「題しらず　読人しらず　夕ぐれは雲のはたてに物ぞ思ふあまつそらなる人をこふとて」、拾遺集・恋四に「題しらず　よみ人しらず　吹く風に雲のはたてはとどむともいかがたのまん人の心は」とある。この歌語は古来、難解であったらしく、院政期の歌学書は、「雲の旗手（雲が長旗の風に吹かれてなびく先端の形に似ているさま）」と奥義抄・下にいう「くものてをくものはたてとはいふ也。きぬ布などおるやうなれば、よそへていふなり」の「蜘蛛の機手」の両説を挙げているが、大部分は良否の判断をしていない。現在は「雲の果たて」と解釈されている。○心のあや　この措辞は他に見られない。『日本国語大辞典　第二版』は本歌を例に挙げて、「複雑な物思い。入り組んだ心境」と説明している。○われ　詠歌主体を「われ」と表現したとしておいたが、あるいは、彦星が詠んだ体裁の歌とも考えられようか。

〔補説〕　三句切れと解したが、上の句と下の句の続き具合がいま一つ明確ではない。

萩

我がやどのもとあらの萩の花ざかりたゞ一むらの錦なりけり

〔校異〕 ナシ

〔現代語訳〕 萩を詠んだ歌、
　私の家の根元の葉がまばらな今が盛りの萩は、あたかも一群れの、一匹の美しい錦と見えることだなあ。

〔他出〕 後葉集・秋上・160（第五句は「錦とぞみる」）、久安百首・937（第五句は「錦とぞみる」）

〔語釈〕 **○萩** 歌題としては、延喜五（九〇五）～八年催行の「本院左大臣時平歌合」から見え、堀河百首にある。勅撰集では、金葉集以後に見られる。**○もとあら** 根元の葉がまばらなことで、萩についていうことが多い。和歌初学抄に「もとあら　本ノスケル也」と見える。後拾遺集・秋上に「題不知　藤原長能　みやぎのにつまよぶしかぞさけぶなるもとあらのはぎにつゆやさむけき」とある。**○一むら** 「一群ら」と「一匹（織物の単位で、長さ二反をいう）」の掛詞。拾遺集・冬に「ちりのこりたるもみぢを見侍りて　僧正遍昭　唐錦枝にひとむらのこれるは秋のかたみをたたぬなりけり」とある。**○たゞ** まさしく。あたかも。古今集・哀傷に「ははがおもひにてよめる　凡河内みつね　神な月時雨にぬるるもみぢばはただわび人のたもとなりけり」とある。**○錦** 厚地の華麗な絹織物。もともと、古今集・秋下の「題しらず　よみ人しらず　竜田河もみぢみだれて流るめりわたらば錦なかやたえなむ」のように秋の紅葉を喩えるのが普通である。

〔補説〕 本歌と同じように、萩の花盛りを錦と見立てたものに、後拾遺集・秋上の「萩盛待鹿といふ心を　御製　かひもなき心地こそすれさをしかのたつこゑもせぬはぎのにしきは」がある。

106

萩花露重

ふしにける萩の立ちえをはかりにてかゝれる露のおもさをぞしる

〔校異〕 ふしにける―ふしわふる（片・神・群）、ふしにたる（内・益・青）　おもさ―おもき（多・青・版・尊）、おもき《さ》（鷹）

〔現代語訳〕 萩の花露重しを詠んだ歌、
しなっている萩の立枝を手がかりにして、萩の花にかかっている露の重さを知ることだ。

〔参考歌〕 後撰集・秋中「題しらず　よみ人しらず　秋はぎの枝もとををになり行くは白露おもくおけばなりけり」

〔他出〕 一字御抄・六

〔語釈〕 **○萩花露重**　同じ題が二条院讃岐集に「はぎのはな露おもし」と見える。**○立ちえ**　高く伸びた枝。詞花集・冬に「題不知　曾禰好忠　とやまなるしばのたちえにふくかぜのおときくをりぞ冬はものうき」とある。**○はかり**　手がかり。めど。後撰集・恋六に「（詞書省略）　よみ人しらず　あふばかりなくてのみふるわがこひを人めにかくる事のわびしさ」とある。

〔補説〕 本歌は、参考歌以外にも、枕草子の「九月ばかり……すこし日たけぬれば、萩などのいとおもげなるに、露のおつるに、枝打うごきて、人も手ふれぬに、ふと上ざまへあがりたるも、いみじうをかし」（三巻本）を意識しているだろう。詳しくは、拙著所収「清輔の反伝統的詠歌」参考のこと。

107

萩花勝春花

小萩原やなぎさくらをこきまぜし春の錦もしかじとぞおもふ

〔校異〕　萩花─秋花（片・内・益・青・神・尊・群）、萩山（六・鷹・版）　春花─春美（青）　しかじ─しはし（神）

〔現代語訳〕　萩の花春の花に勝るを詠んだ歌、

　小萩が咲いている野原の景色は、柳と桜が混じり合った春の錦も及ぶまいと思われる。

〔参考歌〕　古今集・春上「花ざかりに京を見やりてよめる　そせい法し　みわたせば柳桜をこきまぜて宮こぞ春の錦なりける」

〔他出〕一字御抄・六

〔語釈〕　**○萩花勝春花**　「萩花」は底本で意味が通るのでこのままにしておいたが、次の例歌から見て、あるいは諸本のように「秋花」である可能性もある。本題では初出であるが、「秋花勝春花」ならば、重家集に「刑部卿（注、藤原範兼）逆修会　秋花勝春花　いとざくらにほひしはなの色よりもめもあやなりやはぎのにしきは」、頼政集・上に「秋花勝春花、範兼卿家　秋までも面影にさく桜ばな野べの色みて後ぞちりぬる」とあり、両歌は同じ折に詠まれたものであろう。**○小萩**　小さい萩。「小萩原」を詠んだものに、金葉集・秋の「（詞書省略）僧正行尊　こはぎはらにほふさかりはしらつゆもいろいろにこそ見えわたりけれ」がある。**○こきまぜ**　混ぜ合わせる。もぎ落として混ぜるという説がある（片桐洋一氏『古今和歌集全評釈』）。

〔補説〕　本歌は、参考歌を否定して、小萩だけによってなされる秋の錦を賛美している。詳しくは、拙著所収「清輔の反伝統的詠歌」参考のこと。

　秋ごろ、人のもとへゆきたりけるに、あるじはなかりければ、せんざいのおもしろかりける中に、女郎花のおほかりけるを、一むらほりとりて、歌をよみて残りの花に結び付けける、

さもあらばあれあるじはいかに思ふとも女郎花にはみをもかへてん

【校異】 秋ごろ―秋のころ（底・益・尊を除く諸本） けるに―けるか（益） ほりとりて―折とりて（六・片・鷹・多・神・版・群）、おりて（尊） 歌をよみて―ナシ（尊）

【現代語訳】 秋のころ、ある人の所へ訪ねて行ったが、主人はいなかったので、趣がある前栽の中に女郎花が多く咲いていたのを一群れ掘り取って、残りの花に結び付けた歌、

どうでもかまわない、主人はどのように思おうとも、私は女郎花に必ず身を変えよう。

【語釈】 **〇一むらほりとりて** この行為は、美しい女郎花を賞美するために誰かが掘って持って行ったということにするためであろう。**〇さもあらばあれ** 「遮莫」の訓読語。ままよ。どうあろうとも。拾遺集・恋五に「題しらず よみ人しらず ひたぶるにしなばなにかはさもあらばあれいきてかひなき物思ふ身は」とあり、恋の歌に多く用いられる。**〇あるじはいかに思ふ** 主人が女郎花（わたし）を好むか否かということ。恋の歌の体裁をとっている。**〇女郎花** 本歌でも、女性の比喩されている。**〇みをもかへてん** 「みをかふ」は千載集・恋二の「題不知 読人しらず 契りおくそのことのはにみをかへてのちの世にだにあひみてしかな」のように「生まれ変わる」と解するのが一般的だが、ここは、女郎花に変身するという意味にとっておいた。

【補説】 主人ははたして自分を気に入るかどうか試そうという体の歌であろう。女性の立場で詠まれたもの。

109

薄《すすき》

むさし野にかねて薄はむつましく思ふ心のかよふなるべし

【校異】 かねて―よねて（底）、まねく（片・尊）、ナシ（青）

【現代語訳】 薄を詠んだ歌、

薄は武蔵野とこれまで親しみ深く、思う心が通じ合っているのだろう。

〔参考歌〕 古今集・雑上「題しらず　よみ人しらず　紫のひともとゆゑにむさしの草はみながらあはれとぞ見る」

〔語釈〕 〇薄　歌題としては、延喜五（九〇五）～八年催行の「本院左大臣時平歌合」から見え、堀河百首にある。歌合歌題としては多く見られるが、勅撰集では、鎌倉時代の新後撰集までない。〇むさし野　武蔵国の歌枕。武蔵国の広大な野原。「紫草」「若紫」「草のゆかり」という語とともによく詠まれる。〇かねて　底本の「よねて」では意不通なので、諸本により改める。これまでの意。〇薄はむつましく　著名な参考歌を踏まえて、「薄」を「むさしの草」としてあげ、それゆえに「むつまし」と詠んだのであろう。なお、「むさし野」と「薄」が詠み合わされる例はない。

〔補説〕 顕注密勘は、参考歌につき「此歌よりことおこりて、紫の一もとゆゑと読也。又紫のゆかりと読也」と述べる。

草花纔《わづかに》開

いとすゝき末葉における夕露の玉のをばかりほころびにけり

〔校異〕 夕露―白露（六・鷹・多・版）

〔現代語訳〕 草の花纔かに開くを詠んだ歌、
　糸すすきは、末葉に置いた夕露のように、ほんのわずか穂が出たなあ。

〔他出〕 一字御抄・四

〔語釈〕 〇草花纔開　同じ歌題が貧道集、月詣集・七（藤原実房詠）、林葉集・三に見え、おのおの萩・女郎花（二首）、女郎花、萩が詠まれている。なお、林葉集は「歌林苑」での詠とあるので、本歌もそこで詠まれた可能性がある。**○いとすゝき**　葉・茎・穂が細いすすき。初出は伊勢集（歌仙家集本）の「御門の御国忌に　いと《花イ》すゝきよふことりにもあらねとも昔恋しき音をのみそ鳴」であるが、伊勢集諸本は「花すゝき」とあるのが多い。これ以降は本歌および貧道集の「薄当路滋」という題での「いとすすきかぜにみだるるさよりばにわけぞわづらふをののほそみち」まで見られない。**○末葉における夕露の**　「末葉の露」はもっともはかないものの喩えとして用いられるので、「玉のを」を起こす序詞としておいた。**○玉のをばかり**　「玉のを」は玉を貫き通す紐。紐の短いところから、古今集・恋二の「寛平御時きさいの宮の歌合のうた　藤原おきかぜ　しぬるいのちいきもやすると心みに玉のをばかりあはむといはなむ」のように、短い間、わずかのことの比喩として用いられる。本歌は後者の意。**○ほころび**　本来は、ほどける意であるが、つぼみが少し開く、花が少し咲くの意味で用いられることが多くなる。ここは、すすきのことを詠んでいるので、穂が出た状態をいうのであろう。

〔補説〕　序詞以外に、「いと」「玉のを」「ほころび」という縁語がある。

　秋野逍遥しける、薄のかぜになびくをみて、

たづねつる心やしたにかよふらんうちみるまゝにまねくすゝきは

〔校異〕　秋野―秋の野（六・鷹・版）　しける―しけるに（底を除く諸本）　薄の―薄に（青）　かぜに―かせの（青）　うちみる―こちみる（版）

〔現代語訳〕　秋の野をそぞろ歩きしていた折に、すすきが風になびくのを見て詠んだ歌、

　訪れた下心が見えない所で通じているのだろうか。私を見るとすぐにすすきが招き寄せているのは。

〔語釈〕　**○たづねつる心**　「心」を心の底の意ととり、下の句からして、逍遥は女性を求めるためと詠んでいるのである。**○まねくすゝき**　すすきが風になびくさまを表現している。女が男を誘うことに見立てており、古今集・

秋上の「寛平御時きさいの宮の歌合のうた　ありはらのむねやな　秋の野の草のたもとか花すすきほにいでてまねく袖と見ゆらむ」がある。

風底荻

荻原とよそにきゝつる風の音の袂にちかく吹きすぐるかな

【校異】風底荻—風底萩（神）　荻原—萩原（神）　とよそ—と《も》よそ（多）　音の—音に（版）　袂—被（神）　ちかく—をく（内）　すぐる—そふる（片・神・群）、そくる（青）

【現代語訳】風の底の荻を詠んだ歌、

遠い所の荻原を吹く風の音だと聞いていた風が、わたしの袂近くを吹き過ぎることだなあ。

【他出】一字御抄・五

【語釈】**○風底荻**　「〇〇底」という表現は平安朝漢詩の独自の特徴である。「風底」はたとえば『和漢朗詠集』「擣衣」に「風底香飛双袖挙」（具平親王作）とあり、風の吹いてくる辺りの意。「風の底」が歌に詠まれることはない。なお、清輔は歌に「霞の底」（七、一一番）や「雲の底」（六九番）などを詠み込んでいる。**○荻原**　新古今集あたりから用いられる歌語である。荻を吹く風は古くから詠まれ、貫之集・二に「七月　をぎの葉のそよぐ音こそ秋風の人にしらるる始なりけれ」と見える。

【補説】本題は貧道集や風情集にも見られ、しかも貧道集の歌が「崇徳院句題百首」詠であることから、本歌も同じ折の詠と考えられている（藏中さやか氏『題詠に関する本文の研究　大江千里集 和歌一字抄』所収「崇徳院句題百首考」）。

和歌一字抄・上に「風底荻声」として源俊頼の歌が挙げられている。

113

秋はな

うすぎりのまがきの花のあさじめり秋は夕《ゆふべ》とたれかいひけん

〔校異〕 まがきの―まかきに（群） あさじめり―あさけしき（六・鷹・版）

〔現代語訳〕 秋の花を詠んだ歌、

薄霧のたちこめる籬に咲く花がしっとりと濡れているすばらしさ。秋は夕方がよいと誰が言ったのだろうか。

〔他出〕 新古今集・秋上・340、久安百首・938、中古六歌仙・84、定家十体・169、定家八代抄・秋上・334

〔語釈〕 **○秋はな** 既に見える歌題である。**○うすぎり** 本歌以前に作例を見出しがたく、新古今集あたりから盛んに用いられる歌語である。**○まがき** 竹や芝などで粗く編んだ垣。**○あさじめり** 朝しっとりとしめっていること。堀河百首に「薄 国信 花薄こよひはじめぬ秋風に今朝しもなどか朝じめりする」、出観集に「萩 秋はぎの上葉下葉のあさじめり心くるしきはなのかほかな」とある。**○秋は夕とたれかいひけん** 枕草子の冒頭「秋は夕暮。夕日のさして山のはいとちかうなりたるに、からすの寝所へ行とて、三四、二みつなど、とびいそぐさへあはれなり……」（三巻本）によって規範化された美意識に異を唱えている。詳しくは、拙著所収「清輔の反伝統的詠歌」参考のこと。

〔補説〕 新日本古典文学大系『千載和歌集』は、「夏」の「百首歌めしける時、花橘の歌とてよませ給うける 崇徳院御製 五月雨にはなたちばなのかをる夜は月すむ秋もさもあらばあれ」が、本歌と季節・時間の対比の美的構想が似通っていると指摘する。

114

題不知

秋の野はこぼれぬ露にしるきかな花みる人もまだこざりけり

〔校異〕 題不知—ナシ（六・鷹） 露に—露も（青・神）

〔現代語訳〕 題しらずの歌、

秋の野はこぼれていない露ではっきりと分かることだなあ。花を見に来る人はまだやって来ていないよ。

〔他出〕 中古六歌仙・83

〔語釈〕 **○題不知** 存在しない本もあるが、これを後人が削除することはあっても、書き加える可能性は少ないと思われるので、もともとの清輔集にあったと考えておきたい。この場合、清輔ならば「題不知」とするくらいなら不明であっても適当な題を付したと推測されるので、原清輔集に誰かが補ったのであろう。一一三番と本歌の二首とも「秋はな」であったのを、さかしらでもって本歌を別の歌題での歌と考えたために「題不知」としたのではないだろうか。**○こぼれぬ露** 多く用いられる措辞ではないが、清輔は八三番でも詠んでいる。

〔補説〕 露の置く秋の野の花を見に来る趣向の歌に、躬恒集の「あき　あきののはなみにくればしらつゆにしとどにもわがぬれにけるかな」がある。

秋ごろ、世の中はかなかりけるに、花をみて、

まがきなる花につけても思ふかないまいくとせの秋か見るべき

〔校異〕 秋ごろ—秋のころ（底・多を除く諸本） けるに—ける（青）

〔現代語訳〕 秋のころ、世の中を無常と痛感していた時に花を見て詠んだ歌、

籬に咲く花を見るにつけても思うことだなあ。このあと何年秋を見ることができるのだろうか。

〔他出〕 中古六歌仙・85

〔語釈〕 **○世の中はかなかりける** 具体的になにを指しているのか不明であるが、下の句からみて、人の亡くなる

のがうち続いたことをいうのであろうか。

〔補説〕 新日本古典文学大系『金葉和歌集』は、「雑上」の「花見御幸を見て、いもうとの内侍のもとへつかはしける　権僧正永縁　ゆくすゑのためしとけふをおもふともいまいくとせか人にかたらん」に、「参考歌」として本歌を挙げる。

116

朝望旅雁

いづちとてさしてゆくらん山高みあさゐる雲にきゆる雁がね

〔校異〕 山高み―岑高み（六・多・版）、岑《山》高み（鷹）

〔現代語訳〕 朝に旅雁を望むを詠んだ歌、

どこを目指して行くのだろうか。山が高いので朝かかっている雲に消えていく雁は。

〔他出〕 一字御抄・六

〔語釈〕 **○朝望旅雁**　初出の歌題である。**○あさゐる雲**　朝、山にかかっている雲。万葉集・七の「あきづのにあさゐるくものうせゆけばむかしもいまもなきひとおもほゆ」（作者未詳歌）、公任集の「（詞書省略）朝まだきあさゐる雲と見えつるはこまの里の煙なりけり」などに見られるが、これ以降、清輔あたりまで詠まれることはない。

○雁がね　ここは、雁自体をいう。渡り鳥で、秋に北から飛来し、春に帰って行く。

117

雁声遠近

あまのはらとわたるつらにぐせよとやたのむのかりの声あはすらん

〔校異〕 つら―雁（青） かりの―かりのかりの（版）

〔現代語訳〕 雁の声遠近を詠んだ歌、

大空を列をなして渡ってゆく雁に一緒に行かせてくれと頼りにして、田の面の雁が声を合わせて鳴いているのだろうか。

〔他出〕 一字御抄・四

〔語釈〕 **○雁声遠近** 本題が、山家集・上にだけ、「雁声遠近 しら雲をつばさにかけてゆく雁のかどたのおもともしたふなり」と見え、趣向も本歌に似ているが、これ以上のことは分からない。**○とわたる** 普通は、川や海の瀬戸を渡ることに用いられるが、ここは「あまのはら」を渡ることに詠まれている。万葉集・六に「やまのはのささらえをとこあまのはらとわたるひかりみらくしよしも」（大伴坂上郎女歌）とある。**○たのむのかり** 田に下りている雁。伊勢物語・二〇の「みよし野のたのむのかりもひたぶるに君がかたにぞよると鳴くなる」をめぐって、藤原基俊は「たのもしのかりとて、よりあひてかりをして、むねとおきてたる人にとらせ〳〵、たがひにするを云ふ」（和歌童蒙抄・八）と「たのもしの狩」説を唱えるが、俊頼髄脳以下の歌学書は「田の面の雁」であり、たとえば、奥義抄・中は「たのむとは田のもといふ也。たのもは田のおもと云ふ也。むの字もの字は五音の文字にてかよはしていへる也」として「雁」説を展開していく。詳しくは、拙著所収「清輔の詠歌と難義」参考のこと。なお、歌では「たのむ」に「頼む」を掛けることが多く、本歌でも掛詞としておく。二七九番でも掛詞として詠んでいる。

鹿

たかさごのをのへの風やさむからんすその丶原に鹿ぞなくなる

〔校異〕 原に鹿ぞなくなる―鹿そ今はなくなる（六・鷹・版）

〔現代語訳〕　鹿を詠んだ歌、

高砂の尾上の風が寒いからであろうか。すそ野の原で鹿が鳴いているよ。

〔参考歌〕　拾遺集・秋「題しらず　よみ人しらず　秋風の打吹くごとに高砂のをのへのしかのなかぬ日ぞなき」、金葉集・夏「（詞書省略）　修理大夫顕季　なつごろもすそののくさをふくかぜにおもひもかけずしかやなくらん」

〔他出〕　続後撰集・秋上・298、久安百首・941、歌枕名寄・三一・8122

〔語釈〕　○鹿　歌題としては、長暦二年（一〇三八）九月催行の「源大納言家歌合」から見え、堀河百首にある。歌合歌題として多く用いられ、勅撰集では、金葉集以後に見られる。○たかさご　播磨国の歌枕。現在の兵庫県高砂市一帯で、松や鹿とともに多く詠まれる。○をのへ　「をのうへ」の約。山の頂。○すそのゝ原　普通名詞で、山のふもとの原の意。勅撰集では、千載集初見の歌語で、たとえば「堀河院御時、百首歌たてまつりける時、はるさめのこころをよめる　藤原基俊　はるさめのふりそめしよりかたをかのすそ野の原ぞあさみどりなる」（春上）と見える。

深山聞鹿

いかなればいもせの山にすむ鹿の又かさねては妻をこふらん

〔校異〕　ナシ

〔現代語訳〕　深山に鹿を聞くを詠んだ歌、

どうして妹背の山に住んでいる鹿は、また重ねて妻を恋い慕って鳴いているのであろうか。

〔他出〕　夫木抄・秋三・4702

〔語釈〕　○深山聞鹿　初出の歌題である。○いもせの山　既出（二〇番）。紀伊国の歌枕で、現在の和歌山県伊都郡かつらぎ町の紀ノ川を挟んである妹背山をいう。奈良県吉野郡吉野町の吉野川の両岸の山とも。恋の歌に詠まれる。「いもせの山」と「鹿」が詠み合わされることはない。**○かさねては**　雄鹿は妹背山に住んで雌鹿がいるはずなのに、また雌鹿を求めて鳴いていることをいう。

120

題不知

思ふことのこらぬ物は鹿のねを聞きあかしつるね覚なりけり

〔校異〕（歌題）と（本歌）―ナシ（六・鷹）

〔現代語訳〕題しらずの歌、

思い残すことなく、あらゆることを思い尽くすのは、寝覚めて鹿の音を聞き明かした夜であるよ。

〔参考歌〕古今集・秋上「（詞書省略）ただみね　山里は秋こそことにわびしけれしかのなくねにめをさましつつ」

〔他出〕新後撰集・秋上・327、雲葉集・五・467（作者名は「藤原頼輔朝臣」、第五句は「ねざめなりける」）、歌仙落書・44

〔語釈〕○題不知　一一四番にも見えるが、ここも同様に原清輔集に誰かが補ったのであろう。**○ね覚**　眠りの途中で目を覚ますこと。歌では、物思いのあるときのさまとして詠まれることが多い。

121

露

たつたひめかざしの玉のを丶よわみみだれにけりとみゆる白露

〔校異〕たつたひめ―新田姫（版）を丶よ―をよ（神）、を丶か《よ》（版）白露―白玉（神）

〔現代語訳〕 露を詠んだ歌、
龍田姫の挿頭にしている玉を貫く糸が弱いので、切れて乱れ散ったように見える、草葉に置く美しい白露であるよ。
〔参考歌〕 万葉集・九「ひこほしのかざしのたまのつまごひにみだれてけらしこのかはのせに」(泉河辺間人宿禰歌)
〔他出〕 千載集・秋上・265、久安百首・940、時代不同歌合・56、詠歌大概・36、定家八代抄・秋上・362、八代集秀逸・61
〔語釈〕 **○露** 歌題としては、延長五年(九二七)秋催行の「小一条左大臣忠平前栽合」から見え、堀河百首にある。私家集や歌合歌題として頻出するが、勅撰集では、鎌倉時代の続拾遺集までない。**○たつたひめ** 秋をつかさどる女神。和歌初学抄に「神……タツタヒメ(秋ヲソムル神)」とあるように、「紅葉」や「錦」などと詠み合わされることが多い。**○かざし** 草木の花や枝を冠や髪に挿したもの。**○白露** 龍田姫の挿頭の宝石に喩えている。

露秋夜玉

たつた姫おける物とやおもふらんあくればきゆる露のしら玉

〔校異〕 あくれば―あはれは(片)
〔現代語訳〕 露は秋の夜の玉を詠んだ歌、
龍田姫は自分が置いたものと思うだろうか、夜が明けると消えてしまう露の白玉を。
〔他出〕 一字御抄・二
〔語釈〕 **○露秋夜玉** 初出の歌題である。**○露のしら玉** 「しら玉」は『和名抄』一一に「日本紀私記云、真珠。之良太麻」とある。「露」を「しら玉」に喩えることは多く見られる。詞花集・秋に「題不知　大江嘉言　をぎの葉にそそやあきかぜ吹きぬなりこぼれやしぬるつゆのしらたま」とある。
〔補説〕「龍田姫」と「しら玉」が詠み合わされることは一般的でないので、一二一番に倣って同じ趣向で詠んだものと思われ、それゆえ「しら玉」は一二一番の「白露」（龍田姫の挿頭の宝石）のことなのであろう。

霧

きりのまにあかしのせとにいりにけり浦の松風音にしるしも

〔校異〕 しるしも―しるかな（六・鷹・多・版）
〔現代語訳〕 霧を詠んだ歌、
霧が立ち込めている間に、明石の瀬戸に入ったのだな。浦を吹く松風の音ではっきりと分かるよ。
〔他出〕 玄玉集・三・238、夫木抄・雑八・12199、久安百首・942、歌仙落書・43、中古六歌仙・86、秋風集・一六・1052、雲葉集・五・487、歌枕名寄・三一・7985
〔語釈〕 **○霧** 歌題としては、寛和二年（九八六）六月催行の「内裏歌合」から見え、堀河百首にある。私家集や歌合歌題として頻出するが、勅撰集では、金葉集から見られる。**○あかし** 播磨国の歌枕。現在の兵庫県明石市で瀬戸内海に面している。明石の浦、明石の瀬戸、明石の門などが詠まれる。明石の浦の霧は、たとえば古今集・羇旅に「題しらず　よみ人しらず　ほのぼのと明石の浦の朝霧に島がくれ行く舟をしぞ思ふ　このうたは、ある人のいはく、柿本人麿が歌なり」と詠まれている。なお、「あかしのせと」は奥義抄・上の「海　付迫門」に見える。金葉集・秋に「（詞書省略）　春宮大夫公実　われこそはあかしのせとにたびねせめおなじみづにもやどる月かな」とある。

124

山家霧

秋風にあれのみまさる山ざとはきりのまがきぞくもりなりける

〔校異〕 くもり―つたひ（六）、つたひ《かこひ》（鷹）、へたて歟（多）、つたひ《かよひ》（版）　ける―けり（内・益・多・版）

〔現代語訳〕 山家の霧を詠んだ歌、

秋風で荒れまさっている山里は、霧がまがきになってぼんやりとして見えにくくなっているよ。

〔他出〕 中古六歌仙・87

〔語釈〕 **○山家霧**　既に詠まれている歌題であるが、多くは見られない。**○きりのまがき**　霧の立ち込めた垣根、霧が立ち込めて垣根のようにさえぎり隠している状態の両義があるが、ここは後者であろう。好忠集に「山ざとのきりのまがきのへだてずはをちかた人のそでもみてまし」、出観集に「題不知　のべかこふ霧のまがきやあだならむあたらこはぎをしかぞしがらむ」とある。**○くもり**　ここは、雲や霧にさえぎられて、見えにくくなったり、見えなくなること。

125

月

山のはの月まち出でてみるのみや思ふに物のたがはざるらむ

〔校異〕 月―月歌とて（尊）　まち―よは（片）　思ふに―思ひに（益）

〔現代語訳〕 月を詠んだ歌、

山の端に待ち望んでいた月が出たのを見ることだけが、どうして思いに違わず期待どおりなのであろうか。

〔語釈〕 **○月**　歌題としては、天暦一〇年（九五六）八月催行の「坊城右大臣師輔前栽合」から見え、堀河百首にある。秋の歌の中心的歌題として多く詠まれる。
〔補説〕 山の端に月が出るのを待つ歌には、たとえば、後拾遺集・雑一の「題不知　加賀左衛門　やどごとにかはらぬものは山のはの月まつほどの心なりけり」があるが、本歌は、山の端の月が期待に違わなかったことを喜ぶ体の歌となっている。

126

ゆくこまのつめのかくれぬ白雪や千里《ちさと》の外《ほか》にすめる月影

〔校異〕 ナシ

〔現代語訳〕
歩いて行く馬の蹄が白雪で隠れないのは、遥かかなたまで澄み渡っている月の光だからであろうか。

〔語釈〕 **○こまのつめ**　歌に詠まれることはほとんどなく、万葉集・一八の「……よものみちにはうまのつめいつくすきはみ……」(大伴家持歌)は「うまのつめ」とあり、江帥集の「まかで音声　ふなせのはし　みつぎものはこぶふなせのかけはしにこまのひづめのおとぞたえせぬ」は「こまのひづめ」と見える。**○千里の外**　遠い所。遥か遠方。この措辞は清輔以前見られない。『和漢朗詠集』「十五夜」の「三五夜中新月色　二千里外故人心」(白居易作)に「二千里外」がある。月が千里のかなたまで照らすというのは、『和漢朗詠集』に散見されるが、特に、「雪」の「暁入二梁王之苑一　雪満二群山一　夜登二庾公之楼一　月明二千里一」(謝観(賈嵩とも)作)にヒントを得たものだろう。詳しくは、拙稿「藤原清輔詠の『和漢朗詠集』の漢詩摂取」(「島根大学法文学部紀要　島大言語文化」第十九号)参考のこと。

〔補説〕 本歌は蹄が隠れないのは月光のゆえであったと、月光を雪に見立てたものであるが、同想の歌に後撰集・冬の「題しらず　よみ人しらず　むばたまのよるのみふれる白雪はてる月影のつもるなりけり」がある。

127

谷河にやどれる月の浮雲は岩間によどむみくさなりけり

〔現代語訳〕

谷川に映る月にかかっている浮雲は、岩の間に淀んでいる水草であったのだ。

〔校異〕　ナシ

〔参考歌〕　顕輔集「人人来りて歌よむに、海辺月を　すみのえにやどれる月のむらくもはまつのしづえのかげにぞ有りける」

〔語釈〕　**○やどれる月**　映っている月をいう。拾遺集・雑上に「(詞書省略)　左大将済時　みなそこにやどる月だにうかべるを沈むやなにのみくづなるらん」とある。**○岩間によどむ**　金葉集・恋下に「(詞書省略)　橘俊宗女　めづらしやいはまによどむわすれみづいくかをすぎておもひいづらん」とあるのが初出と思しく、これ以降も多く見られる措辞ではない。なお、和歌初学抄に「なかたゆる事には……ワスレミヅ」とあり、清輔はこの金葉集の歌を知っていたであろう。

128

いまよりはふけゆくまでに月は見じそのこと丶なく涙おちけり

〔校異〕　までに—までも(神)

〔現代語訳〕

今後は夜が更けるまで月を見ることはするまい。眺めていると、何ということもないのに涙が流れ落ちることだよ。

〔他出〕　千載集・雑上・994、永暦元年七月「太皇太后宮大進清輔朝臣家歌合」・31、時代不同歌合・58、定家八代

抄・雑中・1607

〔語釈〕 **○までに**　ある状態の至り及ぶ時間的な限界を示す連語。古今集・離別に「題しらず　よみ人しらず　限なく思ふ涙にそほちぬる袖はかわかじあはむ日までに」とある。**○そのことゝなく**　何がどうということもないの意。伊勢物語・四五に「暮れがたき夏の日ぐらしながむればそのこととなく物ぞ悲しき」とある。

〔補説〕　千載集には「月のうた十首よみ侍りける時、よめる」として入るが、いつの歌会か不詳。「清輔朝臣家歌合」では、「ともになさけあり、何とわきがたし」と評され「持」となっている。

本歌は一五四番と歌想および歌体が似ている。

夜もすがらをばすて山の月をみてむかしにかよふわが心かな

〔校異〕　ナシ

〔現代語訳〕

一晩中、姨捨山の月を見ていると、昔と似通っているわたしの心であるよ。

〔参考歌〕　古今集・雑上「題しらず　よみ人しらず　わが心なぐさめかねつさらしなやをばすて山にてる月を見て」

〔他出〕　永暦元年七月「太皇太后宮大進清輔朝臣家歌合」・33

〔語釈〕 **○をばすて山**　信濃国の歌枕で、現在の長野県更埴市の冠着山の別称。棄老説話の地で、月の名所としても知られる。一三九番にも詠まれる。**○むかしにかよふ**　どういう事を指すのか明確ではないが、参考歌のように、月を見ても心慰まないでいるというのか、あるいは、千載集・秋上の「（詞書省略）　藤原隆信朝臣　出でぬより月みよとこそさえにけれをばすて山のゆふぐれの空」のようにすばらしい月を賞美するというのであろうか。「むかし」が古今集詠をうけるかと思われ、また清輔に述懐歌が多いことからして前者ではないだろうか。
〔補説〕「清輔朝臣家歌合」では、判詞はなくて「負」となっている。

130
くもりなきますみの月やあめにますとよをかひめのかゞみなるらん

〔校異〕かゞみ—かくあ（尊）
〔現代語訳〕
一点の曇りもなく澄みきった月は、天にいらしゃる豊岡姫の鏡なのであろうか。
〔他出〕続後拾遺集・神祇・1351、万代集・神祇・1584、夫木抄・秋四・5281
〔語釈〕○ますみの月　曇りなく澄んだ月。「ますみ」はよく澄んでいるさまで、もともとは鏡の形容として用いられた。歌例は見出せない。**○あめにますとよをかひめ**　「とよをかひめ」は伊勢神宮外宮の豊受大神のことども、あるいは天照大神のことども。拾遺集・神楽歌に「みてぐらはわがにはあらずあめにますとよをかひめの宮のみてぐら」、重家集に「月十首　あめにますとよをかひめよこころあらばつきひとをとこひきやとどめぬ」とある。**○かゞみ**　天照大神が岩戸に隠れた時、石凝姥神（いしこりどめのみこと）に鋳造させたと伝えられる鏡のことか。八咫鏡のこと。三種の神器の一で、伊勢神宮の御神体。
〔補説〕本歌について、和歌文学大系『万代和歌集』は「八咫鏡が豊岡姫（天照大神）の依代で、伊勢神宮の神体として祀られていることを念頭によんだ歌」と注している。

131
しほがまの浦吹くかぜにきりはれてやそ島かけてすめる月かげ

〔校異〕ナシ

〔現代語訳〕

塩竃の浦を吹く風で霧が晴れて、多くの島々にかけて照らす澄んだ月の光であるよ。

〔他出〕 千載集・秋上・285、久安百首・943、治承三十六人歌合・4（第五句は「すめる月かな」）、中古六歌仙・88（第五句は「すめる月かな」）、定家八代抄・雑下・1674、歌枕名寄・二八・7282

〔語釈〕 **○しほがまの浦** 陸奥国の歌枕で、現在の宮城県宮城郡の松島湾に望む地。古今集・東歌に「みちのくうた　みちのくはいづくはあれどしほがまの浦こぐ舟のつなでかなしも」とある。**○やそ島** 歌語で、多くの島の意。古今集・羇旅に「おきのくにになかされける時に舟にのりていでたつとて、京なる人のもとにつかはしける　小野たかむらの朝臣　わたのはらやそしまかけてこぎいでぬと人にはつげよあまのつり舟」がある。清輔は二四二番でも、この歌語を詠み込んでいる。『角川古語大辞典』は「松島湾に浮ぶ諸島」として本歌を挙げている。なお、和歌初学抄は歌枕として「出羽国」とする。

〔補説〕 和泉古典叢書『千載和歌集』は、上記の東歌や古今集・哀傷の「（詞書省略）　つらゆき　君まさで煙たえにししほがまの浦さびしくも見え渡るかな」等が「「浦さびし」き景として意識されている」ことなどから、「作者清輔の意識でもあるいは神さびた月光の景としてとらえられていたのではないかと思われるのである」と注しているが、広く照らす清澄な月光の景を詠んだと解しておきたい。

月三十五首のなかに、

夜とともに山のはいづる月かげのこよひみそむる心ちこそすれ

〔校異〕 月三十五首のなかに―おなし三十首の中に（片）、同三十首の中に（神・群）、法性寺入道前関白家月三十五首の中に（尊）　みそむる―みそゆる（青）　こそすれ―のみする（尊）

〔現代語訳〕 月三五首を詠んだ歌の中の歌、

夜ごとに常に山の端に出る月は、今宵が見はじめのような感じがすることだ。

〔語釈〕 **○月三十五首** これは尊経閣文庫本にあるように法性寺入道藤原忠通が主催した歌会のこと。証本は散逸して伝わらないが、松野陽一氏の考証により、参加者は忠通、俊恵、藤原重家、藤原公通そして清輔の五人、催行の年時は永暦元年（一一六〇）秋、翌年の七月上旬の可能性もある等のことが明らかになった（『鳥帚 千載集時代和歌の研究』所収「法性寺忠通家月三十五首会」）。清輔は三五首のうち、本集に二九首を入集させている。**○夜とともに**「世とともに」（常にの意）との掛詞と解しておく。金葉集・秋の「（詞書省略） 藤原家経朝臣 よとともにくもらぬくものうへなればおもふことなく月を見るかな」がある。

〔補説〕「こよひみそむる心ち」で今見ている月の美しさを表現している。

月みるとねやへもいらずしろたへの袖かたしきてあかすころかな

〔校異〕 いらず—いらぬ（多・版） 袖かたしきて—袖かたへきて（底）、袖をかたしき（六・鷹・多・版）

〔現代語訳〕

月を見るために閨《ねや》へも入らずに、袖を片敷いて独り夜を明かすころであるなあ。

〔参考歌〕 永久百首「暁月 忠房 なが月の廿日の月ともろ友にねやへもいらであかしつるかな」

〔語釈〕 **○しろたへの**「袖」にかかる枕詞。**○袖かたしきて** 底本の「袖かたへきて」では意不通なので、諸本により改める。「かたしく」は自分の衣だけを敷くこと。独り寝をすること。

〔補説〕 参考歌に学んでいるだろう。また、同じ歌会の重家詠に「月よよみねやへもいらであかしつつあやなくいもに心おかれぬ」（重家集）と似たものがある。

134

ゆくすゑの人にもいかゞかたるべきいはんかたなきよはの月影

〔校異〕ナシ

〔現代語訳〕

後の世の人にどのように語ればよいのだろうか。言いようもないくらいに美しい夜半の月であるよ。

〔語釈〕**○ゆくすゑ**　ここは、時間的にはるか先のこと、遠い将来のことをいう。**○よは**　夜中をいう歌語。

135

いそかへり我が世の秋はすぎぬれどこよひの月ぞためし成りける

〔校異〕いそかへり―いくかへり（片）　成りける―なりけり（版）

〔現代語訳〕

五〇回も自然の秋が過ぎたようにわが人生の秋も過ぎたけれども、今宵の月は例となるくらいすばらしいなあ。

〔語釈〕**○いそかへり**　「いそ」は五十、「かへり」は回、度で、この語は「何度も」の意と辞書類には見える。古今和歌六帖・一の「いはのうへの松のこずゑにふる雪はいそかへりふれのちまでも見ん」はこの意味でよいと思われるが、本歌はどうであろうか。清輔は長治元年（一一〇四）生まれとされてき、この歌会では五十七歳であり、「いそかへり」を五〇回（歳）とすれば、相応しくない表現である。しかし、最近公刊された冷泉家時雨亭叢書の『尚歯会和歌』では承安二年（一一七二）に「六十五」と見える。天仁元年（一一〇八）生まれ、歌会の折は時に五十三歳であり、「いそかへり」を過ぎたとするにはより相応しい歳である。そして、清輔は三七〇番では「いその春」と詠んでおり、五十歳は清輔にとっては特別な思いがあったと考えられる。それゆえ、「いそかへり」を五〇回と解しておきたい。**○我が世の秋**　「秋」に「わが人生の秋」を掛け、これは「人生」を「秋」に見なした表現。千載集・秋上に「題しらず　藤原清輔朝臣　ふけにけるわがよの秋ぞあはれなるかたぶく月は又もいでなん」

（本集・一五七番では第二句「わがよのほどぞ」）と見える。

いかなれや花ももみぢもをりこそあれ年の一とせあかぬ月影

〔現代語訳〕　どういうわけで、花も紅葉も美しい一時はあるけれども、月は一年中すばらしくて見飽きることはないのであろうか。

〔校異〕　いかなれや―いかなれは（六・鷹・多・青・版）

〔語釈〕　**〇いかなれや**　どういうわけでの意。後拾遺集・雑一に「（詞書省略）　中務卿具平親王　いかなれやはなのにほひもかはらぬをすぎにしはるのこひしかるらん」とある。**〇をりこそあれ**　逆接で下の句に続いていく構文である。**〇年の一とせあかぬ月影**　月は一年中美しいというのであるが、ここでは「冬の月」に注意してみたい。拾遺集・雑秋に「（詞書省略）　もとすけ　いざかくてをりあかしてん冬の月春の花にもおとらざりけり」、詞花集・冬に「題不知　読人不知　あきはなほこのしたかげもくらかりき月はふゆこそみるべかりけれ」と見え、冬の月を「春の花にもおとらざりけり」「ふゆこそみるべかりけれ」のごとく、ことさらに注意を喚起する体である。それだけ冬の月はもともと賞美に値するものではなかったと推測されるが、これ以降、千載集から漸増していく。清輔自身も「冬の月」を詠んでおり、二一七～九番と三首ある。このことから、清輔は「冬の月」を念頭に置いて本歌を詠んだのではないかと考えられる。次第に増えてきた歌の世界における冬の月の情趣を確固たるものにさせることを意図していたのであろう。詳しくは、拙著所収「清輔の反伝統的詠歌」参考のこと。

〔補説〕　風雅集・雑中に「雑歌の中に　従二位為子　時ありて花ももみぢもひとさかりあはれに月のいつもかはらぬ」と本歌と同想の歌があり、本歌が脳裏にあったかも知れない。

137

さよふかく月にあけたるまきのとに人の心のうちぞ見えける

〔校異〕 月に―月か（神）

〔現代語訳〕

夜深く月を観賞するために開けた真木の板戸で、人の風流な心が見られたことだよ。

〔他出〕 万代集・雑二・2991（第三句は「まきのとは」）、中古六歌仙・94

〔語釈〕 **○まきのと** 歌語で、杉や桧で作られた板戸のこと。部屋の出入り口などの戸に用いられる。後拾遺集・雑二に「こむといひてただにあかしてけるをとこのもとにつかはしける　和泉式部　やすらひにまきのとこそはさゝざらめいかにあけつるふゆのよならん」、千載集・雑中に「たなかみの山ざとにすみ侍りけるころ、風はげしかりける夜よめる　源俊頼朝臣　ま木のとをみ山おろしにたたかれてとふにつけてもぬるる袖かな」とある。**○人の心のうち** ここでは、その人の風流心と解したが、あるいは、「まきのと」が恋の歌に多く見出されることから、月を一緒に賞美するために男の訪れを待っている女の心をこう表現したとも考えられようか。

138

世の中のなさけもいまはうせにけりこよひの月に人のさはねぬ

〔校異〕 さはねぬ―たはねぬ（底・内・益）、ねさめぬ（六・鷹・多・版）、たつねぬ（尊）、とはねは（片）、とはれぬ（青）

〔現代語訳〕

世の中の風流心もいまは無くなってしまったなあ。今宵のすばらしい月に人は寝てしまったよ。

〔他出〕 中古六歌仙・91（第五句は「人のたづねぬ」）

〔語釈〕 **○なさけ** ここは、情趣を解する心の意。二一番にも「なさけあらん人にみせばや……」とある。**○さは**

ねぬ　諸本間に異同が多い。「ねさめぬ」は一応意味は通るが、月に寝覚めないことが風流心の欠如とどう結びつくか明確ではない。底本等の「たはねぬ」は、「た」は「さ」と草書体が酷似するので「さはねぬ」の誤写と考えてよいのではないか。「さはね」は「さね（終止形は「さぬ」）」の中に助詞「は」が入り込んだ形であろう。「さぬ」は万葉集・一五に「（長歌省略）たづがなきあしへをさしてとびわたるあなたづたづしひとりさぬれば」（丹比大夫歌）とある。「さ」は接頭語、「ね」は「ぬ（寝る）」の連用形、「ぬ」は完了の助動詞である。人が月を観賞することもなく寝たことをいうのだろう。詳しくは、拙著所収「清輔の反伝統的詠歌」参考のこと。

〔補説〕　前歌と風流心という点で共通する。

人ごとによもさらしなとおもひしをきくにはまさるをばすての月

〔校異〕　おもひしを―おもひしに（底・内・益・尊を除く諸本）　月―山（六・内）

〔現代語訳〕　人のことばを聞いて決してそんなことはあるまいと思っていたが、聞きしにまさる更級の姨捨山の悲しい月であるよ。

〔参考歌〕　古今集・雑上「題しらず　よみ人しらず　わが心なぐさめかねつさらしなやをばすて山にてる月を見て」

〔語釈〕　○人ごと　世間の評判、世人の口。一六八番にも「むかしよりいつはりならぬひとごとはこよひの月のひかりなりけり」と見える。参考歌のことを指してこういっているのだろう。○よも　多くは、否定の推量の助動詞「じ」を伴って、よもやあるまいという予測を表わす語。○さらしな　信濃国の歌枕「更級」と「さらじ（然あらじの約）な」の掛詞。　散木奇歌集・九に「ちぎりしこともをわすれけるにや、ことざまに思ひなりにけりときこゆる人のがりつかはしける　契りおきしことをばすての山なれどよもさらしなとなをたのむかな」、続詞花集・恋下に「しなのなりける女をいひかたらへりけるをとこ、京にゐてのぼりてこと女をかたらひてとはずなりにければ、女のいひつかはしける　しなのなるよもさらじなと思ひしをわれをばすての山のはぞうき」とある。

〔補説〕「姨捨山」のことは一二九番にもあり、ここでも清輔は同様の詠み方をしていると考えておく。本歌は著名な参考歌を踏まえて詠まれたものであるが、このようなことは他にも見られ、たとえば古今集・東歌の「みちのくうた　君をおきてあだし心をわがもたばすゑの松山浪もこえなむ」を踏まえて、新勅撰集・雑四に入る「名所歌あまたよみ侍りけるに　清輔朝臣　ふるさとの人に見せばやしらなみのきくよりこゆるすゑのまつ山」を詠んでいる。詳しくは、拙著所収「清輔の反伝統的詠歌」参考のこと。

いせのうみおふの浦なししたはれてなりもならずもみゆる月影

〔校異〕　おふの浦―おうの浦（底・尊）

〔現代語訳〕

伊勢の海のおふの浦に生えている梨の木の下は明るく、生っているのも生っていないのも見える月の光であるよ。

〔参考歌〕　古今集・東歌「伊勢うた　をふのうらにかたえさしおほひなるなしのなりもならずもねてかたらはむ」

〔他出〕　中古六歌仙・93（初句は「いせのうみの」）

〔語釈〕　**○おふの浦なし**　底本の「おうの浦」では正しくないので、諸本により改める。「おふの浦」は伊勢国、または志摩国の歌枕。所在地不明。「おふの浦なし」は参考歌からも分かるように、おふの浦に生えている梨。この措辞は清輔あたりまで詠まれておらず、同時代の林葉集・二に「海路夏月　月夜よしおふの浦なしかげもよしすすみて行かんつなでゆるべよ」と見えるくらいである。これ以降、新古今集・夏に「千五百番歌合に　宮内卿　かたえさすをふのうらなしはつ秋になりもならずも風ぞみにしむ」等とある。**〇したはれて**　これも清輔あたりまであまり詠まれておらず、詞花集・雑上に「題不知　内大臣（注、藤原実能）　くまもなくしのだのもりのしたはれてちえのかずさへみゆる月かげ」（本歌と歌体が似る）と見えるくらいである。

141

から衣袖しのうらの月影はむかしかけゝる玉にやあるらん

〔校異〕　かけゝる―かけたる（底・内・益・尊を除く諸本）

〔現代語訳〕

袖師の浦に照っている月は昔衣の裏にかけてあったという宝珠なのだろうか。

〔語釈〕　**〇から衣**　「袖」にかかる枕詞。後拾遺集・恋一の「（詞書省略）藤原国房　からころもそでしのうらのうつせがひむなしきこひにとしのへぬらん」がある。**〇袖しのうら**　出雲国の歌枕で、現在の松江市の宍道湖・中海付近をいう。駿河国庵原郡とも。「うら」は「浦」と「裏」の掛詞であろう（次項参照）。**〇むかしかけゝる玉**　「から衣」「袖し」の関係から「衣の珠」のことであろう。これは、法華経の「五百弟子受記品」に見える、ある人が衣の裏にかけられた無価の宝珠に気づかず、艱難と困窮の末に友人からその存在を教えられるという話であり、仏性の比喩として説かれる。後拾遺集・釈教に「五百弟子品　赤染衛門　ころもなるたまともかけてしらざりきゑひさめてこそうれしかりけれ」がある。ただし、本歌には釈教的な要素はなく、袖師の浦の月の無二の美しさをいうためであろう。

142

山ざとの紅葉も月もあかけれどおなじ色にはみえずぞ有りける

〔校異〕 ナシ
〔現代語訳〕
山里の紅葉も月も同じように赤いけれども、同色には見えないことであるよ。
〔参考歌〕 久安百首「前備後守季通朝臣　おぼつかな月と紅葉といづれをかまことの秋の色とさだめん」
〔補説〕 清輔も歌人の一人であった久安百首の参考歌を脳裏に浮かべているだろう。

ゆふだすきおもひかけずもみゆるかな野森にすめる月よみの神

〔校異〕 野森―野守（底・内・益・尊）、のもり（六・鷹・多・青・版）
〔現代語訳〕
思いがけずも見ることだなあ。野にある森に住んでおられる月読の神ならぬ、清く澄んでいる月を。
〔語釈〕 **〇ゆふだすき** 木綿で作った襷の意で、「かく」「むすぶ」にかかる枕詞。金葉集・雑上の「（詞書省略）六条右大臣北方　かみがきのあたりとおもふにゆふだすきおもひもかけぬかねのこゑかな」がある。**〇野森** 底本の「野守」では意不通なので、諸本により改める。野にある森の意。例をみない語である。**〇すめる** 「住む」と「澄む」の掛詞である。**〇月よみの神** 奥義抄・中に「つきよみの神は天照大神のおとうと月神也」とあり、夜の国を統治する。千載集・神祇に「治承四年遷都の時、伊勢大神宮にかへりまゐりて、君の御いのり祈念し申し侍りけるついでに、よみ侍りける　大中臣為定　月よみの神してらさばあだ雲のかかるうきよもはれざらめやは」とある。ただし、本歌において、この意味では少し無理があるので、「月よみ」が「月」そのものを指すように「月よみの神」でも「月」そのものをいうのかも知れない。いま上のように解しておくが、後考を俟つ。

144

なにとなく心すみてやいでつらん月に棹さすよさのうら人

〔現代語訳〕

何となく心も澄んで漕ぎ出して行っただろうか。出て澄んだ月が照らす海を棹を差している与謝の浦人は。

〔校異〕 いでつ―いてぬ（片）　よさ―よき《さ》（青）

〔他出〕 秋風集・一八・1155、万代集・雑三・3284、中古六歌仙・92

〔語釈〕 **○いでつ** 「漕ぎ出づ」と「（月が）出づ」の掛詞であろう。**○月に棹さす** 海に映る月の上を漕いで舟を進めるの意。土佐日記・一月一七日条の「さをはうがつ波の上の月を」（中唐の賈島の詩）という情景である。隆信集に「（詞書省略）あけぬとやつりするふねも出でぬらん月にさをさす塩がまの浦」とある。**○よさのうら人** 「与謝の浦」は丹後国の歌枕で、現在の京都府与謝郡の宮津湾のこと。「与謝の浦」と「月」を詠み込んだ歌に、出観集の「月　なにしかもよさのうらわの月みけんすくもたくひのけぶりたちけり」がある。

145

光をやさしかはすらんもろこしの玉つむ船をてらす月影

〔校異〕 ナシ

〔現代語訳〕 光を互いに交わし合っているのだろうか。唐の玉を積んでいる船を照らす月光と玉とは。

〔他出〕 夫木抄・雑一四・15325

〔語釈〕 **○もろこしの玉つむ船** 典拠かどうか分からないが、『史記』「越世家」に「（范蠡は）その軽宝珠玉を装し、みづからその私徒属とともに舟に乗り海に浮かび、もって去り、つひに帰らず」と見える。真珠や宝玉をいうのであろう。顕輔集に「（詞書省略）もろこしのたまつむふねのもどろけばおもひさだめんかたもおぼえず」と見え、父に倣ったのであろう。

〔補説〕玉と月が「光をさしかはす」という歌には、千載集・秋上の「(詞書省略) 崇徳院御製 玉よするうらわの風にそらはれてひかりをかはす秋のよの月」(久安百首出詠) がある。

しきたへの枕におつる月みればあれたる宿もうれしかりけり

〔校異〕しきたへの―白妙の(内・益) おつる―出る(群) 宿も―宿そ(六・鷹・多・版)、宿に(益) けり―ける(六・鷹・多・版)

〔現代語訳〕

寝床の枕に差し込んでくる月光を見ると、荒れ果てたわが家もかえって嬉しい気持ちになることだよ。

〔参考歌〕詞花集・雑上「あれたるやどに月のもりて侍りけるをよめる 良暹法師 いたまより月のもるをもみつるかなやどはあらしてすむべかりけり」

〔他出〕玉葉集・雑一・1997

〔語釈〕**○しきたへの** 「しきたへ」は寝床に敷く布の意で、「まくら」「そで」等にかかる枕詞。**○おつる月** 「おつ」は光が地上にさすの意。二一八番にも「おちたる月」と詠んでいる。古今集・秋上の「題しらず よみ人しらず このまよりもりくる月の影見れば心づくしの秋はきにけり」の第二句が清輔本古今集の本文では「お(を)ちたる月」とあり、古今集本文によって得られた言い方によって新しい境地を開拓していこうとする意気込みが本歌に表われたかと思われる。また家証本の本文の優秀さを誇示するねらいがあっての行為とも考えられる。詳しくは、拙著所収「清輔の詠歌と清輔本『古今集』」参考のこと。なお、僻案抄で定家は「月落とは山に入る月なり。落ちくるとはいふべくもあらず。月に限らず落ちくるといふ言葉好み詠むべからず」と述べている。

〔補説〕同想の歌として、参考歌以外にも後拾遺集・雑一の「(詞書省略) 中納言定頼 あめふればねやのいたまもふきつらんもりくる月はうれしかりしを」がある。粗末な家の隙間からもれてくる月を指すと思しいが、枕草子には「にげなき物　下衆の家に雪のふりたる。又、月のさし入りたるも、くちをし」（三巻本）と見える。「枕におつる」は『和漢朗詠集』「隣家」の「落レ枕波声分レ岸夢　当レ簾柳色両家春」（菅原文時作）の前の句にヒントを得たのではないだろうか。詳しくは、拙稿「藤原清輔詠の『和漢朗詠集』の漢詩摂取」（「島根大学法文学部紀要　島大言語文化」第十九号）参考のこと。

147

手枕《たまくら》にかきやるかみのみだれまでくもりもみえぬ秋のよの月

〔校異〕　ナシ

〔現代語訳〕

　共寝の手枕で掻きやったあの人の髪の乱れまでもがはっきりと見られる明るい秋の夜の月であるよ。

〔語釈〕　**○手枕**　相手の腕を枕に共寝することか、自分の腕を枕にすることか明確ではないが、前者の例歌が多く、かつ後者では不自然な感が否めないので、前者で解しておく。金葉集・恋上に「もの申しける人のかみをかきこしてけづるを見てよめる　津守国基　あさねがみたがたまくらにたはつけてけさはかた見とふりこして見る」とある。

○かきやる　払いのける。後拾遺集・恋三に「題不知　和泉式部　くろかみのみだれもしらずうちふせばまづかきやりし人ぞこひしき」とある。

〔補説〕　秋の月が細部まで明るく照らす歌は多く、たとえば古今集・秋上の「題しらず　よみ人しらず　白雲にはねうちかはしとぶかりのかずさへ見ゆる秋のよの月」がある。

148

くまもなき月をもみてやあかすらん伏見の里の人ぞ床敷《ゆかしき》

〔現代語訳〕
　くまなく照らす月を見て夜を明かしているだろうか。臥して見る伏見の里人の様子を知りたいものだ。

〔校異〕　ナシ

〔語釈〕　**〇くまもなき**　「くま」は太陽や月の光の届かない所。金葉集・秋に「(詞書省略)　大宰大弐長実　くまもなきかがみとみゆる月かげにこころうつらぬ人はあらじな」とある。**〇伏見**　大和国と山城国とにあるが、前者は普通「菅原や伏見」とあるので、ここは後者の歌枕であろう。現在の京都市伏見区にあり、景勝地として著名であった。「臥し見」との掛詞と解しておいた。後拾遺集・雑五に「ふしみといふところに四条の宮の女房あまたあそびて日くれぬさきにかへらむとしければ　橘俊綱朝臣　みやこ人くるればかへるいまよりはふしみのさとのなをもたのまじ」とある。**〇床敷**　ここは、知りたいの意。

〔補説〕　伏見と月は直接結びつかないが、景勝の地として知られる伏見であり、かつ「臥し見」との掛詞にもなることに興味をひかれ、そこの里人はこういう夜にどうしているか知りたいというのであろう。

紫のねはふよこ野にてる月はその色ならぬ影もむつまし

〔現代語訳〕
　紫草の根が生え広がっている横野に照っている月は、その色だけでなく光までもが慕わしく思われることだ。

〔校異〕　ナシ

〔参考歌〕　万葉集・一〇「むらさきのねばふよこののはるのにはきみをかけつつうぐひすなくも」(作者未詳歌)、古今集・雑上「題しらず　よみ人しらず　紫のひともとゆゑにむさしのの草はみながらあはれとぞ見る」、小町集「むさしのにおふとしきけばむらさきのその色ならぬ草もむつまし」、久安百首「紫のねはふよこののつぼすみれま

袖につまむ色もむつましー」（藤原俊成作）

〔語釈〕 **○紫**　ここは、紫草のこと。**○ねはふ**　根がしっかりはる。**○よこ野**　一般名詞かとも思われるが、歌枕と解しておく。河内国とする説もあるが、五代集歌枕・二や八雲御抄・五は上野国とする。現在の群馬県碓氷郡の妙義山付近とされている。奥義抄・上に「よこのムラサキノネハフ」とある。

〔補説〕 参考歌の著名な古今集歌によるが、月の色だけでなく、照らす光までも睦まじく感じるというのである。
　同じ参考歌によったものには一〇九、四一七番がある。

150

人しれずかたわれ月ぞうらめしきたれに光をわけてみすらん

〔校異〕 わけて―かけて（片）

〔現代語訳〕
　ひそかに半月《はんげつ》が恨みに思われることだ。一体誰に残りの光を分けて見せているのだろうか。

〔参考歌〕 和歌体十種（忠岑十体）「高情体　山たかみわれてもつきのみゆるかなひかりをわけてたれに見すらむ」

〔語釈〕 **○かたわれ月**　半分欠けた月。金葉集・雑上に「山家にてありあけの月をみてよめる　僧正行尊　このまもるかたわれづきのほのかにもたれか我が身をおもひいづべき」とある。

〔補説〕 参考歌の下の句と酷似するが、清輔がこれを知っていたかどうかは分からない。

151

夜もすがら人をさそひて月影のはてはゆくへもしらでいりぬる

〔校異〕 人―我（尊）　さそひて―そひて（版）

〔現代語訳〕

一晩中、月の光は人を誘って、最後は行方も知れず隠れてしまったよ。

〔参考歌〕 金葉集（異本歌）「月の心をよめる　藤原家経朝臣　いまよりは心ゆるさじ月かげのゆくへもしらず人さそひけり」

〔他出〕 新拾遺集・秋下・439（第二句は「我をさそひて」）、中古六歌仙・89（第二句は「われをさそひて」）

〔補説〕 参考歌を清輔が知っていた可能性はあるだろう。

清輔の従兄弟にあたり、ほぼ同世代の成通集に「月夜遠行樹下　思ひしりりしばしないりそ秋の月爰まで人をさそふとならば」と同じ趣向のものが見られる。

見るからにかげはづかしき身なれども月にはえこそしのばざりけれ

〔校異〕 しのばざりけれ―みるへかりけれ（神）

〔現代語訳〕

見るにつけ、恥ずかしい姿のわが身ではあるけれども、月に対しては照らし出されてもあえて避けることはないなあ。

〔語釈〕 **○見るからに**　見るにつけの意。後拾遺集・雑三に「王昭君をよめる　懐円法師　みるからにかがみのかげのつらきかなかからざりせばかからましやは」とある。**○かげ**　人や物の姿、形。「月」の関係でこれを用いたのであろう。古今集・哀傷に「深草のみかどの御国忌の日よめる　文屋やすひで　草ふかき霞の谷に影かくしてるひのくれしけふにやはあらぬ」とある。

〔補説〕 月を観賞するためには、たとえ月に照らし出されても構わないというのが本歌の趣向であろう。

月に映し出される我が身を恥じる歌に、江帥集の「ふゆのよの月、つくしにて　としをへてかしらにつもるしらゆきのかげはづかしきふゆのよのつき」がある。

153

みな底にやどれる月の影をこそしづめる人はみるべかりけれ

〔校異〕（本歌）―ナシ（青）

〔現代語訳〕

水底に映っている月の姿こそ不遇の身の上に沈んでいる人は見るべきであるよ。

〔参考歌〕詞花集・雑上「神祇伯顕仲ひろたにて歌合し侍るとて、寄月述懐といふことをよみてとこひ侍りければつかはしける　左京大夫顕輔　なにはえのあしまにやどる月みればわが身ひとつもしづまざりけり」

〔語釈〕〇やどれる月　映っている月をいう。一二七番にも詠まれている。

〔補説〕本歌は、顕輔詠に倣って、水底に映る月を美しいと捉えるのではなく、わが身と同じように沈淪していると詠んだのであろう。そして、その月を見て慰めるというのではなく、何にでも同類のことがあるのだと身の不遇を改めて認識し、さらには諦念にも似た感懐にまで至るべきだと詠んでいるのではないだろうか。、詳しくは、拙著所収「清輔の述懐歌」参考のこと。

154

いまよりは心のまゝに月は見じ物おもひまさるつまとなりけり

〔校異〕ナシ

〔現代語訳〕

今からは思いのままに月を見るまい。物思いが増さるきっかけとなることだなあ。

〔語釈〕〇つま　いとぐち。きっかけ。千載集・秋上に「はじめの秋のこころをよめる　源俊頼朝臣　あきかぜや涙もよほすつまならむおとづれしより袖のかわかかぬ」とある。

〔補説〕同じように、月を見ての悲哀を詠む歌として、たとえば古今集・秋上の「（詞書省略）大江千里　月見ればちぢに物こそかなしけれわが身ひとつの秋にはあらねど」がある。

歌想と歌体が似るものに、一二八番がある。

155

月見ればたれも涙やとまらぬとおもふことなき人にとはゞや

〔校異〕たれも―なれも（片）

〔現代語訳〕

月を見ると誰も涙が止まらないかどうか、物思いのない人に尋ねてみたいものだ。

〔参考歌〕古今集・秋上「（詞書省略）大江千里　月見ればちぢに物こそかなしけれわが身ひとつの秋にはあらねど」

〔補説〕歌体が似るものに五九番がある。

同想の歌に一二八、一五四番があるが、本歌は「月見ればたれも涙やとまらぬ」が本当かどうかを確かめるというのであり、既成のものに疑問をもったり、確認したりする趣旨の歌となっており、この点において両歌とは異なる。詳しくは、拙著所収「清輔の反伝統的詠歌」参考のこと。

156

かくばかりくまなく見ゆる月影の心のうちをてらさましかば

〔校異〕くまなく見ゆる―まなく見ゆるや（尊）

〔現代語訳〕

このように曇りなく見える明るい月の光が、わたしの心の中を照らしてくれたらよいのに。

〔語釈〕○くまなく 「くま」は太陽や月の光の届かない所。一四八番参照。○てらさましかば 反実仮想の結びを上のように「よからまし」と考える。では、どういうことでそうなのか。たとえば、詞花集・雑上の「やましろのかみになりてなげき侍りけるころ、月のあかかりけるよ、まできたりける人のいかがおもふととひ侍りければよめる 藤原輔尹朝臣 やましろのいはたのもりのいはずともこころのうちをてらせ月かげ」のように、自分の苦悩を知らせたいということがあるし、あるいは顕輔集の「播磨守家成朝臣歌合せしに、月 いかばかりくまなくてらす月なればこころのやみもはるるなるらん」のように、心の闇を晴らしたいということも考えられ、さらにその他の場合も思量されるので、一概に判断することはできないが本歌は負の心中を詠んでいるであろう。

ふけにけるわがよのほどぞあはれなるかたぶく月は又もいでなむ

〔校異〕 ける—けり（青） ほど—秋（尊）

〔現代語訳〕

更けた夜の気配は哀れ深いように、年老いたわたしの人生の程も物悲しいものだ。夜更けて西に傾く月はまた昇ってくるだろうが。

〔他出〕 千載集・秋上・297（第二句は「わがよの秋ぞ」）、歌仙落書・42、中古六歌仙・95、定家八代抄・秋上・319（第二句は「我が夜の秋ぞ」）

〔語釈〕 ○ふけにける 「ふけ」は夜更けるの意の「更く」と老いるの意の「老く」の掛詞。拾遺集・雑上に「（詞書省略） 藤原仲文 ありあけの月のひかりをまつほどにわが世のいたくふけにけるかな」とある。○よ 「夜」と「世」の掛詞。○わがよのほどぞ 千載集等は「わがよの秋ぞ」とあり、わが人生の秋の意であり、これと同じ措辞が一三五番に見られる。
【補説】 月とは違って、わが人生の盛時は一度限りと詠むのであるが、歌想と歌体が似るものに一九〇番がある。

158

ひさかたのあめのおしでやこれならん秋のしるしとみゆる月影

【校異】 あめ―あま（六・鷹・版） しるしと―しるしも（六・鷹・版）

【現代語訳】
天の定めはこれなのであろうか。秋のあかしと見える明るい月であるよ。

【他出】 夫木抄・秋四・5282（第二句は「あまのおしてや」）、中古六歌仙・90

【語釈】 **○ひさかたの** 「あめ」にかかる枕詞。 **○あめのおしで** 「おしで」は証拠とすべき印のこと。万葉集・一〇の「久方天印等水無河隔而置之神世之恨」（作者未詳歌）は西本願寺本では「ひさかたのあめのしるしとみなせがはへだてておきしかみよのうらみ」と訓まれているが、顕昭の散木集注は「萬葉にいふ」としてこれを「ひさかたのあめのおしでとみなしがはへだてておきし神世のうらみ」と訓み、「天印《アメノオシデ》とは天にさだめおけることといふなり」と注を付している。本歌には、この注にいうニュアンスがより相応しいのではないだろうか。この措辞は、散木奇歌集・三に「織女朝　七夕は雨のおしでのやへぎりにみちふみまどへまたやかへると」とあり、清輔はまた仁安三年（一一六八）八月一一日の「大嘗会悠紀主基和歌」にも「同日（注、辰日）楽破　石屋山　神よりあめのおしでのうごきなきしるしにたてしいはや山かも」と詠んでいる。

159

ひたすらにいとひもはてじ村雲のはれまぞ月はてりまさりける

【校異】 はれま―たえま（六・鷹・多）、たへま（版）

〔現代語訳〕

いちずに村雲を嫌だと決めてしまうまい。村雲の切れ間にこそ月は照り増さるのだから。

〔参考歌〕 古今和歌六帖・一「はるのかぜ　みつね　吹く風をいとひもはてじ梅のはなちりくる時ぞ香はまさりける」、久安百首「ひたすらにいとひもはてじかばかりの月をたもてる此世なりけり」（崇徳院作）

〔他出〕 風雅集・秋中・596

〔語釈〕 ○村雲　集まり群がっている雲。金葉集・秋に「顕季卿家にて九月十三夜人人月の歌よみけるに　源俊頼朝臣　むらくもや月のくまをばのごふらんはれゆくままにてりまさるかな」とある。これの、月を曇らせる村雲がかえって前にも増して照り輝かせるという発想は本歌に似る。○はれま　雲や霧の切れ間。頼政集・上に「（詞書省略）あま雲の晴れまに我も出でたるを月ばかりをやめづらしと見る」とある。

〔補説〕 本歌は参考歌、特に躬恒詠と歌体が似ている。

千代の秋を一夜になしてながむともあかでや月のいらんとすらむ

〔校異〕 ナシ

〔現代語訳〕

千年の秋の夜を一夜にして秋の月を眺めたとしても、満足しないうちに月は沈んでいくのだろうか。

〔他出〕 今撰集・秋・74

〔語釈〕 ○千代の秋　「千代」は諸本の大部分が「千世」とある。千年、長い年月の意であろう。江帥集に「（詞書省略）がまふののわかむらさきのふぢばかまちよのあきまでにほへとぞ思ふ」、六条修理大夫集に「（詞書省略）ことしよりかざしにしむるをみなへし千代のあきをばきみがまにまに」とあり、いずれもこの意味で用いられている。千年の多くの秋の夜を一夜に取り込むというのである。なお、「千夜を一夜になす」という措辞があり、伊勢物語・二二に「秋の夜のちよをひとよになせりともことばのこりてとりやなきなん」と見えるが、本歌はこれをヒントに「千代の秋」と詠んだのであろう。

〔補説〕　美しい月はいくら観賞してもしきれないと嘆くパターンの歌であるが、これを大仰に「千代の秋を一夜になして」と詠んだのが眼目である。

161

旅中月

うき雲はふもとにかゝるたかねにてゆくへもしらず月をみる哉

〔校異〕　旅中月―旅宿月（六・鷹・版）、旅宿中月（多）

〔現代語訳〕　旅中の月を詠んだ歌、

浮雲が麓にかかって見えているような高嶺で、その行く先も分からない、月を見ることだなあ。

〔語釈〕　**○旅中月**　初出の歌題である。他本の「旅宿月」は清輔と同世代の歌人に多く見られる歌題である。

〔補説〕　山の麓から月を見た場合は月が山に入ることが分かるが、山の高嶺ではそれが分からないというのであろう。詞花集・秋に「ひえの山の念仏にのぼりて月をみてよめる　良暹法師　あまつかぜ雲ふきはらふたかねにているまでみつるあきのよの月」とあり、高嶺で西の山の端に入る月を見たと詠む。本歌はこれを意識していたかもしれない。

162

山寺明月

はつせ山みねのやどなる旅ねには枕よりこそ月はいでけれ

〔校異〕　山寺明月—山寺月明（六・鷹・多・版）　みねの—みねに（六・片・鷹・神）、みねに《を》（内・版）、みねを（群）、こえね（青）　やどなる—やとかる（六・片・鷹・神）、やとか《な》る（内・版）　いでけれ—いてける（神）

〔現代語訳〕　山寺の明月を詠んだ歌、

初瀬山の峰を宿とする旅寝では、山からではなく枕もとから月は出るのだなあ。

〔他出〕　夫木抄・雑二・8192、一字御抄・一

〔語釈〕　**○山寺明月**　初出の歌題である。他本の「山寺月明」も初出である。**○はつせ山**　既出（三四番「をはつせ」項）。大和国の著名な歌枕。初瀬山。現在の奈良県桜井市初瀬にある山。特に、花（桜）、月と詠まれる。長谷寺があることでも知られている。

〔補説〕　月が枕もとから出ると知った驚きを詠んでいる。このように、旅中思わぬ所から出る月を詠む歌に、土佐日記・一月二五日条の「都にて山の端に見し月なれど波より出でて波にこそ入れ」と後拾遺集・羇旅の「（詞書省略）橘為義朝臣　みやこにて山のはにみし月かげをこよひはなみのうへにこそまて」がある（ともに奥義抄・上に挙がる）。

163

月夜逢友

こよひこそ雲まの月にさしそへて又めづらしきかげは見ゆなれ

〔校異〕　見ゆなれ—見るかな（六・鷹・版）、みる《ゆ》なれ（多）、みゆめれ（尊）

〔現代語訳〕　月夜に友に逢ふを詠んだ歌、

今宵は雲間をもれる月に加えてまた、思いがけず久しぶりの友に出会うことだ。

〔他出〕　一字御抄・二

〔語釈〕 ○月夜逢友 初出の歌題である。○雲まの月 雲の間から見える月。中世に偏在する表現である。新古今集・夏に「卯花如月といへる心をよませ給ひける 白河院御歌 卯花のむらむらさけるかきねをば雲間の月の影かとぞ見る」とある。○さしそへ 下二段活用で、付け加えるの意。○かげ 人や物の姿、形。既出（一五二番）。「月」の関係でこれを用いたのであろう。

月前聞虫

めもあやに見ゆるこよひの月影にはたおりそふる虫の声哉

〔校異〕 ナシ

〔現代語訳〕 月前に虫を聞くを詠んだ歌、
すばらしく見える今宵の月に加えて、綾に織り添えるかのように機織女の美しい声が聞こえるよ。

〔語釈〕 ○月前聞虫 清輔と同世代の有房集に見られる程度の歌題である。なお、和歌一字抄・上に「月前虫声」がある。○めもあやに すばらしいさまの意。和歌初学抄に「めもあや 奇特也メデタキ也」とある。散木奇歌集・三に「（詞書省略） くれはどりふたむら山をきてみればめもあやにこそ月はすみけれ」と見える。「あや」は「綾」を掛ける。○はたおりそふる虫 この措辞で、和歌初学抄に「虫……キリぐス（注、現在のこおろぎ） ハタオリメ」とあるように「機織女」（現在のきりぎりすの古名）のことを言おうとしているのであろう。なお、拾遺集・秋は「屏風に つらゆき 秋くればはたおる虫のあるなへに唐錦にも見ゆるのべかな」と、本歌と同様に「はたおりめ」を「はたおる虫」と意味に関わって表現している。「おり（織る）」は、和歌初学抄に「綾……オル」とあるように「綾」の縁語。そして「はた」は「そのうえにまた」の意の「はた」を掛けているであろう。

165

三日月

三日月は山のあなたの里人のをしむをわれて出づるすがたか

〔校異〕三日月は―三日月の（六・鷹・多・版）　すがたか―すかたよ（片）

〔現代語訳〕三日月を詠んだ歌、

　三日月は山の向こうにいる里人が惜しんでいるので、割れて出ている姿なのであろうか。

〔参考歌〕古今集・雑上「題しらず　よみ人しらず　おそくいづる月にもあるかな葦引の山のあなたもをしむべらなり」、金葉集・恋下「蔵人にて侍りけるころ、うちをわりなくいでて女のもとにまかりてよめる　藤原永実　みか月のおぼろけならぬこひしさにわれてぞいづるくものうへより」

〔語釈〕○**三日月**　歌題としては、保延元年（一一三五）ころ成立の為忠家後度百首から見られ、金葉集・秋に「三日月の心をよめる」とあるが、それほど多くはない。

〔補説〕山の向こうに月を惜しむ人がいるということは参考歌の古今集、三日月が割れて出るということは金葉集が脳裏にあったのではなかろうか。

166

山中晨月

ほの〴〵と嵐のこゑもなりにけりしら月山の有明の空

〔校異〕空―くも（六・鷹・版）

〔現代語訳〕山中の晨月を詠んだ歌、

　嵐の声もかすかにしか聞こえないようになった。白月山の有明月の空は。

〔他出〕　一字御抄・二
〔語釈〕　**○山中晨月**　初出の歌題である。「晨月」は朝の月。**○ほの〴〵と**　これは第二、三句にかかると考えられので、聴覚的表現ではないだろうか。わずかに聞くさまを表わす語。たとえば、実方集（書陵部本、一五〇・五六〇）に「山ざとにて、あけぼのにひぐらしのこゑをききて　ほのぼのにひぐらしのねぞきこゆなるこやまつむしのこゑにはあるらむ」とある「ほのぼのに」も聴覚とするべきであろう。**○しら月山**　白月山。所在地不明であるが、五代集歌枕・一、八雲御抄・五は近江国とする。万葉集・一二に「ゆふたた（づつ）みしらつき（さき）やまのさねかづらのちもかならずあはむとぞおもふ」（作者未詳歌）と見られるが、これ以降は顕輔集の「長承元年（注、一一三二）十二月二十三日内裏和歌題十五首、梅　かをらずはたれかしらましむめのはなしらつきやまのゆきのあけぼの」まで詠まれていない。清輔にはいま一首、夫木抄・雑二の「承安五年（注、一一七五）三月重家卿家歌合、牆根卯花　清輔朝臣　卯の花のさける垣ねやひさかたのしら月山のふもとなるらん」がある。そして、清輔の弟の季経集に「右大臣家の十首月歌中に、月照山雪　いづくをかくまとみるべきゆきつもるしらつき山をてらす月かげ」と見られ、六条藤家が好んで使用している。詳しくは、安田純生氏『歌枕試論』所収「白月山の梅の花」参考のこと。**○有明**　ここは、夜があけても空に見える有明月をいう。

167　八月十五夜

おほかたの秋は半《なか》ばときく物を月の光はみちにけるかな

〔校異〕　おほかたの―おほかたは（片・神・群）　秋は―秋の（神・群）　半ばと―中土と（多）、中ちと（版）
〔現代語訳〕　八月一五夜を詠んだ歌、
おしなべての秋はいまちょうど半分だと聞いているのに、今宵の月の光は満ちていることだよ。

〔参考歌〕　為忠家後度百首「十五夜月　勘解由次官親隆　かぞふればあきはなかばになりぬれど月はこよひぞみちまさりける」、六条修理大夫集「九月十三夜、詠月和歌并恋各一首　あきはいまはなかばもいまはすぎぬるにさかりと見ゆるよはの月かな　（恋の歌省略）」

〔語釈〕　○八月十五夜　この歌題は、勅撰集では金葉集と詞花集にしか見られないが、私家集には頻出する。○おほかたの　世の常のという意。千載集・秋上に「題しらず　紫式部　おほかたの秋のあはれをおもひやれ月に心はあくがれぬとも」がある。

〔補説〕　参考歌の親隆詠とまったく同じ歌想であり、顕季詠とはほぼ同趣向である。

むかしよりいつはりならぬひとごとはこよひの月のひかりなりけり

〔校異〕　ナシ

〔現代語訳〕

昔から偽りでない世間の評判は、今宵の美しい月の光であるということだ。

〔他出〕　万代集・秋上・1000

〔語釈〕　○ひとごと　他人のことば。人の噂。拾遺集・恋三に「題しらず　人まろ　人ごとは夏野の草のしげくとも君と我としたづさはりなば」とあり、一三九番にも見られる。

〔補説〕　偽言が世に多いという前提で詠まれたと思しく、その意味で古今集・恋四の「題しらず　よみ人しらずいつはりのなき世なりせばいかばかり人のことのはうれしからまし」が脳裏にあったかも知れない。

虫

日にそへてこゑよわりゆくきりぎりすいまいく夜とてつゞりさすらん

〔校異〕 日に―ひき（片） いく夜とて―いくよ思て（青）

〔現代語訳〕 虫を詠んだ歌、

日が経つにつれて声が弱っていくこおろぎは、自分の寿命があと幾夜と思い、つゞりさせと鳴いてほころびを継ぎ合わせているのであろうか。

〔参考歌〕 古今集・雑体「（詞書省略） 在原むねやな 秋風にほころびぬらしふぢばかまつづりさせてふ蟋蟀なく」

〔他出〕 久安百首・947

〔語釈〕 **○虫** 歌題としては、天徳三年（九五九）八月催行の「斎宮女御徽子女王前栽合雑載」から見え、堀河百首にある。秋の歌の中心的歌題として多く詠まれる。**○きりぎりす** いまのこおろぎ。**○つゞりさす** こおろぎの鳴き声の擬声表現「つゞりさせ」とほころびを織り糸で縫い合わせる意の「綴り刺す」を掛ける。

〔補説〕 無常を詠むのに、清輔は「いまいくとせ」（四二、一一五番）のように、「いまいく夜」に類した表現を用いている。

叢夜虫

もろごゑに秋の夜すがらなくむしは花のねぐらや露けかるらん

〔校異〕 もろごゑに―諸ともに（内）

〔現代語訳〕 叢の夜の虫を詠んだ歌、

虫が声を合わせて秋の夜通し鳴いているのは花のようなねぐらが露で濡れているからだろうか。

〔他出〕 一字御抄・八

【語釈】 ○叢夜虫 拾遺集・秋等に見える歌題であり、清輔は袋草紙・上の「題目読様」に例として挙げている。 ○花のねぐら 虫のねぐらを指して言っている。この措辞はたとえば一四番のように鶯とともに詠まれるのが普通であるので、珍しい例である。花のように美しいねぐらという意味であろう。
【補説】 虫の涙でねぐらが濡れると解せないこともないが、ねぐらが露で濡れて寝るに相応しくなく、悲しんでいると詠んでいるのであろう。

菊

かぎりなきよはひのみかはみるからに心ものぶるしら菊の花

【校異】 ナシ
【現代語訳】 菊を詠んだ歌、
　寿命が限りなく延びるだけであろうか。ただ見るだけで心までものどかになる白菊の花であるよ。
【他出】 新続古今集・秋下・559、久安百首・948（第三句は「みるままに」）
【語釈】 ○菊 歌題としては、仁和四年（八八八）～寛平三年（八九一）秋催行の「内裏菊合」から見え、堀河百首にある。秋の歌の中心的歌題として多く詠まれる。 ○かぎりなきよはひ 重陽の日に菊酒や着綿等でもって長寿を願うことをいう。 ○からに ただ……するだけでの意。菊酒を飲んだり、着綿で身を拭うことなどをする必要もなく、ただ美しい白菊を見るだけで充分だというのである。 ○心ものぶる 気持ちが寛ぐ、のびのびとなるの意。源氏物語・絵合に「空もうららかにて、人の心ものび、物おもしろき折なるに」とある。
【補説】 賞美に値する白菊とは、そのものの持つ美しさなのか、霜にあって紫に変色したものをいうのか、明らかではないが、前者ではないだろうか。

172

おもはずにうつろふまでに見つるかな老のまがきにうゑし白菊

【校異】（本歌）―ナシ（六・片・鷹・多・神・版・群）

【現代語訳】

意外にも色褪せてしまうまで見たことだなあ。老いた私の家の籬に植えた白菊を。

【語釈】　**○老のまがき**　「まがき」は柴や竹で粗く編んだ垣根のこと。「老のまがき」は他に見られない措辞であるが、清輔は老いをよく詠み、かつ一七四番に「老いぬる人のまがき」とあるので上のように解する。「白菊」は千載集・秋下に「（詞書省略）藤原基俊　けさみればさながら霜をいただきておきなさびゆく白菊の花」とあるように老人に喩えられることがあり、このことは本歌に影響をあたえていよう。白菊の凋落を見届けて老身の自分を知ろうというのであろうか。なお、顕輔集に「老のはるかぜ」、能因法師集に「老の春」という言い方が見られる。

【補説】　本歌を持たない本が多くあるが、『私家集大成』の解題は「この歌が後補されたという徴証（典拠）を見出せないので、この歌は原本成立の時点から存在したと考えられる」と述べている。

173

菊綻禁庭

八重ぎくのさける所の名にしおはゞ今一重をばそへてみてまし

【校異】　菊綻禁庭―禁庭菊（片）　一重―一つ（尊）

【現代語訳】　菊禁庭に綻《ほころ》ぶを詠んだ歌、

八重菊が咲いている所の九重という名を持っているならば、もう一重をきっと添えて見たいものだ。

【他出】　夫木抄・秋五・5911、中古六歌仙・97、一字御抄・四

【語釈】　**○菊綻禁庭**　初出の歌題である。「禁庭」は天皇の御所、九重のこと。**○八重ぎく**　八重咲きの菊。千載

集・賀に「（詞書省略） 花薗左大臣 やへぎくのにほふにしるし君が代は千とせの秋をかさぬべしとは」とあるが、多く詠まれるものではない。**○名にしおはゞ** 名前として持っているなら。後撰集・恋三に「女につかはしける 三条右大臣 名にしおはば相坂山のさねかづら人にしられでくるよしもがな」とある。

【補説】 八重菊と九重を詠む歌に、後拾遺集・秋下の「（詞書省略） 大蔵卿長房 あさまだきやへさくきくのここのへにみゆるはしものおけばなりけり」がある（和歌一字抄・下に入る）。

174

九月九日にきくのさかざりければ、

花さかで老いぬる人のまがきには菊さへ時にあはぬなりけり

【校異】 菊さへ―きくへき（内）

【現代語訳】 九月九日に菊が咲かないので詠んだ歌、

花が咲かないで不遇なまま年老いた私の家の籬では、菊さえも時節にあわずに咲かないのだなあ。

【他出】 言葉集・一六・390

【語釈】 **○九月九日** この日は重陽で、朝廷では節会が行われた。この日のことを詠んだのは、朝廷での華やかな行事とは関わりのないわが身を強調するためであろう。**○老いぬる人のまがき** 一七二番に「老のまがき」とある。

175

紅葉

つゆむすぶ秋はいくかにあらねども岡のくず葉も色付きにけり

【校異】 紅葉―紅葉の歌中に（尊） くず葉―草葉（六・鷹・多・版）

〔現代語訳〕 紅葉を詠んだ歌、

露が置き結ぶ秋は幾日も経っていないけれども、岡の葛の葉も色付きはじめたことだ。

〔参考歌〕 万葉集・一〇「かりがねのさむくなくよりみづくきのをかのくずははいろづきにけり」（作者未詳歌）

〔語釈〕 **○紅葉** 歌題としては、延喜五年（九〇五）～八年秋催行の「本院左大臣時平歌合」から見え、堀河百首にある。秋の歌の中心的歌題として多く詠まれる。**○いくか** いくらかの日数。多くの日。拾遺集・秋に「題しらず　安貴王　秋立ちていく日《か》もあらねどこのねぬるあさけの風はたもとすずしも」とある。

〔補説〕「岡のくず葉」を詠んだ歌は参考歌以後は清輔まで見られず、それ以降は盛んに詠まれるようになる。なお、顕昭は新古今集・秋上の「千五百番歌合に　顕昭法師　みづぐきのをかのくずはもいろづきてけさうらがなし秋のはつ風」を詠む。ただし、「みづぐきのをか（水茎の岡）」は地名とする考え方がある。

まだきよりけしきの森の下紅葉なべてならじとみえもするかな

〔校異〕 けしき―にしき（鷹）　ならじと―ならすも（六・鷹・多・青・版・尊・群）、ならしも（神）

〔現代語訳〕

まだその時期ではないのに、気色の森は下葉が紅葉した景色になり、並一通りでなく美しく見えることだなあ。

〔語釈〕 **○けしきの森** 大隈国の歌枕。現在の鹿児島県国分市。「気色」「景色」を掛けることが多い。千載集・秋上に「（詞書省略）　待賢門院堀川　秋のくるけしきのもりのした風にたちそふ物はあはれなりけり」、出観集に「忍恋　さりげなきけしきのもりと思へども心のうちはたけくまのまつ」とある。**○下紅葉** 木の下のほうが紅葉すること。また、その葉。詞花集・夏に「題不知　相模　したもみぢひと葉づつちるこのしたにあきとおぼゆるせみのこゑかな」とある。**○なべてならじ** 並み並みでない、立派である場合に用いる。金葉集・夏に「みやづかへしけるむすめのもとに五月五日くすだまつかはすとてよめる　権僧正永縁　あやめぐさわが身のうきをひきかへてなべてならぬにおひもいでなん」とある。

177

もみぢするおなじみ山の梢にてひとりさめたる岩ね松かな

〔校異〕 梢にて―梢にも（六・鷹・多・版）

〔現代語訳〕

紅葉している同じ深山の梢のなかで、ひとり醒めたように、岩根に生えている紅葉していない松であるよ。

〔他出〕 夫木抄・秋六・6019

〔語釈〕 **○ひとりさめたる岩ね松** 「岩ね松」は岩根に生える松で、色が変わらないことにより、めでたいものとされる。六条修理大夫集に「百首和歌　松　たまもかるいらごがさきのいはねまついくよまでにかとしのへぬらん」、顕輔集に「祝　きみが世にくらぶのやまのいはねまついくたびばかりおひかはりなん」と、祖父、父が詠んでいる。この措辞は、『和漢朗詠集』「紅葉」の「外物独醒松澗色　余波合力錦江声」（大江以言作。江談抄・四に入る）の、山全体が紅葉しているのに醒めたように見えるのは渓間の松だけだという前の句によっているだろう。詳しくは、拙稿「藤原清輔詠の『和漢朗詠集』の漢詩摂取」（「島根大学法文学部紀要　島大言語文化」第十九号）参考のこと。

〔補説〕 本歌は永暦元年（一一六〇）に披講された「師光百首」の歌と推察される。詳しくは、拙著所収「『清輔集』の成立について」参考のこと。

同想の歌が二首あり、一首は仁安二年（一一六七）八月催行の「太皇太后宮亮平経盛朝臣家歌合」の「紅葉」の「紅葉ばは紅ふかく成りゆけど独さめたる松の色かな」（源伊行作）であり、清輔詠に倣ったかも知れない。いま一首は風情集の「紅葉十首　付落葉　御室にて　まつのみぞひとりさめたるしらつゆのゐひをすすむる木木のあたりに」であり、紅葉が進むのを「ゐひをすすむる」と表現するのが眼目であろう。この詠作年時は、「御室にて」とあるので覚性法親王（一一二九〜六九）のもとで催行された歌会かと推測されるが、これ以上は分からない。清輔と公重は活躍時期がほぼ重なり、かつ親交があったことが知られているので両歌の影響関係が想定されよう。詳しくは、拙稿「藤原清輔詠の『和漢朗詠集』の漢詩摂取」（「島根大学法文学部紀要　島大言語文化」第十九号）参考のこと。

いまぞしるたむけの山はもみぢばのぬさとちりかふ名にこそ有りけれ

〔校異〕　山は―山の（青）　ぬさと―ぬさも（青・神）　ちりかふ―ちりぬる（六・鷹・多・版）

〔現代語訳〕

今にして分かったことだ。手向山は紅葉が幣のように散り乱れることからの名であったのだなあ。

〔参考歌〕　古今集・羇旅「朱雀院のならにおはしましたりける時にたむけ山にてよみける　すがはらの朝臣　このたびはぬさもとりあへずたむけ山紅葉の錦神のまにまに」

〔他出〕　千載集・秋下・372（第五句は「名こそ有りけれ」）

〔語釈〕　**○たむけの山**　「たむけ」は本来神仏に物を供えることの意であるから、諸所にあるが、その中でも奈良山（大和）と逢坂山（近江）が有名である。普通名詞の可能性もあるが、参考歌からして、歌枕であろうか。和歌初学抄に「同（注、大和）　たむけ山　ヌサニソフ」とある。**○ぬさ**　幣。神前に供える幣帛類。

〔補説〕　和泉古典叢書『千載和歌集』は本歌を「「本歌（注、古今集詠）の心にすがりて風情を建立したる歌」（井蛙抄）としてよいか」と述べている。新日本古典文学大系『千載和歌集』は「名の意味の再確認の形で地霊への挨拶」とする。

179　をぐら山木々の紅葉のくれなゐはみねのあらしのおろすなりけり

〔校異〕　ナシ

〔現代語訳〕

小倉山の木々の紅葉が真っ赤なのは、峰から嵐が吹き降ろすからであるのだなあ。

〔他出〕　新拾遺集・秋下・540、永暦元年七月「太皇太后宮大進清輔朝臣家歌合」・41、歌枕名寄・二・754

〔語釈〕　**○をぐら山**　山城国と大和国にあるが、紅葉を詠むことからその名所である前者の歌枕であろう。現在の京都市右京区嵯峨野にある。小倉山の峰の嵐を詠む歌に、金葉集・秋の「落葉埋橋といへることをよめる　修理大夫顕季　をぐら山みねのあらしのふくからにたにのかけはしもみぢしにけり」がある（六条修理大夫集、和歌一字抄・上に入る）。**○あらしのおろす**　山から吹き降ろす嵐を詠む歌に、千載集・秋下の「堀川院御時、百首歌たてまつりける時、よめる　二条太皇太后宮肥後　みむろやまおろすあらしのさびしきにつまよぶしかの声たぐふなり」がある。

〔補説〕　「山」と「みね」をともに詠み込むことについて、俊頼髄脳は、延喜一三年（九一三）三月催行の「亭子院歌合」の貫之詠「山桜さきぬる時はつねよりも峰の白雲たちまさりけり」を「これは、山と峰なり。山のいただきを峰とはいへば、病にもちゐるなり」と評して歌病としている。

「清輔朝臣家歌合」では、「ともになさけあり、何とわきがたし」と評され「持」となっている。

180　紅葉ばもふもとのちりとなりにけりなにはの事もはてぞかなしき

〔校異〕　ナシ

〔現代語訳〕

美しく紅葉した葉も麓の塵となってしまった。すべての事も最後は悲しいものだ。

〔語釈〕 **○なにはの事**　何かの事柄。すべてのこと。後拾遺集・恋三に「つのくににあからさまにまかりて京なるをむなにつかはしける　大江匡衡朝臣　こひしきになにはのこともおもほえずたれすみよしのまつといひけん」とある。「なにはの事」を詠む歌はほとんど「何は」と「難波」の掛詞となっており、これも例外ではない。本歌のように掛詞でないのは珍しい。

紅葉繞墻

山おろしによものかきねやいかならんもみぢのみこそくもりなりつれ

〔校異〕 繞墻―繞垣（片）　よも―よは（片）　いかならん―いかならし（底・内・益・青・尊）　くもりなりつれ―ナシ（多・版）、くもりなりけれ（群）

〔現代語訳〕 紅葉墻《かき》を繞《めぐ》るを詠んだ歌、

山おろしで諸方の垣根はどうなのであろうか。紅葉の葉が取り囲んでいる垣根では紅葉だけが鮮明でなかったのだなあ。

〔他出〕 一字御抄・七

〔語釈〕 **○紅葉繞墻**　初出の歌題である。**○いかならん**　底本の「いかならし」では意不通なので、諸本により改める。**○くもり**　どういう状況をいうのか必ずしも明らかではないが、山おろしが運んだ紅葉が垣根を取り囲む目立った景をこう表現したものか。色鮮やかな紅葉であるゆえに、かえって不鮮明な状態であることをいうのであろう。一二四番に「くもり」が見られたが、そこでは、霧にさえぎられて見えにくくなっている状況を詠んでいる。

182

山路秋深

ふみわくる山の下草うらがれて秋の末ばになりにけるかな

〔校異〕 秋の―秋は（六・鷹・多・版）

〔現代語訳〕 山路の秋深しを詠んだ歌、

踏み分けて進んでいく山の下草は葉が枯れてしまい、葉末の色が褪せ変じてゆく秋の末になったことだなあ。

〔語釈〕 **○山路秋深** 嘉応二年（一一七〇）の八〜九月のころに源通親が自家に催行した歌合において、重家がこの歌題で詠んでおり、特殊な結題であることから清輔も加わった（他に源頼政、藤原公重も）可能性が大きいという指摘がある（中村文氏『後白河院時代歌人伝の研究』所収「建春門院北面歌合の背景」）。**○うらがれて** 草木のこずえや葉が枯れること。拾遺集・恋三に「女の許につかはしける　人麿　わがせこをわがこひをればわがやどの草さへ思ひうらがれにけり」とあるが、平安末期から盛んに詠まれるようになる。**○秋の末ば**「末ば」は草木の葉末のこと。うらば。この措辞は、「秋の末葉」から「秋の末」の意に転じたとされており（『歌ことば歌枕大辞典』）、本歌では「末葉」と「末」の掛詞と解しておく。千載集・秋下に「題しらず　式子内親王　草も木もあきのすゑばはみえゆくに月こそ色もかはらざりけれ」、新古今集・雑上に「九月ばかりに、すすきを崇徳院にたてまつるとてよめる　大蔵卿行宗　花すすき秋のすゑばになりぬればことぞともなく露ぞこぼるる」とある。

183

野風

秋の野の花吹きみだる夕かぜに袂よりさへ露ぞこぼるゝ

〔校異〕 秋の野の―秋のみの（版）　吹きみだる―咲みたる（神）

〔現代語訳〕　野の風を詠んだ歌、
　秋の野の花が咲き乱れているところを吹く夕風で花からだけでなく、袂からまでも露がこぼれ落ちることだ。
〔他出〕　中古六歌仙・98
〔語釈〕　**○野風**　この題は承安二年（一一七二）八月催行の「大納言公通家十首会」において詠まれており、本歌はこの歌会での詠と考えられる。詳しくは、拙著所収「清輔の「公通家十首会」への参加をめぐって」参考のこと。**○露**　袂から落ちる露であるので涙の暗喩。秋の野の夕風で寂寥感を催したのである。
〔補説〕　同想の歌に、清輔の弟季経の千載集・秋上に入集する「題しらず　藤原季経朝臣　夕まぐれをぎふくかぜのおときけばたもとよりこそ露はこぼるれ」があり、清輔詠が脳裏にあったと思しい。

晩見稲花

夕日さす秋の田のもを見わたせばほなみぞかぜのゆくへなりける

〔校異〕　けるーけり（内・版）
〔現代語訳〕　晩に稲の花を見るを詠んだ歌、
　夕日がさす秋の田の表面を見渡すと、穂波が風の行方を示しているのだなあ。
〔他出〕　一字御抄・三
〔語釈〕　**○晩見稲花**　初出の歌題である。**○ほなみ**　風で波のように揺らいで見える穂のこと。古今和歌六帖・二に「秋の田のほなみおしわけおく露の消えもしななん恋ひてあはずは」とあるが、それ以降、平安末期までほとんど詠まれることはない。
〔補説〕　清輔は稲に深い関心を寄せており、本歌以外にも、五二、一八六、四〇二番に見られる。

185

暮秋

なくむしの命とみゆる秋なればくるゝはさこそかなしかるらめ

【校異】（歌題）と（本歌）―ナシ（版）　らめ―らん（神・群）、らん《め》（鷹）

【現代語訳】暮秋を詠んだ歌、
鳴く虫が命が限りと思われる秋なので、秋が暮れることはきっと悲しいのであろう。

【他出】久安百首・952

【語釈】**○暮秋**　多く見られる歌題である。秋の末のこと。**○くるゝ**　季節が終わること。**○さこそ**　きっと。さぞかし。

186

田家秋暮

おしねかる山田のひたにてをかけて過ぎゆく秋を引きもとめばや

【校異】田家秋暮―田家暮秋（六・鷹・多・版）　てをかけて―ことかけて（底・益・青・神・尊）、ことよせて（片・群）、ことわけて（内）

【現代語訳】田家の秋の暮れを詠んだ歌、
晩稲《おしね》を刈る山の田の引板に手をかけて過ぎ去って行く秋を引き止めたいものだ。

【他出】一字御抄・八

【語釈】**○田家秋暮**　初出の歌題である。なお、「田家暮秋」も他に見られない。**○おしね**　晩く成熟する品種の稲。おくて。早稲の対。散木奇歌集・一に「苗代　あきかりしむろのおしねを思ひいでてはるぞたなゐにたねもかしける」とある。詳しくは、拙著所収「清輔の詠歌と難義」参考のこと。**〇ひた** 鳥おどしの一種で、竹筒を板に付け、縄を引いてならすもの。鳴子。堀河百首に「田家　仲実　秋田もるおしねのひたははへたれどいなおほせ鳥のきなくなるかな」と、本歌のように「おしねのひた」を詠み込む例がある。**〇てをかけて** 底本等の諸本に「ことかけて」とあるが意不通であり、後拾遺集・秋下に「(詞書省略)　源頼家朝臣　やどちかき山だのひたにてもかけでふく秋風にまかせてぞみる」と見えるので、底本を改める。

〔補説〕 清輔は他にも「おしね」を詠んでおり、清輔最晩年の安元元年(一一七五)一〇月催行の「右大臣(注、藤原兼実)家歌合」に「初雪」の「をしねかるしづのすがさ白妙にはらひもあへずつもる初雪」が見える。

雨中九月尽

大空も秋のわかれをおもふらしけふのけしきはうち時雨つゝ

〔校異〕 大空も―大空は(片・神・群)

〔現代語訳〕 雨中の九月尽を詠んだ歌、

大空も秋との別れをつらく思っているらしい。今日はしばしば時雨が降りそそぐ空模様である。

〔他出〕 玄玉集・五・441(第二、三句は「秋の哀をおもふらん」)、雲葉集・八・734(第三句は「をしむべし」)、中古六歌仙・99(第三句は「をしむらし」)

〔語釈〕 **〇雨中九月尽** この歌題は詞花集・秋が初見である(作者は藤原公任)。「九月尽」はそもそも漢詩題である。**〇時雨** 秋から冬にかけて、降ったりやんだりする雨のこと。後撰集・冬に「題しらず　よみ人も　神な月ふりみふらずみ定なき時雨ぞ冬の始なりける」とある。

〔補説〕 大空を擬人化した歌で、時雨を大空の涙としたのが眼目である。

冬

山居時雨

188

柴の戸にいり日のかげはさしながらいかに時雨々《しぐるゝ》山べなるらん

〔校異〕ナシ

〔現代語訳〕山居の時雨を詠んだ歌、
　柴の戸に沈もうとする夕日の光は射しているのに、どうしてこの山のほとりはしぐれているのだろうか。

〔他出〕新古今集・冬・572、六華集・四・951、定家十体・176、一字御抄・八

〔語釈〕○山居時雨　初出の歌題である。新古今集は「題しらず」とある。○柴の戸　柴を編んで作った粗末な戸。○さしながら　新日本古典文学大系『新古今和歌集』はこの措辞を「さながらなり（そのまま変ることなくの意）」と「射しながら」の掛詞とするが、ここではそう解さないでおく。

〔補説〕山居には夕日が射しながら、山辺はしぐれているその対照の妙を詠んだのが眼目である。

189

菊花纔残

むらさきの雲間の星と見ゆるかなうつろひのこる白菊の花

〔校異〕（本歌）―ナシ（青）

〔現代語訳〕菊の花纔《わづ》かに残るを詠んだ歌、
　紫色の、雲間から見える星と思われるなあ。色が変わって残っている白菊の花は。

〔他出〕夫木抄・秋五・5992（第三句は「見えつるや」）、一字御抄・四

〔語釈〕 **○菊花纔残**　初出の歌題である。和歌一字抄・下に「花纔残」「落葉纔残」が見える。**○むらさき**　白菊が紫色に見えることを詠むが、後拾遺集・秋下の「永承四年内裏歌合に残菊をよめる　中納言資綱　むらさきにうつろひにしをおくしものなほしらぎくとみするなりけり」のように霜にあって色変わりしているのである。**○雲間の星**　この措辞は、堀河百首に「照射　肥後　五月闇雲まのほしとみえつるは鹿たづね入るともしなりけり」、千載集・夏に「おなじ御時、百首歌たてまつりける時、照射のこころをよみ侍りける　修理大夫顕季　五月やみさやまの嶺にともす火は雲のたえまのほしかとぞみる」とあり、「照射」に詠まれることが多い。本歌のように、菊を星に見立てる詠み方は、古今集・秋下に「寛平御時きくの花をよませたまうける　としゆきの朝臣　久方の雲のうへにて見る菊はあまつほしとぞあやまたれける（左注省略）」と見え、漢詩に学んだ手法とされている。

老思残花菊

すぎにけるわがさかりをぞ思ふべきうつろふ菊は又もさきなん

〔校異〕 老思残花菊―老思残花（内・益・青）、老思残菊（六・片・鷹・多・神・版・尊・群）　ける―けり（版）　さかりをぞ―さかりをは（神）　さきなん―咲なん（六・鷹・版）、さかなん（片・内・益・青・神・群）、さか《きか》なん（多）

〔現代語訳〕 老いて残りの花（菊）を思ふを詠んだ歌、
　過ぎ去ったわたしの壮年を考えるべきであろう。色褪せた菊はまた来年もきっと咲くだろうが。

〔語釈〕 **○老思残花菊**　「花」と「菊」の本文があるが、「残菊」のほうが的確であるにもかかわらず「残花」が現に数本に存しており、このことからもともとは「残花」であったのではないかと考えられる。「残菊」ではあまりにも単純なので、一工夫凝らしたのであろう。いずれも初出の歌題である。詳しくは、拙著所収「『清輔集』における結題」参考のこと。**○さきなん**　諸本間に異同がみられるが、「さきなん」はきっと咲くであろう、「さかなん」

は咲いてほしいの意味になる。清輔に嘆老の歌が多いことから上の句がわが人生の盛時は再び巡ってこないと解釈でき、そうならば「さきなん」の方がわが身のはかなさ、諦念を強調するにはより相応しい表現となる。歌体の酷似する歌に一五七番の「ふけにけるわがよのほどぞあはれなるかたぶく月は又もいでなむ」があり、沈んだ月と違ってわが身は年老いたまま終えると詠んでおり、本歌はこれと同想ではないかと思われる。これらにより、「さきなん」の本文を採用する。

191

月前落葉

いづるよりさえてぞみゆる木枯の紅葉吹き・おろす山のはの月

〔校異〕 ナシ

〔現代語訳〕 月前の落葉を詠んだ歌、

山の端を出てから寒々しく見える月のもと、木枯らしが紅葉を山から吹き降ろしてくるよ。

〔語釈〕 **○月前落葉** 多く見られる歌題である。**○紅葉吹きおろす** この措辞は、信明集に「こと御屏風の絵に、もみぢちりたるをみる人人　ほのぼのとあり明の月の月影にもみぢ吹きおろす山おろしの風」と見え、のち『和漢朗詠集』「風」、新古今集・冬に入る。中世和歌に好まれた句とされるが、早く清輔が用いていることになる。

192

山家落葉

おのづからおとする物は庭の面《おも》に木の葉ふきまく谷の夕風

〔校異〕 ナシ

〔現代語訳〕　山家の落葉を詠んだ歌、
　自然に音を立てているのは、庭上に吹いてきて落葉を巻き上げる谷の夕風であるよ。
〔参考歌〕　続詞花集・秋下「題しらず　刑部卿範兼　おのづからおとなふ物は庭のおもにあさぢなみよる秋の夕かぜ」
〔他出〕　新古今集・冬・558（第四句は「木の葉ふりしく」）、玄玉集・三・301
〔語釈〕　**○山家落葉**　散木奇歌集・四に既にある歌題である。**○おのづから**　誰の訪問もないのに自然にの意。たまたま、とも解することができる。**○ふきまく**　強い風で吹き上げる。古今集・離別に「（詞書省略）　僧正へんぜう　山かぜにさくらふきまきみだれなむ花のまぎれにたちとまるべく」とある。**○谷の夕風**　谷から吹いてくる夕風。出観集に「雨後谷心涼　雨はれて入日の雲に西ふけばはだへさむしも谷のゆふかぜ」とある。
〔補説〕　参考歌と歌体、歌想ともに酷似しているが、先後関係は明らかでない。
　新日本古典文学大系『新古今和歌集』は「参考」として『和漢朗詠集』「丞相」の「朝南暮北　鄭大尉之渓風被人知」（菅原文時作）を挙げて、「谷の夕風」は「北風を意味するか」と述べている。

　　閑庭落葉

山里にちる紅葉ばの紅はふむ人もなき物にぞありける

〔校異〕　ナシ
〔現代語訳〕　閑庭の落葉を詠んだ歌、
　山里に散る紅葉の紅色は踏む人もいないものなのだなあ。
〔語釈〕　**○閑庭落葉**　本題は清輔と交友のあった平親宗、祝部成仲、覚性法親王の各家集に見られ、特に親宗集には「或所、閑庭落葉の心を」とあり、歌会での詠と考えられる。本歌も同じ折の歌かもしれない。**〇物にぞありける** この語について、稲田利徳氏は中古和歌に頻出する「類成句」であるとし、「作者の観念的思考を背景とする、いってみれば気分的、心的理法と呼称すべき性格」と説明している（「中古和歌から中世和歌へ―表現手法の変化の一様相―」（「国語国文」昭四五・一二））。本集には他に二首詠まれている。

落葉埋路

ふみしだきゆかまくをしき紅葉ばに道ふみわけよ山の下風

〔校異〕 ふみしだき―ふみしたに（神） ゆかまく―ふまゝく《ゆかまく》（多・版） をしき―ほしき（青） ふみ―ふき（六・片・鷹・青・尊・群）、ふみ《きり》（版） 下風―夕風（六・鷹・益・多・版）

〔現代語訳〕 落葉路を埋むを詠んだ歌、
　踏み散らして行くことが惜しい紅葉を、吹いて道を踏み分けてくれ、山の下風よ。

〔他出〕 一字御抄・五

〔語釈〕 **〇落葉埋路** 本題は他に出観集だけに見えるが、詠作状況は分からない。**〇ふみしだき** 踏み散らすの意。千載集・秋上に「（詞書省略）藤原道経　ふみしだきあさゆくしかやすぎつらむしどろにみゆる野ぢのかるかや」とある。**〇道ふみわけよ** 「ふみ」に「ふき」等の異同がある。「ふきわけよ」は「下風」との関係で相応しいかと思われるが、ここは擬人法と解されるので底本に従う。**〇山の下風** 「下風」に「夕風」の異同があるが、その必然性はないので底本に従う。地上近く吹く風のこと。ここでは、山のふもとを吹く風をいう。久安百首に「みねたかき木ずゑの花をいかなれば吹きみだすらん山の下風」（待賢門院安芸作）とある。

195

葉落水紅

ふるからに谷の小河のもみづるはこのはや水の時雨なるらむ

〔校異〕 葉落水紅―落葉水紅（片・神・群）

〔現代語訳〕 葉落ちて水紅なりを詠んだ歌、
降ると同時に谷の小川が紅葉するのは、紅葉した葉は水にとって色を変える時雨なのであろうか。

〔他出〕 一字御抄・八

〔語釈〕 **〇葉落水紅** 初出の歌題である。「落葉水紅」は六条修理大夫集に見え、和歌一字抄・上にもある。**〇からに** ……と同時にの意。**〇このはや水の時雨** 「水の時雨」は珍しい措辞であるが、ここは、木の葉が水にとっての時雨となる、つまり紅葉が時雨となって水を赤く染めるというのである。発想の面白さが眼目である。

〔補説〕 酷似する歌が、千載集・秋下に「百首歌よませ侍りける時、紅葉の歌とてよみ侍りける　摂政前右大臣（注、藤原兼実）　ちりかかる谷のを川の色づくはこのはや水の時雨なるらん」とある。これは、治承二年（一一七八）三月二〇日から六月二九日までの間に、右大臣兼実邸において披講された百首歌での詠とされているが、そうならば、清輔没後のことであり、兼実が本歌に倣ったこととなる。

196

羈中霜

あさまだきはつ霜しろしむべしこそを花かりしく床《とこ》はさえけれ

〔校異〕 しろし―白く（尊） むべ―うへ（六・鷹） かりしく―かたしく（内） さえけれ―寒けれ（鷹・多・版）

〔現代語訳〕 羈中の霜を詠んだ歌、

早朝、初霜が真白に降りている。なるほど、尾花を刈り敷いた寝床が寒々と冷えているわけだ。

【他出】承安三年八月「三井寺新羅社歌合」・50

【語釈】**○羈中霜**　初出の歌題である。**○を花かりしく**　六条修理大夫集に「旅宿雪といふ題の心をよみしに　まつがねにをばなかりしきよもすがらかたしく袖に雪はふりつつ」とある（続詞花集・冬、和歌一字抄・下に入る）。

【補説】本歌は「三井寺新羅社歌合」での代作歌と考えられており、これには、「野宿雪」で「少輔公　野べもせに雪降りにけりむべしこそ尾花かりしく床はさえけれ」とある。これに対して、判者藤原俊成の判詞は「をばなどかりしけらん旅の庵を、床さえん事も雪ふるとしらざらんやはとぞ聞ゆれど、歌ざまはこれも優なるべし」であり、持とする。床が冴えることも雪が降るゆえと分かっていたはずだ、それをいかにもいま気が付いたようにいうのはいかがなものかという指摘に納得し、初めの二句を改作し、また歌題も合うように直して家集に入れたと解しておく。詳しくは、拙著所収「『清輔集』における結題」参考のこと。なお、「三井寺新羅社歌合」での代作歌で本集に入るものには他に四一番がある。

197

霰《あられ》

いそべにはあられふるらしあま人のかづく白玉かずやそふらん

【校異】白玉―白玉は（底）　かず―ちり（六・版）　そふ―そむ（版）

【現代語訳】霰を詠んだ歌、
　磯辺には霰が降っているらしい。海人が潜って採る真珠は霰が加わって数が増えているだろうか。

【他出】夫木抄・冬二・7111、久安百首・956

【語釈】**○霰**　歌題としては、長暦二年（一〇三八）晩冬催行の「権大納言師房歌合」から見え、堀河百首にある。

それほど多く詠まれる歌題ではない。**○かづく**　水中に潜って藻や貝などを採取する。**○白玉**　底本は「白玉は」とあるが、字余りであり、「は」のある必然性がないので、諸本に従って底本を改める。真珠のこと。ここは、霰を見立てたもので、寛平四年（八九二）ころ催行の「寛平御時后宮歌合」に「かきくもりあられふりしけ白玉をしける庭とも人の見るがに」とある。

雪

吉野山はつ雪こよひふりにけりあくれどきえぬみねのよこ雲

〔校異〕　ふりにけり―ふりにけり《つもるらし》（六・鷹）　みね―よみ（尊）

〔現代語訳〕　雪を詠んだ歌、

　吉野山に初雪が昨晩降ったのだなあ。夜が明けているけれども、峰にかかっている横雲が消えないでいる。

〔他出〕　夫木抄・冬三・7149（第四句は「あくれどはれぬ」）、久安百首・957（初句は「よもの山」、第三句は「つもるらし」）

〔語釈〕　**○雪**　歌題としては、寛和二年（九八六）六月催行の「内裏歌合」から見え、堀河百首にある。冬の歌の中心的歌題として多く詠まれる。**○吉野山**　既出（四三番）。**○こよひ**　今夜。または、夜が明けてからの直前の夜。ここは、後者である。**○よこ雲**　既出（六七番）。明け方の東の空に横にたなびいている雲のこと。

〔補説〕　どういう状況をいうのか必ずしも明確ではなく、横雲が雪を降らせたというのだろうか。あるいは見立てているのか。「きえぬ」が夫木抄や久安百首の部類本では「はれぬ」とあり、これならば、雪空で横雲が晴れないと解されて分かりやすい。「山」と「みね」をともに詠み込むことについては、一七九番参照のこと。

199

きゆるをや都の人はをしむらん今朝山ざとにはらふしら雪

〔校異〕（詞書）―百首中（六・鷹・版）　山ざと―やま山（内）

〔現代語訳〕

　雪が消えるのを都の人は惜しんでいるであろうか。今朝この山里では除き去っている白雪であるが。

〔他出〕千載集・冬・448、後葉集・冬・223、今撰集・冬・108、六華集・四・1301（第二句は「都の人の」、第四句は「いま山里に」）、久安百首・958、題林愚抄・冬下・5740

〔補説〕山里人と都人の雪に対する思いの違いを詠んだ歌であるが、多くの歌集に採られていることからみて、発想がユニークであったのだろうか。

200

きのふけふふじの高根はかきくれてきよ見が関にふれる初雪

〔校異〕きよ見が関―清水か関（尊）　初雪―白雪（鷹・多・版）

〔現代語訳〕

　昨日今日と富士の高嶺は空がいちめん暗くなって、清見が関に初雪が降っているよ。

〔参考歌〕詞花集・雑上「家に歌合し侍りけるによめる　左京大夫顕輔　よもすがらふじのたかねに雲きえてきよみがせきにすめる月かな」

〔語釈〕**○かきくれ**　暗くなるの意。歌で使用されるのは中世になってからである。「きよみ（清見）」との対照を意図したのであろう。**○きよ見が関**　駿河国の歌枕。現在の静岡県清水市興津にあった関所。和歌初学抄に「海辺也」、八雲御抄・五に「富士のすそ也」とあり、北東に富士山を望む。

〔補説〕参考歌が雲晴れて月が澄むのに対して、本歌は空が暗くなって雪が降る景を詠む。参考歌を和泉古典叢書

『詞花和歌集』は「六条家歌風の一様式としての叙景歌」と述べており、本歌も同様である。

201

おほとりの羽がひの山の霜のうへにかさねてみゆるけさの初雪

〔校異〕 ナシ

〔現代語訳〕

羽がいの山に降りている霜の上に重なったように見える今朝の初雪であるよ。

〔語釈〕 **○おほとりの** 大鳥の翼の重ね目をいう「羽交」から歌枕「羽がひの山」にかかる枕詞。**○羽がひの山** 大和国の歌枕で、奥義抄・上に「はがひの山　春日ニ有」とあり（八雲御抄・五にも同様に見える）、現在の春日山をいうか。万葉集・二に「おほとりのはがへのやまにながこふるいもはいますと……」（作者未詳歌）、隆信集（類従本）に「春歌中に　おほとりのはがひの山を朝ゆけば春日野原にきゞすなくなり」とある。

202

雲ゐよりちりくる雪は久かたの月のかつらの花にやあるらん

〔校異〕 （本歌）―ナシ（神）

〔現代語訳〕

大空から降ってくる雪は月に生えている桂の花なのであろうか。

〔参考歌〕 後撰集・春上「（詞書省略）　紀貫之　春霞たなびきにけり久方の月の桂も花やさくらむ」、長秋詠藻・下「雪　空晴れて散りくる雪は久堅の月のかつらの花にやあるらん」

〔他出〕 新勅撰集・冬・417

〔語釈〕 **○雲ゐ** くものある所。大空。**○ちりくる** 見立てた「花」の縁で「降る」を「散る」と表現したもの。

後拾遺集・冬に「うづみびをよめる　素意法師　うづみびのあたりははるの心地してちりくるゆきを花とこそみれ」とある。**○月のかつら**　月の中に生えているという高さ五〇〇丈の桂の木で、古代中国の伝説上の木。

〔補説〕　参考歌の長秋詠藻詠とは初句が違うだけであるが、両歌の影響関係は分からない。

203

世をわたる心のうちぞあはれなる雪ふみ分けていづる山びと

〔校異〕　いづる―かへる（六・鷹・多・版）

〔現代語訳〕

世渡りをする心の内は悲しいものだ。雪を踏み分けて朝出て行く山人は。

〔語釈〕　**○世をわたる**　人生を過ごす。世を過ごす。定頼集に「物におはしけるみちにて、そとばをはしにわたしたりけるをわたり給ひて　世をわたるちかひのかたをいひなしてそとはみながらこえわたるかな」とあるが、新古今時代から盛んに詠まれるようになる。**○いづる**　「かへる」という本文があるが、山人が朝に薪などを売りに雪を踏み分けて出かける方が「あはれ」さが感じられよう。**○山びと**　山の仕事に従事する人。

204

いづかたへあさこぎ出でてなごのあまの雪をかづきて帰るなるらん

〔校異〕　あさ―船（片）、秋（神）、あに（群）　あまの―山の（底・内・益・青・尊）、山（神）、あま（片）

〔現代語訳〕

奈呉の海人《あま》は朝どこに漕ぎ出て、夕方に雪を頭にかぶって帰ってくるのだろうか。

〔語釈〕　**○なごのあま**　「あま」は底本に「山」という本文が存するが、意不通であるので底本を改める。「なご」は「なごの海」として、和歌初学抄に「丹後」、五代集歌枕・下に「越中」とあり、八雲御抄・五は「越中」とし、

「摂津国にも、丹後にも有」と注しており、いずれとも特定できない。「なごのあま」の例に万葉集・一七の「あゆのかぜいたくふくらしなごのあまのつりするをぶねこぎかくるみゆ」（大伴家持歌）がある。なお、これは「越中国」である。**〇かづき**　頭にかぶるの意以外にも、水中にもぐって魚等を獲る意の「潜く」があるので、雪を獲って帰ってきたということを響かせているのだろう。

205

世のなかのうきたびごとにおもひたつ山路もみえず雪ふりにけり

〔校異〕　ナシ

〔現代語訳〕

世の中がつらいたびごとに思い立つ隠遁の山も見えないくらいに雪が降っているなぁ。

〔参考歌〕　古今集・雑下「おなじもじなきうた　もののべのよしな　よのうきめ見えぬ山ぢへいらむにはおもふ人こそほだしなりけれ」

〔語釈〕　**〇山路**　山と同じ。山はここは出家遁世する地である。

206

あさまだきしのぶもぢずりうちはらひあだちの原の雪見るやたれ

〔校異〕　あだちの―あたちか（六・鷹・版・群）、あさかの（片）、安宅の（青）

〔現代語訳〕

早朝、信夫捩摺りの衣の雪を払って安達の原の雪を見る人は誰なのだろうか。

〔語釈〕　**〇しのぶもぢずり**　古来の難義であり、忍ぶ草の汁で摺ったもので、乱れたような模様をいうのであろう。また、その模様の衣。なお、「しのぶ」とは陸奥国信夫郡（現在の福島市付近）から貢したからとも。清輔は和歌初学抄で「みだれたる事には　シノブモヂズリ……」とだけ述べ、語義には触れていない。古今集・恋四に「題しらず　河原左大臣　みちのくのしのぶもぢずりたれゆゑにみだれむと思ふ我ならなくに」とある。**〇あだちの原**　陸奥国の歌枕。現在の福島県安達郡安達太良山の麓の原をいう。拾遺集・恋四に「題しらず　よみ人しらず　みちのくのあだちの原のしらまゆみ心ごはくも見ゆるきみかな」とある。

207

いかばかりふりつみぬらんあらち山岩のかけぢにくづれおつる雪

〔校異〕　ふり―ふみ（神）　おつる―か丶る（六・鷹・版）、か丶る《落》（多）、ける（青）

〔現代語訳〕

どれほど雪が降り積もったのであろうか。有乳山の岩の懸道に崩れ落ちた雪を見ると。

〔他出〕　夫木抄・冬三・7155

〔語釈〕　**〇あらち山**　有乳山。荒乳山とも。越前国の歌枕。現在の福井県敦賀市と滋賀県高島郡の県境にある。平安後期以降盛んに詠まれるようになる。金葉集（異本歌）に「冬月をよめる　源雅光　あらち山雪ふりつもる高ねよりさえてもいづる夜はの月かな」とある。**〇かけぢ**　懸道。崖の険しい道。金葉集（異本歌）に「（詞書省略）左京大夫経忠　山里のおもひかけぢにつらゐてとくる心のかたげなるかな」とある。「岩のかけぢ」は本歌が初出か。

208

旅宿初雪

はつ雪にわれとはあとをつけじとてまづあさだゝむ人を待つ哉

〔校異〕　あと―道（六・鷹・青・版）、道《あと》（多）　待つ哉―こそまて（片）

〔現代語訳〕 旅宿の初雪を詠んだ歌、
初雪に自分自身で足跡をつけるまいと思い、真っ先に朝出発する人を待つことだなあ。

〔他出〕 続拾遺集・羇旅・699、玄玉集・三・302、雲葉集・八・835、六華集・四・1033（第五句は「人をこそまて」）、治承三十六人歌合・5、題林愚抄・冬下・5852

〔語釈〕 **○旅宿初雪** 本題は清輔と交友のあった藤原教長や重家の家集にみられ、特に重家集には「白河殿にて旅宿初雪」とあり、歌会での詠と考えられる。本歌も同じ折の歌かもしれない。なお、続拾遺集、治承三十六人歌合、題林愚抄は「行路初雪」、雲葉集は「行路雪」、玄玉集は「題不知」、六華集は歌題がなく、区々である。**○われと** 自分から進んで。自分自身で。頼政集・上に「草花の心を歌林苑歌合　かり衣我とはすらじ露しげき野原の萩の花にまかせて」とある。

山家雪

つまぎこる人さへ雪に跡たえて見しみ山ぢのこともかよはず

〔校異〕 見しみ山ぢ―見えし山ち（片）

〔現代語訳〕 山家の雪を詠んだ歌、
薪を刈って生活している人さえ雪で行き来することがまったくなくなり、人と出会っていた深山路は一切の便りが途絶えてしまうことだ。

〔語釈〕 **○山家雪** 基俊集ころから見られる歌題である。**○つまぎこる** 薪を折り採る。後撰集・雑一に「世中を思ひうじて侍りけるころ　業平朝臣　すみわびぬ今は限と山ざとにつまぎこるべきやどもとめてむ」とある。**○跡たえて** 「た（絶）えて」に副詞「たえて」（「ず」と呼応）を響かせているだろう。**○み山ぢ** 深い山の中の道。千載集・冬に「題しらず　前参議教長　み山ぢはかつふる雪にうづもれていかでかこまのあとをたづねん」とある。
〇こともかよはず　「ことかよふ」は音信が通じるの意で、「も」は強調の助詞。六条修理大夫集に「河ふねもなきいはなみたかきさかひがはみづまさりなばこともかよはじ」とある。
〔補説〕　雪のため人跡の絶えた山家のわびしさを詠んでいる。「見し」が落ち着かないが、試みに上のように解しておく。

旅行雪

都人おもひしもせじふゞきしてさよの中山けふはこゆとも

〔校異〕　さよ—さや（六）　こゆとも—こゆると（片）
〔現代語訳〕　旅行の雪を詠んだ歌、
都の人は夢にも思ってはいないだろう。吹雪している佐夜の中山を今日越えていることを。
〔語釈〕　**〇旅行雪**　この歌題は承安二年（一一七二）八月催行の「大納言公通家十首会」において詠まれており、本歌はこの歌会での詠と考えられる。詳しくは、拙著所収「清輔の「公通家十首会」への参加をめぐって」参考のこと。**〇ふゞきし**　「ふゞきす」と動詞の形で詠まれるものには、散木奇歌集・七の「（詞書省略）ねらひするゐなのしばやまふぶきしてたえてまつべき心ちこそせね」がある。**〇さよの中山**　遠江国の歌枕。現在の静岡県掛川市にある峠。東海道の難所の一つ。もともとは古今集・恋二の「題しらず　とものり　あづまぢのさやの中山なかなかになにしか人を思ひそめけむ」のように「さや」であったが、平安末期から「さよ」と詠む歌が増えてきたとされる。
〔補説〕　散木奇歌集・五の「高階経敏が相模守にてくだり侍りけるに、父経成がもとへつかはしける　都をば心にかけてあづまぢのさやの中山けふやこゆらん」が脳裏にあったのではなかろうか。

211

夜聞水鳥

これきかむ友ねにあかすをしだにもさゆる霜夜はいかゞ鳴くなる

〔校異〕これ—たれ（六・鷹・多・版・群）、こゑ（片）　友ね—ともの（版）

〔現代語訳〕夜水鳥を聞くを詠んだ歌、

聞こう。雌雄が共寝して夜を明かす鴛でさえも寒くて霜がおりる夜はどのように鳴くのかを。

〔語釈〕○夜聞水鳥　初出の歌題である。○これきかむ　「これ」は第二句以下のことをうけるのであろう。この措辞は、散木奇歌集・二に「雨中郭公　これきかんこせのさやまの杉がうへに雨もしののにくきら鳴くなり」、林下集・下に「秋のうたとて　これきかむあきたつをののはぎはらにうらぶれてなくさをしかのこゑ」と詠まれており、本歌と同じような歌想や歌体である。

〔補説〕「さゆる霜夜」の鴛を詠んだ歌に、たとえば金葉集・冬の「池氷をよめる　修理大夫顕季　さむしろにおもひこそやれささの葉にさゆるしも夜のをしのひとりね」がある。

212

氷

すはの海やこほりすらしも夜もすがらきそのあさ衣さえわたるなり

〔校異〕すはの海や—すはの海（片）、すはの海に（尊）　きそ—そ（青）　あさ衣—さころも（六・鷹・多・尊）、あ衣（青）

〔現代語訳〕　氷を詠んだ歌、

諏訪湖に氷が張っているらしいなあ。夜どおし、木曾の麻衣がずっと冷えきっているので。

〔他出〕　万代集・冬・1403（初句は「すはのうみに」）、夫木抄・雑五・10393（初句は「すはの海に」）、久安百首・960（初句は「すはの海に」）、歌枕名寄・二一五・6587（初句は「すはの海」、第五句は「さえまさるなり」）、二一五・6711（初句は「すはの海に」、第五句は「さえまさるなり」）

〔語釈〕　○氷　歌題としては、康保（九六四～八）ころ催行の「或所歌合」から見え、堀河百首にある。冬の歌の中心的歌題として勅撰集では金葉集から多く詠まれる。○すはの海　信濃国の歌枕。現在の長野県の諏訪湖のこと。湖面全体が氷結することで知られる。和歌初学抄に「すはの海　コホリヌレバカチワタリニス」とある。○きそのあさ衣　木曾地方特産の麻布で作られる衣。和歌童蒙抄・六に「木曾の麻衣もやがて信濃国の木曾の郡に織出せる也」、八雲御抄・三に「絹……きそのあさ（あさぬのとも。信のにおれる）」とある。袋草紙・上には「かざこしの峰よりおるるしづの男の木曾の麻衣まくりでにして」（出典未詳歌）が見える。三七八番でも詠まれる。○なり　活用語の終止形に接続する、いわゆる伝聞、推定の助動詞と解する。本来、主として音を聞いたときに用いる助動詞であるが、新古今時代あたりから、広く他の感覚器官によって感知した場合にも用いられるようになったとされている（渡部泰明氏「中世和歌と終止形接続の助動詞「なり」」（「上智大学国文学科紀要」第14号））。本歌では、「さゆ」という感覚と結びついている。

氷逐夜厚

すはの海浪にくだけしうすごほりわたるばかりになりにけるかな

〔校異〕　氷逐夜厚―氷遂夜厚（底・内・神・尊）、是に題なし（多・版）、ナシ（青）

〔現代語訳〕 氷夜を逐《お》ひて厚しを詠んだ歌、

諏訪湖は波で砕けていた薄氷がいまはすっかり厚くなって諏訪明神が渡るぐらいになったなぁ。

〔他出〕 万代集・冬・1404（ただし、作者は「正三位季経」、初句は「すはのうみの」）、一字御抄・七

〔語釈〕 **○氷逐夜厚** 底本は「逐」を「遂」とするが、「遂《と》ぐ」では意不通である。一方、「逐《お》ふ」にはたとえば「逐日増恋（日を逐ひて増す恋）」（千載集・恋二）のような歌題が見られ、本題はこれと同じように用いられており、夜になるにつれて厚い氷になるの意である。よって底本を改める。本題は初出の歌題であるが、貧道集や風情集に「逐（追）夜氷厚」が見られ、しかも風情集の歌が「崇徳院句題百首」詠であることから、歌題が少し異なってはいるものの同じ折の詠と考えられている（藏中さやか氏『題詠に関する本文の研究 大江千里集 和歌一字抄』所収「崇徳院句題百首考」）。清輔が歌題の多様化を意図して変えたものであろう。**○わたる** 「すはの海（諏訪湖）」については、湖が氷結したときに湖面が盛り上がってできる氷堤は諏訪明神の御神幸の跡というように信じられていたので、ここは諏訪明神の渡御をさすと考えられる。

寒夜千鳥

ひさぎおふるあそのかはらの川おろしにたぐふち鳥の声のさやけさ

〔校異〕 あそ―あと（尊） 川おろし―川風（片） たぐふ―たゝふ（益・青・版）、たゝ《あたら》ふ（多）、たなふ（内） さやけさ―さやけき（版）

〔現代語訳〕 寒き夜の千鳥を詠んだ歌、

久木の生えている安蘇の河原に吹きおろす風と一緒になって聞こえてくる千鳥の鳴き声のすがすがしさよ。

〔他出〕 夫木抄・冬二・6746（第二句は「あどのかはらの」）

〔語釈〕**○寒夜千鳥**　本題は頼政集・上に「寒夜千鳥、観蓮（注、藤原教長）歌合」、寂蓮集に「宰相入道教長の家歌合に寒夜千鳥」とあり、他に詠作事情を示さずに歌題だけが見えるものに風情集、山家集があるが、本歌はあるいはこの歌合での詠かもしれない。なお、無名抄の「千鳥鶴毛衣事」に、歌林苑で「寒夜千鳥」が詠まれた折の逸話があるが、頼政、教長等はまったく登場しない。**○ひさぎ**　キササゲともアカメガシワとも。ともに夏に花が咲く。万葉集・六に「ぬばたまのよのふけゆけばひさぎおふるきよきかはらにちどりしばなく」（山部赤人歌）とある。**○あそのかはら**　五代集歌枕・下に「あそのかはら　下野」とあり、現在の栃木県安蘇郡と佐野市の一帯をいう。万葉集・一四に「しもつけのあそのかはらよいしふまずそらゆときぬよながこころのれ」（下野国歌）、頼政集・上に「河辺千鳥　あづまめとね覚めてきけば下野やあその川原に千鳥なくなり」とあるが、他に例を見ない。**○川おろし**　山から吹きおろす風。言塵集・四に「川おろしとは　河に吹風也」とある。本歌が初出か。

乾蘆凝船

霜がれのあしまにしぶくつり舟や心もゆかぬわが身なるらん

〔校異〕（歌題）と（本歌）―ナシ（六・版）　乾蘆凝船―蘆凝船（片・鷹・多・神・群）、ナシ（青）

〔現代語訳〕乾蘆船を凝《さまた》ぐを詠んだ歌、

　霜枯れの葦の茂っている間で進まなくなっている釣り船は満足できないでいるわが身ではないだろうか。

〔他出〕一字御抄・七

〔語釈〕**○乾蘆凝船**　初出の歌題であるが、貧道集や風情集に「寒蘆碍舟」が見られ、しかもこれらの歌が「崇徳院句題百首」詠であることから、歌題が少し異なってはいるものの同じ折の詠と考えられている（藏中さやか氏『題詠に関する本文の研究　大江千里集 和歌一字抄』所収「崇徳院句題百首考」）。ここも清輔が歌題の多様化を意図して変えたのであろう。

○あしま　葦の生えている間。詞花集・雑上に「(詞書省略)　左京大夫顕輔　なにはえのあしまにやどる月みればわが身ひとつもしづまざりけり」とある。**○しぶく**　進まない、とどこおるの意。新古今集・冬に「(詞書省略)　藤原家経朝臣　たかせ船しぶくばかりに紅葉ばのながれてくだる大井河かな」とある。

炭竈

炭がまのけぶりにかすむをの山は年にしられぬ春やたつらん

〔校異〕　ナシ

〔現代語訳〕　炭竈を詠んだ歌、

炭竈の煙に霞んでいる小野山は年に知られることのない春がやって来ているのだろうか。

〔参考歌〕　顕輔集「霞　すみがまのけぶりにむせぶをの山はみねのかすみもおもなれにけり」

〔他出〕　久安百首・961

〔語釈〕　**○炭竈**　歌題としては、勅撰集ではわずかに金葉集だけで、百首歌や私家集には多く見える。**○をの山**　山城国の歌枕。現在の京都市左京区の八瀬大原一帯。炭焼きの地として有名である。**○年にしられぬ**　似る措辞に、拾遺集・春の「亭子院歌合に　つらゆき　さくらちるこのした風はさむからでそらにしられぬゆきぞふりける」、詞花集・雑上の「(詞書省略)　源俊頼朝臣　すまのうらにやくしほがまのけぶりこそはるにしられぬかすみなりけれ」がある。ここは、煙で霞んでいるのを見て、実際は今は冬だが、霞は春の景物であるので「年にしられぬ春」と表現したのである。

〔補説〕　尊経閣文庫本は、本歌は二三二番のあとにある。

217

冬月

しろたへの雪ふきおろすかざこしのみねより出づる冬の夜の月

〔校異〕　ナシ

〔現代語訳〕　冬の月を詠んだ歌、

風が越えて雪を吹き降ろす風越の峰から出る冬の夜の月であるよ。

〔他出〕　続後撰集・冬・522、久安百首・959、歌枕名寄・二五・6603

〔語釈〕　**○冬月**　勅撰集では金葉集から多く見える歌題である。**○しろたへの**　「雪」にかかる枕詞。**○かざこしのみね**　信濃国の歌枕。現在の長野県飯田市の西の風越山のこと。ここは、風が吹き越すの意を掛ける。清輔は他にも千載集・夏の「郭公の歌とてよめる　藤原清輔朝臣　かざこしをゆふこえくればほととぎすふもとの雲のそこに鳴くなり」を詠んでいる。また、袋草紙・上には「かざこしの峰よりおるるしづの男の木曾の麻衣まくりでにして」（出典未詳歌）が見える。

218

森間寒月

冬がれの森の朽葉の霜のうへにおちたる月の影のさむけさ

〔校異〕　森間寒月―林間寒月（尊）　さむけさ―さやけさ（底・尊を除く諸本）

〔現代語訳〕　森間の寒き月を詠んだ歌、

冬枯れの森の朽葉に置く霜の上に、さしている月の光の寒々としていることよ。

〔参考歌〕　古今集・秋上「題しらず　よみ人しらず　このまよりもりくる月の影見れば心づくしの秋はきにけり」、

新古今集・秋上「崇徳院に百首歌たてまつりけるに　左京大夫顕輔　秋風にたなびく雲のたえまよりもれいづる月のかげのさやけさ」

〔他出〕　新古今集・冬・607、六華集・四・1016（第二句は「杜の落葉の」、第五句は「影やさやけき」）、中古六歌仙・100（第二句は「もりのくさばの」）、題林愚抄・冬中・5381（第五句は「影のさむけき」）、定家八代抄・冬・512（第五句は「かげのさやけさ」）、八代集秀逸・76（第五句は「影の寒けき」）

〔語釈〕　**○森間寒月**　初出の歌題である。**○おちたる**　「おつ」は光が地上にさすの意。一四六番にも「おつ」を詠んでいる。本歌は古今集を意識しているだろう。古今集の「もりくる月」は清輔本古今集に「お（を）ちたる月」とあり、この本文に従ったと思しい。これは、古今集本文によって得られた言い方によって新しい境地を開拓していこうとする意気込みの表われかと思われ、また自詠に詠み込むことにより家証本の本文の優秀さを示すことを意図していたとも考えられる。詳しくは、拙著所収「清輔の詠歌と清輔本『古今集』」参考のこと。

池上寒月

冬の池の玉もにさゆる月影やあくればきゆるこほりなるらん

〔校異〕　冬の池の―冬池の（益・青・神・尊）、冬のいけ（六・版）　あくれば―あはれは（片）　きゆる―きえぬ（片）

〔現代語訳〕　池上の寒き月を詠んだ歌、

冬の池の美しい藻に冷え冷えと照っている月は、夜が明けると消えてしまう氷なのであろうか。

〔参考歌〕　三井寺山家歌合「冬月　三郎丸　冬の池のあしまにやどる月影はあくれば消ゆる氷なりけり」、金葉集・冬「（詞書省略）　大納言経信　月きよみせぜのあじろによるひをはたまもにさゆるこほりなりけり」

〔語釈〕　**○池上寒月**　初出の歌題である。「池上月」ならば多く見られる。**○きゆるこほり**　夜が明けると月が見えなくなるので、こう表現したのである。月を氷に見立てる歌に、たとえば拾遺集・冬の「月を見てよめる　恵慶法師　あまの原そらさへさえや渡るらん氷と見ゆる冬の夜の月」がある。
〔補説〕参考歌が詠まれた「三井寺山家歌合」の催行年時は未詳であるが、清輔の代作歌が見られる（四一、一九六番）承安五年（一一七三）の「三井寺新羅社歌合」と多くの作者が共通することから、これとほぼ同じ時期に催行されたと推測されている。参考歌は本歌に倣ったのではないだろうか。

野径《のみち》寒草

ひくま野にかりしめさししあさぢ原雪のしたにて朽ちぞはてぬる

〔校異〕あさぢ原―あたち原（神）
〔現代語訳〕野径の寒草を詠んだ歌、
引馬野に刈り標を挿した浅茅が原はいま雪の下で朽ち果ててしまった。
〔参考歌〕万葉集・一一「あさぢはらかりしめさしてそらこともよせてしきみがことをしまたむ」（作者未詳歌）
〔他出〕夫木抄・雑四・9828（第二句は「かりしめさせる」）
〔語釈〕**○野径寒草**　本題は散木奇歌集・四に見え、この歌が和歌一字抄・上に取り挙げられている。**○ひくま野**　引馬野。三河国の歌枕。現在の愛知県宝飯《ほい》郡御津《みと》町御馬《おんま》の付近。万葉集・一に「二年（注、大宝）壬寅太上天皇幸于参河国時歌　ひくまのににほふはぎはらいりみだるころもにほはせたびのしるしに」（長忌寸奥麿歌）、堀河百首に「思　仲実　ひくまのかやが下なるおもひ草また二心なしとしらずや」とある。**○かりしめ**　場所を占有する印として立てておく目印。**○あさぢ原**　浅茅が原。浅茅が生い茂る野原。
〔補説〕夫木抄には「承安二年閏十二月東山歌合、連日雪」と見え、『平安朝歌合大成』には「承安二年閏十二月宰相入道観蓮（注、藤原教長）歌合」に収められている。

冬夜

君こずはひとりやねなん篠《さゝ》のはのみ山もそよにさやぐ霜よを

〔校異〕 君―我（版） はの―はに（六・鷹・版） 山も―山の（青） さやぐ―さゆる《やく》（鷹）、さゆる（六・版） 霜よを―夜よを（益）

〔現代語訳〕 冬の夜を詠んだ歌、

あなたが来ないならばただ一人で寝るのであろうか。笹の葉がみ山全体にさやさやと音をたてる寂しいこの霜夜を。

〔参考歌〕 万葉集・二「ささのははみやまもさやにみだれどもわれはいもおもふわかれきぬれば」（柿本人麿歌）、古今集・雑体「題しらず　よみ人しらず　さかしらに夏は人まねささのはのさやぐしもよをわがひとりぬる」、六条修理大夫集「霜　さむしろにおもひこそやれささの葉のさやぐしもよのをしのひとりね」

〔他出〕 新古今集・冬・616、久安百首・954、定家八代抄・冬・514、詠歌大概・58、井蛙抄・22

〔語釈〕 **○冬夜** 本歌は久安百首詠であり、部類本では「霜」に収める。本題は貧道集、風情集、祝部成仲の成仲集と、清輔の歌友の家集に見られるので、あるいは清輔は家集に入れるに際してこれに倣ったのであろうか。**○篠** ささ。参考歌に「ささ」と詠んでおり、本集の諸本にはこの部分「笹」「さゝ」とある。**○み山** 万葉時代の「み山」は「深山」ではなく、「神（み）の住む山」とされており（笹川博司氏『深山の思想』所収「「み山」と「深山」」参考のこと）、万葉集によった本歌もこの意味で詠んだと解される。**○そよにさやぐ** 「そよに」は静かに風の吹く音を表わし、「さやぐ」はさやさやと音をたてるの意。

〔補説〕　参考歌の万葉集の「さやに」は元暦校本には本歌と同じく「そよに」とある。
「ひとりやねなん」は本歌以後、中世和歌で愛された措辞であるとし、特に、源実朝は愛着を示しているという指摘がなされている（久保田淳氏『新古今和歌集全評釈』）。

222

さゆる夜に衣かたしきおもひやる冬こそまされ人のつらさは

〔校異〕　さゆる夜に―さむしろに（六・鷹・版）、さむしろ《ゆる夜》に（多）

〔現代語訳〕

冷え冷えとした夜に独り寝の床を敷いて思いをはせることだ。人の冷淡さは冬が増さるのだということを。

〔他出〕　久安百首・955

〔語釈〕　**○かたしき**　相手と袖を交わさないで自分の袖だけを敷いて独り寝をする。

〔補説〕　男の訪れがない冬の夜に寒さゆえにことさらに薄情さを思い知るというのである。「冬夜」の二首はともに女の立場から詠まれた歌になっている。

223

潤《うるふ》十月ありけるとし、松のもみぢたりけるを人に送るとて、

神無月時雨々《しぐるゝ》月のかさなればたへずや松も下もみぢする

〔校異〕　潤―壬（内・尊）　下もみぢする―下もえにする（尊）

〔現代語訳〕　閏一〇月があった年、松が紅葉していたのを人に送るので詠んだ歌、

神無月に時雨の降る月が二度あったので、松も耐えきれずに下紅葉したのであろうか。

〔語釈〕　**○潤十月ありけるとし**　清輔存命中に閏一〇月は大治元年（一一二六）、久安元年（一一四五）、長寛二年

（一一六四）の三回あるが、どの年の詠か明らかでない。**〇神無月時雨々月**　神無月が時雨の月であることは、後撰集・冬に「題しらず　よみ人も　神な月ふりみふらずみ定なき時雨ぞ冬の始なりける」と見えるので分かる。**〇松も下もみぢする**　「下もみぢ」は木の下のほうの葉が紅葉すること。松の下紅葉は、拾遺集・恋三に「女の許につかはしける　よみ人しらず　したもみぢするをばしらで松の木のうへの緑をたのみけるかな」と見える。

十月十日比に東山のもみぢを見て、

かみなづきもみぢの山にたづねきて秋より外の秋を見る哉

〔校異〕（歌題）と（本歌）―ナシ（尊）　東山―山（六・片・鷹・多・青・神・版・群）

〔現代語訳〕　一〇月一〇日ごろに、東山の紅葉を見て詠んだ歌、

神無月に紅葉している山に訪ねて来て、秋でない秋を見たことだよ。

〔他出〕　夫木抄・雑二・8962

〔語釈〕　**〇東山**　賀茂川の東の、祇園から清水寺にかけての山々をいう。現在でも紅葉の名所である。なお、「東山」は藤原教長の寓居があった地であり、本歌はそこを訪れた折の詠かも知れない。詳しくは、黒田彰子氏『俊成論のために』所収「貧道集の歌題詠」参考のこと。**〇もみぢの山**　普通名詞であろう。万葉集・一五に「あまくものたゆたひくればながつきのもみちのやまもうつろひにけり」（作者未詳歌）と見えるが、それ以降は清輔まで用例がない。**〇秋より外の秋**　初出の措辞かと思われるが、「秋より外」は冬の「神無月」をいい、あとの「秋」は紅葉しているがゆえにこう表現したのである。前項の万葉集歌「ながつきのもみちのやま」を意識したものであろう。

225

除夜

はかなくてことしもけふになりにけりあはれにつもるわが齢《よわひ》かな

〔校異〕 （本歌）―ナシ（尊）　ことし―ととし（底）

〔現代語訳〕 除夜を詠んだ歌、

むなしく行き過ぎて、今年も大晦日の今日になってしまった。しみじみと悲しく積もる、私の年であるよ。

〔参考歌〕 金葉集・冬「歳暮の心をよませ給ひける　中納言国信　なに事をまつとはなしにあけくれてことしもけふになりにけるかな」（堀河百首出詠）、堀河百首「除夜　師頼　はかなくてこよひになれる年月は我が身にのみぞ行きつもりぬる」

〔他出〕 新続古今集・雑上・1804、万代集・雑一・2968、久安百首・962

〔語釈〕 **○除夜**　勅撰集では見られない歌題である（勅撰集でこれに該当するのは「歳暮」）が、私撰集や私家集には多くある。大晦日のこと。**○ことし**　底本は「ととし」とあるが、意不通なので底本を改める。

〔補説〕 参考歌の二首は堀河百首において並んで配列されており、このこともあってか本歌は両歌を合わせたような歌となっている。

226

恋

おのづからゆきあひのわせをかりそめにみし人ゆゑやいねがてにする

〔校異〕 （歌題）と（本歌）―ナシ（尊）　恋―恋　恋の歌の中に（六・鷹・多・版・群）、恋　恋の歌（神）、恋　恋（片）、恋の歌の中に（青）　わせを―わせ（青・神）

227

〔現代語訳〕
ゆきあいの早稲を自然と刈り初めたように、かりそめに行き逢った人ゆえに恋しくて寝られずにいるというのだろうか。

〔参考歌〕 万葉集・一〇「をとめらにゆきあひのわせをかるときになりにけらしもはぎのはなさく」（作者未詳歌）

〔他出〕 新勅撰集・恋一・662（第五句は「いねがてにせむ」）、久安百首・964（第五句は「いねがてにせん」）

〔語釈〕 **○恋**　これを部立名とするか歌題とするか明確ではないが、本集において四季の部立名がすべてに書かれていることから部立名と解しておきたい。なお、諸本に見られるように、歌題はもともと存したであろうと思われる。**○ゆきあひのわせ**　参考歌によった表現であろうが、「ゆきあひ」の意味については、地名説、季節の変わり目とする説、道路説などの諸説があり、いずれとも決しがたい。「行き逢ふ」を掛ける。**○かりそめに**　「刈り初めに」と「仮初めに」の掛詞。千載集・雑下に「さみだれをよめる　いづみしきぶ　夜のほどにかりそめ人やきたりけんよどのみこものけさみだれたる」と見える。**○いねがてにする**　「いね（ぬ）」は寝るの意。万葉集・一一に「ゆふさればきみきますやとまちしよのなごりぞいまもいねかてにする」（作者未詳歌）、古今集・恋一に「題しらず　読人しらず　あしひきの山郭公わがごとや君にこひつついねがてにする」とある。「わせ」「かりそめ」の縁で「稲」を響かせている。

〔補説〕 上二句は掛詞の関係で「かりそめに」を導く序詞である。

我がこひをいはでしらするよしもがなもらさばなべて世にもこそちれ

〔校異〕（本歌）―ナシ（尊）　こひを―こひは（六・版）　いはで―いかて（片）　しらする―しらせる（六）　ちれ―しれ（内）

〔現代語訳〕 私の恋を口に出して言わないであの人に知らせる方法があればよいのになあ。漏らしたならば、世間に広く知れ渡って困るので。

〔他出〕 新勅撰集・恋一・663、久安百首・963

〔語釈〕 **○もこそ** ……すると困るからの意。後拾遺集・夏に「さなへをよめる　曾禰好忠　みたやもりけふはさ月になりにけりいそげやさなへおいもこそすれ」がある。**○ちれ** 世間に漏れて知られるの意。大鏡・中に「忍びて語り申させたまひけめど、さるめづらしきことは、おのづから散りはべりけるにこそは」(師輔)とある。

なゝわだの玉にも緒をばぬく物を思ふ心をいかでとほさむ

〔校異〕 (本歌)―ナシ(尊)

〔現代語訳〕

七曲りの玉でも緒を貫き通すことができるのに、私の恋い慕う心をどのようにしてあの人に通じさせたらよいのだろうか。

〔参考歌〕 袋草紙・上「蟻通明神の御歌　七わだにわがれる玉の緒をぬきてありとほしともしらずやあるらん」
(枕草子「社」、奥義抄・中にも見える)

〔他出〕 万代集・恋二・2029、夫木抄・雑一四・15285、久安百首・965

〔語釈〕 **○なゝわだ** 「わだ」は湾曲の意で、七曲がりのこと。**○物を** 逆接の意を表わす。……のに。

〔補説〕 上の句は、七まがりの玉に糸を通せという唐の帝の難題を、蟻に糸を結びつけ穴の出口に蜜をぬるという老親の知恵で解決したという著名な故事によっている。

なにはめのすくもたく火の下こがれうへはつれなき我が身なりけり

〔校異〕 (本歌)―ナシ (尊) なにはめの―難波江の (青)

〔現代語訳〕 難波の海女の藻屑を燃やす火が下方でくすぶっているように、心中で人知れず恋い焦がれながらも表面はそ知らぬ風をしている私だ。

〔他出〕 千載集・恋一・665、月詣集・四・343 (初句は「なにはめが」、第三句は「した煙」)、久安百首・966、定家八代抄・恋一・905 (第二句は「すくも焼く火の」)、歌枕名寄・一三・3529

〔語釈〕 **○なにはめ** 難波付近に住む海人の女。重之集・下に「恋十おもひやるわが衣ではなにはめのあしのうらばのかわくよぞなき」とあり、「葦」と結びつくのが一般的である。**○すくも** もみがら、葦・萱などの枯れたもの、藻屑などの諸説がある。歌学書等では、後撰集・恋三の「題しらず 紀内親王 つのくにのなにはたたまくをしみこそすくもたく火のしたにこがるれ」について、たとえば奥義抄・中は「すくもたく火とは、あまなどはかれたるもなどをかき集めてたくなり。もえぬものにてしたにこがるればかくよむ也」、僻案抄は「すくもたく火とは、浦にすむあまなどは、もくづをかきあつめてたけば、したにこがるるとよめり」と藻屑と解しており、この説が多く見られる。**○下こがれ** 「下方で焼き焦がれる」の意と「心中で恋い焦がれる」の意との掛詞。新古今集・恋一に「題しらず 曾禰好忠 かやり火のさよふけがたのしたこがれくるしやわが身人しれずのみ」と見える。**○つれなき** 表面に出さない、さりげないの意。

〔補説〕 「すくも」項に挙げた後撰集歌が念頭にあったであろう。
二二六番と同じように、上二句は掛詞の関係で「下こがれ」を導く序詞である。

230

かくばかりおもふ心はひまなきをいづこよりもるなみだなるらん

〔校異〕（本歌）―ナシ（尊）　いづこ―いつこ《く》（多）

〔現代語訳〕

こんなにもあの人を隙間《すきま》なく、かつ休む時もなく思っているのに、いったいどの隙間からもれ出る涙なのであろうか。

〔他出〕続古今集・恋四・1291（第四句は「いづくよりもる」）、久安百首・978（第四句は「いづくよりもる」）

〔語釈〕**○ひま**　「隙間」の意と「休む間」の意との掛詞。新古今集・雑上に「題しらず　曾禰好忠　山里にくずはひかかる松がきのひまなく物は秋ぞかなしき」と見える。

〔補説〕「ひまなき」と「もる」を詠んだ歌に、大和物語・六七の「君を思ふひまなき宿と思へども今宵の雨はもらぬ間ぞなき」がある。

231

あふことをいなさほそ江のみをつくしふかきしるしもなき世なりけり

〔校異〕（本歌）―ナシ（尊）　ことを―ことは（片）、ことを《は》（青）　ほそ江―ほそに（神）

〔現代語訳〕

逢うことを否と拒絶され、引佐細江の深く立てた澪標ではないが、わが身のかぎりをいくら尽くしても何の深い効果もない二人の仲であるよ。

〔参考歌〕万葉集・一四「とほつあふみいなさほそえのみをつくしあれをたのめてあさましものを」（遠江国歌）

〔他出〕千載集・恋四・860（初句は「あふことは」）、久安百首・967（初句は「あふことは」）、定家八代抄・恋一・909（初句は「あふことは」）、歌枕名寄・一九・5051（初句は「あふことは」、第五句は「なき身なりけり」）

〔語釈〕　○いなさほそ江　引佐細江。遠江国の歌枕。浜名湖東北部一帯の地で、現在の静岡県引佐郡細江町付近。多く詠まれる歌枕ではなく、堀河百首に「雁　俊頼　かり金もはねしをるらんま菅生ふるいなさ細江にあまつつみせよ」と見えるくらいである。「いな」は「否」との掛詞。○みをつくし　水先案内のために立てた標識。「身を尽くし」との掛詞。詞花集・雑上に「題しらず　相模　すみよしのほそえにさせるみをつくしふかきにまけぬ人はあらじな」とある。「みをつくし」が「しるし」と詠まれる歌には、源氏物語・澪標の「みをつくし恋ふるしるしにここまでもめぐり逢ひけるえには深しな」（光源氏詠）がある。○ふかきしるし　「深く立てた標識」と「はなはだしい効験」との掛詞。

〔補説〕　二二六番や二二九番と同じように、上二句は掛詞の関係で「みをつくし」を導く序詞である。

としふれどしるしもみえぬわがこひやときはの山の時雨なるらん

〔校異〕（本歌）―ナシ（尊）　しるし―しさし（益）

〔現代語訳〕
　長年経っても、そのかいも見えない私の恋は、いくら降っても色を変えない常磐の山の時雨なのであろうか。

〔参考歌〕　金葉集・恋上「恋の心をよめる　藤原顕輔朝臣　としふれど人もすさめぬわがこひやくち木のそまのたにのむもれ木」、中宮亮顕輔家歌合（長承三年（一一三四）九月催行）「あふ事をいつともしらぬ我が恋やときはの山の谷の埋木」（藤原国能作）

〔他出〕　新勅撰集・恋一・679、久安百首・969、歌枕名寄・四・1158

〔語釈〕　○ふれ　「経る」と「降る」の掛詞。○ときはの山　常磐の山。山城国の歌枕。現在の京都市右京区双ヶ岡の西南の丘陵地とされているが、歌においては、紅葉しない山としてのみ詠まれる。

〔補説〕 参考歌の両詠に倣って作られたと思われるが、「ときはの山の時雨」が眼目であろう。

233

こひしなむ命は露もおもはねどためしにならん名こそをしけれ

〔校異〕 （本歌）―ナシ（尊）

〔現代語訳〕

恋死にする命はまったく惜しいとは思わないが、先例となるであろうわが名が口惜しく思われるよ。

〔他出〕 久安百首・970

〔語釈〕 **○露も** 少しも。まったく。「露の命」を響かせているかも知れない。**○ためし** 先例。後撰集・恋六に「つれなく侍りける人に　ただみね　こひわびてしぬてふことはまだなきを世のためしにもなりぬべきかな」とある。**○名こそをしけれ** この措辞を用い、かつ同想の歌に、後拾遺集・恋四の「永承六年内裏歌合に　相模　うらみわびほさぬそでだにあるものをこひにくちなんなこそをしけれ」がある。

234

露ふかきあさはののらにをがやかるしづの袂もかくはしをれじ

〔校異〕 （本歌）―ナシ（尊）　のら―のへ（鷹）　しづの―しつの《か》（鷹）

〔現代語訳〕

露の深い浅葉の野らで萱を刈る賤男の袂も、恋に苦しむ私の袂ほどには濡れしおれることはあるまいに。

〔他出〕 千載集・恋四・859（第二句は「あさまののらに」、第五句は「かくはぬれじを」）、久安百首・982（第二句は「あさまの野らに」）、歌枕名寄・二三・6266（第二句は「あさ日の野べに」、第四、五句は「しづがたもともかくはぬれじを」）、二五・6664（第二句は「浅間の野らに」、第四、五句は「しづがたもともかくはぬれじを」）

〔語釈〕 **○あさは** 千載集等に「あさま」とあるが、万葉集・一一に「くれなゐのあさはののらにかるかやのつかのあひだもわれわすれすな（わすらすな）」（作者未詳歌）、さらに散木奇歌集・八に「美作守顕輔家にて恋を 君をこそあさはののはらにおはぎつむしづのいしみのしみふかく思へ」と見えることなどから、「あさは」と解しておく。「あさは」は所在地未詳であり、武蔵国入間郡麻羽、遠江国磐田郡浅羽等の説がある。

235

あふことのかたき岩ともなりけるをいかなるこひの身をくだくらん

〔校異〕（本歌）—ナシ（尊） ことの—ことは（六・鷹・青・版）、ことは《の》（多） なりけるを—なかりけるを（底・内・益）

〔現代語訳〕
逢うことができずに堅い岩となったというのに、どういう恋が岩とならずに身を砕き、苦しませるのだろうか。

〔他出〕 久安百首・972

〔語釈〕 **○かたき** 「難き」と「堅き」の掛詞。後撰集・恋四に「（詞書省略） よみ人しらず たねはあれど逢ふ事かたきいはのうへの松にて年をふるはかひなし」とある。**○岩ともなりける** 「なりける」は底本は「なかりける」とあるが、意不通なので諸本により改める。これは、中国の望夫石の故事を踏まえている。古今著聞集・五によって示せば、「昔、夫婦あひ思ひて住みけり。男いくさに従ひて遠く行くに、その妻幼き子を具して武昌の北の山まで送る。男の行くを見て、かなしみたてり。男、帰らずなりぬ。女、その子を負ひて立ちながら死ぬるに、化して石となれり。そのかたち、人の子を負ひて立てるがごとし。これによりて、この山を望夫山となづけ、その石を望夫石といへり」とある。**○身をくだく** 悩み苦しませるの意。「かたき岩」との関係で「砕く」と表現したのである。

【補説】望夫石の故事を詠んだ歌に、能因法師集・中の「男まつ女にかはりて　いしとだになりけるものを人まつはなどか我が身のけぬべかるらん」がある。

236

中々におもひたえなむとおもふこそ恋しきよりもくるしかりけれ

【校異】（本歌）―ナシ（尊）

【現代語訳】

あきらめてしまおうと思うことは、かえって恋しいよりも苦しいことであるよ。

【他出】風雅集・恋五・1334、後葉集・恋二・344（第二句は「おもふにぞ」）、久安百首・981、中古六歌仙・102

【語釈】**〇中々に**　かえっての意。ここは、下の句にかかっていく。**〇おもひたえなむ**　断念しよう、あきらめようの意。後拾遺集・恋三に「（詞書省略）左京大夫道雅　いまはただおもひたえなんとばかりを人づてならでいふよしもがな」とあり、本歌はこれを意識したのではないか。断念することがそんなに簡単にいくものではないと反発した体になっている。

237

あぢきなや思ふかたこそあしひきの山ざくらとも身をばすてしか

【校異】こそ―にそ（六・鷹・多・版）山ざくらとも―山さくらこも（六・内・益・多・青・版・尊）、山さくらにも（片）、山さくらに《子》も（鷹）

【現代語訳】

わびしくて情けないなあ。あの人を思うことの方は山桜のようにわが身から離れていったことだ。

【他出】久安百首・973

〔語釈〕 **○あしひきの** 本歌のように、「山ざくら」にかかる例として、万葉集・一七の「あしひきのやまさくらばなひとめだにきみとしみてばあれこひめやも」（大伴家持歌）がある。**○山ざくらとも身をばすてしか** 「山ざくら」を用いた意図が明確ではなく、かつ「山ざくらとも」に異同があり、分かりにくい。「山桜」は古今集・春上の「（詞書省略） 伊勢 見る人もなき山ざとのさくら花ほかのちりなむのちぞさかまし」のように、ともすれば見捨てられるのでこう表現したものか。つれない人を思うことだけはわが身を捨てて離れていったというのだろう。こう解すれば、二三六番とつながることになる。

心には岩木ならねば思ふらんたゞあやにくにかけぬなさけか

〔校異〕 なさけか—なさけは（内）

〔現代語訳〕
あなたは非情な岩や木ではないので、心では思ってくれているだろうよ。ただ意地悪く、表立っては情愛をかけないだけなのか。

〔他出〕 久安百首・975（第二句は「いは木ならねど」）

〔語釈〕 **○岩木** 感情のないものの喩えとして用いられる。清輔まであまり詠まれることがなく、以降もたとえば千載集・恋二に「題しらず 賀茂政平 あふことのかくかたければつれもなき人の心やいは木なるらん」と見えるが、そう多くはない。**○あやにくに** 具合悪く、意地悪くの意。ここは、相手の愛情を確認しようという行為なのであろう。

239

あさゆふにみるめをかづくあまだにも恨みはたえぬ物とこそきけ

〔校異〕 ナシ

〔現代語訳〕

朝に夕に海松布《みるめ》を潜って採る海人でさえも絶えず浦見をすると聞いている、ましてや逢う機会の少ない私が恨むことが絶えないのはもっともであるよ。

〔参考歌〕 金葉集・恋下「（詞書省略） 源雅光 なにたてるあはでのうらのあまだにもみるめはかづく物とこそきけ」

〔他出〕 千載集・恋五・943、久安百首・979

〔語釈〕 ○みるめ 海草の名。「みるめ」と「見る目」の掛詞。古今集・恋三に「題しらず をののこまち 見るめなきわが身をうらとしらねばやかれなであまのあしたゆくくる」とある。○かづく 既出（一九七番）。水中に潜って藻や貝などを採取する。○恨み 「浦見」と「恨み」の掛詞。古今集・恋三に「題しらず 在原元方 逢ふ事のなぎさにしよる浪なれば怨みてのみぞ立帰りける」とある。なお、「みるめ」「かづく」「あま」「うら」は縁語である。

240

ますらをのはとふく秋やはてぬらんしのびし人の音だにもせず

〔校異〕 ふく秋やはてぬらん—吹ふきやそてぬ覧（青） 人の—人は（六・片・鷹・多・神・版・群） 音—宿（多・神・版）、ナシ（青） せず—せぬ（六・鷹・多・版）

〔現代語訳〕

ますらをが鳩吹く秋は終わったのであろうか。そのように、すっかり飽きてしまったのであろう、忍んでやってきていたあの人からは音沙汰さえもないことだ。

〔他出〕 久安百首・980（第五句は「音だにもせぬ」）

〔語釈〕 **○ますらを** 立派に成長した男、勇気のある強い男の意であるが、ここは「はとふく秋」から考えて猟師であろう。**○はとふく秋** 鳩の鳴く秋、または、たとえば奥義抄・下巻余に「問云、はとふくあきとは何事ぞ。答云、れうしの鹿まつには、人をよばむとても、又人にし、ありとしらせむと思ふにも、手をあはせてふくをはとふくとはいふ也。はと、いふ鳥のなくに、たるゆゑなり。古歌云、ますらをのはとふく秋のおとたて、とまれと人はいはぬばかりぞ（注、出典未詳） 又曾丹歌云、まぶしさしはとふく秋の山人はおのがすみかをしらせやはする 秋としもよめるは、鹿の秋はつまをこふる心なれば、ふえし、とて笛にてし、のこゑをまねびて、我はかくれてまつことのある也」と見えるような説がある。清輔はこの古歌の「ますらをの」詠が脳裏にあったであろう。六条修理大夫集に「立秋 朝まだきたもとにかぜのすずしきははとふく秋になりやしぬらん」とある。なお、「秋」は「飽き」を掛けている。**○音** たより。音沙汰。「はとふく秋」の縁語。後撰集・恋六に「をとこのとはずなりにければ よみ人しらず おともせずなりもゆくかなすずか山こゆてふなのみたかくたちつつ」とある。

183 たかやまにはなれしたかのかざながれ行へもしらぬ恋もするかな

〔校異〕 かざながれ―かさはなれ（鷹・多・版）

〔現代語訳〕
鷹山で放たれた鷹が風流《かざなが》れして木居がわからないように、今後どうなってゆくかも分からない恋をすることだなあ。

〔他出〕 夫木抄・雑九・12769

【語釈】**○たかやま** 鷹狩りをする野山。**○かざながれ** 放した鷹が風に流されて目標物から逸れること。散木奇歌集・八に「よべどもかへらずといへる事を　みかり野にかざながれするはしたかのこゑにもつかぬうらみをぞする」(和歌一字抄・下に入る) とある。**○恋** 「木居(鷹をとまらせる木)」との掛詞と解しておく。後拾遺集・恋一に「(詞書省略) 左大臣　われがみはとがへるたかとなりにけりとしはふれどもこゐはわすれず」とある。

【補説】散木奇歌集・八に本歌と同じ下の句を詠み込んだ一〇首の連作がある。本歌はこれに倣ったのであろうか。
上の句は「行へもしらぬ」を導く序詞である。

やそしまやちしまのえぞがたつか弓心つよさはきみにまさらじ

【校異】ちしまの―ちしまか(鷹・版)、ちしまか《の》(六・多)　えぞが―みそか(青)、えその(尊)　つよさ―つよき(六・内・多)、つか《よ》き(鷹)、つかき(版)

【現代語訳】
多くの島からなる千島に住む蝦夷が持つ手束弓は強いが、その強さは君を思う私の心には勝るまい。

【他出】夫木抄・雑五・10439(初句は「やそしまの」)

【語釈】**○やそしま** 和歌初学抄は出羽国とするが、「ちしまのえぞ」とは矛盾するので、八雲御抄・三に「やそしまはさる所の名もあれど、たゞ島々多也。ち。(えぞ)」とある、「多くの島」説に従う。**○ちしま** 陸奥以北の蝦夷の居住する全域で、広く北海道や北方の島をも含めていうか。**○えぞ** 陸奥以北に住んでいた先住民族。顕輔集に「忍恋　あさましやちしまのえぞのつくるなるとくきのやこそひまはもるなれ」とある。なお、顕昭は袖中抄・二〇で、この歌に「えびすの島はおほかればちしまのえぞとは云也」と注を付している。**○たつか弓** 手で握る部分が大きな弓をいうか。袖中抄・五に「たづか弓とは……弓のとづかをおほきにする也」と見える。万葉集・

一九に「たつかゆみてにとりもちてあさがりにきみはたちいぬたなくらののに」(作者未詳歌)とあり、また奥義抄・中に、「あさもよひ」が「き」にかかる例歌として挙げる「古歌」の「あさもよひきのせきもりがたづかゆみゆるすときなくまづゐめるきみ」にもある。なお、六条修理大夫集には「人のこゆみをせちにこひしかばをしみかねて　そりたかききのせきもりがたつか弓心よわくもはられぬるかな」と「心よわく」が詠まれている。〇きみにまさらじ　意を尽くさない表現で分かりにくいが、上のように解しておく。

これやこのいせをのあまのすて衣あなあさましの袖のしほれや

〔校異〕　しほれや―しをれや(六)、しほれそ(尊)

〔現代語訳〕
これが、まさしく伊勢に住む海人が脱ぎ捨てた衣なのだなあ。ああ、あきれるほど、私の袖は涙で濡れてぐっしょりしているよ。

〔参考歌〕　後撰集・恋三「(詞書省略)　これまさの朝臣　すずか山いせをのあまのすて衣しほなれたりと人やみるらん」

〔語釈〕　〇これやこの　これがあの……なのだなあの意。後撰集・雑一に「(詞書省略)　蟬丸　これやこのゆくも帰るも別れつつしるもしらぬもあふさかの関」とある。〇いせをのあま　伊勢の海人。「を」は間投助詞。〇すて衣　海に入る時に脱ぎ置いた衣。〇あなあさましの　「あな」は感動詞。「あさまし」は興ざめだ、嘆かわしいの意。千載集・雑下に「堀河院御時百首のうち、恋の歌とてよめる　藤原基俊　ふえ竹のあなあさましのよの中やありしやふしのかぎりなるらん」とある。〇袖のしほれや　「しほれ」は潮でなえることをいうが、ここは、涙でなえていることを意味する。散木奇歌集・七に「郁芳門院の根合に恋の心を　恋ひわびてねをのみなけばありまなるいでゆゆしげの袖のしをれや」とある。

〔補説〕「の」が重ねて詠み込まれており、この声調美が本歌の眼目になっている。

244

おもひやる心はなれぬから衣かさぬと人にみえぬばかりぞ

〔校異〕ナシ

〔現代語訳〕

恋しい人に思いを馳せる心は衣に染み付いて離れていないけれども、表面的には衣を重ねているとは人に見えないだけだよ。

〔語釈〕**○おもひやる** 対象に思いを馳せるの意。後拾遺集・恋三に「とほきところに侍けるをむなにつかはしける 右大弁通俊 おもひやる心のそらにゆきかへりおぼつかなさをかたらましかば」とある。**○から衣かさぬ**「から衣」は装束一般をさす。衣を重ねるとは、共寝することを暗示した表現。金葉集・恋下に「題不知 左京大夫経忠 人しれずなきなはたてどからころもかさねぬそでは猶ぞつゆけき」とある。

〔補説〕心の中では、衣を重ねた気持ちでいるというのであろう。

245

こひしさのなぐさむかたやなからましつらき心をおもひまさずは

〔校異〕おもひまさずは―おもひませすは（底を含む諸本）

〔現代語訳〕

恋しさが慰められる方法はないのではないか。あの人をつらく思う心を募らせるのでなければ。

〔他出〕続古今集・恋五・1343（第五句は「おもひませずは」）、永暦元年七月「太皇太后宮大進清輔朝臣家歌合」・47

（第五句は「おもひませずは」）

〔語釈〕 **○つらき心** 相手に向かう心情表現に多く用いられるが、自分自身に向かう場合も、たとえば拾遺集・恋五に「題しらず　よみ人しらず　おもはずはつれなき事もつらからじたのめば人を怨みつるかな」と見えるので、いまこのように解しておく。つらい思いを募らせて諦めようというのであろう。**○おもひまさずは** 本集諸本と他出文献すべてが「おもひませずは」とあるが、文法的に疑問があるので、いま正しい形で示しておく。古今集・春下に「題しらず　よみ人しらず　まてといふにちらでしとまる物ならばなにを桜に思ひまさまし」とある。

〔補説〕 「は……まし」の反実仮想の倒置表現である。

「清輔朝臣家歌合」では、「ともに優なれども」、相手方の欠点により「勝」となっている。

かねのおとにそゝやあけぬとおどろけばたゞひとりねの枕なりけり

〔校異〕 そゝ―そら（六・鷹・益・青・版）

〔現代語訳〕

暁を知らせる鐘の音で、そうそう夜が明けたのかと目を覚ますと、ただひとりで寝ているのだった。

〔他出〕 中古六歌仙・104

〔語釈〕 **○かねのおと** 暁の晨朝の鐘をいう。千載集・冬に「百首歌たてまつりける時、初冬のうたによみ侍りける　大炊御門右大臣　はつ霜やおきはじむらん暁のかねのおとこそほのきこゆなれ」とある。**○そゝや** 既出（四〇番）。感動詞で、驚いたり、促したりする時に発することば。それそれ。そうそう。

〔補説〕 暁はいうまでもなく共寝をした男女が別れる時間であるので、このように詠んでいる。

247　わがこひをなか〳〵人はしのびけり情《なさけ》はよその物にぞ有りける

〔校異〕　よそ―人（神）

〔現代語訳〕

　自分の恋をかえって人は心に秘めるものだ。恋情は自分の自由にならない物であるのだなあ。

〔他出〕　中古六歌仙・105

〔語釈〕　**○情**　男女間の愛情。情愛。詞花集・恋下に「（詞書省略）関白前太政大臣　こぬ人をうらみもはてじちぎりおきしそのことのはもなさけならずや」とある。**○よその物**　自分とは関係のないもの。自分の思いのままにならないもの。後拾遺集・雑三に「大納言公任さいさうになりはべらざりけるころよみてつかはしける　大江為基《トキ》　よのなかをきくにたもとのぬるるかななみだはよそのものにぞありける」とある。**○物にぞ有りける**　中古和歌に頻出する「類成句」である。既出（一九三番）。

〔補説〕　「けり」「ける」と同じ語が重なっており、かつ理屈っぽい歌となっており、これが難点であろう。

248　しばしこそぬる、袂もしぼりしかなみだに今はまかせてぞみる

〔校異〕　こそ―とそ（益・多・神・版）、と《こ》そ（青）、とて（内）

〔現代語訳〕

　しばらくの間は涙で濡れる袂も絞っていたが、今は涙の出るに任せてながめているだけだ。

〔他出〕　千載集・恋三・816

〔語釈〕　**○しばしこそ**　この「こそ」は「しか」と呼応して以下に逆接で続いていく文型である。後拾遺集・雑二に「（詞書省略）中宮内侍　しばしこそおもひもいでめつのくにのながらへゆかばいまわすれなむ」とある。

249

河千鳥なくやさはべのおほゐ草すそうちおほひ一夜ねにけり

〔校異〕さは—沢《河》（多）　おほゐ草—おもひ草（鷹・版）、思《おほ》ひ草（六）、おふひ草（青）　ねにけり—ねにけり《させよ》（六・鷹）、ねさせよ（尊）

〔現代語訳〕

河千鳥が鳴いている沢辺に多く生えている大藺草、その大藺草で裾を覆って一晩寝たことだなあ。

〔他出〕夫木抄・雑一〇・13620（第二句は「なくや川辺の」、第五句は「一よねさせよ」）

〔語釈〕**○おほゐ草**　フトイで、池沼などに群生する大型の多年草。万葉集・一四に「かみつけのいならのぬまのおほゐぐさよそにみしよはいまこそまされ」（東歌）とあるが、それ以降はほとんど詠まれていない。本歌は「多い」を掛けている。なお、「おもひ草」の本文があるが、「おほゐ」が下の句の「おほひ」を導くので底本に従っておく。**○うちおほひ**　「うち」は接頭語。上にかぶせる。更級日記に「いとゆゝしくおぼゆれば袖をうちおほひて」とあるが、裾を覆うことは見られない。冬の旅路でのひとり寝を詠んだものだろう。

〔補説〕「おほゐ草」は掛詞であり、かつ上の句は同音の関係で「すそうちおほひ」を導く序詞である。

250

あふことのとをちの里は大和がはおもはぬ中にありとこそきけ

〔校異〕とをち—とをつ（鷹）

〔現代語訳〕

逢うことが遠いという十市の里は、大和川が心が通じ合わない仲の人との間を流れていると聞いている。

〔他出〕夫木抄・雑一三・14580（第二句は「とをちのさとの」）

〔語釈〕**○とをちの里**　十市の里は大和国の歌枕。現在の奈良県橿原市十市町付近。「遠し」を掛けることが一般的である。拾遺集・雑賀に「春日使にまかりて、かへりてすなはち女のもとにつかはしける　一条摂政　くればとく行きてかたらむあふ事のとをちのさとのすみうかりしも」とある。**○大和がは**　奈良県北部を西流し、生駒・金剛山脈を横断し大阪平野に流れ入る。初瀬川の末流。文学作品には見えない地名である。**○おもはぬ中**　たとえば古今集・恋五に「題しらず　けむげい法し　もろこしも夢に見しかばちかかりきおもはぬ中ぞはるけかりける」と、心が通じ合わない仲という意味で見えるが、いまこれで解しておく。

〔補説〕　試みに、逢いたいと思う人が大和川を隔てて十市の里にいることを詠んでいると解しておくが、非常に分かりにくい歌である。

そなたより吹きくる風ぞなつかしきいもが袂にふれやしつらん

〔校異〕　風ぞ―風も（六・鷹・多・青・版）　なつかしき―なつかしく（多）　いもが袂―いもか衣（六・鷹・多・青）、いもしか衣（版）　ふれ―なれ（片）　しつ―しぬ（六・鷹・多・青・版・尊）

〔現代語訳〕

あちらから吹いて来る風が親しく感じられることだ。恋しい人の袂に触れて来たのではないだろうか。

〔他出〕　玉葉集・恋二・1470（第五句は「ふれやしぬらん」）

〔語釈〕　**○なつかしき**　心が引かれる。慕わしい。後拾遺集・夏に「はなたちばなよめる　相模　さみだれのそらなつかしくにほふかな花たち花に風やふくらん」とある。**○いもが袂**　万葉集・一〇に「わがそでにふりつるゆきもながらへていもがたもとにいゆきふれぬか」（作者未詳歌）とあり、これ以降は藤原高遠や恵慶法師が詠む程度である。

252
秋の色やおもひの色のはひならん今一しほぞしむこゝちする
〔校異〕（本歌）―ナシ（鷹・多・青・版）　一しほぞ―一しほも（六）
〔現代語訳〕
　秋の景色が恋の物思いという火の灰であるのだろうか。もう一入《ひとしお》染まるように心に一段と染み入る感じがすることだ。
〔語釈〕**○秋の色**　漢語「秋色」の訓。秋らしい風景、気配。ここは「飽き」を掛けていないであろう。新古今集・秋上に「（詞書省略）　式子内親王　秋の色はまがきにうとくなり行けど手枕なるるねやの月かげ」とある。**○おもひの色**　思いが外に表われ出た様子。ここは「灰」の関係で「おもひ」の「ひ」は「火」を掛けている。古今集・雑体に「題しらず　よみ人しらず　みみなしの山のくちなしえてしかな思ひの色のしたぞめにせむ」とある。**○はひ**　灰。灰汁《あく》を作って染色の媒色剤にしたので、ここは「秋の色」が灰となって「おもひの色」を染めたというのである。新撰和歌・二に「かみな月しぐれの雨ははひなれやきぎのこのはを色にそめたる」とある。**○一しほ**　染物を一度染め汁に浸すこと。ひときわの意。詞花集・春に「（詞書省略）　康資王母　しら雲はさもたたばたてくれなゐのいまひとしほをきみしそむれば」とある。
〔補説〕「色」「はひ」「一しほ」「しむ」と染色に関係のある語を用いて、恋の物思いが秋の景色によってひときわ心に染み入ると詠んでいるのである。

253
岩ねふみかさなる山をゆくよりもくるしき物は恋路なりけり
〔校異〕よりも―よりに（神）　物は―物そ（片）
〔現代語訳〕

大きな岩を踏んで幾重にも重なる山を行くよりも苦しいのはやって来る恋の道であるよ。

〔他出〕 続後拾遺集・恋二・779（第二、三句は「かさなる山の奥までも」）

〔語釈〕 **○岩ね** 地にしっかりと根づいた岩。万葉集・一一に「いはねふみかさなるやまは（やまに）あらねどもあはぬひあまたこひわたるかも」（作者未詳歌。異伝歌が拾遺集・恋五に見える）とある。**○くるしき** 「くる」は「ゆく」との関係で「来る」を掛けている。後撰集・恋一に「題しらず よみ人も 身をわけてあらまほしくぞおもほゆる人はくるしといひけるものを」とある。

なみだ川うきねの鳥となりぬれど人にはえこそ見なれざりけれ

〔現代語訳〕

〔校異〕 ナシ

私は、涙川につらい浮き寝をする鳥となってしまったが、水に馴れることもなく、そのように恋する人には見馴れ、馴れ親しむこともないなあ。

〔他出〕 千載集・恋一・670、中古六歌仙・103

〔語釈〕 **○なみだ川** 大量の涙が流れるさまを川に喩えた語。「うきね」とともに詠まれるものに、古今集・恋一の「題しらず 読人しらず 涙河枕ながるるうきねには夢もさだかに見えずぞありける」がある。**○うきねの鳥** 鳥は浮いたまま寝るので「浮き寝」といい、ここは「憂き寝」を掛けている。「鳥のうきね」の例に、後撰集・冬の「題しらず よみ人しらず 冬の池の水にながるるあしがものうきねながらにいくよへぬらん」がある。**○見なれ** ここは「水馴れ」「見馴れ」「身馴れ」の掛詞。「水馴れ」「見馴れ」の掛詞とも考えられる。古今集・恋五に「題しらず 藤原かねすけの朝臣 よそにのみきかましものをおとは河渡るとなしに見なれそめけむ」とある。なお、四三七番には「水馴れ」と「見馴れ」の掛詞が見える。

忍恋

人しれずくるしき物はしのぶ山下はふくずのうらみなりけり

〔校異〕 ナシ

〔現代語訳〕 忍ぶる恋を詠んだ歌、
相手に知られず苦しいものは、信夫山の下陰を這って裏を見せる葛葉のように、心中に秘めて叶わないことの恨みであるよ。

〔他出〕 新古今集・恋二・1093、中古六歌仙・106、歌枕名寄・二七・6928

〔語釈〕 **○忍恋** 歌題として、勅撰集では、金葉集初出であるが、これ以降は多く見られる。**○人しれず** 「忍恋」であるので、思う相手に知られないというのである。人（第三者）に語ることもできないとも考えられる。**○くるしき** 「繰る」を掛け、「くず」の縁語。**○しのぶ山** 信夫山。陸奥国の歌枕。現在の福島市中にある。「忍ぶ」との掛詞。千載集・夏に「（詞書省略） 仁和寺法親王守覚 ほととぎすなほはつこゑをしのぶ山ゆふゐる雲のそこに鳴くなり」とある。なお、「しのぶ山下はふくずの」は「うらみ」の序詞である。**○下** 山の下陰と心中の意を掛ける。古今集・恋二に「題しらず むねをかのおほより 冬河のうへはこほれる我なれやしたにながれてこひわたるらむ」とある。**○うらみ** 葉が裏を見せる意の「裏見」と「恨み」を掛ける。金葉集・恋上に「（詞書省略） 藤原正家朝臣 あきかぜにふきかへされてくずの葉のいかにうらみし物とかはしる」がある。

〔補説〕 新日本古典文学大系『新古今和歌集』は「本歌」として、古今集・恋一の「題しらず 読人しらず 忍ぶれば苦しきものを人しれず思ふてふ事誰にかたらむ」を挙げる。

256

初云出恋

秋風にうへ野のすゝき打ちなびきほのめかしつるかひもあらなむ

〔校異〕　ナシ

〔現代語訳〕　初めて云ひ出だす恋を詠んだ歌、
　秋風に上野の薄がなびくように、あの人になびいてそれとなく知らせたかいがあってほしいものだ。

〔語釈〕　**○初云出恋**　初出の歌題である。**○うへ野**　山城国の歌枕で、現在の京都市北区にあった野をいい、京都の七野の一。保安二年（一一二一）九月催行の「関白内大臣（注、藤原忠通）歌合」に「野風　風はやみうへののをばなおきふすをすまのうらなみたつかとぞみる」とある。**○打ちなびき**　「うち」は接頭語。「薄がなびく」と「心がなびく」を掛ける。**○ほのめかし**　それとなく態度に表わす。「ほ（穂）」は「すゝき」の縁語。**○かひ**　薄などの穂の「頴」を響かせていよう。後撰集・雑三に「（詞書省略）　つらゆき　かざすともたちとたちなんなきなをば事なし草のかひやなからん」とある。

〔補説〕　上二句は掛詞の関係で「打ちなびき」を導く序詞である。

257

近隣恋

くれなゐのすそひくほどのやどなれど色にいでねば人にしられじ

〔校異〕　いでねば―いてなは（底・内・益・青・神・尊）、出てそ（鷹・多・版）

〔現代語訳〕　近隣の恋を詠んだ歌、
　紅の裾を引いて通るほどの近い家であるけれども、表情に出さないので、あの人には知られまい。

〔語釈〕 **○近隣恋**　本題は重家集に「院御供花次に人人歌よまれしに」として入っており、後白河法皇の供花会（ほとんど毎年行なわれている）に際しての詠歌であるが、清輔がこれに参加していたか否かは明らかではない（八一番参照）。他には、貧道集と頼政集・下に詠作事情はなく歌題だけが見られる。**○くれなゐのすそひくほど**　万葉集・一一に「くれなゐのすそびくみちをなかにおきてわれやかよはむきみやきまさむ」（作者未詳歌）と見え、これは紅の裳裾を引いて通る道を中に挟んでいるだけなのにというのであり、本歌でもごく近いことを意味していると思われる。**○色にいでねば**　「いでねば」は底本は「いてなは」とあるが、意不通なので改める。

失媒介恋

よそながらほのめかしつるとぶひさへなどかきけちてみえぬなるらん

〔校異〕 媒介―媒人（片）　つる―つ、（六・鷹）　さへ―さへ《とも》（鷹）　などかきけちて―なとかきけきて（神）、かきけちてなと（六・鷹）、かきけちて（版）　なるらん―也けり（青）

〔現代語訳〕 媒介を失ふ恋を詠んだ歌、

逢わないままで、それとなく知らせた烽火さえどうして消えて見えないのだろうか。

〔語釈〕 **○失媒介恋**　初出の歌題である。ここの「媒介」は「とぶひ」である。**○よそながら**　離れたところにいたままでの意。ここは、逢わないでいることをいう。詞花集・恋上に「（詞書省略）　大納言成通　よそながらあはれといはむことよりも人づてならでいとへとぞおもふ」とある。**○とぶひ**　烽火のこと。通信手段であった。ここは、文をいうのであろうか。続詞花集・恋上に「ある所にあはぢといひける女の、せうそこすれどかへりごとをいはざりければ　左京大夫顕輔　いかにせむとぶひもいまはたてわびぬ声もかよはぬあはぢ島山」（顕輔集に入る）とあり、本歌と同じように女性との通信手段として詠んでいる。

〔補説〕 逢うてだてを失くしてしまった男の歌である。

259

不慮会恋

契りおきししぢのはしがきみたねどもみとのまぐはひ月日有りけり

〔校異〕 不慮―不盧（底）　みたねども―みたれたも（鷹・版）、みたれとも（尊）、みえねとも（群）　有りけり―成けり（多・版）、也けり（青・神）、へにけり（群）

〔現代語訳〕 不慮に会ふ恋を詠んだ歌、

あの約束しておいた榻の端書の日にはならないけれども、すでに契りを交わしてから、月日が経っていることだ。

〔語釈〕 **○不慮会恋**　「不慮」は底本の「不盧」では意不通なので諸本によって改める。思いがけずの意。初出の歌題である。**○しぢのはしがき**　この歌語は、昔、求婚した男に対して、女が百夜通って榻（牛車の轅を乗せる台）の上に寝たら会おうと約束したので、その証拠に榻に印を付け続けていったが、最後の日に事情があって行けず、恋が成就しなかったという故事による。奥義抄・下は、古今集・恋五の「題しらず　よみ人しらず　暁のしぎのはねがきももはがき君がこぬ夜は我ぞかずかく」を挙げ、この第二句に「しぢのはしがき」という本文があることを説明する箇所で、故事を紹介している。散木奇歌集・八に「（詞書省略）しるしあれよたけのまろねをかぞふればもも夜はふしぬしぢのはしがき」とある。なお、四〇一番には「しぎのはねがき」を詠んでいる。詳しくは、拙著所収「清輔の詠歌と清輔本『古今集』」参考のこと。**○みとのまぐはひ**　男女が契りを交わすこと。奥義抄・中に「男女したしくなること也。或本には為二夫婦一ともかけり」と見える。六条修理大夫集に「かたけれどとぐる恋いかばかりみとのまぐはひちぎりありておやのいさめにさはらざるらん」とある。

260

逢不会恋

鳥のこをためしにいひしほどよりも君がつらさはかさなりにけり

〔校異〕　ナシ

〔現代語訳〕　逢ひて会はざる恋を詠んだ歌、

　鳥の子を例にして詠んだ歌にいうよりも、あなたのつれない態度は度重なっている。

〔参考歌〕　伊勢物語・五〇「鳥の子を十づゝ十は重ぬとも思はぬ人をおもふものかは」

〔語釈〕　**○逢不会恋**　歌題として、勅撰集では、金葉集が初出であるが、これ以降は多く見られる。**○鳥のこをためしにいひしほど**　参考歌の詞書は「昔、をとこ有りけり。恨むる人を恨みて」であり、鶏の卵を十個ずつ十も重ねることができたとしても、私につれない人をこちらから思うことができようかという歌意である。参考歌の「思はぬ人」、つれない女の態度を、清輔はこのように表現したものであろう。**○かさなりにけり**　参考歌の「重ぬとも」を踏まえたもの。

〔補説〕　二九三番も参考歌により詠作している。

261

老後恋

はしたかのしらふになりて恋すれば野守の鏡影もはづかし

〔校異〕　ナシ

〔現代語訳〕　老後の恋を詠んだ歌、

　はし鷹の白斑のように、髪が白くなってから恋をすると、野中の水に映る私の姿は恥ずかしいものだ。

〔参考歌〕 俊頼髄脳「はしたかの野守の鏡得てしがな思ひ思はずよそながら見む」（出典未詳歌。のち新古今集・恋五に入る）、久安百首「はしたかのしらふにまがふ雪ふれば野守のかがみ余所にだにみず」（教長作）

〔語釈〕 **○老後恋**　この歌題は、勅撰集では、千載集・恋四（後白河院作）が初出であり、他に清輔と同時代の頼政集・下、出観集、林葉集・五にも見られる。**○はしたかのしらふ**　「はしたか」は小形の鷹で鷹狩に使う。「しらふ」は白い斑点。金葉集・冬に「深山の霰をよめる　大蔵卿匡房　はしたかのしらふにいろやまがふらんとがへるやまにあられふるらし」（和歌一字抄・上に入る）とある。**○野守の鏡**　この歌語は、雄略天皇が鷹狩の時に逃がした鷹を、野のたまり水にその姿が映ったので野守がすぐに見つけ出すことができたという故事による。俊頼髄脳が詳しく説明しているが、奥義抄・中も「野守鏡とは野なる水を云ふ也」として、以下に俊頼髄脳と同様の注を付している。詳しくは、拙著所収「清輔の詠歌と難義」参考のこと。

終夜恋人

ひとりねて床のうらわに夜もすがらむせぶけぶりは海士のたく火か

〔校異〕 ナシ

〔現代語訳〕 終夜《よもすがら》人を恋ふを詠んだ歌、
床の浦の浦廻《うらわ》ならぬ独り寝の床で、夜通しくすぶり続けている煙は海人の焚く漁火であろうか。実はそれは私が心の中でむせび泣いている煙なのだ。

〔語釈〕 **○終夜恋人**　初出の歌題である。**○床のうらわ**　「床のうらわ」は歌枕としては見られないので、「床のうら」で歌枕と解した。能因歌枕（広本）は「阿波国」、八雲御抄・五は「石見」とするが、五代集歌枕・下は国名を挙げていない。後拾遺集・恋四に「題不知　相模　やくとのみまくらのうへにしほたれてけぶりたえせぬとこのうらかな」とある。「床」には「(寝)床」、さらに「うらわ」には「浦廻(浦のほとり)」を掛けている。なお、「うら」には、古今集・哀傷の「(詞書省略) つらゆき 君まさで煙たえにししほがまの浦さびしくも見え渡るかな」のように「心」を掛けているかも知れない。

〔補説〕 清輔は「むせぶ」を多く詠み込んでおり、一一、七八、二八七番にも見られる。

263

夢会恋

夜とともにかへしてきつるから衣いくよといふにしるしみつらん

〔校異〕 から衣—かり衣(片) いくよ—いてよ(版)

〔現代語訳〕 夢に会ふ恋を詠んだ歌、

夜ごと衣を裏返して着ていたが、いく夜にもなったというのでその甲斐があってあの人を夢に見たのだろうか。

〔語釈〕 **○夢会恋** 勅撰集にはないが、たとえば貧道集などの清輔ころの私家集から見られるようになる歌題である。**○かへしてきつるから衣** 夜着る衣を裏返して着ると恋しい人を夢に見るという俗信があった。古今集・恋二に「題しらず 小野小町 いとせめてこひしき時はむば玉のよるの衣を返してぞきる」とある。**○しるしみつ** 「つ」は完了の助動詞。よい結果が現れたの意。月詣集・五に「示現をたのむ恋といふことをよめる 皇太后宮大進 おもひねのしるしみえぬる夢なればあはすることも神にまかせん」とある。本歌は「夢に見つ」を掛けているだろう。

264

旅宿恋

故郷をしのぶね覚めの草枕露につゆそふ心ちこそすれ

〔校異〕 故郷—ふること（片） 心ちこそすれ—草枕かな（多・版）
〔現代語訳〕 旅宿の恋を詠んだ歌、
故郷のあなたを恋い慕って寝た眠りから目覚めた草の枕は、露にさらに露が加わった感じがすることだ。
〔語釈〕 **○旅宿恋** 本題は、重家集に「殿、宇治にて和歌会せさせ給ひしに 河水久清 （歌省略） 又当座にて松上雪 （歌省略） 旅宿恋」、季経集に「嘉応元年（注、一一六九）十一月二十七日摂政殿宇治にわたり給ひて人人歌よませ給ひしに、旅宿恋といふ題を」と見える。「摂政殿」は藤原基房であり、両者は同じ折のものと思われる。また、三一〇番に「松殿関白（注、基房）、宇治にてかはの水久しく澄むといふことを、人々によませさせ給ひけるに」とあり、「河水久清」と似た題で詠まれていることもあり、これは重家集等の歌会と同じであろう。そうすると、本題はこの歌会での詠かと考えられる。三一〇番は詠作事情を述べているのに、なぜ本歌は歌題だけしか書かなかったのか不審である。**○草枕** 歌語で、草を結んだ枕の意から旅寝または旅行をいう。**○つゆ** ここは、涙の比喩。拾遺集・別「題しらず よみ人しらず 君をのみこひつつたびの草枕つゆしげからぬあか月ぞなき」とある。

いもをおきて宮こへしまの船出にはうちとよりこそ浪はかけけれ

〔校異〕 宮こ……かけけれ—ナシ（多・青・版） 宮こへしまの—宮こしまへの（六・片・鷹）、宮ゑしまの（内・益）、宮こ□（一字アキ）しまの（神）、都ゑしまの（尊）
〔現代語訳〕
恋しい妹を置いて、都へと島を出てゆく船出の時には、私の袖に内からも外からも波をかけることだ。
〔語釈〕 **○いもをおきて** 万葉集によく見られる措辞である。万葉集・一一に「たちどまり（たちわかれ）ゆきみのさとにいもをおきてこころそらなりつちはふめども」（作者未詳歌）とある。**○宮こへしまの** これに似た表現に、古今集（墨滅歌）「おきのゐ　みやこじま　をののこまち　おきのゐて身をやくよりもかなしきは宮こしまべのわかれなりけり」の「宮こしまべの」があり、これと同じ本文が本歌の数本に見られる。下の句は都と島べとに別れ別れになると解されている。ところで、清輔本古今集は本歌と同じ「宮こへしまの」という本文をとっており、このことから清輔本の正当性を主張するべく自作に詠み込んだと言えるのではないだろうか。この場合、都へと島を離れていく船出というような意味になるだろう。なお、古今集の「おきのゐて」詠が入っている小大君集は「みやこへしまの」とある。詳しくは、拙著所収「清輔の詠歌と清輔本『古今集』」参考のこと。**○浪**　ここは、涙をも意味しているだろう。千載集・羈旅に「（詞書省略）　藤原家隆　たびねするすまのうらぢのさよ千どりこゑこそ袖の浪はかけけれ」とある。本歌では、内から出る涙、外から来る波で袖が濡れるというのであろう。

見書恋

かりがねの雲のよそなる玉づさに心も空になりぞはてぬる

〔校異〕　玉づさ―玉障（版）

〔現代語訳〕　書《ふみ》を見る恋を詠んだ歌、

　雁が運んでくる遠く離れた人からの手紙で、私は気もそぞろに成りはててしまったことだよ。

〔語釈〕　**○見書恋**　初出の歌題である。**○かりがね**　雁の声、あるいは雁自体をいうが、ここは後者である。**○雲のよそなる**　遠く隔たった所、あるいは手の届かない存在をいう。いま前者で解しておいたが、後者も十分に考えられる。六条修理大夫集に「ついしょうの恋　こころをばいかにもきみにつくせどもくものよそにて年をふるかな」とある。**○玉づさ**　手紙のこと。初句の雁と関わっており、匈奴に捕らわれた蘇武が雁に手紙を託したという故事によっている。詞花集・雑下に「（詞書省略）　沙弥蓮寂　かへるかりにしへゆきせばたまづさにおもふことをばかきつけてまし」とある。

〔補説〕「かりがね」「雲」「空」と縁語仕立ての歌である。

乍随不会恋

水ゆけば川ぞひ柳打ちなびきもとの心はゆるぎげもなし

〔校異〕水ゆけば―行水は（青）

〔現代語訳〕随ひながら会はざる恋を詠んだ歌、

水の流れに従って川沿いに生えている柳は靡いているが、以前からの私の思いは全く揺らいではいない。にもかかわらず、あなたは会ってくれない。

〔参考歌〕日本書紀・一五「いなむしろ川ぞひ柳水ゆけばなびきおきたちその根はうせず」（俊頼髄脳、奥義抄・中に見える）

〔語釈〕〇乍随不会恋　意味の分かりにくい歌題であるが、後掲の歌から判断すれば、心を寄せながらもなかなか契りを結ぶことができないという意味だろう。頼輔集に「同会（供花会）、乍随不会恋　みづひけばかはぞひやなぎなびけどもそのねはつよきものをこそおもへ」と同題が見られ、後白河法皇の供花会に際しての詠歌であるが、清輔詠と酷似している（八一、二五七番参照）。他に清輔と同時代の家集にもあり、たとえば、親宗集に「乍随不逢恋の心を　たまくらを夜な夜なかはす程ならばしたものひもをすこしとけかし」、風情集に「乍随不遇恋　からころもたちいでて袖はかはせどもうちやはとくる夜はのしたひも」、頼政集・下に「乍随不会恋　法住寺殿会　袖ひけばさすがよりきてつれなきやくつろぐもののぬけぬなるらん」、貧道集に「乍随不遇恋　句題百首　秋風になびくものからはなすすきまだをれふさぬこひもするかな」と見え、折につけて詠まれた歌題と思われる。なお、貧道集の「句題百首」は崇徳院句題百首と考えられている。

268　毎昼会恋

かくしつゝよるはふるすにゆく鳥のかりのねぐらやわが身なるらん

〔校異〕　かくしつゝ―かくしつる（神・群）

〔現代語訳〕　昼ごとに会ふ恋を詠んだ歌、

このように昼に会って、あなたは夜はいつも鳥のように古巣に帰ってゆく。私はそういう鳥の仮りのねぐらのような存在なのだろうか。

〔語釈〕　**○毎昼会恋**　この歌題は、重家集に「人人あつまりて俄に歌よみしに　草花半開（歌省略）　毎昼会恋（歌省略）」とある他に、貧道集に詠作状況はなく歌題だけが見える。　**○ふるす**　和歌では鳥の巣について用いられることが多く、一五、四三一番にも詠まれている。

269　毎夜契恋

あだならずたのむるさまはもゝよぐさことのはばかりみゆる君かな

〔校異〕　あだならず―あたならぬ（内）　さま―さき（六・鷹・版）　もゝよ―もゝ千（内）

〔現代語訳〕　夜ごとに契る恋を詠んだ歌、

真心でもって夜ごとに頼みに思わせる様子は、百代草の葉ではないが言葉ばかりで実《じつ》がないと見えるあなたであるよ。

〔語釈〕**○毎夜契恋**　隆信集に「毎夜に契る恋といへる心を」と見えるのみである。**○たのむる**　下二段活用の「たのむ」の連体形で、あてにさせる、頼みに思わせるの意。**○もゝよぐさ**　百代草。菊、露草、よもぎ等とする説があるが、未詳。万葉集・二〇に「ちちははがとののしりへのももよぐさももよいでませわがきたるまで」（防人歌）とあるが、その後詠まれることは少ない。顕昭詠に「六百番歌合」の「ももよぐさももよまでなどたのめけんかりそめぶしのしぢのはしがき」があるが、あるいは本歌を意識したものか。ここは、「毎夜」の関係から「もゝよ」に「百夜」を掛けており、同時に、「くさ」の縁で「ことのは」にかかると解しておく。

〔補説〕契ってもなかなか信用できない男に対しての恨みを詠んだものである。

毎夜違約恋

夜な〳〵のそらだのめこそうれしけれわすれずがほの情と思へば

〔校異〕毎夜―毎（青）　うれしけれ―かなしけれ（内）　がほの―かほに（青）

〔現代語訳〕夜ごとに約を違ふ恋を詠んだ歌、

夜ごとのいい加減な約束がうれしいものだ。それは、あなたが私を忘れていないということの愛情だと思うので。

〔語釈〕**○毎夜違約恋**　初出の歌題である。**○そらだのめ**　あてにならない約束。千載集・恋二に「…臨期違約恋といへる心をよめる　権中納言通親　いましばしそらだのめにもなぐさめておもひたえぬるよひの玉づさ」とある。**○わすれずがほ**　「わすれがほ」はよくあるが、これは見られず、清輔の造語であろうか。

留信失恋

271 中〳〵にかくれのを野のをみなへし露のかたみをなに〻置きけん

【校異】失恋―見恋（六・片・鷹） かくれ―か〻《く》れ（青）、か〻れ（神） なに〻―なかと（青）

【現代語訳】信を留《とど》めて失ふ恋を詠んだ歌、
かえって置かないでくれた方がよかったのに。隠れの小野の女郎花の露ではないが、姿を隠したあなたははかない形見の手紙をどうして置いていったのか。

【他出】夫木抄・雑四・9664

【語釈】○留信失恋 初出の歌題である。「信」は便りの意。○中〳〵に かえって、むしろの意。このままでは意味が通りにくいので、補って訳しておく。○かくれのを野 八雲御抄・五の「野」に「かくれ《隠》」として伊勢国とする。六条修理大夫集に「女郎花 あきぎりにかくれのをののをみなえしわがたもとにはにほへとぞおもふ」、顕輔集に「萩 人も見ぬかくれのをのにさくはぎはこれこそよるのにしきなりけれ」とある。「かくれ」に女が「隠れた（姿を消した）」ことを掛けている。○露のかたみ ほんのわずかの形見。拾遺集・雑上に「大弐国章ごくのおびをかり侍りけるを、つくしよりのぼりて返しつかはしたりければ もとすけ ゆくすゑの忍草にも有りやとてつゆのかたみもおかんとぞ思ふ」とある。「露」に「をみなえし」の縁語の「露」を掛けている。詞花集・秋に「（詞書省略） 隆縁法師 あきのよの露もくもらぬ月をみておきどころなきわがこころかな」とある。

【補説】手紙を残して姿を消した女に対して、かえって思いが募ると恨んでいる体の歌だろう。

希逢恋

272 つきもせずくもでに物を思ふかなとだえがちなるふるのながはし

〔校異〕　くもでに―くもゐに（多・版）　ながはし―中はし（六・鷹・内・多・版）、たかはし（片）、長はし（尊）

〔現代語訳〕　希《まれ》に逢ふ恋を詠んだ歌、

尽きることもなくあれこれと思い悩むことだなあ。布留川に架かる長橋が中途で絶えているように、通う事が途絶えがちの仲であるよ。

〔語釈〕　**○希逢恋**　初出の歌題である。**○くもでに物を思ふ**　古今和歌六帖・二に「恋ひせんとなれるみかはのやつ橋のくもでに物をおもふ比かな」（俊頼髄脳に見える）とある。「くもで」は橋柱の補強のために筋交いに打った木をいうが、ここは「蜘蛛手」で、あれこれと心が乱れる様をいう。詳しくは、拙著所収「清輔の詠歌と難義」参考のこと。**○とだえ**　中途で絶えること。通うことが途切れること。後拾遺集・恋四に「題不知　相模　あやふしとみゆるとだえのまろはしのまろなどかかるものおもふらん」とある。**○ふるのながはし**　「ふる」は布留で、ここは布留川に架かる橋。布留川は大和国の歌枕で、現在の奈良県天理市の石上神宮あたりを流れる。この橋は歌に見えず、たとえば「ふるのたかはし」ならば、古今和歌六帖・三に「いそのかみふるのたかはしたかだかにいもがまつらんよぞふけにける」とある。「（二人の）仲」を掛けるために「ながはし」としたものではないだろうか。

273

寄源氏恋

あふことはかたびさしなるまき柱ふす夜もしらぬ恋もするかな

〔校異〕　源氏―源氏物語（片）

〔現代語訳〕　源氏に寄する恋を詠んだ歌、

逢うことは、片庇の真木柱ではないが、難《かた》くてかつ久しく逢っていないので、共寝することもない恋をすることだよ。

〔語釈〕 **○寄源氏恋** この歌題は清輔と同時代に限れば、私家集の経正集、小侍従集、頼政集・下に見られ、おのおの「絵合」、「帚木」、「野分」が歌詞として詠み込まれている。なお、頼政集には「歌林苑」で詠まれたとあるが、他の詠作状況は分からない。**○かたびさし** 片庇。一方へだけ出た庇のこと。「かた」は「難し」、「ひさし」は「久し」を掛けている。後者の例に、金葉集・恋下の「人のうらみて五月五日つかはしける 前斎宮河内 あふことのひさしにふけるあやめぐさただかりそめのつまとこそみれ」がある。**○まき柱** 源氏物語の巻名で、鬚黒大将の姫君の「いまはとて宿かれぬとも馴れきつる真木の柱はわれを忘るな」と北の方の返歌「馴れきとは思ひ出づともなにこにより立ちとまるべき真木の柱ぞ」による命名である。「真木柱」は杉や桧などの太くしっかりした良材で作った柱のことで、ここでは片庇に使われる柱をいうのであろう。本歌は前述の経正集等のように「真木柱」巻の内容とは関係なく、ただ歌詞として詠み込まれているだけである。では、「真木柱」はどのように詠まれているのだろうか。もともとは万葉集・二の「まきばしらふときこころはありしかどこのわがこころしづめかねつも」(作者未詳歌)のように「太し」にかかる枕詞の用法である。他には続詞花集・戯咲の「題しらず 源親房 しるらめやあはでひさしのまき柱ひとまひとまにおもひたつとは」と江帥集の「わぎもこがすむてふやどのまきばしらひとまもあらばあふよしもがな」は「ひとま(一〈人〉間)」、新撰和歌六帖・六の「まき あづまやにたてしばかりのまきばしらあさきちぎりにふしはたえにき」は「ふし(節)」にかかる。本歌はこれらの例に当てはまらず、ただ単に「片庇の真木柱」をいうためかと思われる。**○ふす** ここは共寝する意味であろう。拾遺集・雑下に「女のもとにまかりたりけるに、とくいりにければ、あしたに 源かげあきら あづさゆみおもはずにしていりにしをさもねたくひきとどめてぞふすべかりける」とある。

274
寄社恋
よとゝもになみだをのみもわかすかなつくまのなべにいらぬ物ゆゑ

〔校異〕 社—神（片）、秋（神） （本歌）—ナシ（青） 物ゆゑ—日のゆへ（版）

〔現代語訳〕 社に寄する恋を詠んだ歌、
　逢えない悲しみのために夜ごとに涙だけを流すことであるよ。私は筑摩祭りの折りの鍋の数に入らないから。

〔語釈〕 **○寄社恋** 初出の歌題である。 **○よとゝもに** 夜を継いで。金葉集・恋上に「（詞書省略） 長実卿母 しるらめやよどのつぎはしよとともにつれなき人をこひわたるとは」とある。 **○わかす** 熱い涙を流すことを、「なべ（鍋）」の関係でこう表現したもの。 **○つくまのなべ** 「つくま」は筑摩の神で、近江国の歌枕。現在の滋賀県坂田郡米原町朝妻にある筑摩神社の祭神。俊頼髄脳や奥義抄・中によれば、鍋祭りにおいて、祭り当日までに女が交渉をもった男の数だけ鍋を作って奉納し、その数を偽ると神罰をうけるとある。拾遺集・雑恋に「題しらず よみ人しらず いつしかもつくまのまつりはやせなんつれなき人のなべのかず見む」（伊勢物語に見える）、重家集に「祈神恋 ねぎかくるつくまの神のかひあらばわれをもなべのかずにいれなん」とある。

275
寄花恋
おもかげにたつたの山のさくら花あかでやみにし人ぞかゝりし

〔校異〕 あかで—あは《か》て（益） やみにし—わかれし（六・鷹・多・版） かゝりし—かくりし（版）

〔現代語訳〕 花に寄する恋を詠んだ歌、
　見飽きないうちに散ったので面影に立つ立田山の桜花のように、満足できないままで別れてしまったあなたが心にかかることであるよ。

〔語釈〕 **○寄花恋**　勅撰集では、金葉集が初出であるが、多くは見られない。他に散木奇歌集・八等にある。**○おもかげ**　目の前にはないものがあるかのように目の前に浮んで見える顔や姿の意。金葉集・恋下に「月増恋といへることをよめる　内大臣　いとどしくおもかげにたつこよひかな月をみよともちぎらざりしに」とある。**○たつたの山**　大和国の歌枕で、現在の奈良県生駒郡斑鳩町の一帯。紅葉の名所として著名であるが、桜とともに詠まれることは、古くは万葉集・九等から見え、続詞花集・春下にも「題しらず　藤原為業　いづれともわかれぬ物はしら雲の立田の山の桜なりけり」とある。「立つ」を掛けている。**○かゝり**　情愛などがあるものに及ぶの意。後拾遺集・秋上に「思野花といふこころをよめる　良暹法師　あさゆふにおもふ心はつゆなれやかからぬはなのうへしなければ」とある。

寄更衣恋

おぼつかなうすくやけふはなりぬらん人の心もころもがへして

〔校異〕　ナシ

〔現代語訳〕　更衣に寄する恋を詠んだ歌、

　気がかりなことだなあ。今日の夏衣のように薄く冷たくなっただろうか、あなたの心も衣替えして。

〔語釈〕 **○寄更衣恋**　多くは見られない歌題である。貧道集に「内裏会　寄更衣恋」とあり、月詣集・五に「寄更衣恋といふ心をよめる」として「覚綱法師」「祐盛法師」「前斎院右衛門佐」詠の三首がある。**○うすく**　夏衣の薄さでもって相手の情が薄いことを詠む歌に、古今集・恋四の「（詞書省略）　とものり　蟬のこゑきけばかなしな夏衣うすくや人のならむと思へば」がある。**○人の心もころもがへして**　この発想は他に見られない。

寄瓜恋

277

山しろのこまのわたりのうりよりもつらき人こそたゝまほしけれ

【校異】 寄瓜恋―寄作恋（内・益・神・版）、寄作（多）、寄（青）　うり……けれ―ナシ（青）　うり―はり（多）　よりも―かりも（鷹）、つくり（内・益）　つらき―つくれ（版）　たゝま―たくま（尊）

【現代語訳】 瓜に寄する恋を詠んだ歌、

山城の狛のあたりの瓜が実って裁断するよりも、つれないあなたとの仲を絶ち切りたいものだ。

【参考歌】 催馬楽・山城「山城の／狛のわたりの／瓜つくり／なよや／らいしなや／さいしなや／瓜つくり／瓜つくり／はれ　瓜つくり／我を欲しと言ふ／いかにせむ／なよや／らいしなや／さいしなや／いかにせむ／いかにせむ／はれ　いかにせむ／なりやしなまし／瓜たつまでにや／らいしなや／さいしなや／瓜たつま／瓜たつまでに」

【語釈】 **〇寄瓜恋**　初出の歌題である。**〇山しろの……うり**　催馬楽の詞章を踏まえている。「こま」は狛で、現在の京都府相楽郡山城町にある地名。**〇たゝまほしけれ**　これは催馬楽の「瓜たつまでに」を受けた表現であるが、上の句とどう結びつき、どういう意味なのか分かりづらい。小野恭靖氏「催馬楽出自の歌ことば―歌枕・地名を中心として―」（小町谷照彦・三角洋一編『歌ことばの歴史』所収）を参考にしてみると、「瓜たつ」は瓜を収穫するために裁断するというのであり、清輔はこの「たつ」から同音で意味の異なる「絶つ」でもって本歌を詠じたと考えられる。

278

思高恋といふことを、

谷水に空なる月もすむ物を雲ゐの中とおもはずもがな

〔校異〕 といふことを―ナシ(片・尊) 空―せい(版) 月も―月は(版) 中と―中に(六・鷹・多・青・神・版・群)、中そ(益)、よそに(片) もがな―るかな(鷹)

〔現代語訳〕 高きを思ふ恋という題で詠んだ歌、

谷川の水に空にある月だって住んでいるのだから、手の届かない所にいる人と思わないでいたいなあ。

〔語釈〕 **○思高恋といふことを** 「思高恋」は初出の歌題である。高貴な人を恋うるという意であろう。これと同様の書き方が、たとえば三一〇番に「松殿関白、宇治にてかはの水久しく澄むといふことを、人々によませさせ給ひけるに」と見え、本歌も歌会か歌合での詠という可能性がある。 **○すむ** 月が水に映っていることを「住む」と表現したもの。「澄む」との掛詞とは解さなかった。

契後隠恋

あふことをたのむのかりのいかなればおもひかへりて雲がくるらん

〔校異〕 隠恋―増恋(片) かへりて―かへして(内)

〔現代語訳〕 契りて後隠るる恋を詠んだ歌、

ふたたび逢うことを頼みにさせておいた田の面の雁であるあなたが、どうして考えを変えて雁が雲に隠れるように姿を消してしまったのだろうか。

〔他出〕 中古六歌仙・109

〔語釈〕 **○契後隠恋** 多くは見られない歌題であるが、林葉集・五の「歌林苑」、千載集・恋三の「後白河院主催の五月供花会の後宴歌会」での詠にある。 **○たのむのかり** 既出(一一七番)。田に下りている雁。「たのむ」は「頼む」との掛詞。この「頼む」は下二段活用としておいた。恋の歌に用いられる例として、伊勢物語・一〇の

「みよしののたのむの雁もひたふるに君がかたにぞよると鳴くなる」がある。**〇おもひかへり**　考えを変えるの意。金葉集・恋上に「ふみばかりつかはしていひたえにける人のもとにつかはしける　内大臣家小大進　ふみそめておもひかへりしくれなゐのふでのすさみをいかで見せけん」とある。**〇雲がくる**　もともと月や雁が雲に隠れることをいうが、ここは姿が見えなくなった恋人のことをもこう表現した。

〔補説〕　中古六歌仙には「つれなきをんなの、はるになりて、そのほどとちぎりければ、まちまちてそのひになりて、よさりはいかにといひやりたりけるに、いへにひともなしとてつかひむなしくかへりたりければ」の詞書が付されている。

閑居増恋

つく〴〵とおもひのこせることもなきながめは袖ぞぬれまさりける

〔校異〕　増恋―憎恋（版）　のこせる―のこする（神）　なき―なし（尊）　袖ぞ―袖に（六・片・鷹・版）　ける―けり（六・片・鷹・版）

〔現代語訳〕　閑居に増す恋を詠んだ歌、
　しみじみと思いの限りをし尽くした恋の物思いは、袖が長雨に加えて涙で濡れまさることだ。

〔語釈〕　**〇閑居増恋**　長秋詠藻・上にだけ見える歌題である。**〇つく〴〵と**　ぼんやりと物思いに耽るさま。拾遺集・恋二に「五月五日、ある女のもとにつかはしける　よみ人しらず　いつかともおもはぬさはのあやめ草ただつくづくとねこそなかるれ」とある。**〇おもひのこせる**　心に思い余すことがあるの意。千載集・雑上に「題不知　中務卿具平親王　ひとりゐて月をながむる秋のよはなにごとをかはおもひのこさん」とある。**〇ながめ**　「ぬれまさり」とあることから、「長雨」と「眺め」の掛詞である。

題不知

あひ見てはかはる心もある物をつれなき中ぞたえせざりける

〔校異〕（詞書）と（本歌）―ナシ（六・鷹）　中ぞ―中に（益・青・神・群）

〔現代語訳〕　題しらずの歌、

逢ってからは心変わりもあるけれども、冷淡なままでは絶えることもなく、変わらない状態であるよ。

〔語釈〕　**〇題不知**　一一四、一二〇番にも見られるが、清輔以外の人が書き加えたものであろう。**〇つれなき**　ここは、「あひ見て」と対照的であると考えられるので、こちらの働きかけに反応を示さず、ましてや逢おうともしない冷淡さをいうのであろう。**〇たえせ**　サ変動詞「たえす」の未然形である。絶えるようになる、尽きるの意。

〔補説〕　とにもかくにも逢うことを切望する体の男の歌であろう。後拾遺集・恋四に「題不知　相模　やくとのみまくらのうへにしほたれてけぶりたえせぬとこのうらかな」とある。

人をまつとてよめる、

こじといはゞまたでぬべしとあらねどもおもふあまりにとふゆふけかな

〔校異〕　人をまつ―ころを待（片・神）（本歌）―ナシ（青）　こじと―うしと（片・尊）、こし（内）　べしと―やしと（鷹・多・神・版）、へきに（六・群）　おもふ―おもひ（鷹・多・神・版・群）

〔現代語訳〕　人を待っている時に詠んだ歌、

あなたが行くまいと言うならば待たないで寝てしまおうというのではないが、ともかくあなたを思うあまりに夕方に辻占いをすることだ。

〔語釈〕 **〇人をまつとてよめる**　日常生活詠か題詠かはっきり分からないが、「……とて（よめる）」の二二三、三二四、三二七番等が前者であるので、いまそのように解しておく（もっとも後者と思しいものでの例はない）。**〇こ**「来」で、そちらへ行くの意。古今集・恋四に「題しらず　そせいほうし　今こむといひしばかりに長月のありあけの月をまちいでつるかな」とある。**〇またでぬ**　待たないで寝るの意。後拾遺集・雑一に「（贈歌省略）かへし　小式部　たのめずはまたでぬるよぞかさねましたれゆゑかみるありあけの月」とある。**〇とふゆふけ**　「ゆふけ」は夕占で、夕刻に辻に立って通行人の言葉などにより物事を占うこと。拾遺集・恋三に「題しらず　ひとまろ　ゆふけとふうらにもよくありこよひだにこざらむきみをいつかまつべき」、袋草紙・上に「夕食《ゆふけ》を問ふ歌、私、夕卦の占のことなり　ふなとさへゆふけのかみにものとはばみちゆくひとようらまさにせよ」とある。

さうしをならべて見かはしながら、つれなかりける女のもとへ、

かづきするちかの浦にはすみながらみるめかるべき方もしられず

〔校異〕 つれなかりける―つれなかる（六・鷹・版）　すみながら―〇《欠》みなから（底）　みるめ―みるへ《め歟》（底）

〔現代語訳〕 草紙を並べてお互いに見合いながらも冷淡な女のもとへ詠んで送った歌、

水中に潜って海藻を採る千賀の浦のほん近くにいながら、海松布を刈ることができる潟がわからないように、あなたに逢うべき手段を私は知らない。

〔語釈〕 **〇かづき**　水中に潜って魚、海藻などをとる。**〇ちかの浦**　千賀の浦。陸奥国の歌枕。現在の宮城県塩竈市の塩竈湾一帯をいう。五代集歌枕・下や八雲御抄・五は「肥前」とするが、道綱母集に「みちのくににをかしかりけるところどころを、ゑにかきて、もてのぼりてみせたまひければ　みちのくのちかのうらにてみましかばいかにつつじのをかしからまし」とあり、陸奥国と考えられていたらしい。「近い」との掛詞。道綱母集以外に後拾遺

集・恋二の「あるひとのもとにとまりてはべりけるにひるはさらにみぐるしとていでざりければよめる　藤原道信
ちかのうらになみよせまさる心地してひるまなくてもくらしつるかな」がある。なお、四〇三番にも詠まれている。
○すみながら　底本の一字欠では意不通なので、諸本により改める。**○みるめかるべき方**　底本の「みるへ」では意不通なので、諸本により改める。「みるめ」は「海松布」と「見る目」、「方」は「潟」と「方（手段）」との掛詞。新古今集・恋一に「題しらず　相模　あふまでのみるめかるべきかたぞなきまだ浪なれぬいそのあま人」とある。

〔補説〕「かづき」「ちかの浦」「みるめ」「かる」「かた」と縁語仕立ての歌である。
　詞書の状況が必ずしもはっきりしないが、親しい存在でありながらも逢ってくれない女を恨む体の歌であろう。

　　けさうしけれど、心かたかりける女に、
つれなしとかつはみかはの八橋を猶こりずまにこひわたる哉

〔校異〕　こひ—よ《こ歟》ひ（底）

〔現代語訳〕　恋い慕っているけれども、かたくなな女のもとへ詠んで送った歌、
　冷淡だと一方では思いながら、やはり性懲りもなくあなたを恋い続けることだよ。

〔語釈〕　**○かつ**　一方ではの意である。ここでは「猶」と呼応する。伊勢物語・二二に「憂きながら人をばえしも忘れねばかつ恨みつつ猶ぞ恋しき」とある。**○みかはの八橋**　三河国の歌枕。現在の愛知県知立市あたりにあったといわれている。伊勢物語・九で有名。ここでは、「み」は「見」と掛詞であり、「八橋」は縁語の「わたる」を導く機能を果たす。**○こりずまに**　心底から懲りることもなく。詞花集・恋上に「題不知　藤原永実　いたづらにちつかくちにしにしきぎをなほこりずまにおもひたつかな」とある。**○こひわたる**　底本の「よひ」では意不通なので、諸本により改める。「わたる」は「……し続ける」の意。

心かるききこえありける女の、つれなくあたりけるに、

われといへばこのてがしはのおもて〳〵とくひもろきもむすぼゝれつゝ

〔校異〕 かるき—かろき（片・青）、かるま（版）、かろ（尊） このて—このこ（尊） ひもろきも—をもろきも（版）、ひもろきと（片） むすぼゝれ—むすほふれ（尊）

〔現代語訳〕 軽薄だという噂のあった女が、自分に冷たくあたったので詠んだ歌、

私はというと、児手柏に両面があるように、神籬《ひもろき》は紐を解いて取り散らしても結ぼおれたままであって、そのように鬱屈しているよ。

〔他出〕 夫木抄・二九・13967

〔語釈〕 **○このてがしは** 児手柏。植物名であるが諸説あって未詳。万葉集・一六に「ならやまのこのてかしはのふたおもてかにもかくにもねぢけひととも」（博士消奈行文大夫歌）とある。奥義抄・中は「ならやまのこのてがしはのふたおもてとにもかくにもねぢけ人かな」との本文で挙げ、「このてがしは」は「女郎花の異名」という説を紹介している。**○おもて〳〵** 万葉集の「ふたおもて」をこう言い換えたのであろう。両面があって、表裏の違いが著しいこと。ここでは「とく」と「むすぼゝれ」をいう。**○とくひもろき** 「ひもろき」は神霊の宿る所に常磐木を植えて神座としたもの、そして神に奉る供物の意味がある。ここは後述するように後者と解した。「とくひもろき」については、順集に「四月、神まつる　夏衣きてこそまされおなじくは神のひもろぎときてかへらん」、散木奇歌集・二に「（詞書省略）　卯の花も神のひもろぎときてけりとぶさもたわにゆふかけてみゆ」と「ひもろぎとく」が見られる。後者詠について、散木集注は「ひもろぎ」を「神祭の具にはくぼで、ひらでとて、柏葉にてさして飯菜を入る、なり」と述べ、「とくとは、神祭してかの物等をとりちらすなり」と説明しており、この説に従った。「とく」は「解く」、「ひも」は「紐」との掛詞である。「紐が解ける」は男女が互いに受け入れることを意味す

る。○**むすぼゝれ**　「糸や紐などが解きにくい」の意と「心が鬱屈したさま」の意を掛ける。拾遺集・恋三に「題しらず　よみ人しらず　春くれば柳のいともとけにけりむすぼほれたるわが心かな」とある。

〔**補説**〕難解な歌であり、いま上のように解しておく。後考を俟つ。

宮原に侍りける女に、草の葉にかきてさし入れける

いかにせむにひばえまさるこひ草のしげらぬほどにあふよしもがな

〔**校異**〕宮原に侍りける—宮原なりける（片）　草の葉—草葉（神）　いかに—いかゝ《に》（多）　にひばえ—にゐはひ（底・内・益・青・神・尊）、にゐはい（片）、にゐはえ（群）、にひはひ（版）、にひ《い》はひ（多）　まさる—まさす（底・片・内・益・神・版）　こひ草—さい草（六・鷹・多・版）、さひ草（青）

〔**現代語訳**〕宮邸の皇女に仕えていた女に、草の葉に書いて差し入れた歌、

どうすればよいのだろうか。数を追って生えてくる恋草が茂らないうちにあなたに逢うすべがあったらなあ。

〔**語釈**〕○**宮原**　親王・内親王のこと。三〇〇番に「宮ばらなる女」がある。○**にひばえ**　諸本にいろいろな本文があり、分かりにくいが、『日本国語大辞典　第二版』は見出し語「にいばえ《にひ》……」に「にゐはえ」の本文で本歌だけを用例として挙げ、「新生」の漢字で「あらたに生じること。また、そのもの。しんせい」とする。「にひばえ」の本文をとるのは二本あり、かつ意味としても相応しいと思われるので、底本を改める。○**まさる**　底本の「まさす」では意不通であり、諸本の「まさる」に従う。『日本国語大辞典　第二版』もこの本文をとっている。○**こひ草**　恋心のつのることを草の茂るのにたとえた語。万葉集・四に「こひくさをちからくるまになゝくるまつみてこふらくわがこころから」（広河女王歌）とあり、これ以降平安中期あたりまであまり詠まれることがなく、清輔ころには、頼政、俊恵、重家らが詠んでいる。

〔補説〕　草の葉に書いて送ったとあるが、歌を書いた紙を葉柄に結んだのであろう。

287

　いかにとおもへど、色にいでがたき女に、

しのぶ山したゆく水のたへかねてむせぶおもひをもらしつるかな

〔校異〕　いかに―いかても（尊）　おもへど―おもへとも（六・鷹・多・青・版）　むせぶ―結ふ（青）

〔現代語訳〕　どうなのだろうかと思うけれども、そぶりにも見せない女に詠んで送った歌、

　信夫山の下陰を流れてゆく水が耐えきれずに漏れ出るように、私の心中に秘めた思いがこらえきれず、咽び泣き、表に出てしまったことだなあ。

〔語釈〕　**○いかに**　女が自分をどのように思っているのだろうかという意味である。**○しのぶ山**　既出（二五五番）。陸奥国の歌枕。「忍ぶ」との掛詞。**○した**　山の下陰と心中の意を掛ける。**○むせぶおもひ**　既出（七八番）。咽び泣くくらいのつらい忍ぶ思いをいう。**○もらし**　「水」の縁語である。

288

　しのびてたゞ一夜物申して後、心ならずかきたえたる女のもとへ、

いかにねてさめしなごりのはかなさぞ又も見ざりしよはの夢かな

〔校異〕　かきたえ―かきえ（片）、かきたえに（尊）　たる女―ける女（底を除く諸本）　はかなさぞ―かなしさそ（片・鷹・多・神・群）、かなしさに《はかなさそ》（六）、かなしさに（青・版）

〔現代語訳〕　ひそかにただ一晩関係を持ちましたあと、不本意にも関係が絶えた女のもとへ詠んで送った歌、

　どのように寝て夢のように逢って覚めた後のはかなさなのか。二度と見て逢うこともなかった夜の夢であるよ。

289

〔他出〕 新勅撰集・恋三・833（詞書は「こひのうたとてよみ侍りける」、初句は「いかにして」）、言葉集・一二・100

〔語釈〕 ○物申し 「ものいふ」の受け手尊敬。「ものいふ」は男女が親しく語るの意。千載集・哀傷に「しのびて物申しける女みまかりにける時よめる」とある。二九七番にも「人のむすめに物申しわたり侍りけるに」とある。

宮づかへしける女の、つねにもえあはざりけるに、

しほみてばいりぬる磯とながめつゝ袖のひるまもなき我が身かな

〔校異〕 しける―たちける（六・鷹・多・青・神・版） 磯と―今そと（版）

〔現代語訳〕 宮仕えしていた女で、いつも逢わなかった女に詠んで送った歌、

潮が満ちると隠れて見えなくなる磯を眺めるように、あなたにふだん逢えないでいるので物思いにふけり、袖の乾く間もないくらい、昼間も泣いて暮らしている私であるよ。

〔語釈〕 **○宮づかへしける女** 二八六番に「宮原に侍りける女」とあるが、同一人物か。**○しほみてばいりぬる磯** 万葉集・七に「しほみてばいりぬるいそのくさなれやみらくすくなくこふらくのおほき」（作者未詳歌。拾遺集・恋五、奥義抄・上、中に入る）とある。**○ながめ** 「眺める」と「物思いに耽る」の意を掛ける。**○ひるま** 「干る間」と「昼間」の掛詞。後拾遺集・恋二に「あるひとのもとにとまりてはべりけるにひるはさらにみぐるしとていでざりければよめる　藤原道信　ちかのうらになみよせまさる心地してひるまなくてもくらしつるかな」、千載集・恋三に「契日中恋といへるこころをよめる　中原清重　涙にやくちはてなましから衣袖のひるまとたのめざりせば」とある。

〔補説〕 「しほ」「磯」「ひるま」が縁語である。

290

つねにあひがたかりける女の、これよりいはん時をまてといひて、やや久しくおともせざりければ、

おぼつかないせのはま荻をりよくはほのめかさむといひしいもはも

〔校異〕 いはん―いかん（尊）　いひて―いふて（尊）　せざり―さり（版）　いひし―思ふ（六・鷹・多・版）　はも―かも（六・鷹・版）

〔現代語訳〕 いつも逢いにくかった女が、こちらから言うまで待ってと言ったきり、だいぶ経っても便りもなかったので詠んで送った歌、

はっきりしなくて気を揉むことだなあ。よい機会があったら自分の気持ちをほのめかそうと、言ったあなたなのにね。

〔語釈〕 **○やや久しく**　だいぶん時が過ぎているの意。伊勢物語・八三に「やや久しくさぶらひて、いにしへのことなど思ひ出で聞こえけり」とある。**○おぼつかな**　形容詞「おぼつかなし」の語幹。はっきりせず、気がかりなこと。詞花集・秋に「（詞書省略）大中臣能宣朝臣　おぼつかなかはりやしにしあまのがはとしにひとたびわたるせなれば」とある。**○いせのはま荻をりよくは**　「いせのはま荻」は「いせ」は伊勢国、「はま荻」は浜に生えている荻のことで、このように連語として用いられる。詠法は、万葉集・四の「かむかぜのいせのはまをぎをりふせてたびねやすらむあらきはまへに」（碁檀越妻歌）、千載集・羇旅の「（詞書省略）藤原基俊　あたら夜をいせのはま荻をりしきていも恋しらにみつる月かな」のように、「いせのはま荻」を折ると詠まれるのが一般的であるが、本歌は異なっている。清輔はこれらを知った上で、「をり」にかかる枕詞風に詠んだのではなかろうか。なお、六条修理大夫集に「（詞書省略）しらずやはいせのはまをぎかぜふけばをりふしごとに恋ひわたるとは」と、「をりふし」にかかる例がある。**○はも**　古代語。係助詞「は」に感動を表わす「も」の添ったもの。句の末に用いられることが多い。万葉集・三に「かくしのみありけるものをはぎのはなさきてありやととひしきみはも」（余明軍歌）と

ある。

人にうたがはる、女にかはりて、

杉くれをひく杣人《そまびと》はあまたあれど君よりほかによこめやはする

〔校異〕 あれど—なれと（内・益） 君—君《我》（鷹）、我（版） よこめやは—よこめや（底）、よそめやは（六・鷹・多・版・尊）

〔現代語訳〕 男に疑われた女に代わって詠んだ歌、

杉榑《くれ》を切り出している杣人が多いように、私を誘う人は多くいるけれど、私は杉の横目ではないのであなた以外の人に二心を持つことがあるでしょうか。

〔他出〕 夫木抄・雑三・9000

〔語釈〕 **○杉くれ** 切り出したままの杉のこと。本院侍従集に「（贈歌省略） 返し 君ならぬひとはまたねどすぎくれの引くとてよらむ心よわさよ」とある。ここは、自分のことの喩え。**○ひく** 「木などを切り出す」の意と「誘う」の意との掛詞。**○杣人** 「杣」は木材を切り出す山のことで、杣木を切り採ることを職業とする人。拾遺集・物名に「ひぐらし つらゆき そま人は宮木ひくらしあしひきの山の山びこ声とよむなり」とある。ここは、女を誘う男のことの喩え。**○よこめ** 木目や紙の目などが横に通っているもの。特定の相手以外に心を移すこと。ここでは、これらの掛詞である。前者の例に、相模集の「七月 あききぬとふるきあふぎをわすれなば又はりかへよよこめならぬに」、後者には紫式部集の「月見る朝、いかにいひたるにか よこめをもゆめといひしはたれなれや秋の月にもいかでかは見し」がある。「杉くれ」の縁語でもある。**○やはする** 底本では字足らずなので、諸本に従う。「やは」は反語である。

〔**補説**〕 元禄一二年版本は「君」を「我」とすることが多く、他にも三三六、三四四、三五〇番に見られる。

女をうらみて、いまはあはじなどちかごとたて、後、もとよりげにこひしかりければ、あをきすぢある瓜《うり》にて蛙《かへる》のかたをつくりて、かきつけてやりける、

ちかひしをおもひかへるの人しれずいとかく物を思ふ比《ころ》かな

〔**校異**〕 など—なとに（鷹） ちかごと—ちこと（内） うり—かひ（六・鷹）、かみ（片・群）、かは（多・版）、かり（青・神） つくりて—つくり（多・版） つけて—つけ（片・尊） いとかく—くちから（底・片・内・益・青・神・尊・群） 比—もの（六・鷹・多・版）

〔**現代語訳**〕 女を恨んで今は逢うまいなどと誓いをたてて後、もともと本当に恋しく思っていたので、青い筋のある瓜で蛙の形に作り、そこに書き付けて送った歌、

あの時に誓ったことから元へ戻ってあなたをふたたび思うようになり、人知れず本当にこんな物思いをする頃であるよ。

〔**語釈**〕 **○あをきすぢある瓜** 「うり」に異同が見られるが、瓜に歌を書き付けて送ることが、後拾遺集・雑二に「左衛門蔵人にふみつかはしけるにうとくのみ侍ければちひさきうりにかきつけてつかはしける」、和泉式部続集に「ほかなるはらからのもとに、いとにくさげなるうりの、人のかほのかたになりたるにかきつけて」などと散見されるので、いま底本に従う。まくわ瓜であろう。**○おもひかへる** 思いや考えが元へ戻る。金葉集・恋上に「ふみばかりつかはしていひたえにける人のもとにつかはしける　内大臣家小大進　ふみそめておもひかえりしくれなゐのふでのすさみをいかで見せけん」とある。本歌は「かへる」に「蛙」を響かせている。**○いとかく物を思ふ** 「いとかく」は底本は「くちから」とあるが意不通であるので、諸本の「いとかく」により改める。同様の措辞に、

一条摂政御集の「とばりあげのきみに　たとふればつゆもひさしきよのなかにいとかくものをおもはずもがな」がある。

女のもとにゆきてかたらひけるに、よもやまにたのめけれど、猶うたがはしきことをのみいひて、かりのこをひとつさしいだしたりければ、その心をとりて、

鳥のこの帰るかへるはちぎれども十づゝとをもいふがわりなさ

〔校異〕もとに―もとへ（尊）　よもやまに―よもすから（六）　のみいひて―たのみいふて（版）　鳥のこの―鳥のこを（六・片・鷹・多・版）　かへるは―ナシ（青）　とをも―とをと（片）　いふがわりなさ―いふかわりなき（内・益・多・青・群）、いふへかりけり（六・鷹・版）、いふかひそなき（片）、いふかせなき（神）

〔現代語訳〕女のところに行って語り合っていたところ、いろいろと頼みに思わせたが、やはりあてにならないということばかりを言って、鳥の卵を一つ差し出したので、そのことをうけて詠んだ歌、

卵が次々と孵るように、私は何度も何度も将来を堅く約束しているにもかかわらず、あなたが信用できないようなことばかりを言うのはどうしようもないことだ。

〔参考歌〕伊勢物語・五〇「鳥の子を十づゝ十は重ぬとも思はぬ人をおもふものかは」

〔語釈〕**○たのめ**　下二段活用で、あてにさせるの意。**○かりのこ**　何鳥の卵をいうのか分からない。枕草子に「あてなるもの……かりのこ」（三巻本）とあり、珍重された。蜻蛉日記・上に「三月つごもりがたに、かりのこの見ゆるを、「これ十づゝ、かさぬるわざを、いかでせん」とて」とある。「かりのこ」を一つを差し出した女の意図は必ずしも明確ではないが、伊勢物語を踏まえてどう詠むかを試すつもりであったのではないだろうか。**○鳥のこ**　ここは卵をいう。**○帰るかへる**　「鳥の卵が次々に孵る」の意と「何度も」の意の掛詞である。後者の例に、後撰

集・恋四の「返事も侍らざりければ、又かさねてつかはしける　紀友則　みるもなくめもなき海のいそにいでてかへるがへるも怨みつるかな」がある。**〇十づゝとを**　参考歌（既出。二六〇番）を踏まえており、ここでは、不可能なことの比喩である。女がなかなか信じてくれないことをこう表現したものであろう。**〇いふがわりなさ**　「わりなさ」は形容詞「わりなし」の語幹に接尾語「さ」の付いたもの。筋道が通らないこと、どうしようもないことの意。後撰集・雑二に「いたく事このむよしを時の人いふときき て　高津内親王　なほき木にまがれる枝もあるものをけをふききずをいふがわりなさ」とある。なお、奥義抄・中は後撰集歌を挙げて、「けをふききず」を問題にしている。

いひたえたるをとこの、はてにはなき名をいひつくときゝて、うらみむといふ女にかはりて、

なき名にぞうきもわすれてとはれけるたえにし人にいひやたてまし

〔校異〕　たえたる—たて、ひる（鷹・版）、たてたる（多）、こえたる（神）　はて—いて（版）　女に—女（青）

〔現代語訳〕　関係が途絶えた男が最後には根も葉もない噂を言いふらしていると聞いて、恨み言を言ってやろうという女に代わって詠んだ歌、

ありもしない噂で辛いのも忘れてつい問い質したことだ。関係が絶えてしまった人にこのことを取り上げて言ってやりましょうかしら。

〔語釈〕　**〇いひたえ**　関係が途絶える。詞花集・恋上に「あだあだしくもあるまじかりけるをむなを、いとしのびていはせ侍りけるを……いひたえてのち……」とある。**〇いひつく**　ことさらに言いなす。相模集に「そらごといひつけてひさしうみえぬ人に」とある。**〇いひやたてまし**　「いひたつ」は特別に取り上げて言う。「や……まし」は話し手の意志、ためらいの心境を表わす。和泉式部集に「つねにわがうへいふときく人の、あふぎのいとわろき

をもちたるを、とりてかきつく　おほかたはねたさもねたしその人にあふぎてふなをいひやたてまし」とある。

〔補説〕下の句は、男に対して、こんなことがあったということを関係が絶えた別の女に伝えようと、やや脅し気味に詠んだものであろうか。

295

冬ごろ、女のもとにゆきてかへりてつかはしける、

ひとりねの心ならひに冬の夜はながきものともおもひけるかな

〔校異〕冬—冬の（六・鷹・内・多・青・版）　かへりて—かへり（神）　ならひに—ならひそ（群）

〔現代語訳〕冬のころ、女のところに行って帰ってきてから言い遣った歌、
　独り寝の習慣で、冬の夜は長いものだとばかり思っていたよ。

〔語釈〕**○心ならひ**　心の習慣。金葉集・恋上に「後朝恋の心をよめる　源行宗朝臣　つらかりし心ならひにあひ見てもなほゆめかとぞうたがはれける」とある。

〔補説〕後朝の歌である。
　冬の夜の独り寝を詠んだ歌に二二一番があり、他にたとえば堀河百首の「初冬　師頼　冬くればさびしかりけりひとりねの我が衣手を誰にかさねん」がある。

296

ねんごろにおもひける女をゑんじければ、いづれの神にか祈りて心ざしのほどをしらせんといへりければ、

みなかみのしるしならねど山川のあさきけしきは汲みてしりにき

〔校異〕 祈りて―打て（底） ほどを―ほとをは（多） しらせん―しらん（底・片・内・益・青・神・尊・群） ければ―けるに（尊）

〔現代語訳〕 親しく思っていた女を恨んでいたので、その女がどの神に祈って自分の愛情のほどを知らせようかと言ってきたので詠んで送った歌、

川の上流の水神の効験ではないけれども、山川の浅い様子は汲んで分かるように、あなたの薄情さは推し量って分かったことだ。

〔語釈〕 ○祈りて 底本では意不通なので改める。○しらせん 底本は「しらん」とあるが、分かりにくく、諸本の「しらせん」は明確であるので、底本を改める。○みなかみ 「水上」と「水神」の掛詞。後拾遺集・夏に「六月祓をよめる 伊勢大輔 みなかみもあらぶるこころあらじかしなみもなごしのはらへしつれば」とある。○山川 和歌初学抄に「あさき事には 山ガハ……」とみえ、古今集・恋四に「題しらず そせい法し そこひなきふちやはさわぐ山河のあさきせにこそあだなみはたて」とある。○あさき ここは薄情なの意。「山川」の縁語である。○汲み 「水を汲む」と「推し量る」の意を掛ける。「山川」の縁語である。後拾遺集・神祇に「八幡にまうでてよみ侍ける 増基法師 ここにしもわきていでけんいはし水神の心をくみてしらばや」とある。

〔補説〕 女が自分の真心を知らせようと言ってきたのに対して、ピシャッと拒否した体の歌である。

297

人のむすめに物申しわたり侍りけるに、おやかくともしらで思ひたつことありとき丶て、わりなくおぼえければ、

我がためはしづくに丶ごる山の井のいかなる人にすまむとすらん

〔校異〕 かくとも―かくとは（六）、かくと（片）、かくとを（尊） しらで―しりて（片） あり―ある（青） わり

なく―わたりなく（版）ゝごる―ぬるゝ（六・鷹）、ぬるゝ《にこる》（版）、見る（尊）人に―かたに（片・鷹・多・版）、かた《人》に（六）

〔現代語訳〕 ある人の娘と親しく関係を持ち続けていましたが、親がそうだとは知らないで婿を取ろうとしていると聞いて、耐え難く思われたので女に詠んで送った歌、

私にとって、雫に濁る山の井のように満ち足りることもなく別れるあなたは、井が澄むように一体どんな人と一緒に住もうとしているのだろうか。

〔参考歌〕 古今集・離別歌「しがの山ごえにて、いしゐのもとにてものいひける人のわかれけるをりによめる　つらゆき　むすぶてのしづくににごる山の井のあかでも人にわかれぬるかな」（奥義抄・上に挙がる）

〔他出〕 玉葉集・恋三・1495、中古六歌仙・108

〔語釈〕 **〇物申し** 既出（二八八番）。「ものいふ」の受け手尊敬。「ものいふ」は男女が親しく語るの意。**〇我がためは……山の井の** 参考歌による表現で、満足することのない別れをいう。**〇すまむ** 「にごる」に対して「澄む」といい、「山の井」の縁語であり、かつ「住む」との掛詞。詞花集・賀に「（詞書省略）入道前太政大臣　君がよにあふくまがはのそこきよみちとせをへつつすまむとぞおもふ」とある。男女が「住む」ことは、「かよふ段階の初期には、男は女のもとへ忍んで通うのであるが（↓かよふ）、やがてその関係が公然のものとなり、男が女のもとに居着くようになる」状態をいう（西村亨氏『新考　王朝恋詞の研究』）。

〔補説〕 女に送った歌としておいたが、親への訴えの歌と解せないこともない。

物いひわたりける女に、ほいにはあらでたえにける後、わすれがたくやおもひけむ、よみてつかはしける、

こひしさのたぐひも浪に袖ぬれてひろひわびぬる忘れ貝哉

〔校異〕 ほいには—ほにには（尊）　たえにける—つかはしける（片・神・群）　おもひ—おほえ（六・鷹・多）、おほへ（版）　たぐひ—たわひ（尊）　ぬれて—ふれて（六・鷹・版）

〔現代語訳〕 親しく語り合う仲であった女に、不本意にもその女との関係が途絶えてしまった後、忘れがたく思ったのだろうか、詠んで言い遣った歌、

　比べようもないくらいの恋しさのために涙の浪でもって袖がぬれ、拾うことができなかった忘れ貝であるよ。

〔参考歌〕 斎宮女御集「（詞書省略）　なにたかきうらのなみまをたづねてもひろひわびぬるこひわすれがひ」

〔他出〕 中古六歌仙・101

〔語釈〕 **○物いひ……女に** 「物いふ」は男女が親しく語るの意。この一文のかかり方については、「たえにける」や「わすれがたくやおもひけむ」と考えるには「女に」から無理があるので、「よみてつかはしける」とするのがより自然であろう。そうすると、本歌は中古六歌仙が解したように清輔の歌となる。**○わすれがたくやおもひけむ** この挿入文は、清輔の回顧か、後人の加筆であろう。歌の内容からみていわば当然のことであるのでわざわざ書く必要がないものと言わざるを得ないので、後者か。あるいは前文の「ほいには……ける後」も含めて清輔が物語的な脚色を意図したとも考えられる。**○たぐひも浪に** 「浪」は「無み」「涙」を掛けている。「無み」との掛詞の例に後撰集・恋五の「人のもとにまかりけるを、あはでのみ返し侍りければ、みちよりいひつかはしける　よみ人しらず　よるしほのみちくるそらもおもほえずあふこと浪に帰ると思へば」、「涙」との例に詞花集・恋上の「題不知　平祐挙　むねはふじそではきよみがせきなれやけぶりもなみもたたぬひぞなき」がある。**○忘れ貝** 二枚貝の、離れた一片。拾えば恋しく辛い思いを忘れることができると考えられていた。

299

かへし、

こひしさに袖ぬるばかりおもひせば忘れ貝をもひろはざらまし

〔校異〕 貝をも—貝をは（片・益）

〔現代語訳〕 恋しさに袖を濡らしてしまうほど私を思っていて下さるならば、忘れ貝をも拾おうとは考えないでしょうに。

〔補説〕 贈歌と同じ歌詞を用いて切り返した典型的な恋の返歌である。

300

宮ばらなる女の、なさけなきけしきなりければ、いひやりける、

あはれをもかけてやみにし白浪のなごりをしのぶわれやなになり

〔校異〕 やみにし—やりにし（尊）　なごり—をこり（多）　われや—われそ（尊）　なになり—なになる（底・益・多・青・尊を除く諸本）、なに成（多）、なになん（青）

〔現代語訳〕 宮邸の皇女に仕えている女が薄情な様子であったので、言い送った歌、

愛情をかけてそれで終わってしまった、その名残を耐え忍んでいる私はいったい何なのだろうか。

〔語釈〕 **○宮ばらなる女**　皇女を指すではなく、二八六番の「宮原に侍りける女」のようにそこに仕えている女の意味と思われる。頼政集・上に見える「ある宮ばらなる女房」と同じであろう。**○あはれをもかけ**　愛情をかけるの意。祐子内親王家紀伊集に「恋しさにたふるいのちのあらばこそあはれをかくるをりもまちみめ」とある。**○白浪の**　「なごり」にかかる枕詞。後撰集・恋四に「（贈歌省略）返し　大輔　何にかは袖のぬるらん白浪のなごり有りげも見えぬ心を」とある。なお、「なごり」の語源は「波残り」であり、枕詞に相応しい。**○われやなになり**

「なになり」は詰問、反語の意を示す和歌特有の表現である。何であるのか、それが何になるのか（何にもならない）の意。係助詞「や」の関係で文法的に正しくは「なになる」であるが、慣用的に「なになり」で終わることが多い。後拾遺集・恋一に「題不知　西宮前左大臣　すまのあまのうらこぐふねのあともなくみぬ人こふるわれやなになり」とある。

301

かへし、　　女、

あだによる浪の心をわくからにあはれしらぬになりにけるかな

〔校異〕 女―ナシ（六・片・益・神・群）　よる―みる（六・鷹・多・版）　しらぬに―ふしぬに（鷹・版）

〔現代語訳〕 女の返事の歌、

あなたの浮気であてにならない心がはっきりと分かるので、私はあなたの愛情を感じないようになってしまったのですよ。

〔語釈〕 **○あだによる**　「あだ」はここでは不誠実で浮気なさまの意。「浪」の関係で「あだ」なさまをいうのに「よる」と表現したものであろう。**○浪**　男のことをいう。**○わく**　ここは、ものごとを判断するの意。拾遺集・雑下に「あるところに春秋いづれかまさるととはせ給ひけるに、よみてたてまつりける　紀貫之　春秋に思ひみだれてわきかねつ時につけつつうつる心は」とある。

302

人あまたかたらふときこゆる女のもとへ、

うらうへに風吹く磯のあま小舟いづれのかたにこゝろよすらん

〔校異〕 かたらふと―かたらふときこゆると（青）　きこゆる―きこゆ（青）　うらうへに―うらこえに（底）、うら

こくに（片）、うらこへに（神）

〔現代語訳〕 多くの男と言い交わしていると評判の女のもとへ詠んで送った歌、
正反対から風が吹いてくる磯の海人の小船がどこの潟に寄るか分からないように、浮気なあなたは一体どの方に心を寄せるのだろうか。

〔語釈〕 **○きこゆる** 評判がある。**○うらうへに** 底本は「うらこえに」とあり、「浦越えに」で「磯」等の関係で一応は納得される。一方、諸本の「うらうへに」は二四番に既出で、前後・左右など相対するもの、正反対のものをいうが、後者の意に解すれば、そこから吹く風は漂う船にはいかにも相応しく思われる。底本を改めて諸本に従う。経信集に「いつの事にか　みちのくのすゑのまつやまうらうへにこすしらなみはちよのかずかも」とある。**○かた** 「潟」と「方」の掛詞。後拾遺集・恋一に「かへりごとせぬ人のことひとにはやるとききて　道命法師　しほたるるわがみのかたはつれなくてことうらにこそけぶりたちけれ」とある。**○こゝろよす** 思いをかける。中務集に「（詞書省略）　なでしこのはなのかげみるかはなみはいづれのかたにこころよすらむ」とある。

〔補説〕 同じような状況が詠まれ、かつ歌想が似る歌に、玉葉集・恋一の「あまた人の申すときく女につかはしける　祭主輔親　うしろめた風のさきなるもかり舟いづれのかたによらむとすらん」がある。ただし、同歌が見える輔親集の詞書は「おほやけ所なる人をあまたいふころ」である。

303

かたらひける女の、いづちともなくゆきかくれたりけるかたみにや、裳《も》ばかりを、きたりけるを見て、

ぬぎおけるたまもを見てもねをぞなくいづこのうらのあまに成りけん

〔校異〕 かたらひける―かたらへける（底）　女の―女（鷹・版）　ゆき―かき（六・鷹・版）　たりける―たりけり（鷹・版）　かたみ―からたみ（尊）　裳―五石（版）　ばかりを―はかり（六・鷹・多・版・尊）、かりを（神）、を（片）

たまも—袂（六・鷹・尊を除く諸本）　見ても—見てそ（片）　ねをぞなく—ねをはなく（片）

〔現代語訳〕　言い交わしていた女が、どこへともなく姿を隠してしまった。その形見であろうか、裳だけを置いていったのを見て詠んだ歌、

脱ぎ捨ててあった美しい藻ならぬ裳を見て、声に出して泣くことだ。あの人はいったいどこの浦の海人になったのだろうか。

〔語釈〕　**○かたらひける**　底本では文法的に正しくないので、諸本に従う。**○いづちともなく……かたみにや**　この挿入文は、清輔の自記か後人の加筆になるものか明確ではないが、必ずしも必要なものとは思われない。二九八番を参考のこと。**○裳**　平安時代、女子の正装の時に、袴の上に腰から下の後方にだけ着けた衣服。**○たまも**　底本の「袂《たもと》」では、「裳」に「袂（衣の袖）」がないことから不審である。他本の「たまも」は「玉裳（美しい裳）」であるので、これに従い、底本を改める。万葉集・二〇に「八月十三日在内南安殿肆宴歌二首　をとめらがたまもすそびくこのにはにあきかぜふきてはなはちりつつ」（安宿王歌）とある。なお、本歌では「浦」との関係から「玉藻」との掛詞である。「玉裳」と「玉藻」の掛詞の例に、後拾遺集・賀の「人のもきはべりけるによめる　清原元輔　すみよしのうらのたまもをむすびあげてなぎさの松のかげをこそみめ」がある。**○ねをぞなく**　「ねをなく」は声に出して泣くこと。後撰集・春上に「（詞書省略）　兼覧王女　もえいづるこのめを見てもねをぞなくかれにし枝の春をしらねば」とある。

祝

遐年《かねん》属君

君をのみときはかきはにいはふかな外には千代もあらじとぞおもふ

〔校異〕 祝―ナシ（片・尊） かきはに―かすはに（版） 外には―外にや（内）

〔現代語訳〕 遐年は君に属すを詠んだ歌、

あなただけを長久不変にと祈ることだよ。あなた以外には千年の生命を保つ人はいないだろうと思う。

〔他出〕 一字御抄・四

〔語釈〕 **○祝** 部立としては、勅撰集に見られず、『和漢朗詠集』や古今和歌六帖には「祝」の項がたてられている。勅撰集の「賀」という部立とほぼ同じであろう。「祝」は三二七番までである。**○遐年属君** 初出の歌題である。「遐年」は長い年月、長生きの意。「松遐年友」（顕季集）、「竹遐年友」（長秋詠藻・中、貧道集）などと歌題によく見られる。**○ときはかきは** 「常磐堅磐」で、「かきは」は「かちは」の誤伝で、堅い磐の意。長久不変であること。拾遺集・賀に「（詞書省略） かねもり 山しなの山のいはねに松をうゑてときはかきはにいのりつるかな」、重家集に「祝十首 きみがよをときはかきはといのりおけばいづれの秋もいろはかはらじ」とある。三一八番にも詠まれている。**○いはふ** 長寿や幸いを祈るの意。金葉集・賀に「（詞書省略） 藤原国行 おのづから我が身さへこそいははるれたれかち世にもあはまほしさに」とある。

〔補説〕 六条家二代和歌集本は「祝」の前に「雑部」とあり、片玉集前集本と尊経閣文庫本は「祝」がなくて、おのおの「雑」「雑部」とある。

305

寄神祝

たらちねのかみのたまひしことだまは千代までまもれ年もかぎらで

〔校異〕 寄神祝―ナシ（六・版）、寄神社（尊） たらちねの―たらさねの（版） たまひし―玉しゐも（鷹・版）、玉しゐ（多） ことだまは―玉はち、（鷹・版） 千代まで―うかれて（鷹・版） かぎらで―かきらす（片・青・神・群）、

かきらめ（内）

〔現代語訳〕　神に寄する祝ひを詠んだ歌、

神がおっしゃた御託宣は神意によりいつの世までもお守りください、年も限ることなく。

〔語釈〕　**○寄神祝**　初出の歌題である。**○たらちねの**　普通は、母や親にかかる枕詞であるが、ここは「神」の枕詞であろうか。**○ことだま**　予祝の霊力を持つ神の託宣のこと。散木奇歌集・四に「百首歌中に除夜を　ことだまのおぼつかなさにをかみすとこ末ながらも年をこすかな」とある。

〔補説〕　ここの託宣の具体的な内容は分からないが、永久に善事があるようにと神に祈っている体の歌である。

祝両人

たけくまの二木《ふたき》の松といはふかな影をならべてちとせへよとて

〔校異〕　影―かは（版）　へよとて―ナシ（多・青・版）、ゐよとて（益・神・群）、のよとて（内）

〔現代語訳〕　両人を祝ふを詠んだ歌、

武隈の二股の松のようにと祈ることだよ。仲睦まじく影を並べて千歳を過ごすようにと。

〔他出〕　一字御抄・八

〔語釈〕　**○祝両人**　同じ題が、重家集にのみ、「人人おはして俄に歌よまむとありしかば　祝両人　ふちせなくちよもやちよもすみへなむ君がいもせの中河の水」とあり、本歌もあるいはこの時の詠かもしれない。「両人」とは重家詠や後述の金葉集詠からみて、夫妻であろう。**○たけくまの二木の松**　「武隈」は陸奥国の歌枕で、現在の宮城県岩沼市にある。「二木の松」は幹が二股に分かれていた（二本あったとも）のでこのようにいわれる。陸奥守であった歌人達に多く詠まれる。後拾遺集・雑四に「則光朝臣のともにみちのくにくだりてたけくまの松をよみは

べりける　橘季通　たけくまのまつはふたきをみやこ人いかがととはばみきとこたへむ」とある。なお、「則光朝臣」は橘氏、陸奥守であり、「橘季通」はその男。**○影をならべ**　ここは夫妻が睦まじく過ごすことの比喩であろう。金葉集・雑上に「六条右大臣六条のいへつくりて泉などほりて、とくわたりていづみなど見よと申したりければよめる　顕雅卿母　ちとせまですまんいづみのそこによもかげをならべんとおもひしもせじ」とある。なお、「顕雅卿母」は「六条右大臣」源顕房の妻である。

松不知年

いく代にか松の緑のなりぬらんわれみてだにも年はへぬるを

〔校異〕　いく代―いくか（鷹・版）　へぬる―へぬま（版）

〔現代語訳〕　松は年を知らずを詠んだ歌、

　松の緑は一体どのくらいの世代を経てきたのだろうか。私が見ているだけでもずいぶん年が経っているのだから。

〔参考歌〕　古今集・雑上「題しらず　よみ人しらず　我見てもひさしく成りぬ住の江の岸の姫松いくよへぬらむ」（奥義抄・序、袋草紙・上に挙がる）

〔他出〕　一字御抄・八

〔語釈〕　**○松不知年**　同じ題が貧道集の「崇徳院句題百首」詠に見られるので、同じ折の詠であろう。二一五番等参考のこと。**○いく代**　どれほど多くの世の意。常緑の松や竹によく用いられる表現である。

308

竹久友

よゝふれどかはらぬ竹のなかりせば千とせのやどに何をうゑまし

〔校異〕竹久友─竹久（多）、竹久敷（版）　よゝ─年《よゝ》（多）、年（版）

〔現代語訳〕竹は久しき友を詠んだ歌、

どんなに時が経っても常緑である竹がないならば、永遠に続く家に何を植えるとよいのだろうか。

〔語釈〕**○竹久友**　初出の歌題である。**○よゝふれ**　多くの時が経つの意。相模集に「八月　すずむしのこゑもたえせずおとづれむよよふるしるしありとおもはば」とある。**○千とせのやど**　用例はごく少ないが、散木奇歌集・五に「小野大僧都証観白川の房にわたりていはひの心をよめる　あゐよりもあをくそめなす色もあればちとせの宿に万代をませ」とある。

309

鶴契千年

君がすむやどになれたるあしたづは千年の友と思ふなるべし

〔校異〕（本歌）─ナシ（神）

〔現代語訳〕鶴は千年を契るを詠んだ歌、

あなたの住む家に馴れた鶴は、あなたを千年の友達と思っていることだろう。

〔語釈〕**○鶴契千年**　初出の歌題である。これと似るものに、六条修理大夫集や千載集・賀の「鶴契遐年」がある。**○あしたづ**　俊頼髄脳の「異名」に「鶴　あしたづといふ」と見られ、ここも「鶴」の異名であろう。長寿の瑞鳥とされている。

松殿関白、宇治にてかはの水久しく澄むといふことを、人々によませさせ給ひけるに、
年へたるうぢの橋守こと、はむいくよになりぬ水のしらなみ

〔校異〕 松殿関白―松殿関白《基房》（六・鷹・群）、嘉応元年松殿関白（尊） かはの水―河水（六・片・鷹・多・版・尊・群） 久しく澄む―久隆（底） よませさせ―よませ（底・内・益を除く諸本） 給ひけるに―たまふけるに（多・版）、給ける（青） しらなみ―みなかみ（片・尊）

〔現代語訳〕 松殿関白が、宇治で、河の水久しく澄むということを人々に詠ませなさった時に詠んだ歌、

　年老いた宇治の橋守よ、尋ねよう。この宇治川に白波が立ち始めてから幾代になったのだろうか。

〔他出〕 新古今集・賀・743（第五句は「水のみなかみ」。以下の歌集も同じ）、玄玉集・三・347、治承三十六人歌合・7、歌仙落書・47、題林愚抄・雑上・8716、定家八代抄・賀・630、歌枕名寄・一・353、一字御抄・七

〔語釈〕 **○松殿関白** 藤原基房のこと。摂政・関白忠通男。一一四五年生、一二三〇没。摂政・関白。氏長者。
○宇治にて…… 「宇治」は山城国の歌枕で、現在の京都府宇治市一帯をいう。これは、嘉応元年（一一六九）一一月二六日に基房の宇治別邸において行われた歌会のこと。藤原兼光の真名序があり、歌人は清輔、重家、季経ら六条藤家が中心で、計二一人。続群書類従・四〇一に「嘉応元年宇治別業和歌」として収められている。なお、これによれば、歌題は「河水久清」である。**○久しく澄む** 底本は「久隆」とあるが、意不通であり、諸本により改める。**○うぢの橋守** 奥義抄・下に「神をひめ、もりなどいふことつねのことなり」とあり、これに従えば、宇治橋の守護神ということになろう。これを詠んだ著名なものに、古今集・雑上の「題しらず よみ人しらず ちはやぶる宇治の橋守なれをしぞあはれとは思ふ年のへぬれば」があり、清輔も当然これが脳裏にあって従ったものと思しい。しかし一方、六条家系統古今集は「宇治の橋守」は「宇治の橋姫」という本文を持っており、本歌もこの本文で詠んでもよかったであろう。そうはしなかった理由について、石川泰水氏は清輔の本文決定への躊躇を示唆する

と説明している（「通う調べ、通う心―定家と同時代歌人」（「国文学　解釈と教材の研究」昭六三年一一月））。**〇水のしらなみ**　新古今集等（清輔集の二本も）の本文は「水のみなかみ」とあり、この方が水源からの絶えることのない流れを歌っていることになり、藤原氏を称えるのに相応しくはあろう。そしてまた、歌題の「久澄（清）」にも、良い治世に巡り合ったという意味で対応するのではないだろうか。因みに、「嘉応元年宇治別業和歌」でも「水のみなかみ」である。

〔補説〕　本歌は歌会において遅く提出されたことが、八雲御抄・六の「よく〳〵思惟すべき事」に「みな人歌おきて後、やゝ久しくまちけれども、清輔一人歌をいださず。座すみて、いかに〳〵といひけれども、あまりに久しかりければ、さりとてはとて、さうながらとりいだしたりけるに、いく世に成ぬ水のみな上とはよめる也。それも案じわづらへばこそひさしかりけめ。よき程にて出したらましかば、何のせんかあらん。よく〳〵心うべき事也」によって分かる。

俊成は歌人として参加していないが、二首の代作歌があり、一首は清輔に似た歌を詠んでいる。長秋詠藻・中に「又人にかはりて　ちはやぶる宇治の橋守こととはん幾世すむべき水の流れぞ　これはいださざりけるなるべし」とある。

この歌会以前の同年七月に基房の命によった和歌初学抄が成立したと考えられており、そうとすれば清輔（六十二歳）にとっては摂関家との関係からも得意な時期であったのではないか。なお、清輔はこの時は「散位」であった。

日吉禰宜祝部成仲《はふりべのなりなか》七十賀し侍りけるに、よみて送りける

七そぢにみつのはま松老いぬれどちよのゝこりは猶ぞはるけき

〔校異〕　猶ぞ―待そ（版）

〔現代語訳〕　日吉大社の禰宜祝部成仲が七十賀をしました時に、詠んで送った歌、
　御津の浜松であるあなたは七〇に満ちるまで年老いたけれども、松が保つという千年の齢《よわい》の残りはなお遥か先までありますよ。

〔他出〕　新古今集・賀・744（第三句は「おいぬれば」）、治承三十六人歌合・8（第四、五句は「千世の名残は猶ぞゆかしき」）、歌枕名寄・二二一・6021

〔語釈〕　**○日吉**　日吉大社のこと。比叡山東麓の大津市坂本に鎮座する。**○禰宜**　神主の下、祝《はふり》の上位にある神職の総称。**○祝部成仲**　成実男。一〇九九年生、一一九一没。正四位上。日吉社禰宜惣官。多くの歌会や歌合に出詠。歌林苑のメンバーに数えられる。成仲集がある。詞花集以下の勅撰集に三一首入集。**○七十賀**　成仲の七十賀は、清輔主催の一一七二年に行われた「白河宝荘厳院尚歯会」の時に七十四歳とあるので、一一六八のことになるが、これ以上のことは分からない。**○七そぢ**　七十歳。金葉集・雑下に「（詞書省略）源俊頼朝臣　ななそぢにみちぬるしほのはまひさぎひさしくよにもむもれぬるかな」とある。**○みつのはま松**　「みつのはま」は近江国の歌枕で、現在の大津市下坂本の琵琶湖岸をいう。日吉大社の関係で詠み込んだもの。「みつ」は「満つ」を掛けている。掛詞の例に、新古今集・神祇の「日吉社にたてまつりける歌の中に、述懐の心を　前大僧正慈円　もろ人のねがひをみつの浜風に心すずしきしでのおとかな」がある。

〔補説〕　本集において算賀の歌はこれだけである。
　この七十賀の歌は他に重家集に見られる。また、これらの算賀の歌に対して成仲は、月詣集・一によれば「七十の賀し侍りけるに、人人の歌おくりて侍りければよめる　祝部成仲　諸人のいはふことのはみるをりぞ老木に花のさくここちする」と詠んでいる。
　成仲の九十賀の歌が、隆信集に「日吉のなり仲、九十賀し侍りしに、よみてつかはしし　おいのなみなほしづか

なれ君がよをここのそぢまでみつの浜かぜ」とあり、本歌と同様に「みつの浜」を詠んでいる。

人のむすめの着裳の所にて、蘭花を折りてよみける、
をとめごがいまきの岡のふぢばかまこしゆふ露やいはひおくらん

〔校異〕むすめの―ナシ（六・鷹・版）着裳―裳着（六・鷹）蘭花―蘭（片・青）、□（一字不明）の花（内）折りて―打て（益）よみける―よめる（六・鷹・多・青・版）いまき―いるき（版）ふぢばかま―蘭（神）こし―みし（六・鷹・版）ゆふ露や―いふ露や（内・益・青・神）、いま露や（底）、夕露そ（尊）

〔現代語訳〕ある人の娘の裳着が行われた所で、藤袴の花を折って詠んだ歌、
少女《おとめ》がいま着ている袴は腰結をして祝福していますが、そのように今城の岡の藤袴には夕露が祝福して置いているでしょうか。

〔他出〕夫木抄・雑三・9139

〔語釈〕**○着裳**　裳着に同じ。貴族女性の成人儀礼で、初めて裳を着ける儀式。普通十二歳から十五歳ごろまでに行う。裳は前述（三〇三番）のように、女子の正装の時に袴の上に腰から下の後方にだけ着けた衣服である。歌詞に「裳」に関わる語がなく、「藤袴」の「はかま（袴）」が見られるだけである。「袴」は下半身にまとう衣服の称で、多くは両足を入れるように分かれている。「裳」と「袴」は下半身に着けるものではあるが、他に共通することはなく、なぜ「裳」を詠みこまなかったのか不審である。なお、通過儀礼に袴着があるが、これは初めて袴を着用させる儀式で男女とも三、四歳から六、七歳で行われる。「着裳」がこれと関わるのであろうか。**○蘭花**　藤袴の漢名。キク科の多年草で、秋の七草の一つである。**○いまきの岡**　八雲御抄・五に「紀伊」とあるが、未詳。奈良県吉野郡大淀町、あるいは奈良県御所市古瀬辺りなどが考えられている。万葉集・一〇の「ふぢなみのちらまく

をしみほととぎすいまきのをかをなきてこゆなり」（作者未詳歌）をはじめとして時鳥と詠み合わされる。ここでは、藤袴を「いま着る」という関わり、かつ掛詞風に詠むためにこのように用いたのであろう。なお、八雲御抄・五に「万。藤。郭公」とある。**○こしゆふ**　「腰結ふ」は、ここでは袴の腰にあたる部分を紐で結ぶの意。「ゆふ」は「夕」との掛詞。掛詞の例に貫之集・四の「旅人のきぬうつこゑをききたる　草枕夕風さむく成りぬるを衣うつなるやどやからまし」がある。

〔補説〕　下の句の、夕露が「いはひおく」についても、この例がなく、どういうことなのか分かりづらい。

女の、子《こ》うみてうぶぎぬこひければ、松の枝にかけてやるとて、

千代に又ちよやかさねむ松がえに巣だちはじむる鶴《つる》の毛衣

〔校異〕　ナシ

〔現代語訳〕　ある女が子供を産んで産衣を求めてきたので、松の枝に掛けて送る折に詠んだ歌、

千年にまた千年を重ねるでしょう。松の枝から巣立ち初めた鶴の毛衣のような産衣ですので。

〔語釈〕　**○うぶぎぬ**　生まれたばかりの子供に着せる着物。**○鶴の毛衣**　「鶴」は諸本のうち、益田勝実氏本と尊経閣文庫本は「つる」とある。鶴の羽毛のような産衣。慶賀の意をこめる。和歌初学抄に「ひさしき事には……ツルノケゴロモ」とある。産衣に鶴の毛衣を詠み込む例に、後拾遺集・賀の「匡房朝臣うまれてはべりけるにうぶぎぬぬひてつかはすとてよめる　赤染衛門　くものうへにのぼらんまでもみてしかなつるのけごろも年ふとならば」がある。「衣」と「かさぬ」は縁語。

〔補説〕　本歌に影響をうけたものに、山家集・下の「いはひ　さはべよりすだちはじむるつるのこは松のえだにやうつりそむらん」がある。

314

をさなき子をいはひて、いひつかはしける、

千代ふべき二葉の松のみどりごは面影さへぞときはなりける

〔校異〕 をさなき―をさな（六・片・版）

〔現代語訳〕 幼い子供を祝福して言い遣った歌、

千年を経るであろう二葉の松のような幼い児は、その面影までもが常緑でありますよ。

〔語釈〕 **〇二葉の松** 二葉である松で、幼い者のたとえとされることが多い。定頼集（二類本）に「二月二十七日、左衛門督のさむの七夜　ときはなるふたばの松の万代をいのるしるしのふかくもあるかな」とある。**〇みどりご** 三歳くらいまでの幼児。「松のみどりご」という措辞は、蜻蛉日記・上に「……いまこんといひしことのはをさもやとまつ（注、「待つ」との掛詞）のみどりごのたえずまねぶも……」と見える。**〇面影** 既出（二七五番）。目の前にはないものがあるかのように目の前に浮んで見える顔や姿の意。**〇ときは** 常磐。永久に続くこと。木の葉の常緑であること。元輔集に「人の子うませてはべる七夜　千とせふる松やなにぞも万代のいはねにおふるときはなりけり」とある。

315

人の子の百日《ももか》に、

ゆく末をおもひやるこそはるけゝれけふぞ千年のもゝかなりける

〔校異〕 こそ―しそ（尊）

〔現代語訳〕 ある人の子供の百日の祝いに詠んで送った歌、

この子供さんの将来を思いやると遥か遠くまで続くことでしょう。今日は千年のうちのたった百日目でありま

すよ。

〔語釈〕**〇百日**　ここは、子供の誕生後、百日目のこと。この日、餅を子供の口に含ませ、将来を予祝する行事を行う。続古今集・賀に「後朱雀院むまれ給ひての御百日の夜よませ給ひける　一条院御歌　ふたばよりまつのよはひをおもふにはけふぞちとせのはじめとは見る」とある。

〔補説〕上の句と下の句におのおの係助詞を配して、より強調する体の歌である。

いもうとのはらに、中摂政のおほんむすめむまれたまへることをよろこびて、重家卿のもとへ、

我がかどにをしほの松の生ひぬればおよばぬみまで千代をこそまて

〔校異〕中摂政—中摂政《基実》（六・鷹・群）、中摂政《関白》（内・益）　よろこびて—祝て（内・益）　重家卿—重家（六・片・神・群）

〔現代語訳〕妹に中摂政の御娘がお生まれになったことを喜んで、弟の重家卿のもとへ詠んで送った歌、

私の一族に小塩山の松ならぬ娘が生まれたので、老齢のわが身までもが千代もと期待することだ。

〔語釈〕**〇いもうと**　尊卑分脈に、顕輔の娘として「法性寺殿〔藤忠通〕女房　関白基実〔藤〕妾　忠良母」と見える。清輔と同母かどうか分からない。**〇中摂政**　藤原基実のこと。摂政・関白忠通嫡男。一一四三年生、一一六六没。摂政・関白。氏長者。六条摂政、中摂政と称される。彼の死を悼む重家との贈答が三三七、八番にある。**〇おほんむすめ**　尊卑分脈に、基実の娘として「通子　母同忠良　准三宮　従三位　高倉院妃　安徳天皇御准母」と見える者であろう。通子は一一六三年生。**〇重家卿**　清輔の異母弟。一一二八年生、一一八〇没。諸国の守などを歴任、大宰大弐に至る。歌人。詩、音楽も能くする。**〇かど**　一族の意。紫式部日記に「藤原ながら、かどわかれたるは、列にも立ち給はざりけり」とある。**〇をしほの松**　「をしほ」は小塩山で、山城国の歌枕。現在の京都市左京区大原野の西に

ある山。その山麓に春日大社を招請した藤原氏の氏神である大原野神社が鎮座する。小塩山の松を詠んだ歌に、後撰集・慶賀の「左大臣の家のをのこご女ご、かうぶりしもぎ侍りけるに　つらゆき　おほはらやをしほの山のこ松原はやこだかかれちよの影みん」（奥義抄・中に挙がる）、重家集の「庭松　にはもせにをしほのまつをうつしうゑてちとせにとめる君がやどかな」があり、「ちよ」や「ちとせ」と詠まれる。**〇およばぬ**　「およぶ」には、身分的なことと年齢的なことの両方が考えられるが、将来のことまで見届けられないという意味に解し、後者をとりたい。通子出生時は清輔は五十六歳である。

かへし、　重家卿、

おもひやれくらゐの山に枝しげくさかえゆくべき松のけしきを

〔校異〕　重家卿―ナシ（六・鷹・内・益・版）、重家（多）　山に枝―山にくさ（片）

〔現代語訳〕　重家卿の返事の歌、

思いやって下さい。位山の松の枝が繁茂していくように、わが一族がきっと繁栄してゆくにちがいない様子を。

〔語釈〕　**〇くらゐの山**　位山のこと。和歌初学抄、八雲御抄・五に「飛騨」、五代集歌枕・上に「飛騨　又在信濃」とある。「飛騨」ならば、現在の岐阜県大野郡久々野町にある山。和歌初学抄に「イヤタカミネアリ、六位のシヤクギ、ル」とあり、笏の材料となる櫟《いちい》の特産地。その名から位に見立て、加階や叙位に関わって詠まれることが多い。本歌のように「松」とともに詠まれる歌に、散木奇歌集・五の「堀河院御時所衆どもの歌よみけるに行遠にかはりて、松樹契久といへる事をよめる　くらゐ山ひさしき松のかげにゐてたのむ身さへも年をふるかな」がある。本集には、これを詠むことが多く、四二七番に「くらゐのやま」、四〇五番、四二〇番および他人詠の四二八番に「くらゐやま」が見られる。**〇さかえ**　この語の意味から、「べし」と結ばれて当然の意が強調されることが多い。

〔補説〕 清輔の小塩山の松に対して、重家は「しげくさかえゆく」の関係で位山の松を詠んだのである。
本歌は重家集には見られない。

山階寺《やましなでら》に万僧供養して御巻数たてまつりけり。台のおほひにあしでにてかくべきうたとてこひければ、
天暦帝の四十賀のとき、彼寺御巻数の台にかきける歌は平兼盛なむよめりける例をおもひてよみける、

かぐ山のいほつまさかき末葉までときはかきはにいはひおきてき

〔校異〕 万僧―百僧（青） 御巻数―御巻数を（六） たてまつりけり―たてまつりける（底を除く諸本） あしで―あしく（尊） かく―手かく（内）、てかく（青） うた―ナシ（青）、みか（版） 四十賀―三十賀（青・神・尊）、御賀（片） 彼寺―彼寺の（尊） よみける―よめる（六・鷹・神） いほつ……おきてき―ナシ（青） 末葉―するは（版）

〔現代語訳〕 山階寺で万僧供養をして御巻数を献上した。その折に巻数を置く台の覆いに葦手で書く歌を求めてきたので、村上天皇の四十の賀を行った時に、山階寺の御巻数の台に書いた歌は平兼盛が詠んだという先例を思って詠んだ歌、

香具山に多く茂っている榊がその末葉まで色を変えないように、貴寺の長久不変を祈っておきました。

〔他出〕 夫木抄・雑二・8292

〔語釈〕 **○山階寺** 興福寺の初名。奈良市にある法相宗の古刹。南都七大寺の一つ。はじめ山城国山科に藤原鎌足によって建立された。藤原氏の氏寺。**○万僧供養** 一万人ほどの僧侶を集めて食事を供養すること。また、その法事をいう。多くは、公家主催である。万僧供とも。村上天皇の応和元年（九六一）から始まったとされる。ここは、主催者は不明であるが、山階寺であろうか。**○御巻数** 「巻数」はかんず。かんじゅ、かんじゅうとも。僧侶が経典などを読誦して、その回数を記録した文書や紙片。巻数木という小枝に結び付けられて願主に送られた。**○あし**

で　葦手。葦の字の意。平安時代に行われた書体の一つ。和歌を書く場合に、文字を絵の間に隠したような書きぶりのものをいう。天徳四年（九六〇）三月催行の「内裏歌合」に「左方の州浜の覆《おほ》ひに、葦手を繍文《ぬひもの》にしてぬへる歌」とあり、ここと同じように覆いに葦手で歌を添えたことが分かる。**○天暦帝の四十賀のとき……よめりける例**　拾遺集・賀に「天暦のみかど（注、村上天皇）四十になりおはしましける時、山しなでらに金泥寿命経四十巻をかき供養したてまつりて、御巻数つるにくはせてすはまにたてたりけり、そのすはまのしき物にあまたのうたあしでにかける中に　かねもり　山しなの山のいはねに松をうゑてときはかきはにいのりつるかな」と、「万僧供養」ではないが、小異をもって見える。兼盛集には見られない。村上天皇の四十賀は康保二年（九六五）一二月四日である。天皇は延長四年（九二六）～康保四年（九六七）で、在位は天慶九年（九四六）から没年まで。**○平兼盛**　篤行男。生年未詳、九九〇没。山城介・大監物などを歴任、駿河守となる。三十六歌仙の一人。**○かぐ山**　次項から見て天の香具山であろう。大和国の歌枕で。現在の奈良県橿原市の大和三山の一つ。**○いほつまさかき**　「いほつ」は「いほ」は五百、「つ」は助数詞。多数の意。「まさかき」は「ま」は接頭語。榊の美称。古事記・上の「天の石屋戸こもり」に「天の香《かぐ》山の五百津真賢木《いほつまさかき》を根こじにこじて」とある。この歌詞は清輔以前は歌に詠まれておらず、以後は寿永元年（一一八二）一一月一二日の大嘗会に、悠紀方の風俗和歌として藤原季経が「神楽歌　石戸山　いはとやまうごきなきよのためしにはとりてぞいのるいほつまさかき」と詠む程度である。季経は清輔の異母弟である。**○ときはかきは**　既出（三〇四番）。長久不変であること。**○いはひ**　既出（三〇四番）。祈るの意。

〔補説〕　本歌がいつ詠まれたものかは不明である。

319

慶賀

君が代ははるかに見ゆるわたつ海のかぎれるはてもあらじとぞ思ふ

〔校異〕　わたつ海の―わたつみの（鷹・多・版）、海神の（六）　かぎれる―かきりは（片）

〔現代語訳〕　慶賀を詠んだ歌、

あなたの御寿命ははるかに見える海のように限られている果てはあるまいと思いますよ。

〔他出〕　久安百首・985

〔語釈〕　**○慶賀**　部立としては、八代集のうち後撰集にあるが、歌題としては、長承三年（一一三四）ころ成立の為忠家初度百首あたりから見られ、教長、頼政、俊成らが詠んでいる。勅撰集にはない。**○君が代**　この歌が久安百首詠であることから、「君」は下命者の崇徳上皇を指しているのかも知れない。**○わたつ海の**　「わたつみの」であろう。三六六番に「わたつみの」が見える。海の意。万葉集・一に「わたつみのとよはたくもにいりひさしこよひのつきよすみあかくこそ」（中大兄皇子歌）とある。

平家の人のつかさ《其人可尋之》なれるよろこびに、

おひのぼるひらの、松は吹くかぜの音にきくだに涼しかりけり

〔校異〕　人の―人の其人て尋の（鷹・版）、人の其人七尋の（多・青）　つかさなれる―つかさ《其人可尋之》なれる―つかさなれる《其人尋之》（内）、つかさなれる（六・片・鷹・多・青・版・尊・群）　かりけり―かりける（内・益・青）

〔現代語訳〕　平家の人（その人は誰か調べる必要がある）が任官された祝福に送った歌、

たけ高く伸びる平野の松を吹く風の音を聞くだけでもさわやかで快いように、任官されたことを聞いただけでも喜ばしいかぎりです。

〔語釈〕　**○平家の人のつかさ《其人可尋之》なれる**　「つかさ（官）な（為）る」は他に用例を見出せないが、「なる」に任命されるという意味があるので任官されることをいうか。「其人可尋之」は後人の書き入れであろう。では、「平家」の誰

のことか。平忠盛男の経盛集に「春除目に子息二人よろこびして侍りし時、きよすけの朝臣の許より　いかばかりうれしかるらむあづさゆみはるのはじめにあたるもろやを　かへし　あづさゆみひきくらぶべきことぞなきもろやあたれる春のうれしさ」と同様のことが見られる。そして夫木抄・雑二に「永万二年五月経盛卿家歌合、祝　清輔朝臣　神山のさか木のしるしさしそへよ平野の松に千代はまつかぜ」とあり、清輔と経盛の近しい関係が窺われ、また本歌と同じように「平野の松」を詠み込んでいる。このようにみれば、経盛家の一員と考えられるのではないだろうか。**〇ひらのゝ松**　「ひらの」は平野で、山城国の歌枕。現在の京都市北区の平野神社のことで、平氏・源氏など八姓氏の氏神とされる。平氏ゆえにこれを詠んだのである。拾遺集・賀に「はじめて平野祭に男使たてし時、うたふべきうたよませしに　大中臣能宣　ちはやぶるひらのの松の枝しげみ千世もやちよも色はかはらじ」とあり、これ以後も松が詠まれることが多い。**〇涼しかり**　任官された喜びを「風」の縁語「涼し」で表現したものである。

〔補説〕　後人の同じような書き入れが四二八番に「作者可尋之」とある。

321

　　四位して後、としを経て従上したりけるをりに、人のよろこびければ、

山陰においしじけたるしゐ柴のわかばへいづる春もありけり

〔校異〕　山陰に—山陰は（尊）　しじけたる—しらけたる（六・片・鷹・多・版・群）

〔現代語訳〕　四位になったあと、年が経ってから従四位上になった時に、人が祝福してくれたので詠んだ歌、

　山陰に生え弱っていた椎柴が若葉へと芽を出す春があるように、目立たず老い萎《な》えていた四位の私にようやく芽が出る春がやって来たのだなあ。

〔語釈〕　**〇四位して**　従四位下になったことをいう。保元元年（一一五六）一月六日のこと（山槐記）、時に四十九歳である。**〇従上したり**　従四位上に昇位したこと。従四位下から一二年後の仁安三年（一一六八）一一月二〇日

のこと（兵範記）、六十一歳である。**○おいしじけ**　熟語としては見られないので、「おい」と「しじけ」であろう。「おい（ゆ）」は「老い」と「生ひ」の掛詞である。後拾遺集（異本歌）に「つらかりける女に　平兼盛　難波がた汀のあしのおいのよにうらみてぞふる人の心を」とある。「しじけ」は、ちぢまる、ちぢかんで気力が萎えるの意。俊頼髄脳に「わぎもこが額の髪やしじくらむあやしく袖にすみのつくかな（注、出典未詳）……涙にぬるる額の髪を、恋する程に、よろづを忘れて、うつぶしふしたれば、額の髪のしじけむ、ことわりなり」とあり、奥義抄・中は「人にこひらる、人はそでにすみつく、又こひすればひたひの髪しゞくともよめり」と説明して「わぎもこが」詠を例歌として挙げる。なお、異文の「しらけ」については、『日本国語大辞典　第二版』は「おいしらく」で立項し、「老いて白髪になる。老いしらむ」として本歌だけを挙げる。**○しゐ柴**　薪にする椎などの雑木。「四位」を掛けている。千載集・雑中に「十月に重服になりて侍りける又のとしのはる、傍官どもかかいし侍りけるをききてよめる　中納言長方　もろ人の花さくはるをよそにみてなほしぐるるはしひしばのそで」とある。**○春もありけり**　昇位が一一月下旬であり、来たるべき春を意識しての表現である。

隆信朝臣四位して侍りけるよろこびにつかはしける、

むらさきのはつしほぞめのにひごろもほどなく色のあがれとぞおもふ

〔校異〕　よろこび―祝ひ（多）　ぞめの―そめる（益）　にひごろも―にゐころも（底・片・内・益・青・神・尊・群）　あがれ―哀（青）、あはれ（尊）

〔現代語訳〕　隆信朝臣が四位になりました祝福に言い遣った歌、

あなたは初入染の新しい紫色の衣を着ますが、すぐに出世して衣の色が濃くなるようにと願っています。

〔他出〕　夫木抄・雑一五・15510、隆信集・328

〔語釈〕 **○隆信朝臣** 藤原隆信。為経（寂超）男。一一四二年生、一二〇五没。越前守、右馬権頭などを歴任、正四位下右京権大夫に至る。俊成は養父にあたる。自撰の隆信集がある。似絵の名手。彼が従四位下に叙せられたのは承安四年（一一七四）の二月から八月の間とされている。時に三十三歳である。**○むらさき** ここでは袍の色のことをいい、紫は四位の参議以上の上達部の色であったとされている。後拾遺集・春上に「たかつかさどのの七十賀の月令の屏風に臨時客のところをよめる 赤染衛門 むらさきのそでをつらねてきたるかなはるたつことはこれぞうれしき」とある。**○はつしほぞめ** 染色のとき、染料の汁のなかに最初に入れて染め上げること。また、その布帛。歌に詠まれることはない。**○にひごろも** 「にひ」は名詞に冠して、新しいの意を表わす。奥義抄・中に「すべてあたらしきものをばにひといふ。此集（注、万葉集）には新とかきてよめり」と見える。万葉集・一一に「わかくさのにひたまくらをまきそめてよをやへだてむにくくあらなくに」（作者未詳歌）とある。底本の「にゐころも」では不審であり、改める。「にひごろも」は歌に詠まれることはない。**○色のあがれ** 衣服令によれば、一位は「深紫衣」、三位以上は「浅紫衣」とある。色がさらに濃くなるようにとさらなる出世を寿いでいる。

〔補説〕 隆信集の詞書は「清輔朝臣のもとより」とだけである。

同様のことが、重家集にも見られ、「右馬権頭隆信四位したりしに よそにだにうれしときけばむらさきのころもの袖をせばしとや思ふ 返し 身にもあまるわがむらさきの色なればさこそきくらめよその人まで」とある。

返し、　　　　隆信朝臣、

いつしかと色ましそむることのはにいとゞ身にしむむらさきの袖

〔校異〕 隆信朝臣―ナシ（六・片・内・益・神・群） いつしかと―いつしかは（片） 色まし―色よく（片） むらさき―むらさめ（底）

〔現代語訳〕　隆信朝臣の返事の歌、
　早く色が増し始めるようにというお言葉で、ますます紫の袖に深く感じ入っております。
〔他出〕　隆信集・329（第二句は「いろをましつる」）
〔語釈〕　**○いつしかと**　すぐにでも。ここは、贈歌の「ほどなく」をうける。**○色ましそむる**　分かりにくいが、贈歌の「色のあがれ」をうけているのであろう。**○いとゞ**　祝いの歌が送られてきた上に将来を寿ぐ内容であったことをいう。**○むらさきの袖**　底本の「むらさめの袖」では意不通なので、諸本により改める。紫色の袍のこと。
〔補説〕　上の句が解しにくい。樋口芳麻呂氏『隆信集全釈』は「早くもすぐれた情趣の歌を頂戴して、いよいよ紫の袖が身に染みて感じられます」と解釈している。

　二条院御時、中宮に歌合あるべしとて殿上ゆるされたりけるよろこび申すとて、しげ家のもとより、
わかのうらに年へてすみしあしたづの雲ゐにのぼるけふのうれしさ

〔校異〕　二条院―二条院の（鷹・版）、二条の院の（多・青）　中宮に―内に（六）、中に（版）、中宮（鷹）　たりける―たりけり（六・鷹・版）　しげ家の―しげいゑの卿の（尊）　あしたづ―あれたつ（尊）　けふの―けふそ（六・多・青・版）　うれしさ―うれしき（多・青・版）、うれしき《さ》（六）
〔現代語訳〕　二条天皇が御在位の時、中宮主催の歌合を催すというので昇殿を許されたが、そのお祝いを申し上げるということで、重家のところから送られてきた歌、
　和歌の浦に長年住んでいた鶴が大空に上るように、歌道に長く精進してきたあなたが昇殿される、その今日はなんとうれしい日でしょう。
〔他出〕　玉葉集・賀・1089、重家集・215（第二句は「よはひをおくる」）

〔語釈〕 ○二条院 既出（七七番）。在位は保元三年（一一五八）から没年の永万元年（一一六五）の六月まで（七月没）。○中宮 藤原育子のこと。忠通女（藤原実能女とも）。一一四七年生、一一七三没。二条天皇中宮。六条天皇養母。一一六一年一二月入内、翌年二月立后。○歌合 いわゆる中宮主催の応保二年（一一六二）三月一三日催行の貝合のことで、この貝合に次いで歌合を同日に催行したというのであろう。その折の歌とされるものに、山家集・下の「内にかひあはせせんとせさせ給ひけるに、人にかはりて かぜたたで波をさむるうらうらにこがひをむれてひろふなりけり」をはじめとする貝を詠む計九首がある。○殿上ゆるされ 清輔が昇殿を許されたのは三月六日（三日とも）で、散位従四位下である。当時の内裏は高倉殿であった。その理由を『平安朝歌合大成』は、その歌合の判者を務めるためと説明している。○しげ家 重家のこと。既出（三一六番）。清輔の異母弟。○わかのうら 和歌の浦は紀伊国の歌枕で、現在の和歌山市玉津島神社の入江付近。万葉集から、「鶴」「葦田鶴」とともに詠まれる。ここは、「歌道」を象徴している。その例に、新古今集・雑上の「八月十五日夜、和歌所にて、をのこども歌つかうまつり侍りしに 民部卿範光 わかの浦に家のかぜこそなけれども浪吹くいろは月にみえけり」がある。○雲ゐ 宮中のこと。

〔補説〕 この昇殿に関わる話が袋草紙・上に見られる。

この昇殿に関する詳しい論考に、西村加代子氏『平安後期歌学の研究』所収「清輔の昇殿と応保二年内裏御会」がある。

かへし、

あしたづのわかのうらみてすぎつるにとびたつばかり今ぞうれしき

〔校異〕 すぎつるに―巣すつるに（底）、すきつるを（尊） 今―けふ（鷹・多・版）

〔現代語訳〕 返事の歌、
鶴が和歌の浦を見て過ごしたように、私は恨んで過ごしてきたが、いまは飛び立つくらい嬉しいことであるよ。
〔他出〕 重家集・216（第二、三句は「わかのうらなみすぎしかど」）
〔語釈〕 **○わかのうらみて** 「うらみ」は「浦見」と「恨み」の掛詞。金葉集・恋上に「（詞書省略） 大宰大弐長実 おもひやれすまのうらみてねたるよのかたしくそでにかかるなみだを」とある。「うらみ」にさらに「浦曲（海岸の曲がったところの意）」を掛けたとも考えられるが、採らない。**○すぎつるに** 底本では意不通なので、諸本により改める。

二条院位におはしましける時、殿上に侍りけるに、世かはりて六条院御時、殿上かへりゆるさる丶人のもとへ、

たちかへる雲ゐのたづにことづてんひとりさはべになくとつげなむ

〔校異〕 けるに―た《け》るに（多） 六条院御時―六条の院の御時（六・多・版）、六条の院御時（鷹） かへり―かへりて（内） ゆるさる丶―ゆるされける（六・鷹・版） たちかへる―かへりくる（六・鷹・多・版） ことづてん―こと丶はん（多・版）、こと丶《ってん》はん（六）
〔現代語訳〕 二条天皇がご在位のときには、殿上しておりましたが、御代が変わって六条天皇の時には殿上が許されず、殿上が元のように許される人のもとへ詠んで送った歌、
大空に戻る鶴のように、宮中に戻るあなたに言伝をしよう。戻れない鶴のように私は一人で沢辺で泣いていると告げてほしいものだ。
〔他出〕 風雅集・雑下・1847、頼政集・下・581

〔語釈〕 〇二条院 在位は保元三年（一一五八）から没年の永万元年（一一六五）の六月まで。〇殿上に侍りける 既出（三二四番）の応保二年（一一六二）三月六日の殿上が許されたことをいうのであろう。〇六条院 六条天皇は長寛二年（一一六四）～安元二年（一一七六）で、在位は永万元年（一一六五）から仁安三年（一一六八）の二月まで。〇殿上かへりゆるさるゝ人 源頼政である。頼政集・下に「二代の御かどに昇殿して侍りし時、三位大進清輔のもとよりつかはしたりし（本歌省略） 返し 諸共に雲ゐを恋ふるたづならば我が言伝をなれやまたまし」とある。〇雲ゐ ここは、「大空」と「宮中」の意を掛ける。新古今集・雑下に「殿上はなれ侍りて、よみ侍りける 藤原清正 あまつ風ふけひの浦にゐるたづのなどか雲井にかへらざるべき」とある。

〔補説〕 本歌と同様に、六条天皇の在位の折に殿上を祈願して人に送ったものに四二五番がある。

同じような状況であり、かつ同じような歌詞を詠み込む歌に、詞花集・雑下の「四位して殿上おりて侍りけるころ、鶴鳴皋といふことをよめる 藤原公重朝臣 むかしみし雲ゐをこひてあしたづのさはべになくやわが身なるらん」がある。

327

重家、若狭より能登にうつれるよろこび申すとて、

もしせばき国にやしづむとおもひしによくのぼりぬときくぞうれしき

〔校異〕 能登に―能登へ（片） うつれる―うつられし（片）、うつられ（神）、うつれる比（群） 申すとて―申て（片） もしせばき―もしせは《若狭》き（多・版） おもひしに―おもひしを（多）、おもひし（版） よくのぼりぬ―よく《能》のほ《登》りぬ（多・版）

〔現代語訳〕 重家が若狭守から能登守に移ったことの喜びを申し上げるということで詠んだ歌、

あなたは若《も》しかして狭い国に沈淪するのではないかと思っていたが、能《よ》く登ることができたと聞いて嬉しいこ

とだ。

〔語釈〕 **○若狭** 「若狭国」は北陸道の一国。現在の福井県。国の等級は中国。重家が若狭守であったのは応保元年（一一六一）一月から同年の一〇月までの九ヶ月間。**○能登** 「能登国」は北陸道の一国。現在の石川県。国の等級は中国。重家は応保元年一〇月に能登守になり、翌年の五月（一月とも）に解官になっている（解官の理由については、井上宗雄氏『平安後期歌人伝の研究』所収「六条藤家の人々」参考のこと）。**○もしせばき** 多和文庫本や元禄一二年版本にあるように、「若狭」を「若し狭ばき」と読んで洒落たのである。**○しづむ** ここは沈淪するの意。拾遺集・雑上に「除目のあしたに、命婦左近がもとにつかはしける もとすけ 年ごとにたえぬ涙やつもりつついとどふかくは身をしづむらん」とある。**○よくのぼりぬ** これも同様に、「能登」を「能く登る」としたもの。清輔が能登守任官を喜んだのは、若狭の田数が三〇七七町余に対して能登は八二〇五町余である（和名抄）ので、同じ中国でも収入が多かったからであろう。

離別一首、

ゆく末をいはひていづるわかれ路に心もなきは涙なりけり

〔校異〕 離別一首―離別（六・片） 心もなきは―心もとなき（群）

〔現代語訳〕 離別を詠んだ歌一首、

旅の行く先の無事を祈って出発する別れなのに、その心をわきまえないのは流れ出る涙であるよ。

〔他出〕 続古今集・離別・845、久安百首・994

〔語釈〕 **○離別** 「慶賀」と同じように、歌題と考えておくが、わずかな例しか見られない。部立としては、古今集からある。旅立ちの際の別れの情を詠む。**○ゆく末** 進んでいく方向。行く先。後拾遺集・別に「（詞書省略）

藤原倫寧　きみをのみたのむたびなるこころにはゆくするゑとほくおもほゆるかな」とある。〇いはひ　既出（三〇四）。ここは、旅中の無事を祈るの意。業平集に「物へゆく人に、さか月さし、きぬなどぬぎて　いでてゆくきみをいはふとぬぎつれば我さへもなくなりぬべきかな」とある。〇心もなき　思いやりがない。思慮分別がない。ここは、泣いてはいけない場に泣くことをいう。

〔補説〕　諸本のうち、元禄一二年版本だけ左注として「崇徳院百首中に」がある。

羇旅

われひとりいそぐたびとぞおもひつる夜をこめてのみ立つかすみ哉

〔校異〕　とぞ―こそ（神）、とて（版）のみ立つかすみ哉―たつかすしらかす（尊）

〔現代語訳〕　羇旅を詠んだ歌、

私一人が急いでいる旅だと思っていたなあ。ところが、夜が明けないうちから早くも霞は急ぎ立っているよ。

〔参考歌〕　金葉集・別「陸奥国へまかりけるときあふさかのせきよりみやこへつかはしける　橘則光朝臣　われひとりいそぐとおもひしあづまぢにかきねのむめはさきだちにけり」

〔他出〕　久安百首・995

〔語釈〕　〇羇旅　これも歌題とする。多く詠まれている。部立としては、古今集からあり、離別歌と対にするのが一般的である。旅中での感懐を詠む歌が多い。〇夜をこめて　夜のまだ明けやらないうちに。小倉百人一首に清少納言の「夜をこめて鳥のそらねははかるともよに逢坂の関はゆるさじ」がある。〇立つ　霞が「立つ」と出立の「立つ」を掛ける。後拾遺集・羇旅に「みちのくにまかりくだりけるに、しらかはのせきにてよみはべりける　能因法師　みやこをばかすみとともにたちしかど秋風ぞふくしらかはのせき」とある。

330
はしり井のかけひの水のすゞしさにこえもやられずあふ坂の関
〔校異〕やられず―やられぬ（内）
〔現代語訳〕
走井の懸樋を流れる水が涼しく気持ちが良いので、なかなか逢坂の関を越えることができないなぁ。
〔他出〕夫木抄・雑一五・15744、久安百首・996（第四句は「こえもやられぬ」）
〔語釈〕○はしり井　近江国の歌枕で、現在の大津市大谷町にある清水。逢坂山にある。和歌初学抄は「山城」とし、「はしり井　アフサカニアリ」とある。後拾遺集・羇旅に「石山よりかへりはべりけるみちにはしりゐにてしみづをよみ侍ける　堀川太政大臣　あふさかのせきとはきけどはしりゐのみづをばえこそとどめざりけれ」とある（和歌初学抄に「両所ヲ詠歌」で挙がる）。○かけひ　竹や木を架け渡して水を導くようにした樋。千載集・冬に「山家初冬といへる心をよめる　藤原孝善　いつのまにかけひの水のこほるらむさこそ嵐のおとのかはらめ」とある。○あふ坂の関　近江国の著名な歌枕。山城国と近江国の境にある。
〔補説〕「はしり井のかけひ」を詠んだ歌に、散木奇歌集・三の「百首歌（注、堀河百首）中に駒迎をよめる　はしり井のかけひのきりはたなびけどのどかにすぐるもちづきのこま」がある。

331
二条御門《みかど》うせさせ給ひて、おほむはふりの夜、よめりける歌ども、
ありしよに衛じのたく火はきえにしをこは又なにのけぶりなるらん
〔校異〕二条御門―二条院（尊）　うせさせ―うせ（底・尊を除く諸本）　はふり―はうふり（六・鷹）　夜―夜に（鷹）　歌ども―歌（六・片）、ナシ（鷹・多・青・神・版・尊・群）　たく火は―たく火の（片・神）　きえにしを―すみにしを（底・益）

〔現代語訳〕　二条天皇がお亡くなりになり、お葬式の夜に詠んだ歌どもは、
　ご在位のときに衛士が焚いていた火は消えてしまったのに、これは又いったい何の煙なのであろうか。
〔参考歌〕　後拾遺集・哀傷「十月ばかりにものへまゐりはべりけるみちに一条院をすぐとてくるまをひきいれてみはべりければ、ひたきたやなどの侍けるをみてよめる　赤染衛門　きえにけるゑじのたくひのあとをみてけぶりとなりしきみぞかなしき」
〔他出〕　玉葉集・雑四・2333、万代集・雑五・3507、中古六歌仙・110
〔語釈〕　**○二条御門**　没年は永万元年（一一六五）七月二八日。二十三歳。**○おほむはふり**　御葬送のこと。八月七日に行われた。**○衛じ**　衛士は、諸国から選抜されて衛門府に配属された兵士。夜は火を焚いて宮城を警固した。詞花集・恋上に「題不知　大中臣能宣朝臣　みかきもりゑじのたくひのよるはもえひるはきえつつものをこそおもへ」とある。**○きえにし**　底本では意不通であり、かつ他出歌集がいずれも「きえにし」とあるので、底本を改める。**○けぶり**　野辺の煙をいう。
〔補説〕　諸本を見ると、本歌の詞書の前に「哀傷」とあり（六・鷹）、本歌と次歌が逆に配列されていたり（片・群）、歌全部が小字で補入されている（神）などがある。本歌から三五一番まで「哀傷」が続くので、ここに歌題（あるいは部立名）があってしかるべきであろう。
　同じ折に詠まれたものに、千載集・哀傷の「二条院かくれさせ給うて御わざの夜、よみ侍りける　法印澄憲　つねにみし君がみゆきをけふとへばかへらぬたびときくぞかなしき」、重家集の「二条院かくれさせたまひてのとし、九月十三日夜、月あかかりしに、左京大夫顕広のもとより　くものうへはかはりにけりときくものをみしよににたるよはの月かな　愚和　ありしよに月の光はかはらねどなみだにかくはくもりやはせし」がある。

332

よろづ代とたのみし君をよひのまの空のけぶりとみるぞかなしき

〔校異〕 たのみし―たのめし（多・版）、ためみし（尊） よひのまの―ゆめのまに（六・鷹）、よひのよの（益）、よひのまに（多）、まに（版）

〔現代語訳〕

万代だと頼りに思っておりましたあなたさまを宵の間の空の煙と見るのは実に悲しいことです。

〔語釈〕 **○よひのまの空のけぶり** 「空のけぶり」は空に上る火葬の煙。ここで「宵の間」を用いたのは、この語にははかなさを際立たせる時間帯という意識があったためであろう。後拾遺集・哀傷に「清原元輔がおとうともとさだみまかりにけるを、おそくききたるよし元輔がもとにいひつかはすとてよめる　源順　よひのまのそらのけぶりとなりにきとあまのはらからなどかつげこぬ」とある。なお、同じ火葬の煙を三四九番では「よはのけぶり」と詠む。

333

美福門院うせさせ給ひてのち、さるべき人々はみな色になれることをおもひて、俊成のもとへつかはしける、

人なみにあらぬ袂はかはらねど涙は色になりにけるかな

〔校異〕 うせさせ―うせ（片・神・群） つかはしける―つかはしけれ（版）

〔現代語訳〕 美福門院がお亡くなりになった後、しかるべき人々は皆喪服になったことを思って、俊成のもとへ言い遣った歌、

人々が着る喪服ではなく、私の袖はいつもと変わらないけれど、ただ紅涙のために袖の色は変わったことだな

あ。

〔他出〕 続拾遺集・雑下・1323、長秋詠藻・下・395（第三句は「かわかねど」）

〔語釈〕 **○美福門院** 藤原得子。権中納言長実女。一一一七年生、一一六〇没。鳥羽上皇皇后。近衛天皇母。一一四九年に女院号を定められて美福門院となる。清輔のいとこに当たる。**○うせさせ給ひてのち** 得子は一一月二三日に没している。この部分、続拾遺集は「かくれさせ給けるころ」、長秋詠藻は「御三七日の日」とある。**○色になれる** 「色」で喪服の色、また喪服。源氏物語・乙女に「宮の御はても過ぎぬれば、世の中色改まりて」とある。続拾遺集と長秋詠藻は「そふく（素服）」と表現する。**○俊成** 藤原俊成。権中納言俊忠男。一一一四年生、一二〇四没。定家父。彼の正室加賀は美福門院に仕えた女房であり、また彼は女院のために六時讃の和歌を詠作している。彼に清輔が歌を送っていることは四〇四番にも見られる。**○人なみにあらぬ袂** 故人とはいとこの関係であり、かつ俊成が喪服を着ている（次歌参考）にもかかわらず、清輔はなぜ「さるべき人々」ではなく喪服を着用しなかったのか不審である。あるいは、清輔は当時従四位下であり、身分的なことを「人なみにあらぬ」と言ったのかもしれない。いずれにしても喪服は着用しなかったであろう。「袂」は「袖」の意。**○涙は色になり** 紅涙を流すことをいう。似た表現に、後拾遺集・恋四の「しのびてものおもひけるころよめる　西宮前左大臣　うちしのびなくとせしかどきみこふるなみだはいろにいでにけるかな」がある。

〔補説〕 長秋詠藻の詞書は「御三七日の日そふくの人人などあまたまゐり給ひしに、御かうはつるほどに、たたうがみにかきつけていひたりし」とある。

かへし、　　　俊成、

すみ染めにあらぬ袖だにかはるなりふかき涙の程はしらなむ

〔校異〕 俊成―ナシ（六・鷹・益） ふかき―ふるき（青・神） 程は―程を（神・群）

〔現代語訳〕 俊成の返事の歌、

喪服でないあなたの袖でさえも色は変わるのです。まして喪服を着る私の深い悲しみの涙の色を思いやってください。

〔他出〕 続拾遺集・雑下・1324、長秋詠藻・下・396（第五句は「程をしらなむ」）

〔語釈〕 ○すみ染め 喪服のこと。○袖 清輔詠の「袂」をうけており、両者は同じものと分かる。

斎院いまだ本院にもいたりたまはざりけるとき、わづらひており給ひにけり。その、ちほどなくかくれ給ひにければ、よみてかのおほぢのもとへ、

さかき葉のうつろふだにもうかりしをゆふばかりなきこ、ちこそすれ

〔校異〕 いたり―いり（尊） 給ひにけり―給にひにけり（多）、給ひにける（青） ほどなく……よみてかの―ナシ（多・青・版） 給ひにければ―たまひてけれは（片）、給けれは（鷹） おほぢ―おほおほち（鷹）、おほ（版） さかき葉の―さかき葉に（内） だにも―ことも（鷹・版） ゆふ―いふ（底・尊を除く諸本）

〔現代語訳〕 斎院がまだ本院の段階まで至りなさらなかった時に、病気におなりになってお降りなさった。その後、まもなくして逝去されたので、詠んでその祖父のもとへ送った歌、

榊葉が色変わり枯れてゆくことさえも悲しいのに、斎院がお亡くなりになり、榊葉に垂らす木綿がないように、口に出して言うことができないほど悲しい気持ちです。

〔語釈〕 ○斎院 賀茂斎王のこと。賀茂神社に奉仕する皇女、または女王。嵯峨天皇の第八皇女有智子に始まるとされる。ここは、二条天皇の第一皇女僖子内親王であろう（三二代）。母は大博士中原師元女。高倉天皇の嘉応元年

（一一六九）一〇月二〇日に十一歳で卜定。**〇本院**　卜定後、賀茂川で禊を行い、初斎院として二年間宮中の便所で潔斎につとめ、三年目の四月に再び賀茂川で禊してから本院の斎院に入る。僐子内親王は承安元年（一一七一）二月二二日に退下しており、本院に入っていない。そして同二九日に没している。**〇かのおほぢ**　中原師元のこと。大外記師遠男。一一〇九年生、一一七五没。大外記、博士、大炊頭などを歴任、正四位上に至る。朝廷の政務や行事に通じ、『口遊抄』などを著した。清輔との関係は分からない。**〇さかき葉**　「さかき」は昔、神を祭る所に植えた常緑樹の総称。特に神事に用いる。**〇ゆふ**　「木綿」は楮の皮の繊維を織った糸のことで、幣として神事の折に榊にかけて垂らした。「言ふ」との掛詞。かつ、「さかき葉」と縁語でもある。掛詞の例に、新古今集・神祇の「八幡宮の権官にてとしひさしかりけることを恨みて、御神楽の夜まゐりて、榊にむすびつけ侍りける　法印成清　さかきばにそのゆふかひはなけれども神に心をかけぬまぞなき」がある。**〇ばかり**　助詞「ばかり」と「量り」の掛詞とも考えられるが、採らないでおく。

五宮うせさせ給ひてのち、御室《おむろ》へまゐれりけるに、庭の松を見ておぼえける、
うゑおきし君にぞ千代をゆづらまし神さびにける庭の松かな

〔校異〕　まゐれり―まいり（内・多・青・群）、まゐり（版）、参（六）、まかり（鷹）　おぼえける―ナシ（尊）　君―我（版）　神―松（青）

〔現代語訳〕　五宮がお亡くなりになった後、御室に参りました時に、庭の松を見て感じて詠んだ歌、
　植えておかれた主人に千代を譲ってくれたら良かったのに。すっかり神々しくなった庭の松であるよ。

〔語釈〕　**〇五宮**　覚性法親王のこと。鳥羽天皇の第五皇子。母は待賢門院璋子。一一二九年生、一一六九没。十二歳で仁和寺に出家。仁和寺総法務などを務める。多くの歌人たちと交流があり、また御室では歌会がしばしば開か

れた。四〇二番には、清輔が五宮のもとに行ったことが見られる。なお、没したのは一二月一一日である。**〇御室**　山城国葛野郡の地名で、現在の京都市右京区御室。仁和寺そのものも御室と呼ばれており、ここでは仁和寺をいったものか。**〇まし**　相手に対する希望を表わす助動詞。古今集・春上に「（詞書省略）　伊勢　見る人もなき山ざとのさくら花ほかのちりなむのちぞさかまし」とある。**〇神さび**　神々しい。松や杉と詠まれることが多い。後拾遺集・雑六に「住吉にまうでてよみ侍ける　蓮仲法師　すみよしの松のしづえに神さびてみどりにみゆるあけのたまがき」とある。

中摂政うせたまへることを嘆《なげ》きて、重家卿のもとへつかはしける、

なみだ河そのみなかみのいかならん末の身をだにせきもあへぬに

〔校異〕　中摂政—中摂政《基実》（群）　たまへる—給ける（六）　重家卿—重家（六・片・内・神）、重家の卿（尊）

〔現代語訳〕　中摂政がお亡くなりになったことを嘆いて、重家卿のもとへ言い遣った歌、

涙川のその上流はどうなのであろうか。下流のわが身でさえも涙を堰き止めることができないのに。

〔参考歌〕　詞花集・雑下「題不知　賢智法師　なみだがはそのみなかみをたづぬればよをうきめよりいづるなりけり」

〔他出〕　重家集・310（第二句は「そのみなかみや」、第五句は「せきもあらぬを」）

〔語釈〕　**〇中摂政**　藤原基実のこと。既出（三二六番）。忠通嫡男。基実妾に清輔、重家の妹がいる。没したのは一一六六年七月二六日、時に二十四歳である。**〇なみだ河**　既出（二五四番）。大量の涙が流れるさまを川に喩えた語。**〇みなかみ**　ここは、基実にごく身近な人々のことをいう。**〇末**　下流の意味であるが、妹の婿ということでの浅い血縁をいい、さらに身分の低さを響かせているだろう。

【補説】「なみだ河」「みなかみ」「末」「せき」と縁語仕立ての歌である。
　重家集は詞書に「七月二十六日、摂政どのはかなくかくれさせ給ひにしかば、世の中くれふたがりて、ひんがしやまの御さうけにひれふしたるに、三位大進のもとよりふみあり、みれば」とあり、詳述されている。

かへし、　　しげいへ、

かけてだにおもはざりしをなみだ川か、るうきせにあはむ物とは

【校異】しげいへ—重家卿（片・鷹・群）、ナシ（六）　うきせ—うきよ（六・鷹・内・多・版）、うき世（益・青・神・尊・群）　あはむ—あらむ（版）、あら《は》む（多）　物とは—物かは（片・神）
【現代語訳】重家の返事の歌、
　少しも思いませんでしたよ。涙川でこのようなつらい目に会おうとは。
【他出】重家集・311
【語釈】**○かけて**　文末に否定、禁止などの語句を伴い、少しも、決しての意。後撰集・哀傷に「在原としはるが身まかりにけるをききて　伊勢　かけてだにわが身のうへと思ひきやこむ年春の花をみじとは」とある。**○うきせ**「うきよ」の本文もあるが、ここは「なみだ川」の関係で「うきせ」がよいであろう。苦しい時、または辛い境遇の意。千載集・雑中に「題しらず　藤原顕方　うきせにもうれしきせにもさきにたつ涙はおなじ涙なりけり」とある。
【補説】重家集は詞書に「なみだにくれて物もおぼえずながらかきつく」とある。

故北の政所《まんどころ》の御はてに、法性寺殿《ほっしゃうじどの》にまゐれりけるに、ことどもはて、、たかきいやしきちり〴〵にな

りたまふに、この葉ののこりてあらしにちるを見て、

いまはとてちりぐ〳〵になる故郷はこの葉さへこそとまらざりけれ

〔校異〕故北の政所の―故摂政殿の（鷹・版）、故摂政殿（六）、故この政所の（青）まゐれり―まゐり（六・鷹・多）、まいり（神・版）ことども―ことしも（版）なりたまふに―なりけるに（尊）この葉の―この葉（尊）故郷は―古郷□（判読不能）は（鷹）けれ―けり（青）

〔現代語訳〕いまは亡き北政所の御忌の終わりに、法性寺殿に参りました折、式などが終わり、尊卑の人たちが散り散りにおなりになる時に木の葉が嵐に散るのを見て詠んだ歌、

いまはお別れということで、散り散りになる古馴染みのここでは、木の葉でさえも人と同じように留まらないことであるよ。

〔他出〕今撰集・雑・193

〔語釈〕**○故北の政所**　藤原宗子のこと。「大北のまん所」として既出（二一五番）。藤原忠通室。権大納言藤原宗通女。母顕季女。清輔のいとこ。一〇八九年生、一一五五没。**○はて**　死後四九日目。または、一周忌。宗子は九月一四日に没しているが、どちらを指すか明確ではない。「この葉ののこりて」の状況からは両方とも考えられるが、歌の強い感じからして、没後そんなに日にちが経っていないかと思われるので、前者のことと解しておきたい。和泉式部続集に「御はてに、経など供養して」とある。**○法性寺殿**　夫の藤原忠通、またはその邸の呼称。忠通が別業を法性寺のそばに営んだことに因む。寺は現在の京都市東山区の鴨川の東岸にあった。**○いまはとて**　慣用句で、もうお別れだと言っての意。金葉集・春に「帰雁をよめる　藤原経通朝臣　いまはとてこしぢにかへるかりがねははねもたゆくやゆきかへるらん」とある。**○故郷**　ここは、馴染みの場所、家をいう。法性寺殿のこと。

花薗左大臣北の方うせられにけるころ、は丶のおもひにて侍るを、そのわたりなる人のとへりければよめる、

世のなかは見しもき丶しもはかなくてむなしき空の煙なりけり

〔校異〕花薗左大臣―花薗左大臣《有仁》（六・群） 左大臣―左大臣の（尊） き丶しも―き丶し（尊） はかなく―いか《はかなく》（青）

〔現代語訳〕花園左大臣の北の方がお亡くなりになった頃、母の喪に服しておりましたところ、その北の方の縁者から弔問があったので詠んで送った歌、
　この世の中は、私が見た人につけ、また聞いた人につけても、ともにはかなくて、火葬に付されて大空に立ち昇る煙となるのですね。

〔他出〕新古今集・哀傷・830（第四句は「むなしき空は」）、中古六歌仙・111（第五句は「かすみなりけり」）、定家八代抄・哀傷・718

〔語釈〕**○花薗左大臣** 源有仁のこと。後三条天皇の三宮輔仁親王男。母は源師忠女。一一〇三年生、一一四七没。内大臣、右大臣などを経て、左大臣に至る。詩歌、管弦にも優れていた。彼の家には多くの風流才子が出入りし、文化的サロンの趣であったという。**○北の方** 藤原公実女。母は藤原隆方女。本名不明。待賢門院璋子の同母姉である。生年未詳、一一五一年九月二二日没。有仁との結婚は一一一九年一〇月である。彼女は清輔が親しく交わった閑院流の三条家に属する（拙著所収「『清輔集』にみられる三条家―「ながらへば」詠の詠作年代に及ぶ―」参考のこと）。彼女の新古今集・秋下に入る著名な「鳥羽院御時、内裏よりきくをめしけるに、たてまつるとて、むすびつけ侍りける　花園左大臣室　九重にうつろひぬとも菊の花もとのまがきを思ひわするな」を清輔は続詞花集・秋下に入れている。**○は丶** 清輔の母は高階能遠女である。母の没年時や享年は不明である。**○おもひ** 喪に服すること。ま

た、その間の喪中。**○そのわたりなる人**　新古今集には「なくなりにける人のあたりより」とあり、北の方の身寄りの人をいう。**○とへ**　ここの「とふ」は弔問するの意。後拾遺集・哀傷に「（詞書省略）相模　とはばやとおもひやるだにつゆけきをいかにぞきみがそではくちぬや」とある。**○むなしき空**　漢語「虚空」の訓で、大空に同じ。火葬の煙の関係で詠んだ歌に、弁乳母集の「院（注、後朱雀院）うせたまひて三位のもとに　あはれ君いかなるのべのけぶりにてむなしきそらの雲となりけん」がある。

としごろの妻におくれたる人のもとへつかはしける、
いもせ川かへらぬ水のわかれ路はきゝわたるにも袖ぞぬれける

〔校異〕　としごろの―としころ（尊）　わかれ路は―わかれには（六・鷹・多・版・尊・群）　袖ぞ―袖は（片・多・版）、袖《そ》は（六）、袖の（青・神）　ぬれける―ぬれけり（片・多・青・神）

〔現代語訳〕　長年ともに暮らしてきた妻に先立たれた人のもとへ言い遣った歌、

妹背川の水が二度と戻ることのないように、あなたの奥さんがあなたと別れて死出の旅路につかれたということは、聞いて過ごすにつけても袖が濡れるばかりです。

〔他出〕　新千載集・哀傷・2172、林下集・下・261、中古六歌仙・112、歌枕名寄・三三・8496

〔語釈〕　**○おくれたる人**　林下集などによれば、後徳大寺左大臣の藤原実定のこと。藤原公能嫡男。母は藤原俊忠女。俊成の甥にあたる。一一三九年生、一一九一没。内大臣、右大臣などを経て、左大臣に至る。歌人で、多くの歌合、歌会に参加している。自撰の林下集がある。彼の妻は一一七三年八月二四日に没している。**○いもせ川**　妹山と背山との間を流れる川。和歌初学抄などは「大和」とする。大和国の歌枕で、現在の奈良県吉野郡吉野町の吉野川のこと。夫婦に因んで用いる。蜻蛉日記・中に「いもせがは昔ながらの仲ならば人の行き来の影はみてまし」

とある。**○わかれ路**　人と別れてゆく路。または、死別して冥途にゆく路。ここは後者である。後拾遺集・哀傷に「（詞書省略）しる人もなきわかれぢにいまはとて心ぼそくもいそぎたつかな」という皇后定子の辞世の歌がある。**○わたる**　ここは、日を送るの意であろう。「いもせ川」の縁語。

〔補説〕　林下集には「亡室のおもひにはべりしころ、清輔朝臣の申しおくりたりし」という詞書がある。

342

　かへし、

きゝわたる袖だにぬるゝいもせ川水の心をくみてしらなむ

〔校異〕　かへし―かへし後徳大寺左大臣（鷹・多・版）、かへし実定卿（尊）

〔現代語訳〕　返事の歌、

お聞きになって過ごされる袖さえも濡れるという妹背川の水の流れを汲むように、私の悲しい心を汲み取って知っていただきたいものです。

〔他出〕　新千載集・哀傷・2173（第三句は「中河の」。以下の歌集も同じ）、林下集・下・262、歌枕名寄・五・1616

〔語釈〕　**○くみ**　「くむ」は「水をすくう」の意と「心を察する」の意の掛詞であり、「いもせ川」の縁語でもある。

〔補説〕　清輔に、故人への哀悼だけではなく、自分の悲傷も知って欲しいと訴えた歌である。

343

　としごろすみける人におくれて後、はてのことなんど営《いとな》みけるとき、人のもとより、わかれし月日になりにけるあはれさなどいへりければ、

ありしよの月日ばかりはかへれどもむかしのいまにならばこそあらめ

〔校異〕　なんど―なと（六・片・鷹・多・版・尊）　けるとき―ける（内・益）　なりにける―なりにけりといへりけ

れは（鷹・版）など—なりと（鷹）、な（版）いへりければ—いへりけれと（益）、て（鷹）、ナシ（版）ありしよ—ありし夜（底・神・尊・群）、ありしか（六・鷹・版）かへれ—めくれ（六・鷹・多・青・版・群）、かくれ（神）

〔現代語訳〕 長年ともに暮らしてきた妻に先立たれた後、一周忌の法要などを執り行っていた時、ある人のもとから、妻と死別したその日になった悲しみなどを言い送ってきたので詠んだ歌、

過ぎ去った昔のその月日だけは返ってきたけれども、そのように妻が生きていた昔が今になればよいのだが。

〔語釈〕 **○はてのこと**「はて」は既出（三三九番）。ここは、「わかれし月日」からみて、一周忌のことであろう。「こと」は法要。基俊集に「越前守仲実朝臣、めにまかりおくれてはてのことし侍りし、諷誦物おくるとて」とある。**○ありしよ** 底本は「ありし夜」とあるが、正しくは「ありしよ（世）」であろうと思われるので、改める。過ぎ去った昔。新古今集・哀傷に「能因法師身まかりてのち、よみ侍りける 藤原兼房朝臣 ありし世にしばしもみではなかりしをあはれとばかりいひてやみぬる」とある。**○むかしのいまになら** 同じ措辞が、拾遺集・雑上に「円融院御時斎宮くだり侍りけるに、母の前斎宮もろともにこえ侍りて 斎宮女御 世にふれば又もこえけりすずか山昔の今になるにやあるらん」と見える。**○ならばこそあらめ** ……のようになれば、よいだろうが（そうはならない）の意。久安百首に「床の上にたえずなみだはみなぎれどあぶくま川とならばこそあらめ」（御製）がある。

物いひわたりける女のみまかりける後、誦経すとてよめる、

けふやきみのちの世にてもわすれじと契りしことをおもひいづらん

〔校異〕 いひ—わひ（尊）みまかりける—みまかりにける（尊）きみ—我（六・鷹・版）世にても—世までも（底・内・益・尊を除く諸本）

〔現代語訳〕 親しく語り合う仲であった女が亡くなった後、誦経しようと思って詠んだ歌、

今日、あなたはあの世でもお互い忘れまいと約束したことを思い出しているだろうか。

〔語釈〕 〇物いひ　既出（二九八番）。男女が親しく語るの意。〇誦経　経文を声をあげて読むこと。〇のちの世　死後の世界。あの世。千載集・恋二に「題不知　読人しらず　契りおくそのことのはにみをかへてのちの世にだにあひみてしかな」とある。

345

物申しける女みまかりける家《いへ》にまかれりけるに、むめのはなさかりなりける枝にむすびつけゝる、

きてみればなみだの雨もとゞまらずぬしなきやどの梅の花がさ

〔校異〕 まかれり―まかり（六・鷹・多・青・版）　なりける―なりけり（版）　花がさ―花かき（益）

〔現代語訳〕 親しく語り合っておりました女が亡くなった家に参った時に、盛りであった梅の花の枝に結び付けた歌、

尋ねて来てみると雨のような涙が止まらないことだ。主人のいない家の梅の花は盛りであるので。

〔語釈〕 〇物申し　既出（二八八、二九七番）。「ものいふ」の受け手尊敬。〇なみだの雨　悲しみの涙が流れ出るさまを雨に見立てたもの。拾遺集・哀傷に「題しらず　よみ人しらず　墨染の衣の袖は雲なれや涙の雨のたえずふるらん」とある。〇梅の花がさ　梅花の開いたさまを笠に見立てたもの。後撰集・春上に「題しらず　よみ人しらず　春雨のふらばの山にまじりなん梅の花がさありといふなり」とある。「雨」の縁語ということで「花がさ」と詠んだもの。

346

いとけなき子におくれて侍りけるを、人のとぶらへりければ、

をり〳〵に物おもふことはありしかど此のたびばかりかなしきはなし

〔校異〕 いとけなき―いはけなき（片） 侍りける―侍るける（尊） とぶらへり―とふらひ（神）

〔現代語訳〕 幼い子どもに死に別れました時に、人が弔問してきたので詠んだ歌、

折々につらい思いをしたことはありましたが、子に死別した今度ほど悲しいことはありません。

〔参考歌〕 詞花集・雑下「子のおもひに侍りけるころ、人のとひて侍りければよめる　待賢門院安芸　人しれずもの思ふこともありしかどこのことばかりかなしきはなし」

〔語釈〕 ○おくれ　死に遅れるの意。○とぶらへ　弔問する。○此の　「子の」を掛けている。後拾遺集・哀傷に「ここにおくれてはべりけるころゆめにみてよみはべりける　藤原実方朝臣　うたたねのこのよのゆめのはかなきにさめぬやがてのいのちともがな」とある。

〔補説〕 参考歌につき、清輔は袋草紙・上で「詞花集に安芸がよめる、人しれず物思ふ折もありしかどこのたびばかりかなしきはなしと云ふ歌、また予が歌なり。一字違はざるなり。安芸の歌に用ゐられ、政業の跡を継げり。甚だもつて堪へ難きか」と慨嘆している。安芸が本歌を利用した可能性はあるだろう。

三歳なりけるこにおくれてよめりける、

いとけなき人おりたゝばわたり川渕せもいはず水もひななむ

〔校異〕 （詞書）と（本歌）―ナシ（片） （詞書）―ナシ（尊） 三歳―三歳に（青） よめりける―よめる（神） 人おり……ひななむ―ナシ（青） おりたゝば―おりたくは（底）、おりたらは（版・尊） 渕せ―渕せと（六・鷹・版）もいはず―といはす（群） ひななむ―ひる覧（鷹・版）

〔現代語訳〕 三歳の子どもに死に別れて詠んだ歌、

幼い子が下り立ったならば渡り川よ、渕瀬にかかわらず必ず干上がって欲しいものだ。

〔語釈〕**○おりたゝば**　底本の「おりたくは」では不審なので、諸本により改める。**○わたり川**　生と死を分ける境界の川で、三途の川をいう。古今集・哀傷に「いもうとの身まかりにける時よみける　小野たかむらの朝臣　なく涙雨とふらなむわたり河水まさりなばかへりくるがに」（奥義抄・下に挙がる）とある。**○ひななむ**　「干る」は乾くの意。「ななむ」は完了の助動詞「ぬ」の未然形に願望の終助詞「なむ」のついたもので、主に平安時代の和歌に用いられた。強く願望する意を表わす。古今集・恋一に「題しらず　読人しらず　こむ世にもはや成りななむ目の前につれなき人を昔とおもはむ」とある。ここは、古今集詠とは異なり、干上がって水がなくなり渡れないようにして欲しいというのである。

　子におくれたる人の、などかとはぬなどうらみ侍りけるかへりごとに、
夢とのみみゆる此の世のはかなさはおどろきがほにとはれやはする

〔校異〕たる―たりける（尊）　などか―なとかは（尊）　うらみ―うらみて（神・群）　侍りける―侍るける（版）
かへりごと―かへりことは（版）　はかなさは―はかなきは（神）

〔現代語訳〕子どもに死に別れた人が、どうして弔問してくれないのかなどと恨み言を言ってきました返事に詠んだ歌、
　夢とばかり思える子どもの命のはかなさ、この世のはかなさに今気付いたかのように弔問できましょうか。できるはずはないでしょう。

〔語釈〕**○此の**　三四六番のように「子の」を掛けている。**○おどろきがほ**　「おどろく」は気付くの意。為忠家初度百首に「暁天千鳥　さよのうらになみのしらむをあけぬとやおどろきがほにちどりたつなり」（源仲正作）とある。

349

したしき物におくれて、とかくしてつぎの日よみける、

けさよりはよはのけぶりのなごりかと山のかすみもめにぞ立ちける

〔校異〕 したしき物―したしき（片・版）　よは―余所（鷹・版）、よそ（六）

〔現代語訳〕 親しい人に死に別れ、葬って次の日に詠んだ歌、

今朝からは、夜の火葬の煙の名残かと、山にかかる霞も目につくことだなあ。

〔語釈〕 **〇とかくし**　出産や葬送などの婉曲的な表現。ここは、後者である。後拾遺集・哀傷に「山寺にこもりてはべりけるに人をとかくするがみえはべりければよめる　和泉式部　たちのぼるけぶりにつけておもふかないつまたわれを人のかくみん」とある。**〇よはのけぶり**　夜、立ち上る煙。多く、火葬の煙をいう。後拾遺集・哀傷に「二月十五日のことにやありけんかの宮のさうそうののちさがみがもとにつかはしける　小侍従命婦（贈歌省略）かへし　さがみ　ときしもあれはるのなかばにあやまたぬよはのけぶりはうたがひもなし」とある。なお、同じ火葬の煙を三三二番では「よひのまの空のけぶり」と詠む。

〔補説〕 火葬の煙と霞を関わらせた歌に、続詞花集・哀傷の「服に侍りける時、かすみによせて昔を思ふ心をよみ侍りける　賀茂成助　あさなあさな野べの霞をながめつつけぶりになりし人をこそおもへ」がある。

350

僧都教智ゆかりありて、としごろしたしくて侍りけるが、うせて後四十九日のわざしけるじゅきやう文《ぶみ》に書き付けける、

君をとふかねのこゑこそかなしけれこれぞ音するはてとおもへば

〔校異〕 ゆかり―ゆかりは（青）　したしくて―したしくして（青）、したしく（尊）　じゅきやう文―しゅきやうも

ん（尊）君—我（版）

〔現代語訳〕 僧都教智は縁があって、長年親しくしておりましたが、亡くなって後の四十九日の法要をした読誦の経文に書き付けた歌、

あなたを弔う鐘の音はつらく悲しい。これが音のする最後だと思うと。

〔参考歌〕 詞花集・雑下「人の四十九日の誦経文にかきつけける　よみ人しらず　人をとふかねのこゑこそあはれなれいつかわがみにならむとすらん」

〔語釈〕 **○僧都教智**　「僧都」は三綱の一で、僧正の下位、律師の上位である。「教智」は承安三年（一一七三）八月催行の三井寺新羅社歌合に出席する「少輔君」の注記に「三井寺南院執行房住　教智律師房」と見える人物であろう。生没年未詳。大納言藤原忠教男で、教長と兄弟。清輔と血縁関係にはない。清輔は三井寺新羅社歌合で「少輔君」の代作をしており、これが四一、一九六番にある。**○じゅきゃう文**　誦経文は法要に誦する経文。**○かね**　法要の誦経の時に叩く鐘のこと。

雅重朝臣まんえふ集をかりて、はかなくみまかりにければ、かのあとを尋《たづ》ねたるに、かへしつかはさむとて消息《せうそこ》かきぐしておきたりけるを、かくなむといへりけるを見て、いひつかはしける、

浜千鳥はかなき跡をふみおきてみはいづかたの雲にきえけん

〔校異〕 まんえふ集を—まんえふ集（尊）　みまかりに—成に（尊）　かへし—かく（片・神）　せうそこ—せうそこは（底・内・益・青・尊を除く諸本）　かきぐして—かきくし（六・鷹・版）　けるを—けるに（尊）　かくなむ—とかくしてなむ（六）　見て—聞て（六）、きゝて（鷹）、ナシ（版）　雲に—雲と（青）、空に（鷹・多・版）　きえけん—きえなん（益・青・神・群）

〔現代語訳〕 雅重朝臣が万葉集を借りて、はかなくも亡くなってしまったので、その行方を尋ねたところ、返却させようとして手紙を書き揃えて置いていたのを、家の人がこうこうであると言ってきたのを見て、言い遣った歌、

浜千鳥がはかない足跡を踏み残して雲に消えるように、あなたははかない筆跡の手紙を残してどこの雲に消えたのでしょうか。

〔他出〕 中古六歌仙・113

〔語釈〕 **○雅重朝臣** 三条源氏。従三位源行宗男。母は源基綱女。生年未詳、一一六三年一二月八日没。従五位上。紀伊守、中務権大輔を歴任。清輔主催の歌合に出詠している。なお、父行宗は顕季と親交があった。**○浜千鳥** 鳥の足跡から文字を案出したという中国の故事から、「浜千鳥のあと」などと言い、「あと」は文字をいう場合が多い。和歌初学抄に「あとある事には　ハマチドリ」とある。三八八、四〇三、四四三番にも詠まれている。雅重の没したのが冬なので、冬の鳥とされる浜千鳥をことさらに詠んだのであろう。**○跡** 浜千鳥の足跡と筆跡を掛ける。後撰集・恋二に「人を思ひかけてつかはしける　平定文　はま千鳥たのむをしれとふみそむるあとうちけつな我をこす浪」とある。**○ふみおき** 「ふみ」は「文」と「踏み」の掛詞。後撰集・雑三に「いとしのびてかたらひける女のもとにつかはしけるふみを、心にもあらでおとしたりけるを見つけて、つかはしける　よみ人も　島がくれ有そにかよふあしたづのふみおく跡は浪もけたなん」とある。

〔補説〕 中古六歌仙には「中務権大輔雅重朝臣、万葉集をかりたりけるほどに、にはかにみまかりにければ、かのあとにたづねつかはしたるに、かへさむとてせうそこかきぐしておきたりけるを、かくなんあるとてつかはしたりければ、いひおくりける」の詞書で入っている。

352
神祇
あめのしたのどけかれとやさかき葉をみかさの山にさし始めけん

〔校異〕 あめの―あめ（尊） のどけかれ―とけるれ（版） さかき葉を―さかき葉の（底・内・益・青・神・群）

〔現代語訳〕 神祇を詠んだ歌、
天下が平穏であれということで、榊葉を三笠山の春日明神に挿しはじめたのだろうか。

〔他出〕 千載集・神祇・1260、久安百首・983、定家八代抄・神祇・1761（第五句は「かざし初めけん」）、歌枕名寄・六・1870

〔語釈〕 **○神祇** 「羈旅」と同じように歌題とする。平安末期から詠まれる歌題である。部立としては、遅く千載集からである。**○あめのした** 天下。「あめ」に「笠」の縁語「雨」を掛ける。**○のどけかれ** 穏やかだ、長閑だの意。多くは天皇の治世を寿ぐ意で使われるが、ここは天下を寿ぐこと。**○さかき葉を** 底本の「さかき葉の」では不審であり、他の諸本により改める。「榊葉」は既出（三三五番）。「榊」は昔、神を祭る所に植えた常緑樹の総称。特に、神事に用いる。**○みかさの山** 大和国の著名な歌枕。麓に藤原氏の氏神である春日明神があり、本歌では、これをいう。これと「榊」を詠み合わせるものに、嘉保元年（一〇九四）八月催行の「高陽院七番歌合」の「ゆきいへ あめのしたひさしききみがしるしにはみかさのやまのさかきをぞさす」がある。**○さし** 「挿し」に「笠」の縁語「差し」を掛ける。

〔補説〕 この世が平穏であるのは、天下をおおう春日明神のお蔭であると賛美している。

353
はふりこがさす玉ぐしのねぎごとにみだるゝかみもあらじとぞ思ふ

〔校異〕 さす―かさす（内・益） ねぎごとに―ねきことを（底・内・益・尊を除く諸本） かみも―かみは（六・鷹・

多・版）

【現代語訳】

神官が玉串を捧げる祈願で、思い悩む神なんてあるまいと思う。

【他出】久安百首・984

【語釈】**○はふりこ**　祝子。神主や禰宜を総称することもあるが、通常はこれらに次ぐ下級の神職で、主に祝詞を奏した神職をいう。また、巫女など神に仕える女性をいうこともある。六条修理大夫集に「いのれどあはぬ恋　はふりこがいのりを神やうけざらんわがにしきぎをとる人もなき」と見えるが、これが神を恨む歌であるのに対して、本歌は神は思い悩むこともなく、願い事を叶えると詠む。**○さす**　捧げる。承安二年（一一七二）一二月催行の「広田社歌合」に「阿闍梨大法師姓阿　はふりこがさすさかきばにふるゆきをちりてみだるるぬさかとぞみる」とある。**○玉ぐし**　榊の枝に木綿《ゆう》または紙をつけ神前に供えるもの。また、榊そのものをいう。**○ねぎごと**　神への願い事。後拾遺集・雑六に「いなりによみてたてまつりける　恵慶法師　いなりやまみづのたまがきうちたたきわがねぎごとを神もこたへよ」とある。**○みだるゝかみもあらじ**　「みだるゝ」は思い悩むの意であろう。神は願い事すべてを叶えてくれるというのである。

【補説】「はふりこ」を男の神官と考えておいたが、巫女などの女性とするのもおもしろいであろう。

354

釈教

よの中は千草の花の色々も心のねよりなるとこそきけ

【校異】千草―千種（六・多・神・版）　花の―ナシ（版）　色々も―色々に（底・尊を除く諸本）

【現代語訳】釈教を詠んだ歌、

この世の中では、いろいろな花のさまざまな色もすべて心の底から生じると聞いている。

〔他出〕 新千載集・釈教・826、久安百首・987

〔語釈〕 **○釈教** 「神祇」と同じように歌題とする。平安末期から盛んに詠まれる歌題である。部立としては、「神祇」と同様に遅く千載集からである。**○千草** 意味としては、種々の意の「千種」であろう。現に、諸本のうち、四本がこの「千種」の本文を有している。**○心のね** 心の奥底や本心の意の「心根」に同じ。「花」の縁で「根」という。六百番歌合に「信定　ながめするこころのねよりおひそめてのきのしのぶはしげるなるべし」とある。

〔補説〕 久安百首に「華厳」とある。五部大乗経の「華厳経」は仏の悟りの内容を説いたもの。同じ久安百首において顕輔は「華厳経　法界唯心」で「うらやみもなげきもすまじ世中はわが心こそいはばいふべき」と詠む。「法界唯心」は万有はことごとく自己の心によってのみ存在するという意であり、本歌もこれを忠実に詠んだものである。

いたづらにはかなきみちにいりにけりかへるぐ〵もけふぞくやしき

〔校異〕 かへる……くやしき―ナシ（鷹・多・青・版）　かへるぐ〵も―かへすぐ〵も（六・群）、かふるぐ〵も（尊）

〔現代語訳〕

ただひたすら愚かな道に入ってしまったなあ。何度も空しく帰りつつ、かえすがえすも今日は悔やしいことだ。

〔他出〕 久安百首・988（第四句は「返す返すも」）

〔語釈〕 **○はかなきみち** ここは煩悩をいうのであろう。**○かへるぐ〵** 「繰り返し」の意と「帰る帰る」を掛ける。後撰集・恋四に「返事も侍らざりければ、又かさねてつかはしける　紀友則　みるもなくめもなき海のいそにいでてかへるがへるも怨みつるかな」とある。

〔補説〕　久安百首に「大集経」とある。五部大乗経の「大集経」は菩薩のために無礙の教えを説くことを掲げる。久安百首において顕輔は「大集経　二垂弾呵」で「けだ物に猶おとりてもみゆるかな人をばしらぬ人のこころは」と詠む。本歌は父詠とは趣が違うので、宝物集や『とはずがたり』などに見られる、「大集経」虚空蔵菩薩所問品の「妻子珍宝及王位　臨命終時不随身　唯戒及施不放逸　今世後世為伴侶」に基づいているのかも知れない。これは、妻子や珍宝や王位などはあの世に従うものでない、ただ戒と施と不放逸がこの世とあの世の伴侶となるという意味であり、「はかなきみちにいり」は「妻子や珍宝や王位」に捉われて執着し、厭離穢土が叶わないことをいうのであろう。

なにごともむなしき夢ときく物をさめぬ心になげきつる哉

〔校異〕　きく物を―きく物は《を》（青）　つる哉―ける哉（尊）

〔現代語訳〕

この世の何事も、ただはかない夢だと聞くけれども、悟れない心でこの世を嘆いていたことだなあ。

〔他出〕　続古今集・釈教・813、万代集・釈教・1707、久安百首・989

〔語釈〕　**○さめぬ**　「さめぬ」は目が覚めないということで、ここは悟れないの意。

〔補説〕　久安百首に「大品経」とある。五部大乗経の「大品経」は「大品般若経」で、偉大な知恵の完成を説く経典で、大乗仏教の先駆的経典である。その思想は空観に基づく。続古今集や万代集は「畢竟空寂」を詠むとするが、久安百首において顕輔は「大品経　畢竟空」で「何事もむなしとときける法なればつみもあらじときくぞうれしき」と詠む。本歌も「畢竟空」を詠んだと解しておきたい。「畢竟空」は「門乗品」に見られ、この世に存在するものはすべて究極的には絶対空であるという意味である。

357

ふたつなきみ法の舟ぞたのもしき人をもさゝでわたすとおもへば

〔校異〕舟ぞ—舟を（尊） 人をもさゝで—人をきらはす（片）、人ともさゝて（内）、人をもさして（六・鷹・多・版・群）

〔現代語訳〕

二つとはない法華経という船は頼もしいかぎりである。棹もさすことなく、衆生を彼岸に渡すと思うので。

〔他出〕久安百首・990（第四句は「人をもらさで」）、宝物集・七・519（第四句は「人をもらさず」）

〔語釈〕**○み法の舟** ここは衆生を彼岸に渡す仏法の喩えとして詠まれる。散木奇歌集・六に「さはる所もなき光といへる事をよめる 法の舟みだの光やさしつらんうき世をこせどそこもさはらず」とある。**○わたす** 「舟」の縁語で、ここは、神仏が人を救うことをいう。後拾遺集・神祇に「きぶねにまゐりていがきにかきつけ侍ける 藤原時房 おもふことなるかはかみにあとたれてきぶねは人をわたすなりけり」とある。

〔補説〕久安百首に「法華」とある。五部大乗経の「法華経」は衆生はすべて成仏すると説き、仏陀の不滅性などを説く。久安百首において顕輔は「法華経 妙荘厳王品」で「皇の御ゆきをいでてみざりせばけふまで世にはなづまざらまし」と詠むが、本歌は父詠とは趣が違う。「法華経」薬王菩薩本事品の「此経能救。一切衆生者。……如渡得船。……此法華経。亦復如是。能令衆生。離一切苦。一切病痛。能解一切。生死之縛」を踏まえているのであろう。法華経は渡りに船のようなもので、一切の苦悩から解放してくれるというのである。このことから、「ふたつなきみ法の舟」は法華経を指す。

358

うづもれてくまなき玉はある物をちりをはらはでねがふはかなさ

〔校異〕はらはで—はらひて（青・神） はかなさ—はかなき（青・版）、はかなき《さ》（鷹）

〔現代語訳〕 人目につかないで曇りのない玉である仏性はあるものなのに、塵という煩悩を払わないで成仏を願うむなしさよ。

〔他出〕 夫木抄・雑一四・15326、久安百首・991

〔語釈〕 **○くまなき玉** 「くまなし」はくもりや陰がないの意。「玉」は大事な物の意で、ここは、仏となりうる可能性（仏性）をいうのであろう。後拾遺集・雑三に「中宮のないしあまになりぬときてつかはしける　加賀左衛門　いかでかくはなのたもとをたちかへてうらなるたまをわすれざりけん」とある。**○ちり** ここは煩悩を指す。続詞花集・雑下に「衛門宣旨よをそむきぬとききてつかはしける　清原元輔　ます鏡ふたたびよにやくもるとてちりをいでぬときくはまことか」とある。

〔補説〕 久安百首に「涅槃経」とある。五部大乗経の「涅槃経」は主に仏性の普遍性、および衆生に成仏の可能性があることを説く。久安百首において顕輔は「涅槃経　一切衆生悉有仏性」で「もる人の心のうちにすむ月をいかなるつみの雲かくすらむ」と詠む。本歌も「一切衆生悉有仏性」を詠んだと解しておきたい。「一切衆生悉有仏性」は「獅子吼菩薩品」に見られ、この世に存在するものはすべて生まれながらにして仏性を有するという意味である。

諸本のうち、前歌と本歌の配列が逆になっている本がある（六・鷹・多・版）が、五部大乗経の順番から言えば、底本どおりの配列がよいであろう。

359

閑居夜雨

おもひいでぬことこそなけれつれ〴〵と窓うつ雨をきゝあかしつゝ

〔校異〕 いでぬ—てぬ（尊）　つれ〴〵と—つく〴〵と（底を除く諸本）

〔現代語訳〕 閑居の夜の雨を詠んだ歌、
　昔のことを思い出さないことはないなあ。しんみりと寂しく窓を打つ雨の音を聞いて夜を明かしつづけていると。

〔語釈〕 ○閑居夜雨　初出の歌題である。○つれ〴〵と　しみじみと、しんみりと寂しくの意。後拾遺集・夏に「（詞書省略）　橘俊綱　つれづれとおとたえせぬはさみだれののきのあやめのしづくなりけり」とある。諸本の「つく〴〵と」は「つれ〴〵と」と意味の上で近似しており、二八〇番の「閑居増恋」で詠まれている。○窓うつ雨　この措辞は『和漢朗詠集』「秋夜」の「秋夜長　夜長無レ寝天不レ明　耿耿残燈背レ壁影　蕭蕭暗雨打レ窓声」（白居易作）による表現である。同じ第四句を詠んだものに、後拾遺集・雑三の「文集の蕭蕭暗雨打窓声といふ心をよめる　大弐高遠　こひしくはゆめにも人をみるべきをまどうつあめにめをさましつつ」がある。なお、奥義抄・中はこの後拾遺集歌を挙げ、玄宗皇帝と楊貴妃の話へと展開している。

〔補説〕 六条家二代和歌集本は本歌の歌題の前に「雑」とある。

　　　暮鳥宿林

夕されば竹のそのふにぬる鳥のねぐらあらそふ声きこゆなり

〔校異〕 ナシ

〔現代語訳〕 暮鳥は林に宿るを詠んだ歌、
　夕方になると、竹林に寝る鳥の塒《ねぐら》を争う鳴き声が聞こえてくる。

〔参考歌〕 散木奇歌集・九「夕ぐれがたになにとなく物心ぼそくおぼえけるに、のきちかきたけにすずめのなきければよめる　日くるれば竹のそのふにぬる鳥のそこはかとなきねをもなくかな」

〔他出〕 一字御抄・六

〔語釈〕 ○暮鳥宿林　初出の歌題である。「暮鳥」は夕暮れに塒に帰る鳥のこと。○夕されば　夕方になると。○竹のそのふ　竹を植えた園。竹林。○ねぐらあらそふ　正治初度百首に「鳥　くれ竹にねぐらあらそふ村すずめそれのみ友と聞くぞさびしき」（二条院讃岐作）とある。

361

朝望旅客

あさがすみひなのながちにたちにけり墨絵にみゆるをちの旅人

〔校異〕 朝望旅客―朝野旅客（鷹・版）　ながちに―なかちえ（尊）　墨絵に―墨絵（尊）

〔現代語訳〕 朝に旅客を望むを詠んだ歌、

朝霞が鄙《ひな》の長く続く道にかかっているなあ。遠い所を行く旅人はまるで墨絵のようにぼんやりと見えることだ。

〔他出〕 夫木抄・春二・515、一字御抄・六

〔語釈〕 ○朝望旅客　初出の歌題である。○ひなのながち　鄙の道のりの長い道。万葉集・三に「あまざかるひなのながちをこひくればあかしのとよりやまとしまみゆ」（柿本人麿歌）とある。○墨絵　墨で輪郭だけを描いた絵。為忠家初度百首に「王昭君　おもひきやすみゑにわれをかきなしてはなのすがたをけたるべしとは」（源仲正作）とある。○をちの旅人　遠くを行く旅人の意であろう。散木奇歌集・二に「あさかのぬまのあやめといふことをよめる　あやめかるあさかのぬまに風ふけばをちの旅人袖かをるかな」とある。

龍門廿五名所中、

あま人のむかしの跡をきてみればむなしきゆかをはらふ谷風

〔校異〕 龍門廿五名所中―二十五首名所中に龍門を（六）、二十五首名所中に（鷹）、二十五首名所の中龍門（片）、門二十五名所中（青）、龍門（神）、名所二十五首歌中に龍門（尊） あま人―山人（六・片・鷹・多・青・版・尊・群） むかし―庵（六・鷹・版）、廬（多・青） ゆか―床（底・益・神・群を除く諸本）、ゆか《床》（益）、ゆか《とこ》（神）、とこ（群）

〔現代語訳〕 龍門（二十五名所の中）を詠んだ歌、

仙人が昔住んでいた跡に来てみると、あるじのいない寝所を谷風が吹き払っているだけだ。

〔他出〕 千載集・雑五・1039（初句は「山人の」。以下の歌集も同じ）、月詣集・九・792、定家八代抄・雑下・1680、歌枕名寄・五・1665

〔語釈〕 **○龍門** 大和国の歌枕で、現在の奈良県吉野郡吉野町の龍門岳あたりを指す。龍門滝、龍門寺等があり、滝では多くの仙僧が修行し、庵室を営んだとされる。千載集・雑上に「竜門寺にまうでて、仙室にかきつけ侍りける 能因法師 あしたづにのりてかよへるやどなればあとだに人はみえぬなりけり」とある。**○廿五名所中** 「廿五名所」は藤原教長が久安年間（一一四五〜五一）前後に催行したとされる「二十五名所歌会」のことである。諸資料から清輔や教長以外では、藤原公重、祝部成仲、隆縁法師、藤原顕方の計六人の参加者が知られている。なお、公重の風情集には二五首すべてが見られる。詳しくは、松野陽一氏『鳥帚 千載集時代和歌の研究』所収「教長家廿五名所歌会」参考のこと。**○あま人** 「天人」を訓読みした語で、天上界の人をいうので、あるいは仙人をいう「山人」が正しいかとも思われる。しかし、「天人」に「仙人」の意味がある可能性も否定できないので、いまこのままにしておく。**○むなしきゆか** 主がいない寝所の意で、亡くなったことをいうのであろう。続詞花集・哀傷に「をんなにおくれて侍る比、肥後がとひて侍りけるに 藤原基俊 おもひやれむなしき床を打払ひむかしをしのぶ袖の雫を」とある。**○むなしきゆかをはらふ谷風**　これは『和漢朗詠集』「仙家」の「石床留レ洞嵐空払　玉案抛レ林鳥独啼」（菅原文時作）の前の句による表現であろう。洞穴の中に残る仙人の石の寝台を嵐が空しく吹くばかり、林の中に捨てられた玉の机を鳥が訪れて悲しげに鳴くのみだという。「むなしきゆか」はここは洞穴の中の石床ということになろう。拙稿「藤原清輔詠の『和漢朗詠集』の漢詩摂取」（「島根大学法文学部紀要　島大言語文化」第十九号）参考のこと。

〔補説〕　新日本古典文学大系『新古今和歌集』は、春下の「残春のこころを　摂政太政大臣　芳野山花の古郷あとたえてむなしきゆかに春風ぞふく」に「参考」として本歌（初句は「山人の」）を挙げる。

長柄橋《ながらの》

なげかじなながらの橋の跡みれば我が身のみやは世には朽ちぬる

〔校異〕　朽ちぬる―朽たる（六・鷹・多・版）

〔現代語訳〕　長柄の橋を詠んだ歌、

嘆くまいよ。長柄の橋の跡を見ると、わが身だけがこの世に朽ち果ててしまっただろうか、いやそうではないのだから。

〔語釈〕　**○長柄橋**　摂津国の歌枕で、現在の大阪市北区あたりの長柄川に架けられた橋。『日本後紀』によると、弘仁三年（八一二）に架けられ、仁寿三年（八五三）一〇月の時点で損壊して人馬が通れなくなっている。その後、何度も架け替えられたようである。古今集・雑体に「題しらず　伊勢　なにはなるながらのはしもつくるなり今はわが身をなににたとへむ」、千載集・雑上に「天王寺にまうで侍りけるに、ながらにて、ここなんはしのあとと申すをききて、よみ侍りける　源俊頼朝臣　ゆくすゑもおもへばかなしつの国のながらのはしも名はのこりけり」とある。なお、袋草紙・上には、能因法師が長柄の橋を作った時の鉋屑を錦の小袋に入れて珍重していたという話がある。

〔補説〕「長柄橋」は前歌の「二十五名所歌会」の名所題に見られるので、同じ折に詠まれたものとするのがよいであろう。なお、松野氏はその折の詠とは認定していない（前掲書）。

住吉社

すみよしのはま松が枝の夕煙はれぬおもひは神ぞしるらん

〔校異〕ナシ

〔現代語訳〕住吉の社を詠んだ歌、
住吉の浜辺の松の枝を焚く夕煙のように、私の晴れない思いは神がご存知だろうよ。

〔他出〕中古六歌仙・120

〔語釈〕**○住吉社**「住吉」は摂津国の著名な歌枕で、現在の大阪市住吉区、住之江区の一帯をいう。忘れ草、松、神等と一緒に詠まれる。「住吉社」は住吉大社のこと。**○すみよしのはま松が枝**「住吉」と「はま松」が一緒に詠まれることは新しく、続詞花集・神祇に「大教院の一品宮天王寺にまうで給ひけるに、御ともの人人すみよしにまゐりて歌よみけるに　藤原道経　すみよしのはま松がえに風ふけば浪のしらゆふかけぬまぞなき」とある。**○夕煙**この語は勅撰集では、新古今集・哀傷の「（詞書省略）太上天皇（注、後鳥羽院）　おもひいづるをりたくしばの夕煙むせぶもうれしわすれがたみに」が初出である。ここは、松の枝を燃やす煙と解しておく。**○はれぬおもひ**「晴れぬ」は「夕煙」の縁語である。金葉集・別に「（詞書省略）　藤原基俊　あさぎりのたちわかれぬる君によりははれぬおもひにまどひぬるかな」とある。

【補説】 前歌と同じく、述懐の歌である。
「住吉社」は「二十五名所歌会」の名所題に「住吉」と見られるので、同じ折に詠まれたものであろう。「社」は本集に入集させる時に加えたのではないか。なお、松野氏はその折の詠とは認定していない（前掲書）。

365

是二十五首名所中、若浦《わかのうら》歌、

はるぐ〵といづち行くらんわかのうらの浪ぢにきゆるあまのつり舟

【校異】 是……名所中―ナシ（片・尊） 是―是も（群）、ナシ（六・鷹） 二十五―平五（底） 名所中―名所中に（鷹） 歌―ナシ（六・片・鷹・尊） わかのうらの―わかのうら（六・鷹・多・版）

【現代語訳】 これは二十五首の名所の中の和歌の浦を詠んだ歌、
はるばるとどこへ行くのだろうか。和歌の浦の波に消えてゆく海人《あま》の釣り船は。

【他出】 中古六歌仙・121

【語釈】 **〇二十五首名所中若浦** 「二十五」は底本に「平五」とあるが、意不通なので改める。前出の「二十五名所歌会」の名所題に「若浦」が見られるので、同じ折のものである。**〇若浦** 和歌の浦のこと。紀伊国の著名な歌枕。既出（三二四番）。

366

廿五名所中に、浮嶋を、

わたつみの浪にたゞよふ浮嶋はやどもさだめぬあまやすむらん

【校異】 廿五名所中に―ナシ（片・尊） 廿五―廿五首（六・鷹・内） 名所―名所の（六・鷹・多・版） 浮嶋を―浮

嶋（片・尊）　わたつみの―わたつうみの（片）

〔現代語訳〕　二十五名所の中の浮島を詠んだ歌、

海の波に漂っている浮島は、一所不定の海人が住んでいるのだろうか。

〔語釈〕　**○浮嶋**　陸奥国の歌枕。現在の宮城県塩竈市の松島湾の浦の島であろう。和歌初学抄に「うき島　ツネニウキタリ」とあり、頼りなく不安定な状態を詠んだ歌が多い。「二十五名所歌会」の名所題に見られる。この折の歌が風情集に「うきしま　さだめなきなみにただよふうきしまはいづれのかたをよるべとかみる」とあり、やはり不安定な状態を詠んでいる。**○わたつみ**　海神、あるいは海の意であるが、ここは後者である。拾遺集・雑上に「物へまかりける人にぬさつかはしける、衣ばこに、うきしまのかたおし侍りて　よしのぶ　わたつみの浪にもぬれぬうきしまの松に心をよせてたのまん」とある。

述懐

としをへて梅もさくらもさく物を我が身の花にまちぞ侘《わ》びぬる

〔校異〕　述懐―述懐歌とて（尊）　まちぞ―まち（神）

〔現代語訳〕　述懐を詠んだ歌、

多くの年を経て梅も桜も咲くものなのに、わが身には花は咲かず、待ちわびたことだ。

〔他出〕　永暦元年七月「太皇太后宮大進清輔朝臣家歌合」・59（下の句は「我が身のはるにまちぞかねぬる」）

〔語釈〕　**○述懐**　歌題としては堀河百首が初見である。勅撰集では千載集から見られ、私家集では特に平安末期から多く詠まれる。**○物を**　接続助詞で、逆接的な事柄を導く。

〔補説〕　不遇沈淪を嘆く歌である。

「清輔朝臣家歌合」は撰歌合である。本歌は「共にさせる難もあらず、又すぐれたるふしもなし」と持であるが、清輔は本集入集に際して、下の句に手を入れている。特に「我が身のはる」は既に見られる措辞であるが、「我が身の花」は今までに例がない。

368

うきながらいまはとなればをしき身を心のまゝにいとひつるかな

【校異】をしき身を―をしき身は（神）

【現代語訳】
つらい気持ちのまま今はこれまでと決心すると、いとしく感じられたわが身を思うがままに厭ったことであったなあ。

【他出】新後拾遺集・雑下・1427、永暦元年七月「太皇太后宮大進清輔朝臣家歌合」・70、中古六歌仙・115

【語釈】**○いまは** 「いまは限り」を省略した表現であろう。「もうこれまで」「今を限り」と「生涯の最後」の意味があるが、ここは前者であろう。具体的には、「うきながら」とあるので俗世に見切りをつけて出家することをいうのではないか。前者の例に、金葉集・春の「帰雁をよめる　藤原経通朝臣　いまはとてこしぢにかへるかりがねははねもたゆくやゆきかへるらん」がある。三七二番に同じ意味の「いまはかぎり」が見られる。

【補説】昔の出家に関わる葛藤を年老いてから回顧している体の歌である。

369

つく〴〵と見しおも影をかぞふればあはれいくらのむかしなるらん

【校異】見し―わか（内）、みる（青）、見《吾》（益）　いくらの―はかりの（片）

【現代語訳】

つくづくと見た面影をいつの時の姿形なのかと数えてみると、ああ、いったいどれほどの昔の姿形なのであろうか。

〔語釈〕〇**おも影**　既出（二七五番）。目の前にはないものがあるかのように目の前に浮んで見える顔や姿の意。ここは、自分の若き日の姿であろう。〇**あはれ**　感動詞。新古今集・羈旅に「暮望行客といへるこころを　大納言経信　夕日さすあさぢが原の旅人はあはれいくよにやどをかるらん」とある。

〔補説〕嘆老の歌である。

夢のうちにいそぢの春は過ぎにけり今行末はよひの稲妻

〔校異〕いそぢの―五十の（内）

〔現代語訳〕

夢のうちに五十歳の春は過ぎたことだなあ。今後の人生ははかなくごく一瞬のものだ。

〔参考歌〕千載集・雑下（長歌）「堀河院御時、百首歌たてまつりける時、述懐のうたによみてたてまつり侍りける　源俊頼朝臣……へにける年を　かぞふれば　いつつのとをに　なりにけり　いま行すゑは　いなづまの　ひかりのまにも　さだめなし……」

〔語釈〕〇**いそぢ**　五十歳。清輔の五十歳は保元二年（一一五七）である。〇**よひの稲妻**　はかないもののたとえ。和歌初学抄は「ほどなき事には　イナヅマ」として、後拾遺集・雑三の「よのなかをなににたとへむといふふることをかみにおきてあまたよみはべりけるに　源順　よのなかをなににたとへむあきのたをほのかにてらすよひのいなづま」を挙げる。

〔補説〕五十歳を取り挙げた歌には一三五番がある。

こもり江におひぬるあしのかぜふけば折節にこそねはなかれけれ

〔校異〕 ナシ

〔現代語訳〕 隠れて見えない入り江に生えている葦は風が吹くと折り伏す、その折ごとに私は声に出して泣かれてしまうことだ。

〔語釈〕 **○こもり江に……かぜふけば** 「折節」にかかる序詞。**○こもり江** 葦などが茂って隠れて見えない入り江。万葉集・三に「みつのさきなみをかしこみこもりえのふねこぐきみがゆくかのしまに」（柿本人麿歌）とある。**○折節** 「折節」（その時々の意）」と「折り伏し」の掛詞。「節」は「あし」の縁語。六条修理大夫集に「（詞書省略）しらずやはいせのはまをぎかぜふけばをりふしごとに恋ひわたるとは」（続古今集・雑下に入る）とある。**○ねはなかれけれ** 「ねはなく」は声をあげて泣くの意。「れ」は自発の助動詞「る」の連用形。金葉集・恋上に「暁恋をよめる　神祇伯顕仲　さりともとおもふかぎりはしのばれてとりとともにぞねはなかれける」とある。なお、本歌の「ね」は「根」を響かせて「あし」の縁語である。

述懐百首のうちに、

世の中をいまはかぎりと見る月の心ぼそくぞながめられける

〔校異〕 述懐百首のうちに―ナシ（尊）　百首の―百首（青）　うちに―うち（底を除く諸本）　見る月の―みかつきの（内・益・尊）

〔現代語訳〕 述懐百首の中の歌、
世の中をもうこれっきりだと思って見る月は、心細くじっと見つめられないではいられないことだ。

〔語釈〕○述懐百首　実態は不明であるが、これに関わって、久保田淳氏は「俊頼の百首は全篇正面切っての述懐に終始していた。清輔の述懐百首もどうやらそうであったらしい」とし、「この頃の歌人には、述懐の意を籠めた独詠の百首を試みる習慣があったと見てよいであろう」と述べている（『新古今歌人の研究』所収「第二篇　藤原俊成の研究」）。**○いまはかぎり**　もうこれが終わりだの意。臨終のことをいう場合が多いが、後拾遺集・雑三の「よのなかをうらみけるころ恵慶法しがもとにつかはしける　平兼盛　よのなかをいまはかぎりとおもふにはきみこひしくやならむとすらん」は出家を詠んでおり、本歌も出家を志向することをいうと解しておきたい。三六八番に同じ意味の「いまは」が見られる。**○見る月の**　「みかづきの」という本が見られるが、これは「る」と「か」の字体の酷似によるものである。底本で十分意味が通るので従っておく。なお、為忠家後度百首に「三日月　かぞふればすゑたのもしきみかづきをこころぼそくもながめけるかな」（源頼政作）がある。

よもぎふのちりとつひにはなる物をおき所なくみをなげくらん

〔校異〕　ちり―露（鷹・多・神・版・群）　所なく―所なき（六・鷹・版）　なげくらん―なけきけん（六・鷹・版）

〔現代語訳〕

　私は蓬生に置く塵のように最後にはつまらぬ身になるのに、どうして身のおき所もなく、わが身を嘆いているのだろうか。

〔語釈〕○よもぎふ　蓬などが生い茂って荒れ果てた土地。**○ちり**　はかなさを象徴する「露」の本文の方がよいかと思われるが、「ちり」を無価値なものの意とし、「よもぎふのちり」でこれをさらに強調したと解しておく。古今集・雑下に「題しらず　よみ人しらず　風のうへにありかさだめぬちりの身はゆくへもしらずなりぬべらなり」とある。**○おき所なく**　落ち着く所なくの意。「おき」は「ちり」の縁語。金葉集・雑上に「……まくらがみにしらぬ人のたちてよみかけけるうた　くさのはのなびくもまたずつゆの身のおきどころなくなげくころかな」（袋草紙・上に挙がる）とある。

はつせ川谷がくれゆくさゞれ水のあさましくても澄み・わたる哉

〔校異〕　水の―水（底を除く諸本）

〔現代語訳〕

初瀬川は谷に隠れて流れるさざれ水のように浅くても澄んでいるが、私はというと、どんなに不遇であってもこの世に住み続けることであるなあ。

〔他出〕　夫木抄・雑六・10937

〔語釈〕　**〇はつせ川……さゞれ水の**　「あさまし」にかかる序詞。**〇はつせ川**　大和国の歌枕で、現在の奈良県桜井市初瀬を流れる川。**〇谷がくれ**　谷間に隠れて人目につかないこと。散木奇歌集・一に「山里の鶯といふ事をよめる　雪きえぬ谷がくれなる鶯のなにをしるべに春をしるらん」とある。沈淪のわが身を暗示していよう。**〇さゞれ水**　小さな音をたてて流れる水。金葉集・恋下に「題読人不知　かしかましやまのしたゆくさざれ水あなかまわれもおもふ心あり」とある。和歌初学抄に「あさき事には……サヾレミヅ」とあり、前述したように「あさまし」にかかる。**〇あさましくても**　「浅間（水深が浅いさま）」と「あさまし」の掛詞。拾遺集・恋四に「題しらず　よみ人しらず　さをしかのつめだにひちぬ山河のあさましきまでとはぬ君かな」とある。本歌の「あさまし」は、「谷がくれ」とあることから身の不遇をいうのであろう。**〇澄みわたる**　「澄む」は「住む」との掛詞。

〔補説〕　「谷がくれ」「さゞれ水」「あさま」「澄み」は「はつせ川」の縁語である。

375
わぶかやま岩まにねざすそなれ松わりなくてのみおいやはてなん

〔校異〕わぶかやま―わふるやま（鷹・版・群）、わふる《か》やま（青）　はてなん―はてまし（尊）

〔現代語訳〕
わぶか山の岩間に根が生えている磯馴《そな》れ松のように、私も耐え難い状態ばかりですっかり老い果てるのであろうか。

〔語釈〕**○わぶかやま……そなれ松**　「わりなく」にかかる序詞。**○わぶかやま**　散木奇歌集・九に「恨躬恥運雑歌百首　わぶか山よにふるみちをふみたがへまどひつたよふ身をいかにせん」とある。和歌初学抄に「紀伊」として「わぶか山　ワビシキニ」とある。『紀州名所和歌集』の「牟婁郡」に、「和深山」として本歌が挙げられており、熊野の大辺路沿いにある。**○そなれ松**　「磯馴る」は木が磯吹く風に吹かれ続けるの意。山家集・上に「あらいそのなみにそなれてはふまつはみさごのゐるぞたよりなりける」とあるように、「松」とともに詠まれる。「そなれ松」は基俊集に「よるのこひ　波のよるいはねにたてるそなれ松まだねもいらず恋ひあかしつる」と見え、これは康和二年（一一〇〇）四月催行の「宰相中将国信歌合」での詠であり、袋草紙・下に挙げられている。他には、散木奇歌集・五、田多民治集、林下集にも見られ、平安末期に盛んに詠まれたようである。**○わりなく**　厳しい所に生えている松をこう表現したのであろう。わが身の不遇をいう。**○おい**　「生ひ」と「老い」の掛詞。後拾遺集（異本歌）に「つらかりける女に　平兼盛　難波がた汀のあしのおいのよにうらみてぞふる人の心を」とある。

376
いさり火のほにこそ物をいはねどもあまのうらみはたえせざりけり

〔校異〕ナシ

〔現代語訳〕

漁り火のようにはっきりとは口に出して言わないけれども、海人の私の恨みは絶えないことだ。

〔語釈〕 **○いさり火の** 「いさり火」はたとえば拾遺集・恋二の「題しらず　よみ人しらず　しかのあまのつりにともせるいさり火のほのかにいもを見るよしもがな」のように、漁り火のほのかな様から「ほのかに」を導く（ここは序詞）のが普通であるが、ここは、単に「ほ」をいい出す枕詞となっている。**○ほ** ぬきんでて目につく、人に示すの意。「火（ほ）」を響かせているか。古今和歌六帖・六の「かるかや　かるかやのほにいでて物をいはねどもなびく草ばにあはれとぞみし」の「ほにいでて」と同じ意味であろう。**○あまのうらみ** 「いさり火」の関係で、わが身を卑下して「海人」と表現したのである。「うらみ」に「浦廻（海岸などの湾曲している所）」を響かせているだろう。**○たえせ** サ変動詞「たえす」の未然形である。既出（二八一番）。絶えるようになる、尽きるの意。

たくなはのくるしと人はおもはずとながきうらみといかでしらせん

〔校異〕 おもはずと―おもへすと（鷹）、おもはねと（内）　ながき……しらせん―ナシ（底・内・益・尊を除く諸本）

〔現代語訳〕
栲縄を繰るように、私が苦しんでいると人は思っていないというので、長く恨んでいることをどうにかして知らせよう。

〔語釈〕 ○**たくなはの** 「たくなは」は楮皮の繊維で作った縄で、「繰る」ところから同音の「くるし」をいい出す枕詞である。斎宮女御集に「……わづらひ給ひければいかがとて　たくなはのくるしげなりとききしよりあまのなげきにわれぞおとらぬ」とある。

〔補説〕 「と」が多用されており、しかも「ながきうらみ」が何をいうのか明確でなく、分かりにくい歌であるが、上のように解しておく。

「たくなは」「くる」「うらみ」は縁語である。

378

しづのをのきそのあさぎぬ、きをあらみめもあはでのみあかしつるかな

〔校異〕 あさ―あま《さ》(鷹) 、きを―きぬを(片・神)

〔現代語訳〕

賤の男の着る木曾の麻衣の横糸が粗いので編み目が合わないように、目を合わせて眠ることもできず、夜を明かしてしまったことだなあ。

〔語釈〕 **○しづのをの……ゝきをあらみ** 「めもあはで」にかかる序詞。**○しづのを** 身分の低い男。**○きそのあさぎぬ** 木曾地方特産の麻布で作られる衣。既出(二一二番)。**○ゝきをあらみ** 「ぬき」は「緯」で織物の横糸。「あらみ」は「粗し」の語幹に接尾語「み」が付いたもので、「……なので」の意。斎宮女御集に「ひさしうまゐり給はざりければ　ぬきをあらみまどほなれどもあまごろもかけておもはぬときのまぞなき」とある。**○め** 人間の「目」と編み目の「目」を掛ける。

〔補説〕 物思いのゆえに眠ることができなかったというのであろう。

379

いまはたゞちから車もつきはてゝやるかたもなきなげき成《なり》けり

〔校異〕 はてゝ―いてゝ(版)

〔現代語訳〕

今はただ力車もなくなって薪をどうすることもできないように、私は今はもう力も尽き果ててしまってどうしようもない嘆きにくれている。

〔参考歌〕　散木奇歌集・九「恨躬恥運雑歌百首　なげきつむちから車のわをよわみたちめぐるべき心地こそせね」

〔語釈〕　**○ちから車**　人力、畜力で引く荷車。**○なげき**　「嘆き」と「投げ木」の掛詞である。後者には、木を投げること、投げられた木、そして火に投げ入れることから薪の意味があるが、ここは参考歌をも勘案して、薪と解しておいた。掛詞の例に、金葉集・恋下の「題不知　藤原忠隆　おさふれどあまるなみだはもる山のなげきにおつるしづくなりけり」がある。

われひとりからなづなこそかなしけれみをつみてだにとふ人もなし

〔校異〕　ナシ

〔現代語訳〕

私一人だけ辛いのは悲しいことだ。わが身をつねって同情し、私を訪ねてくれる人は誰もいないので。

〔語釈〕　**○からなづな**　アブラナ科の薺《なずな》の一種で、辛味がある。これを詠み込んだのには、「（わが身の）辛し」から「から（なづな）」を連想したためか、あるいは、為忠家後度百首の「牆根雪　ひともこぬかきねにおふるからなづなふりつむものはゆきこそ有りけれ」（藤原為業作）や頼政集・下の「恋のこころを　人心あれたるやどの庭におふるからなづなかはつままほしきは」のように寂しさや人心の荒廃をいうためか、明確ではないが、下の句からみて前者の方が相応しいのではないだろうか。**○みをつみて**　わが身をつねって他人の痛さを知ることから、他人に同情するの意。「つみ」は「抓み」で「からなづな」の縁語の「摘む」を響かせる。拾遺集・恋二に「題しらず　よみ人しらず　春の野におふるなきなのわびしきは身をつみてだに人のしらぬよ」とある。

381
から衣みさをも今はかなはじをなにゝかゝりてすぐすべき身ぞ

〔校異〕 ナシ

〔現代語訳〕

今は御棹がないように、私は心を平静にすることはできないので、一体何によりかかって過ごせばよい身なのだろうか。

〔語釈〕 **○から衣** 衣の縁で「みさを」にかかる枕詞。**○みさを** 衣などを掛ける棹に接頭語を付した「御棹」と節操や平然とするさまの意の「操」を掛ける。金葉集・恋上に「題読人不知 なにせんにおもひかけけむから衣こひすることはみさをならぬに」とある。**○かゝり** 「みさを」の縁語。

382
ありへじとおもひなるをの一つ松たぐひなくこそかなしかりけれ

〔校異〕 （本歌）―ナシ（神） ありへじ―あるへし（片・尊・群）、有へし（鷹・多・版）

〔現代語訳〕

もう生きながらえまいと思うようになると、鳴尾の一本松のように比べられるものがないほどに悲しいことであるよ。

〔語釈〕 **○ありへ** 「ありふ」は生きながらえることの意で、苦しさを詠む例が多い。好忠集に「（詞書省略） ありへじとなげくものからかぎりあればなみだにうきてよをもふるかな」とある。**○おもひなるを** そう思うようになるの「思ひ成る」と地名の「鳴尾」の掛詞。「鳴尾」は摂津国の歌枕で、現在の兵庫県西宮市の武庫川河口付近の地名。千載集・雑上に「広田社の歌合とて、人人よみ侍りける時、海上眺望といへる心をよみ侍りける 権大納言実家 けふこそはみやこのかたの山のはもみえずなるをのおきに出でぬれ」とある。**○一つ松** 鳴尾にある一つ松のこと。和歌初学抄に「なるをのひとつ松　タグヒナキニソフ」とある。散木奇歌集・九に「なるをに松の木一本たてり　なるをなるともなき松のつれづれとひとりもくれにたてりけるかな」、出観集に「松上郭公　時鳥きなくなるをのひとつ松こゑのたぐひもあらじとぞおもふ」とあり、特に後者は「なるをのひとつ松」「たぐひもあらじ」と清輔と同じように詠んでいる。**〇たぐひなく**　「一つ」の関係でこう表現したもの。

383

むさし野のうけらが花のおのづから開くる時もなき心かな

〔校異〕（本歌）―ナシ（神）　うけらが花の……心かな―ナシ（青）

〔現代語訳〕

武蔵野に生えているオケラの花のように、私にはいつのまにか心が開いて悩みがなくなるということがないなあ。

〔他出〕　夫木抄・雑四・9714

〔語釈〕　**〇むさし野のうけらが花の**　「むさし野」は武蔵国の歌枕。既出（一〇九番）。オケラは目立たぬ花をつけることから、「おのづから開くる時もなき」にかかる序詞。**〇うけら**　オケラのこと。キク科の多年草で山野に自生する。万葉集・一四に「こひしけばそでもふらむをむざしののうけらがはなのいろにづなゆめ」（東歌）、六条修理大夫集に「むさしののうけらがはなのいつとなくさきみだれたるこひもするかな」とある。そして、この花は千載集・雑下（長歌）に「（詞書省略）　源俊頼朝臣　……うけらが花のさきながらひらけぬことのいぶせさに……」、かつ八雲御抄・三に「むさし野に有。さきてひらけぬ物也」と見られるように、目立たないものとして詠まれている。**〇開くる**　「花が咲く」の意と「閉ざされた心の状態が解かれて晴れ晴れする」の意を掛ける。

384

うらめしとおもひはてぬる世の中をしのぶる物は涙なりけり

〔校異〕（本歌）―ナシ（神）　はてぬる―はてたる（六・鷹・多・版）

〔現代語訳〕

　恨めしいと思い切ったこの世の中を、耐え忍んでいるのは涙なのであるよ。

〔語釈〕**○おもひはて**　思い切る、あきらめるの意。行尊大僧正集に「（詞書省略）かばかりとおもひはててしよの中になにゆゑのこるこころなるらん」とある。**○しのぶる**　ここは、こらえるの意であろう。涙を流すことはないというのである。なお、涙がまず自分の思いを察知することを詠んだ歌に、古今集・雑下の「題しらず　よみ人しらず　世中のうきもつらきもつげなくにまづしる物はなみだなりけり」がある。

385

夕まぐれを花吹きこす秋かぜの涼しきことにあふよしもがな

〔校異〕（本歌）―ナシ（神）

〔現代語訳〕

　夕暮れ時に尾花を吹きこえてくる秋風のように、私は雑念を払拭する快いことに遇いたいものだなあ。

〔参考歌〕千載集・恋一「二条院御時、うへのをのこども百首歌たてまつりける時、よめる　源通能朝臣　わが恋はをばな吹きこす秋かぜのおとにはたてじみにはしむとも」

〔語釈〕**○夕まぐれ……秋かぜの**　「涼しき」にかかる序詞。**○夕まぐれ**　日の暮れるころ。詞花集・雑下に「一条摂政みまかりにけるころよめる　少将義孝　ゆふまぐれこしげきにはをながめつつこの葉とともにおつるなみだか」とある。**○涼しき**　ここは、心にわだかまりがなく快い、わずらいがないの意であり、「秋かぜ」の縁語。拾遺集・哀傷に「少納言藤原統理に年ごろちぎること侍りけるを、志賀にて出家し侍るとききていひつかはしける

右衛門督公任　さざなみやしがのうら風いかばかり心の内の涼しかるらん」とある。

386

みごもりのゑぐのわかなにあらねども物おもひつむ袖はぬれけり

〔校異〕（本歌）―ナシ（多・神・版）　ゑぐ―ゑた（益）　わかな―わかは（尊）　つむ―つむも（尊）　けり―つ、（六・片・鷹・群）

〔現代語訳〕

水中に隠れたえぐの若菜を摘んで濡れるというのではないけれども、私は物思いが積もって袖は涙で濡れることだ。

〔語釈〕**○みごもり**　水の中に隠れること。転じて、人目を忍ぶ恋の比喩に用いることが多い。後者の意を含んだものに、千載集・恋一の「権中納言俊忠家の歌合に、恋のうたとてよめる　藤原基俊　みごもりにいはでふるやのしのぶ草しのぶとだにもしらせてしかな」がある。ただし、「述懐」に恋を詠むことは普通ないので、本歌は後者の意味は含んでいないであろうと思われる。**○ゑぐのわかな**　「ゑぐ」はセリ科の一種とされている。「わかな」は湿地に生え、早春に摘まれて食用となる。好忠集に「春のはじめ　雪きえばゑぐのわかなもつむべきをはるさへはれぬみやまべのさと」とある。「わかな」については、能因歌枕（広本）に「若菜とは、ゑぐ、すみれ、なづななどをいふ、さわらびをもいふ」と見える。**○つむ**　摘むと積むの掛詞。後拾遺集・春上に「題不知　いづみしきぶ　かすがのはゆきのみつむとみしかどもおひいづるものはわかななりけり」とある。

387

世の中のつらゝはいつもわかねばや心とけたるをりもなからむ

〔校異〕（本歌）―ナシ（神）　つらゝ―つらき（六・鷹・版）、つらく（多）　いつも―いつと（底・六・神・群を除く諸

本）わかねばや—わかねとも（青）とけたる—とてたる（版）

〔現代語訳〕

世の中という氷は、いつも季節を区別せず融けることのない冬だけのものなので、氷が融けないように心がうちとけるような折がないのであろうか。

〔語釈〕 **○世の中のつらゝ**「つらゝ」は氷のこと。この措辞は例をみないが、「世の中」を「つらゝ」に喩えたものか。**○わか**「わく」はものを区別するの意で、多く、否定表現を伴う。ここは、季節は冬以外はないというのであろう。**○心とけ**「とく」は「つらゝ」の縁語で、「氷がとける」の意と「心がうちとける」の意を掛けている。金葉集（異本歌）に「皇后宮にて山里恋といへる事をよめる　左京大夫経忠　山里のおもひかけぢにつらゐてとくる心のかたげなるかな」とある。

〔補説〕 分かりにくい歌であるが、わが身にとっては生きづらい世の中だというのであろう。

うきしほの浪にたゞよふ浜千鳥跡とゞむべきかたもしられず

〔校異〕（本歌）—ナシ（多・神・版）

〔現代語訳〕

潮流の波に浮んで漂っている浜千鳥は足跡を残さないように、辛い世の中にいる私は事跡を留めておくべき方法も分からない。

〔他出〕 夫木抄・冬二・6829

〔語釈〕 **○うきしほの……浜千鳥**「跡」にかかる序詞。**○うきしほ** 海流。潮流。「憂き」を掛けているか。**○浜千鳥** 海辺で遊ぶ千鳥。既出（三五一番）。**○跡** 浜千鳥の足跡としるしや痕跡の意の「あと」を掛ける。ここは、後者でわが身の存在を示す痕跡をいうのであろう。

いしぶみやつがろのをちにありときくえぞ世の中をおもひはなれぬ

【校異】（本歌）―ナシ（神）

【現代語訳】

碑《いしぶみ》は津軽の遠方と聞いている蝦夷にあるが、その蝦夷ではないが、とても私は世の中を思い切れないでいる。

【他出】 夫木抄・雑一四・15085

【語釈】 **○いしぶみや……ありときく** 「えぞ」にかかる序詞。**○いしぶみ** 壺の碑のこと。袖中抄・一九に「顕昭云、いしぶみとは陸奥のおくにつぼのいしぶみ有。日本の東のはてと云り。但田村の将軍征夷の時弓のはずにて石の面に日本の中央のよしを書付たれば石文と云と云り。信家の侍従の申しは、石の面ながさ四五丈計なるに文をゑり付たり。其所をつぼと云也」とあり、現在の青森県上北郡天間林村大字天間館にあったという碑。また、現在の宮城県の多賀城の碑ともいわれる。**○つがろ** 津軽に同じ。現在の青森県の西半部の地域をいう。久安百首（今治市河野美術館本）に「萩　えぞがすむつがろの野辺の萩盛りこや錦木の立てるなるらん」（親隆作）とある。**○えぞ** 「蝦夷（津軽以北の地）」と「え（副詞）ぞ（係助詞）」の掛詞。ここでは、清輔は「蝦夷」を「つがろのをち」と詠むが、その場所を正確に把握していたか否かは必ずしも明確ではない。**○おもひはなれ** 思い切るの意。古今集・雑下に「題しらず　小野小町　あはれてふ事こそうたて世中を思ひはなれぬほだしなりけれ」とある。

【補説】 出家できないことを詠んでいるのであろう。

390

たちがたきおもひのつなにまとはれて引きかへさるゝことぞかなしき

〔校異〕（本歌）―ナシ（神）

〔現代語訳〕

断ち切りがたい思いの綱にとらわれて、元につい引き戻されてしまうことが悲しい。

〔他出〕夫木抄・雑一五・15885（第三句は「つながれて」）

〔語釈〕**○おもひのつな** 情にひかされて思いのままにならぬこと。後撰集・雑一に「（贈歌省略）返し　行平朝臣　限なきおもひのつなのなくはこそまさきのかづらよりもなやまめ」とある。この歌につき、奥義抄・中は「おもひのつなとあるは、思緒と云ふ事あり。緒はつなゝり。これはかぎりなき思緒のなくばこそとよめるなり。思緒はたゞ思ひと云ふ事なり」と説明する。**○引きかへさるゝ** 「引き」は「つな」の縁語。「るゝ」は自発と解しておく。

〔補説〕前歌と同様に出家できないことを詠んでいる。

391

おく山のしたひがしたに鳴くとりのおとにもいかで人にきかれじ

〔校異〕（本歌）―ナシ（多・青・神・版）　いかで―いかてか（鷹）

〔現代語訳〕

奥山の紅葉の陰で鳴く鳥のように、私も泣いていることを何とかして噂に聞かれたくないものだ。

〔参考歌〕万葉集・一〇「あき（かな）やまのしたひがしたになくとりのこゑだにきかばなにかなげかむ」（柿本人麿歌集歌）

〔語釈〕**○おく山の……鳴くとりの** 「おと」にかかる序詞。**○したひがした** 「したひ」は動詞「したふ」の名詞形。もみじなどが赤く色づくこと。ここは、紅葉そのものをいう。散木奇歌集・九に「恨躬恥運雑歌百首　わがごとくよにすみわびてあき山のしたひがしたにさをしかなくも」とある。**〇おとにもいかで人にきかれじ**　「音に聞く」は噂に聞くの意。「れ」は受身である。金葉集・恋上に「（詞書省略）　前中宮上総　いしばしるたきのみなかみはやくよりおとにききつつこひわたるかな」とある。

392

いまはたゞおとなし河に身をなしてうきせも人にみえじとぞおもふ

〔校異〕（本歌）―ナシ（神）　河に―河と（尊）　身をなして―身なして（底）　うきせ―うきを（尊）

〔現代語訳〕

今はただ音無川のように、私は人に分からないように黙っていて、つらい状態でいることを人に知られまいと思う。

〔語釈〕**〇おとなし河**　紀伊国の歌枕。現在の和歌山県牟婁郡の熊野本宮の傍を流れる川。和歌初学抄に「紀伊　おとなしがは　人ノトハヌニ」とある。ここは、人に知られないように黙る意の「音なし」との掛詞。金葉集（異本歌）に「卯花をよめる　源盛清　卯花を音なし河のなみかとてねたくもをらで過ぎにけるかな」とある。**〇身をなして**　底本では字足らずなので、諸本により改める。**〇うきせ**　意のままにならずにつらい状態をいう。「浮き」を響かせているだろう。「おとなし河」の縁語。千載集・雑中に「題しらず　藤原顕方　うきせにもうれしきせにもさきにたつ涙はおなじ涙なりけり」とある。

393

よも山もながめてのみもくらすかないづれのみねにいらんとすらん

〔校異〕（本歌）―ナシ（神）　よも山も―よも山を（底を除く諸本）　いらん―もらん（底・益・青）、もえん（片・内・

尊）

〔現代語訳〕
　四方の山もぼんやりとながめてばかりいて暮らすことだよ。私は一体どこの峰に入るのだろうか。

〔語釈〕　〇よも山　四方の山。千載集・春上に「（詞書省略）　前中納言匡房　よも山にこのめ春さめふりぬればかぞいろはとや花のたのまん」とある。〇みねにいらん　「いらん」は底本の「もらん」あるいは「もえん」では意不通なので、他本により底本を改める。「峰に入る」ことは、人里から隔絶した生活を意味する。古今集・雑下に「題しらず　これたかのみこ　白雲のたえずたなびく岑にだにすめばすみぬる世にこそ有りけれ」とある。どんな所でも、隠遁生活はしようと思えばできるのだというこの歌が脳裏にあって、本歌はわが身はどの峰で隠遁生活を送るのだろうかと想像を巡らしている体なのである。

〔補説〕　「山」と「みね」をともに詠み込むことについては、一七九番参照のこと。

はかなしや雪のみ山の鳥だにも世にふることは思はぬ物を

〔校異〕　（本歌）―ナシ（神）

〔現代語訳〕
　はかないことだなあ。雪山に住むあの寒苦鳥でさえも世を過ごしていくことは考えないのだから。

〔語釈〕　〇雪のみ山の鳥　インドの雪山（ヒマラヤ山）に住むという寒苦鳥のこと。体に羽毛がなく、寒夜には寒さに耐えかねて、夜が明けたら巣を作ろうと鳴くが、夜が明けて暖かくなると苦しみを忘れて、無常の身なれば巣を作らずと鳴くという。殷富門院大輔集（続群書類従原本）に「涅槃経　つくづくと思ひとくこそ悲しけれ雪のみ山の鳥のをしへに」とある。〇世にふる　世に生きていくの意。

395 愁ふる雑歌のうちに、

鶯のいつも都へいでしか此の春ばかりねやはなかれし

〔校異〕（詞書）と（本歌）―ナシ（神）（詞書）―ナシ（尊）愁ふる―ナシ（片）雑歌―雑の歌（六・鷹・多・版）うち―中（六・片・鷹・多・版）都へ―都に（青）ね―をと《音》（青）やは―は（内）

〔現代語訳〕愁ふる雑歌の中の歌、

鶯はいつも都へ出て鳴いていたが、この春くらい声を出して鳴いたことはなかった。そのように、私もいままでこの春ほど泣いたことはなかった。

〔語釈〕**○愁ふる雑歌**「雑歌」はあるが、この歌題は初出であろう。**○鶯のいつも都へいで** 鶯が都に出て鳴くことは、金葉集・春に「むつきの八日はるのたちけるに鶯のなきけるをききてよめる　藤原顕輔朝臣　けふやさは雪うちとけてうぐひすのみやこへいづるはつねなるらん」とある。**○ねやはなか**「音泣く」は声に出して泣く。「やは」は反語。

396 ふるさとをしきしのぶるもあやむしろをになる物といまぞしりぬる

〔校異〕（本歌）―ナシ（神）しのぶる―しのふに（六・鷹・版・群）いま―人（六・片・鷹・多・青・版）

〔現代語訳〕

故郷をしきりに懐かしく偲んでいるが、それは上敷きの綾の敷物が古くなって擦り切れ、破れて編み緒しか残っていないほどの長い時間であることを今知ったことだ。

〔語釈〕**○しきしのぶる** しきりに偲ぶの意。千載集・恋三に「（詞書省略）源俊頼朝臣　あさでほすあづまをとめのかやむしろしきしのびてもすぐすころかな」とある。この語の起源について、万葉集・四に「にはにたつあさでかりほししきしのぶあづまをとめ（をうな）をわすれたまふな」（常陸娘子歌）とあるが、第三句の原文「布暴」を「布慕」と誤写した本文によって「しきしのぶ」と訓んだために生じた歌語とされている。この万葉集歌は、奥義抄・中に第三句を「しきしのぶ」として挙げられており、「あさで」に注を付している。なお、「しき」は「あやむしろ」に関わって、「敷く」を響かせているか。**○あやむしろをになる**　「あやむしろ」は模様を織り出した敷物。「を」は編み糸。この措辞は、敷物が古くなって破れ、編み緒だけが残るの意。万葉集・一一に「ひとりぬと（ぬる）こも（とこ）くちめやもあやむしろをになるまでにきみをしまたむ」（作者未詳歌）、出観集に「恋のこころをあやむしろ君をこひつつひとりねてをになるまでにとしぞへにける」とある。

【補説】　酷似する歌に、林葉集・五の「又、歌林、人人歌十首よみ侍りしに　しるらめや涙の床のあやむしろをになるまでにしき忍ぶとは」があるが、本歌に倣ったものか。

　故郷を偲ぶ歌は三九八番にも見られる。

みかさ山立ちはなれぬるあま雲のかへしの風を待つ空ぞなき

【校異】　（本歌）―ナシ（神）　空―よし（片）

【現代語訳】

　三笠山を離れていった大空の雲を元の所へ吹き返す風を待つような所はないなあ。

【参考歌】　散木奇歌集・九「四位して殿上おりて侍りけるころ、家道君のもとよりつれづれはいかがなど訪ひて侍りけるに、少将などのきたる事を思ひいでてつかはしける　みかさ山たちはなれにしあしたより涙の雨にぬれぬ日ぞなき」

【語釈】　**○みかさ山**　大和国の歌枕。現在の奈良市春日山の前方にある山。歌語として、近衛府の大将、中将、少将の異名。ここは、歌語として用いられているのであろう。参考歌の場合、俊頼は近衛少将であったので、「みかさ山たちはなれにし」は納得されるのであるが、清輔は近衛府に関わる経歴はなく不審である。あるいは、「近きまもり」を意味する「近衛」のように天皇の近くに伺候するという点で、昇殿のことを指すのであろうか。六条天皇即位後、昇殿を許されなかったことを嘆く歌が三二六番に見られるが、本歌も同じ時のものかも知れない。**○あま雲**　空に浮かぶ雲。和歌初学抄に「あまぐも　天雲也又雨雲ハ別義也」と見える「天雲」であり、これは同じく「うきたる事には　ウキグモ　アマグモ……」とある。万葉集・二〇に「あまくもにかりぞなくなるたかまとのはぎのしたばはもみちあへむかも」（中臣清麿歌）とある。ここは、わが身の不安定な状況をいう。**○かへしの風**　ここは、吹いてきた風とは逆方向に吹き返す風のこと。後拾遺集・雑五に「あづまに侍けるはらからのもとにたよりにつけてつかはしける　源兼俊母　にほひきやみやこのはなはあづまぢにこちのかへしのかぜにつけしは」、金葉集・恋下に「題読人不知　あまぐものかへしのかぜのおとせぬはおもはれじとのこころなるべし」とある。後拾遺集ころから流行し始めた措辞である。**○空**　「あま雲」「風」の縁語でこの語を使い、不特定の空間をいう。後撰集・秋上に「題しらず　よみびとも　天河渡らむそらもおもほえずたえぬ別と思ふものから」とある。

〔補説〕　元の状態に復するあてのないことを愁嘆しているのであろう。

故郷をしのぶもぢずりかぎりなくおもひみだる、さまをみせばや

〔校異〕　（本歌）―ナシ（神）

〔現代語訳〕

故郷を偲んで、忍ぶ草の摺り染めの紋様が乱れているように、私が限りなく思い乱れている様子をみせたいものだ。

【参考歌】　古今集・恋四「題しらず　河原左大臣　みちのくのしのぶもぢずりたれゆゑにみだれむと思ふ我ならなくに」

【語釈】　○しのぶもぢずり　忍ぶ草の汁で摺ったもので、乱れたような模様をいうのであろう。既出（二〇六番）。ここは、「偲ぶ」を掛けている。

【補説】　故郷を偲ぶ歌は三九六番にも見られる。

399

つれ〴〵とより所なきこゝちして網代《あじろ》にひをもかぞへつる哉

【校異】　（本歌）―ナシ（神）　より―よる（片）　つる―ぬる（六・鷹・多・青・版）

【現代語訳】

しんみりと寂しく、頼るべきところがない心地して、網代に寄ってくる氷魚を数えるように、過ぎ去った日々を数えたことだなあ。

【語釈】　○つれ〴〵と　既出（三五九番）。○網代　冬、川で特に氷魚を獲るために設ける柵。○ひをもかぞへ　「ひを」は「氷魚」と「日を」の掛詞。堀河百首に「網代　公実　武士のとしのよるをもしらぬかなあじろにひをやかぞへざるらん」とある。

400

いにしへおもひいでられけるころ、三条大納言いまだ中将にておはしける時つかはしける、

ながらへば又此のごろやしのばれんうしとみし世ぞ今はこひしき

【校異】　（詞書）と（本歌）―ナシ（神）　大納言―内大臣（片・群を除く諸本）　時―に（尊）　つかはしける―かきつかはしける（尊）　しのばれん―したはれん（尊）

〔現代語訳〕 昔のことが思い出されたころに、三条大納言がまだ中将でいらっしゃった時に言い遣った歌、

生き長らえていたならば、今もまた懐かしく思い出されることだろうか。現につらいと思ったあの昔が今は恋しく感じられるのだから。

〔他出〕 新古今集・雑下・1843、治承三十六人歌合・10、歌仙落書・46、中古六歌仙・118、百人秀歌・84、百人一首・84、定家八代抄・雑上・1558

〔語釈〕 **○三条大納言** 底本をはじめとする多くの諸本に「三条内大臣」とある。「三条内大臣」は藤原公教であり、彼が中将であったのは大治五年（一一三〇）四月から保延二年（一一三六）一二月まで、時に左中将であった。永暦元年（一一六〇）七月に内大臣に在職のまま五十六歳で没している。左中将の時は清輔は二十三歳から二十九歳の間であり、公教は三歳年長である。本歌には、苦悩を甘受し、冷静に物事を考えうるに至った人生諦観の境地が看取せられ、三十歳前の若年には「うしとみし世ぞ今はこひしき」はあまりにも大形すぎるのではなかろうか。一方、「三条大納言」は公教男の実房である。彼は仁安三年（一一六八）八月から寿永二年（一一八三）四月まで権大納言に在職し、その後は大納言になる。清輔没時は権大納言であった。左中将在職は保元三年（一一五八）正月から仁安元年（一一六六）六月まで、十二歳から二十歳までであり、清輔は五十一歳から五十九歳の間である。彼を「三条大納言」と表記する例としては、林下集・上の詞書の「三条大納言実房をさそひて東山の花みるべきよし申ししに」がある。叙上のように、本歌を実房に送ったとしても何ら不思議ではなく、老熟した本歌には似合いの年齢だと言えるし、はるか年下の実房に教え諭す口吻であることからもよいであろう。なお、歌仙落書には、父を亡くした実房の歌が「三条内大臣かくれ給ひて後、世中おもひつづけて　何事もおもひもしらで過ごしけむ昔ぞ今は恋しかりける」とあり、彼の悲嘆に対して、清輔自身も時も時「いにしへおもひいでられけるころ」であったので彼を慰めるべく送ったと思量することができようか。よって、底本の本文を改める。詳しくは、拙著所収「『清輔集』にみられる三条家―「ながらへば」詠の詠作年代に及ぶ―」参考のこと。**○此のごろ** 現在のこと。**○うし**

とみし世　つらいと思った世のこと。
〔補説〕　新古今集は詞書は「題しらず」、歌仙落書は「懐旧のこころを」、中古六歌仙は「むかしこひしくおぼえけるとき、三条内大臣中将ときこえけるときつかはしける」とある。

401

物名、からにしき、

むつごともつきであけぬときくからに鴫《しぎ》の羽《はね》がきうらめしきかな

〔校異〕（詞書）と（本歌）―ナシ（神）　からにしき―ナシ（益）
〔現代語訳〕「からにしき」を詠んだ物名の歌、
　睦言もまだ尽きないのに夜が明けたと聞くにつけても、あの鴫の羽掻きの音が恨めしく感じられることだなあ。
〔参考歌〕　古今集・恋五「題しらず　よみ人しらず　暁のしぎのはねがきももはがき君がこぬ夜は我ぞかずかく」
〔他出〕　新勅撰集・雑五・1360、後葉集・物名・290、久安百首・1000
〔語釈〕　**○物名**　ぶつめい。もののな。その歌の意味とは関係なく物の名を詠み込んだもの。古今集、拾遺集、千載集では部立の一つとなっている。ここでは、「からに鴫」に「からにしき」が詠み込まれている。**○からにしき**　外国から渡来した錦。これを物名として詠み込んだ歌はない。**○むつごと**　男女の共寝しての語らい。古今集・雑体に「題しらず　凡河内みつね　むつごともまだつきなくにあけぬめりいづらは秋のながしてふよは」とある。**○鴫の羽がき**　この措辞は、奥義抄・下に「しぎははねかくことのしげき也。さればもゝはがきといふ也」、和歌初学抄に「しげきことには　シギノハネガキ」とあり、さらに袖中抄・一八に「一にはしぎと云鳥は暁はとぶ羽音のこと鳥よりもしげく聞ゆれば百はがきとは読也」、八雲御抄・三に「しぎのはねがきなどよめるは、たゞ暁あることなり」と見える。参考歌のように数の多さを言ったり、輾転反側する喩えにも用いられるが、ここでは、袖中抄や八雲御抄から勘案して、飛ぶ羽音が多く聞こえて暁になったことを知り恨めしく思っていると解しておく。なお。二五九番にはよく似た「しぢのはしがき」を詠んでいる。詳しくは、拙著所収「清輔の詠歌と清輔本『古今集』」参考のこと。

五宮にまゐれりけるに、いづみ殿の御所の御まへなる田に、霧《きり》のところ〳〵立ちたるをみて、
あさぎりのたえ〳〵かゝる外面田《そともだ》はむらほにでたる心ちこそすれ

〔校異〕五宮―五色（底・内・益） まゐれり―にまゐれり（版）、まゐり（神） 御まへ―まへ（六・鷹・多・版） 霧の……みて―切木（以下ナシ）（版） ところ〳〵―ところ〳〵に（内・益） 立ちたる―立ける（六・鷹） あさぎりの―あさきり〳〵の（版） かゝる―かたる（版） でたる―たてる（六・鷹・多・版）

〔現代語訳〕五宮に参上しました折に、泉殿の御住居のお前にある田に、霧が所々に立っているのを見て詠んだ歌、
朝霧がとぎれとぎれにかかっている家の外の田は、群がった稲穂が出ている感じがすることだ。

〔他出〕夫木抄・雑四・10164（第四句は「むらほにたてる」）

〔語釈〕〇五宮 底本の「五色」では意不通なので諸本により改める。覚性法親王のこと。既出（三三六番）。一一二九年生、一一六九没。十二歳で仁和寺に出家。〇いづみ殿 法親王は『仁和寺御室系譜』等では「泉殿御室」と呼ばれている。この「泉殿」は特定されていないが、『山城名勝志』八によれば、「今妙光寺（注、現在仁和寺のほぼ西にある）と般若寺の間に泉谷有り。疑ふらくは、泉殿の旧跡歟。今は西寿寺といふ浄土宗の寺有り」（原漢文）とあり、ここをいうか。〇外面田「外面」は家の外。既出（八〇番）。「そとものをだ」という形で、秋を詠むのに、金葉集・秋の「山里秋といふことをよめる 藤原行盛 山ふかみとふ人もなきやどなれどそとものをだに秋はきにけり」がある。〇むらほにで「むら」は群がること、また、そのものをいう。ここは「穂」と結びついて複合語

を構成する。「で」は「づ」（動詞「いづ」の語頭音の脱落したもの）の未然形。「ほにづ」の形では見られないが、「ほにいづ」は穂先に実を結ぶの意である。ここは、「秀《ほ》にいづ（外に現われるの意）」を掛けている。後拾遺集・春上に「題不知　小弁　ほにいでて秋とみしまにをやまだをまたうちかへすはるもきにけり」とある。

〔補説〕 どういう状況を詠んだのか必ずしも明確ではなく、秋のまだ稲穂が出揃う時期ではないが、霧が所々に立っているのでそのように見えたというのであろうか。

　人のもとへつかはしける文を、となりに太皇太后宮のおはしましける時、彼の宮の人とりいれて、つゝみがみに歌を読みておこせたりけるを、次の日その心を取りて、

　ちかの浦にふみたがへたる浜千鳥おもはぬ跡をみるぞうれしき

〔校異〕 文をとなりに―ふみ、取てとなりに（鷹）、ふみ取てとなりに（版）、文を（内・益）　太皇太后宮―大皇太后宮（底・益）、大皇大后宮（六・片・鷹・青・神・版）、太皇大后宮（内・尊）　つゝみ―ナシ（版）　読みて―書て（六・片・鷹・尊・群）、みて（神）、ナシ（多・版）　みるぞ―みしそ（底を除く諸本）

〔現代語訳〕 ある人のもとへ言い遣った手紙を、その隣に太皇太后宮がいらっしゃった時、その宮の人が取って内に入れ、包み紙に歌を詠んで寄こしてきたので、翌日に私はそのことを詠んで送った歌、

千賀の浦で浜千鳥が踏み間違えて残して行った足跡を見るように、近くに持って行った手紙を間違えて手に入れられたあなたの思いも寄らない筆跡を見るのはうれしいかぎりです。

〔語釈〕 **〇太皇太后宮**　正しくは、「太皇太后宮」であるので底本を改める。先先代の天皇の皇后のことで、ここは近衛天皇の皇后の藤原多子である。右大臣公能女。一一四〇年生、一二〇一没。一一五八年二月に太皇太后になる。その後、一一六〇に二条天皇にも入内し、「二代の后」と称される。多子が太皇太后宮になると同時に清輔は

太皇太后宮大進となったと考えられている。**〇ちかの浦**　千賀の浦は陸奥国の歌枕。現在の宮城県塩竈市の塩竈湾一帯をいう。既出（二八三番）。ここは、「近し」との掛詞である。後拾遺集・恋二に「あるひとのもとにとまりてはべりけるにひるはさらにみぐるしとていでざりければよめる　藤原道信　ちかのうらになみよせまさる心地してひるまなくてもくらしつるかな」とある。**〇ふみたがへ**　「ふみ」は「踏み」と「文」の掛詞。千載集・恋五に「ときどき物申しける女のもとにふみをつかはしたりけるをよもあらじとて返して侍りければつかはしける　藤原経衡　いにしへもこえみてしかばあふさかはふみたがふべき中の道かは」とある。**〇浜千鳥**　海辺で遊ぶ千鳥。既出（三五一、三八八番）。**〇跡**　浜千鳥の足跡と筆跡を掛けている。後撰集・恋二に「人を思ひかけてつかはしける　平定文　はま千鳥たのむをしれとふみそむるあとうちけつな我をこす浪」とある。

〔補説〕「ちかの浦」「ふみ」「跡」は「浜千鳥」の縁語である。

　　俊成入道うちぎゝせらるゝときゝて、我がことの葉のいりいらず聞《き》かまほしきことをたづぬとて、

さをしかのいる野のすゝきほのめかせ秋のさかりになりはてずとも

〔校異〕せらるゝ―をらるゝ（青・版）、せらる（尊）　いり―いか（鷹）　たづぬ―たつ（六）　ほのめかせ―をのめかせ（版）

〔現代語訳〕俊成入道が打聞を編纂しておられると聞いて、私の歌が入集しているかどうか聞きたいということで尋ねるために詠んだ歌、

入野の薄よ、私の歌が入っているかどうか、それとなく知らせておくれ。秋の盛りになってしまっていなくても。

〔語釈〕〇俊成入道　藤原俊成のこと。権中納言俊忠男。一一一四年生、一二〇四没。一一七六年九月に重病のた

め官を辞して出家し、法名を釈阿とする。清輔は翌年の六月に没しており、「入道」が清輔の自記とすれば、本集はごく晩年に編集されたことになろう。**〇うちぎゝ**　俊成が撰者の千載集は寿永二年（一一八三）に院宣が公式に下っていることから、「うちぎゝ」は私撰集のようなものと考えられる。これがそのまま千載集の草稿になった可能性はあるだろう。「正治二年俊成卿和字奏状」に「清輔が続詞花集と申うちぎきをつかまつりて、二条院に勅撰と申なさんと申させ候しかども」とある。なお、清輔は千載集に二〇首入集している。**〇ことの葉**　和歌。古今集・序に「やまとうたは人のこころをたねとしてよろづのことのはとぞなれりける」とある。**〇さをしかのいる野のすゝき**　「さをしかの」は「いる野」にかかる枕詞。「いる野」は歌枕で山城国か。五代集歌枕・上は「国不審」とする。和歌初学抄は「萬葉集所名」に「さをしかのいる野」とだけ挙げる。万葉集・一〇に「さをしかのいるののすすきはつをばないつしかいもがたまくらにせむ」（作者未詳歌）とあり、同歌が入る新古今集・秋上は「題しらず　人丸　さをしかのいるのの薄はつをばないつしかいもがたまくらにせん」と第二句が「いるのの薄」とある。新古今集以降、この措辞は多く詠まれるようになる。なお、「いる」は「入る」を掛けている。**〇ほのめかせ**　「ほ」は「すゝき」の縁で「穂」を響かせていよう。千載集・秋上に「草花告秋といへる心をよめる　法印静賢　秋きぬとかぜもつげてし山ざとになほほのめかす花すすきかな」とある。**〇秋のさかりになりはてずとも**　最終決定していなくとも、一刻も早く知らせてほしいというのである。本歌を詠んだのが初秋であったことをも示しているのではないだろうか。

讃岐院に加階のぞみ申すこと侍りけるが、二とせ三とせ過ぎにければ、しはすの廿日あまりの比ほひ、

よみて奉りける、

くらゐ山谷の鶯人しれずねのみなかるゝ春をまつかな

此のこと鳥羽院にまうさせ給ひければ、歌のあはれにとてたまはりにけり。

〔校異〕 奉りける―つかはしける（片・神）、奉れりける（尊） ねのみ―下に（六・鷹・多・版） なかる、―なかれて（片） 此のこと―この比と（尊） まうさせ―まうさ（多） 歌の―ことの（六） あはれにとて―あはれなりとて（六・鷹）、あはれにこそ（片）、あはれにて（内）、あはれとて（版） けり―けれ（片）

〔現代語訳〕 讃岐の院に加階を望み申すことがありましたが、二、三年なにもなく過ぎたので、師走の二〇余日のころ、詠んでさし上げました歌、

位山の谷にいる鶯は人に知られず鳴きながら春を待つように、人知れず泣いている私もわが世の春を待ち望んでいます。

このことを鳥羽院に申し上げさせなさったところ、歌がすばらしいということで頂戴いたしました。

〔他出〕 袋草紙・上・101「新院（注、崇徳院）御給を申すに度々漏れしかば、十二月廿日比、事の次に奏聞する歌、位山谷の鶯人しれぬ音のみなかれて春をまつかな　明年御給を給はる所なり。競望の人その数有り、而して仰せて云はく、和歌に優なるにより、清輔に給ふと云々」

〔語釈〕 **〇讃岐院** 崇徳天皇のこと。鳥羽天皇第一皇子、母は藤原公実女璋子。生没年は元永二年（一一一九）～長寛二年（一一六四）で、在位は保安四年（一一二三）から永治元年（一一四一）まで。保元の乱（一一五六）に敗れ、讃岐国の白峯に配流される。怨霊が世人に恐れられたため、一一七七に「讃岐院」の称号を改めて「崇徳院」の諡号を贈る。**〇加階のぞみ** 後述のように、加階されて正五位下になったので、それまでは従五位上であった。これに叙せられたのは、他出引用部分のすぐあとの記事によれば、本集一七番を詠んで朝覲行幸の御給に与ったゆえとされており、いつか明確ではないが、仁平元、二年（一一五一、二）ころかと考えられている。**〇くらゐ山** 位山のこと。飛騨国の歌枕。既出（三一七番）。「位」に関わって詠まれるのが普通である。**〇谷の鶯** 歌語で、冬

に氷に閉じられた谷間にいる鶯のこと。既出（九番）。わが身のことを暗示する。**○此のこと……たまはりにけり**　兵範記の仁平四年（一一五四）一月五日条に「叙位儀……正五位下　藤原清輔新院御給」とあり、正五位下に昇叙されたことをいう。**○鳥羽院**　堀河天皇第一皇子。母は大納言藤原実季女苡子。生没年は康和五年（一一〇三）〜保元元年（一一五六）で、在位は嘉承二年（一一〇七）から保安四年（一一二三）まで。祖父後白河院の死後、二八年間、院政を行う。

人のもとへまかれりけるに、歩《ある》きたがへたるよしをいひて入《い》れざりければ、いひいれける、

はる〴〵と山路をこえてくる月にやどかす雲のなどかなからん

〔校異〕　まかれり―まかり（内）　あるきたがへたる―あしき日きたる（六）、あるしき日たかへたる（鷹）、あしきたかへたる（版）、ありきたかたかひたる（尊）　いれざり―ゐさり（内）、いひさり（益）　などかなからん―なとなかるらん（六・片・鷹・多・青・版・群）

〔現代語訳〕　ある人の所に参った時に、行き違いであるということで家に入れてくれなかったので、中に詠み入れた歌、

はるばると山路を越えてやってくる月に宿を貸す雲がどうしてないのだろうか。はるばるやって来た私を中にいれてくれてもよいではないか。

〔語釈〕　**○歩きたがへ**　行き違いになるの意。散木奇歌集・二に「東宮大夫公実のもとより、あるきたがはであれ、ものへいかんにぐせんとありけれども」とある。

〔補説〕　月が雲に宿る例として、古今集・夏の「月のおもしろかりける夜、あかつきがたによめる　深養父　夏の夜はまだよひながらあけぬるを雲のいづこに月やどるらむ」があり、さらに本歌のように「月にやどかす雲」とし

ては、出観集の「月　旅のそらやどかすくもにながゐせではやくあさたてありあけの月」がある。

407

みあれの日、ともだちのもとよりあふひを送りて、いかにしそめたりけることにか、昔の契りこそうれしけれといふ心をいへりければ、

いにしへの契りはしらずあふひ草おもひかけゝるけふぞうれしき

〔校異〕　しそめたりける―しそめたる《りける》（多）、しそめさりける（青）　しらず―しれす（青）　かけゝるけふ―かけたること（六・鷹・版）、かけたるけふ（片・多・青・神・群）

〔現代語訳〕　みあれの日に、友達のところから葵を送ってきて、どのようにして始まったものだろうか、昔の約束はうれしいことだと言ってきたので詠んで送った歌、

昔の契りのことは知らないが、この葵のように逢う日のことを心に掛けてくれた今日はうれしいことだ。

〔語釈〕　**○みあれの日**　葵祭の前三日の、四月の中の午の日に賀茂神社で御阿礼《みあれ》の祭事の催行される日。和泉式部続集に「みあれの日、葵を人のおこせたるに　あふひぐさつみだにいれずゆふだすきかけはなれたるけふの袂は」とある。四三三番にも見られる。**○ともだち**　いままでの例からすれば、女性ならば「女」と表記するので、ここは男友達と考えておく。**○いかに……うれしけれ**　前文の「いかに……ことにか」は清輔の自記かとも考えられるが、いまは二文とも送り主の言としておく。この具体的な内容は分からないが、この日には必ず逢う約束でもしていたのだろうか。**○あふひ草**　葵祭等に用いられるのはフタバアオイである。これを冠の飾りとしたり、牛車の簾に挿したりした。ここは、「逢ふ日」を掛けており、また「かけゝる」は縁語である。後撰集・夏に「賀茂祭の物見侍りける女のくるまにいひいれて侍りける　よみ人しらず　ゆきかへるやそうぢ人の玉かづらかけてぞたのむ葵てふ名を」とある。

〔補説〕 恋の歌のような体裁をとり、「契り」は男女が交わす契りの意で詠んだのではなかろうか。

うへゆるされざりけるころ、侍従代といふことにもよほされける時、少納言入道信西がもとへつかはしける、

さは水になくたづのねやきこゆらん雲ゐにかよふ人にとはゞや

〔校異〕 ゆるされざりける―ゆるされける（尊を除く諸本）　もよほされ―もよなされ（神）

〔現代語訳〕 昇殿が許されなかったころ、侍従代ということが信西に負わせられた時に、少納言入道信西のもとへ言い遣った歌、

沢水に鳴く鶴の声は聞こえるでしょうか。宮中に行き通うあなたに尋ねたいものです。

〔語釈〕 **〇うへゆるされざりけるころ**　底本の「うへゆるされけるころ」では、歌意に相応しくなく、かつ信西の没年（一一五九）までに清輔が内昇殿を許されたことは記録にみえないので、尊経閣文庫本により底本を改めておく。**〇侍従代**　朝廷の公事において、侍従の代わりを臨時に務めるもの。少納言の経験者を充てるのが普通である。「侍従」は天皇側近の官で、定員は八人、従五位下相当、うち三人は少納言が兼帯した。**〇もよほされ**　「もよほす」は負わせるの意、「れ」は受身の助動詞「る」の連用形である。経歴等からして侍従代になったのは信西であろうが、少納言兼帯とすれば、一一四三年八月から翌年の七月までのこととなる。このため、清輔が内昇殿を許されることを訴えたのである。なお、「もよほす」は四二九番にも見られる。**〇少納言入道信西**　藤原通憲のこと。六位蔵人実兼男。一一〇六年生、一一五九没。漢学者。蔵人、判官代を経て、一一四三年八月に鳥羽上皇により少納言に任じられた。一一四四年七月に出家し、法名を円空、程なく信西とする。保元の乱後の一一五八ころからの後白河上皇と二条天皇の近臣間の勢力争いに巻き込まれ、平治の乱により一二月九日に自害。**〇さは水**　沢にある

浅い水。**〇雲ゐ**　宮中のこと。既出（三二四番等）。
〔補説〕「たづ」と「雲ゐ」をともに詠んだものに、三二四、三二六番があり、特に後者は本歌と同趣である。

409
返し、　信西、

あしたづのさはべの声はとほくともなどか雲ゐにきこえざるべき

〔校異〕 信西―ナシ（六）
〔現代語訳〕 信西の返事の歌、
沢辺で鳴く鶴の声がたとえ遠くとも、どうして宮中に聞こえないことがありましょうか。

410
兵衛のつかさなる人にて、おほやけに奏することありけるに申しける、

もらさではあらじとおもへばかしはぎの森のわたりをたのむばかりぞ

〔校異〕 兵衛の―兵衛（尊）　人にて―人に（六・鷹・神・群）　おほやけに―おほやけ（鷹）　ありけるに申しける―ありけるにつかはしける（片）、ありければ（尊）
〔現代語訳〕 兵衛府の人に、朝廷に奏上することがあった折に申し上げた歌、
漏らさないことはあるまいと思うので、柏木の森のあなたの御守護を頼みにするばかりです。
〔語釈〕 **〇兵衛のつかさ**　兵衛府の役人。「兵衛府」は宮門の警備・巡検、行幸の前後の警固などをつかさどった重要な役所である。**〇人にて**　「て」が落ち着かないが、諸本にある「人に」の意味で解し、「申しける」にかかるとしておく。**〇もらさ**　「おほやけに奏する」の内容が不明であるので、何のことか明確ではないが、清輔の奏上

する内容に遺漏があることをいうのだろうか。**○かしはぎの森**　大和国の歌枕。現在の奈良県吉野郡川上村の森とされる。「柏木」は兵衛府の官人の異称で、奥義抄・下に「かしはぎとは兵衛のつかさ也」とある。「森」は「守り」を掛けていると解しておく。「守り」の内容は遺漏のところを適当に補って奏上してほしいというのではないか。

411

臨時祭の歌人《うたびと》にたびごとにせめられければ、

われひとり年をかさねてかざすかないく重《へ》に成りぬ山吹の花

歌のしるしにやゆりにけり。

〔校異〕　臨時祭―臨時の祭（六・鷹・多・青・版）　歌人―舞人（片）　ゆりにけり―ゆるしにけり（底・片・尊を除く諸本）

〔現代語訳〕　臨時祭の歌人となることを、そのたびごとに無理に求められてきたので詠んで送った歌、

私一人が毎年毎年、年を重ねて挿頭《かざ》すことであります。山吹の花は幾重になったことでしょうか。

歌を詠んだ効験であろうか、申し出が許されたのである。

〔他出〕　言葉集・一四・252

〔語釈〕　**○臨時祭**　賀茂社、石清水社、平野社などに臨時祭があるが、このうちのどれか不明である。**○歌人**　臨時祭などにおいて、歌をうたう人のことで陪従ともいう。『政事要略』二八に「殿上ならびに諸処の歌に堪へたる者を選びて之を用ふ」（原漢文）とある。なお、陪従は神楽の管弦に従事する楽人のことをもいう。**○山吹の花**　枕草子に「見物は……賀茂の臨時の祭、……陪従の品をくれたる、柳に挿頭の山吹わりなく見ゆれど」（三巻本）とあり、挿頭として挿した山吹のこと。**○ゆり**　許されるの意。長秋詠藻・下に「四位ののち昇殿ゆりて」とある。

〔補説〕 歌徳説話の一つである。
清輔が臨時祭（賀茂社）に陪従として奉仕したことは四二五、四三八番にも見られ、特に後者には「山吹の花」が詠まれている。

二条院御時、殿上番かきたりとて、しはすの廿日あまりにめしこめられにけり。一めぐりのほどは許《ゆる》さるまじくて、あくるとしまであるべかりければ、雪のふりけるによみける、

としふかく雪にこもれる山人は春になりてやいでんとすらん

〔校異〕 二条院御時—二条院の御時（六・片・鷹・多・青・版） 殿上番—殿上の番（内） かきたり—はきたり（神） られにけり—られけり（六・多・版） ゆるさる—ゆるされ（六・鷹・版） としまで—としまたて（鷹・版） よみける—読る（尊） ふかく—ふるく（版） 雪に—雪の（底・内・益・青・神・尊） いでん—いれん（版）

〔現代語訳〕 二条天皇が御在位の時、殿上番のつとめを怠ったとして、一二月の二〇余日に監禁に処せられた。一巡りするまでは許されそうになく、その翌年までそうしなければならなかったので、雪が降った折に詠んだ歌、

年が深まって、雪に閉ざされて籠もっている山住みの人は春になってここから出るのだろうか。

〔語釈〕 **○二条院** 二条天皇のこと。既出（七七番等）。在位は保元三年（一一五八）から没年の永万元年（一一六五）の六月まで（七月没）。**○殿上番** 他に用例が見られないが、殿上人としての当番という意味だろうか。**○かき** 「欠く」で、つとめを果たさないの意。**○めしこめ** 「召し籠む」は官人が微罪を犯した場合、陣等に閉じ込めるの意。殿上人は禁中に拘置され、御前に参じることが禁じられるが、その期間は一定していない。具体的には、朝儀などへの不参・遅参、奏事の失錯、懈怠などがその対象となっている。宇治拾遺物語・一一に「行遠は進奉不参、

返す返す奇怪なり。たしかに召し籠めよと仰下されて」とある。**○一めぐり**　具体的には分からないが、たとえば輪番制のつとめを懈怠し、これが一巡するまで許されなかったというようなことであろうか。**○としふかく**　年が終わりに近づくの意。後撰集・冬に「題しらず　よみ人しらず　年深くふりつむ雪を見る時ぞこしのしらねにすむ心ちする」とある。**○雪にこもれる**　底本は「雪のこもれる」とあり、不審である。拾遺集・恋三に「（詞書省略）源景明　三吉野の雪にこもれる山人もふる道とめてねをやなくらん」と見られるので、底本を改める。

〔補説〕　これは、清輔が殿上を許された応保二年（一一六二）三月以後、二条天皇譲位の永万元年（一一六五）六月までの事であろう。

太皇太后宮の大進にてとしひさしくなりにけるを、亮《すけ》のあきたりけるをのぞむとて、

・吹きあぐる風もあらなむ人しれぬ秋のみ山の谷のふる葉を

〔校異〕　太皇太后宮―大皇太后宮（底・益）、大皇大后宮（六・鷹・内・青・版）、太皇大后宮（片・神・尊・群）　宮の―宮（尊）　大進―進（青）　なりにけるを―なりけれは（尊）　あきたり―あきたち（青）、あきたち《り》（益）　秋の―秋を（群）　ふる葉を―このはは（六）、この花（鷹・神）、このはを（多）

〔現代語訳〕　太皇太后宮の大進になってから長年経っており、亮が空いたのでこれを願って詠んだ歌、

吹き上げる風もあって欲しいものです。人に知られずにいる「秋の宮の大進」ならぬ秋のみ山の谷間の古びた葉を。

〔語釈〕　**○太皇太后宮の大進**　底本は「大皇太后宮」とあるが、正しくは「太皇太后宮」であるので改める。ここは近衛天皇の皇后の藤原多子である。既出（四〇三番）。多子は一一五八年二月に太皇太后になっており、これと同時に清輔は大進となったと考えられている。**○亮のあきたり**　「亮」はここは太皇太后宮職の次官で、従五位下相

当、定員一人である。「大進」の上位官。誰の辞任に伴うものか不明であるが、時期については、『公卿補任』によれば、平経盛が応保二年（一一六二）七月一七日に権大進から亮に転じており、本歌はこの空いた「亮」の折のことかと思量される。この時点で清輔の大進在任は四年ということになる。**○秋のみ山**　ここは中宮、皇后、皇太后を意味する歌語の「秋の宮」を掛けているであろう。金葉集・雑上に「源仲正がむすめ皇后宮にはじめてまゐりたりけるに、ことひくときかせ給ひてひかせさせ給ひければ、つつましながらひきならしけるをききて、くちずさびのやうにていひかけける　摂津　ことのねや松ふくかぜにかよふらんちよのためしにひきつべきかな　返し　美濃　うれしくもあきのみやまの秋風にうひことのねのかよひけるかな」とある、なお、「秋の宮」は四一六番にある。**○谷のふる葉**　用例の見当たらない措辞である。清輔自身をいう。

　　しのびがたきなさけある人のもとへ、うれしきよしいふとて、

この世にはわすれがたみにつみもちて老のつとなるしのぶ草かな

〔校異〕　ある—あり《る》（青）　人のもとへ—人のもとに（六）、人の（多）、人（版）　うれしき—よろこひに（青）　よしいふとて—よし申送るとて（六・鷹）、よしをいふとて（内）、よし申送る（版）、よし申とて（多）、ナシ（青）（本歌）—ナシ（青）　がたみにつみもちて—かたみにもちて（版）

〔現代語訳〕　秘かに思いづらく、恋い慕っている女のもとへ、うれしいことを言おうというので詠んだ歌、

　この世では、忘れがたい形見として筐に摘んで積み重ね持って、老いへの土産となる忍草であるよ。

〔他出〕　中古六歌仙・107

〔語釈〕　**○なさけ**　恋情の意。既出（三〇〇番）。**○うれしき**　歌意からみても何をもってうれしいというのか分からず、不審である。あるいは、嘆かわしい、残念だの意の「うれはしき」の「は」の脱落であろうか。この例に、

古今集・雑体の「題しらず　よみ人しらず　葦引の山田のそほづおのれさへ我をほしてふうれはしきこと」がある。**○わすれがたみ**　「忘れ形見」と「忘れ難み」の掛詞、さらに「かたみ」には「難み」と「筐」を掛けている。前者の例に、古今集・恋四の「題しらず　よみ人しらず　あかでこそおもはむなかははなれなめそをだにのちのわすれがたみに」、後者では、金葉集・恋下の「題読人不知　あふことのいまはかたみのめをあらみもりてながれんなこそをしけれ」がある。**○つみ**　「摘む」と「積む」の掛詞。後拾遺集・春上に「題不知　いづみしきぶ　かすがのはゆきのみつむとみしかどもおひいづるものはわかななりけり」とある。**○つと**　みやげのこと。拾遺集・物名に「をがはのはし　在原業平朝臣　つくしよりここまでくれどつともなしたちのをがはのはしのみぞある」とある。**○しのぶ草**　今のシキシノブのこと。岩石、軒端などに生える。ここは「しのびがたき」の関係で詠む。

〔補説〕「かたみ」「つみ」は「しのぶ草」の縁語である。

この世の形見として、女を老年まで恋い続けようというのであろう。

おほやけによきこと奏し申すときく人のもとへ、よろこびにたへかねてましける、

うれしさの袂にあまるこゝちしてなみださへにもこぼれぬる哉

〔校異〕（詞書）―ナシ（青）　よきこと―よきさまに（尊）　たへかねてましける―ナシ（多・版）　たへかねて―かへかねて（底・神）、か《た》へかねて（益）　ましける―つかはしける（六・片・鷹）　こゝちして―こゝちて（鷹）

〔現代語訳〕朝廷にすばらしい事を奏上し申し上げたと聞いた人のもとへ、喜びにたえかねて申し上げた歌、

うれしさが袂で包みきれない感じがし、おまけに涙までもがこぼれたことでありますよ。

〔語釈〕　**○よきこと奏し**　よい意見を奏上したというのであろうか。**○たへかねて**　底本では意不通なので、諸本により改める。**○まし**　「申す」「いふ」の謙譲語である。**○袂にあまる**　袂で包みきれないの意。紫式部集に

「（詞書と贈歌省略） かへし なにごととあやめはわかでけふもなほたもとにあまるねこそたえせね」とある。

二条院御時、中宮のおほんかたへ、夏もすゞしきは秋の宮のちかきしるしにや、といふ心のうたさしおかせ給へりける返しを、女房にかはりて、

むかしよりきよくすゞしきやどのうちに秋の宮ゐると思ふべしやは

〔校異〕 二条院御時―二条院の御時（六・片） 中宮の―中宮（片・鷹・版） 夏も―夏もも（版） すゞしきは―すゝしき（六） 秋の宮の―秋の宮（六） うた―うたを（尊） さしおかせ―さゝおかさを（版） 宮ゐ―宮こ（片・鷹・多・版） べし―へく（版・群）

〔現代語訳〕 二条天皇が御在位の時、中宮のいらっしゃる所へ、天皇が夏も涼しいのは秋の宮が近くにおられるからではないだろうかという意味の歌をお置きになられた。その返事として私が女房に代わって詠んだ歌、

昔から清く涼しい清涼殿で、涼しいのは秋の宮である私がいるゆえと思うべきでしょうか。天皇がおられるからですよ。

〔語釈〕 **○二条院** 二条天皇のこと。既出（七七、四一二番等）。**○中宮** ここは二条天皇の中宮の藤原育子であろう。左大臣実能女（関白藤原忠通女とも）。六条天皇養母。一一四六（一一四七とも）年生、一一七三没。一一六一年一二月に中宮（一代要記）、翌年二月に立后（帝王編年記）、一一六八に出家する。**○秋の宮** 中宮、皇后、皇太后をいう歌語。既出（四一三番「秋のみ山」項）。栄花物語・けぶりの後に「七月七日、中宮の御前に前栽に村濃の糸を引きて、色々の玉を貫きたり。……白露も玉も磨きて千代経べき秋の宮には尽きせざりけり」とある。**○きよくすゞしきやど** 天皇が常時住まう清涼殿をいい、これを訓読したもの。よく似た言い方に、忠岑集の「たるなんしあまつかぜきよくすずしきおほとののをのべにならひてこひたるなむし」がある。**○やは** 反語の用法である。

417

【補説】清輔が中宮の女房の代作をしたのであるが、もとより中宮の立場で詠まれている。

したしき人に殿上ゆるされぬときゝて、奏《そう》せよとおぼしくて、女房のもとへつかはしける、

ゆかりまであはれをかくるむらさきのたゞ一もとの朽ちぞ終《(は)》てぬる

【校異】したしき―おなじ御時したしき（六）　あはれを―あはれに（尊）　朽ちぞ終てぬる―はちそ入《はて》ぬる（多）、朽そ出ぬる（青）、くちそ果《はちそ入》ぬる（版）

【現代語訳】親しい人が昇殿を許されたと聞いて、奏上してほしいと思って、女房のもとへ言い遣った歌、

縁者にまで情けをかけるといわれる紫草のそのただ一本が朽ち果ててしまったことですよ。

【参考歌】古今集・雑上「題しらず　よみ人しらず　紫のひともとゆゑにむさしの草はみながらあはれとぞ見る」

【語釈】**○したしき人**　続詞花集・雑下には「しんぞくなるものども」とある（四一八番参考）。**○女房**　天皇に直接送るのではなく、女房を介するのである。**○ゆかり**　ここは、縁者の意。「ゆかり」に因む歌の発想は参考歌によることが多い。**○むらさき**　ここは、紫草のこと。既出（一四九番）。**○一もと**　参考歌による措辞であり、自身のことを喩える。

【補説】いつ詠まれたのか不明であるが、二条天皇の時には応保二年（一一六二）三月に昇殿を許されており（三二四、五番）、これ以前のことであろう。

参考歌によって詠まれたものに一〇九、一四九番がある。

御返し、　　二条院御製、

418

むらさきのおなじ草葉におく露のその一もとをへだてやはせん

〔校異〕 二条院御製―ナシ（六）

〔現代語訳〕 二条天皇の御返事の歌、

紫草の同じ草葉に置く露がその一本だけを隔てるでしょうか。そんなことはしませんよ。

〔他出〕 続詞花集・雑下・862「清輔殿上申しけるを、あるべきやうにて月日へにける程に、しんぞくなるものどもうへゆるされぬときて、むらさきのひともとのくちぬるよしをそうせよとおぼしくて、女房許へ申しつかはしたりける御返事に　御製　（本歌省略）」

419

讃岐のさと海庄《うみのしゃう》に、造内裏の公事あたりたりけるを、守季行朝臣はしたしかるべき人也ければ、いひつかはしける、

松山のたよりうれしき浦かぜに心をよするあまのつり舟

このうたのとくにゆるしてけり。

〔校異〕 さと海庄―さとのあまの庄（六・片）、さとのあま庄（群）、さとの海の庄（鷹）　あたりたり―あたり（片・多・青・神・版・群）、あまり（六・鷹）　けるを―けるに《を》（六・鷹）、けるに（版）、ける（多）　守―平（尊）　人―こと（尊）　よする―よせよ（底・六・内・益・尊・群）、よせて（青・神）、とめよ（片）　（左注）―ナシ（片）

〔現代語訳〕 讃岐国の里海庄に内裏造営のための公務があたったのを、讃岐守の季行朝臣は親しい人であったので、言い遣った歌、

松山から吹く頼みとなるうれしい浦風に心を寄せております海人の釣り船ですよ。

この歌を詠んだ効験で公務が免除されたのである。

〔語釈〕 **○さと海庄**　讃岐国の荘園。所在地未詳。もともと後一条天皇の乳母藤原美子の私領であったが、その後、本家職は摂関家渡領として相伝され、領家職は数代の相伝を経て顕季家が領有するようになったとされる（『日本荘園大辞典』）。**○造内裏**　大内裏の造営をすること。讃岐守藤原季行の在任期間からみて、保元二年（一一五七）二月一八日に大内裏造営のため社寺領と諸家荘園に徭役を課す宣旨が下されており、この年の造営をいうのではないか。**○公事**　くじ。公務をいうが、ここでは、公民に賦課した労役をいう徭役のことであろう。**○守季行朝臣**　讃岐守の藤原季行のこと。刑部卿敦兼男。母は藤原顕季女である。一一一四年生、一一六二没。諸国の守を歴任し、一一五九に従三位となる。讃岐守であったのは、一一五五年一月から翌〻年の三月までである。**○松山**　讃岐国の歌枕。現在の香川県坂出市の北東部にある。千載集・賀歌に「俊綱朝臣、さぬきのかみにまかれりける時、祝の心をよめる　藤原孝善　君が代にくらべていはば松山のまつのはかずはすくなかりけり」とある。**○たよりうれしき**　頼みとなり、うれしいの意。ここは、季行からの吉報をいう。貫之集・五に「恋　浪にのみぬれつるものを吹く風のたよりうれしきあまの釣舟」とある。**○よする**　底本の「よせよ」に従えば、「あまのつり舟」に命令していることになるが、これではやや不自然な感が否めない。諸本のうち三本が持つ「よする」は、季行を頼りにするということで意味がよく通じるので、この本文により、底本を改める。**○あまのつり舟**　自身のことを喩える。**○とく**　おかげ、効果の意。

〔補説〕　歌徳説話の一つである。

四位申したるをゆるされざりければ、おとうとども四位にて侍るに、いまだゆるされぬよしなど中文《まうしぶみ》に書きて奉るとて、

やへ〳〵の人だにのぼるくらゐ山老いぬるみにはくるしかりけり
このたびなむゆるされける。

〔校異〕 申したる―申ける（底を除く諸本） おとうとども―おとうとも（六・鷹・多）、おとうも（版） いまだ―いままて（底を除く諸本） よしなど―よし（片） やへ〳〵―やく〳〵（鷹・内・版） 人だに―人さへ（鷹・多・版） 老いぬる……かりけり―ナシ（鷹） されける―されけり（多・版）

〔現代語訳〕 四位に叙せられることを申し上げたが許されなかったので、弟達が四位であるのに、まだ私は許されていないことなどを申し文に書いてさし上げた歌、

はるかに年下の弟たちでさえ四位という位山に登りましたが、年老いた私には登ることが苦しうございます。

このたびは許されて、四位になった。

〔他出〕 中古六歌仙・116、袋草紙・上・100「予、先蹤を追つて、叙位の時、故鳥羽院の申文に引く歌、（本歌省略）これ募り申す事有るも、四位に度々漏れし。昆弟等は四品に至れるに、聴しなき事を思ひて詠ずる所なり。賢く御感有りて、その後四品に叙せらる」

〔語釈〕 **○おとうとども四位にて侍る** 二十歳下の重家は一一四九年に従四位下に叙せられる。さらに清輔より少し年下の顕成（実父は藤原実行）はいつ従四位下に叙せられたか不明ながら、一一五七年二月一二日には四位、同年の八月九日には正四位下であり、清輔が従四位下に昇位した一一五六（後述）にはすでに従四位下であった可能性は充分にある。さらに重家より数歳下の頼輔は一一五七年二月一二日に四位、翌年の一月六日には従四位上であり、顕成同様に一一五六以前に四位であった可能性はある。 **○申文** 官爵の昇進等を上申する文書。枕草子に「比は正月……雪降りいみじうこほりたるに、申文もてありく」（三巻本）とある。 **○やへ〳〵の人** 「やへ〳〵」ははるかに隔たるの意。ここは、はるか年下の弟、特に重家や頼輔をいうのだろう。公任集に「中務の宮にやへぎくうゑ給

うてふみつくりあそびし給ひける日　おしなべてひらくる菊はやへやへの花のしもにぞみえわたりける」とある。**○くらゐ山**　位山のこと。既出（三一七、四〇五番）。ここも「位」に関わって詠まれる。**○老いぬるみ**　清輔が従四位下に叙せられたのは一一五六年一月六日のこと、時に四十九歳である。鳥羽院死去の半年前であり、袋草紙にいうように院に申文を送ったのであろう。

　四位して侍りし時、重家卿のもとより、
むさし野のわかむらさきの衣ではゆかりまでこそうれしかりけれ

〔校異〕　侍りし時―侍りける時（六・多・青・版）、侍りける（鷹）　重家卿―重家の卿（青・尊）　ゆかりまでこそうれしかりけり―老の身にしむものにそ有ける（多・版）

〔現代語訳〕　四位になりました時に重家卿のもとから送られてきた歌、
　武蔵野の若紫の衣を着ておられることは縁者である私までもがうれしうございます。

〔参考歌〕　古今集・雑上「題しらず　よみ人しらず　紫のひともとゆゑにむさしの の草はみながらあはれとぞ見る」

〔他出〕　新拾遺集・雑中・1747、続詞花集・雑上・739、治承三十六人歌合・358

〔語釈〕　**○四位して侍りし**　清輔が従四位下になったのは、前歌で述べたように一一五六年一月六日のこと、時に四十九歳である。**○むさし野の**　「むさし野」は既出（一〇九、三八三番）。ここは、枕詞的に使われている。**○わかむらさきの衣で**　「衣で」は袖、あるいは衣のこと。ここでは紫色の袍のことをいい、紫は四位の参議以上の上達部の色であったとされている。既出（三三二番）。**○ゆかり**　ここは、縁者の意。既出（四一七番）。

〔補説〕　参考歌によって詠まれるものに、一〇九、一四九、四一七番がある。

多和文庫本と元禄一二年版本の下の句は次歌の下の句である。

かへし、

422 めづらしきわかむらさきのころもでは老いの身にしむ物にぞ有りける

〔校異〕 かへし……有りける―返しあるへし落ちたる歟（多・版）

〔現代語訳〕 返事の歌、

珍しい私の若紫の衣は年老いたわが身には嬉しさで身に染むことであるよ。

〔語釈〕 **○わかむらさき** 「わか」は「我が」と「若」の掛詞であろう。後撰集・雑二に「題しらず よみ人しらず 武蔵野は袖ひつばかりわけしかどわか紫はたづねわびにき」とある。**○物にぞ有りける** 中古和歌に頻出する「類成句」である。既出（二九三、二四七番）。

〔補説〕 多和文庫本と元禄一二年版本は、前歌の内容が贈歌にしては相応しくないことにまったく気がつかなかったのであろう。

423

左大臣経―あはへ下《くだ》られたりけるともにまかりけるもの、、ゐ中人になりてくちはてなむずることをかなしびて、柳によせてうたよみて送りける返事《かへりごと》に、

なにか思ふながれになびく河柳そのねはつよし朽ちもはてじぞ

〔校異〕 経――経（六・群）、経の（片）、ナシ（鷹・多・版）、□（一字アキ）（青） たりける―し（片）、ける（神・群） ことを―ことと（六・鷹）、こと（多・版） かなしびて―かなしみて（片・青） よみて―よみ（内） 返事に―

かへしに（六・鷹・多・版・尊） その―そ（底本） つよし―つひに（六）、つかし（鷹・版）、つきし（尊） はてじぞ―はてしを（六・片・鷹・多・版）

〔現代語訳〕 左大臣経宗が阿波に下って行かれた供として下向した者が、田舎人になってその地でそのまま終わってしまうことを悲しんで、柳に寄せて歌を送ってきた返事に詠んだ歌、

どうしてそのような事を思っているのですか。川の流れになびく川柳の根は強く、朽ち果てることはまったくありませんでしょうに。

〔参考歌〕 日本書紀・一五「いなむしろ川ぞひ柳水ゆけばなびきおきたちその根はうせず」（俊頼髄脳、奥義抄・中にも見える）

〔語釈〕 **○左大臣経―** 左大臣藤原経宗のこと。大納言経実男。母は藤原公実女。一一一九年生、一一八九没。右少将、左中将を経て一一五八に権大納言に進む。二条天皇の親政派の中心となり、後白河上皇派と対立し、一一六〇に上皇の命により阿波国に配流される。一一六二に召還され、その後、一一六六に左大臣となる。**○あは** 阿波国。今の徳島県。**○なにか思ふ** 初句切れである。同様のものに、金葉集・雑上の「（詞書省略）周防内侍 なにかおもふはるのあらしにくもはれてさやけきかげはきみのみぞみん」（袋草紙・上に挙がる）がある。**○河柳そのねはつよし** 「その」は底本「そ」では意不通なので諸本により改める。「河柳」は阿波国に下向する者を喩える。その根が強いと詠むことは、参考歌によっているのだろう。

〔補説〕 参考歌によって詠まれるものに、二六七番がある。

天王寺にまうでゝかめ井にてよめる、

こふともきえじとぞおもふ露にてもかめ井の水に結ぶ契りは

〔校異〕こふとも—こうをふと（底・片・内・益・青・神・尊）、こうふとも（群）きえじ—たえし（六・鷹・多・版）

〔現代語訳〕天王寺に参詣して亀井で詠んだ歌、

亀の甲のように長い時を経ても消えることはあるまいと思う。たとえわずかでも亀井の水を手に掬《むす》んで結ぶ極楽往生の願いは。

〔語釈〕**○天王寺**　摂津国の四天王寺のこと。現在の大阪市天王寺区にあり、聖徳太子の創建と伝えられる。一一世紀の中頃から天王寺の西門が極楽浄土の東門に当たるとされ、天王寺信仰がますます盛んになる。**○かめ井**　境内の東方にある三昧堂の前にある泉井のこと。後拾遺集・雑四に「天王寺にまゐりてかめゐにてよみ侍ける　弁乳母　よろづよをすめるかめゐのみづはさはとみのをがはのながれなるらん」とある。**○こふふとも**　「こふ」は「劫」で長い時間を表わす仏教語、「ふ」は「経」の終止形、「とも」は逆接仮定を表わし、長い時間が経過してもの意味である。一方、底本では「と」が落ち着かず、意味がとりにくい。これらにより、他本の「こふふとも」に従い、底本を改める。なお、「こふ」は亀の縁語「甲」を掛ける。赤染衛門集に「かめ井を見て　こふをへてすくふこころのふかければかめ井の水はたゆるよもあらじ」とある。**○結ぶ契り**　「結ぶ」は手で水をすくい汲むの意の「掬ぶ」を掛ける。拾遺愚草・下に「掬亀井水言志　もろ人のむすぶ契りはわするなよ亀井の水に劫はへぬとも」（久保田淳氏『訳注藤原定家全歌集』による）とある。

425

新院御位におはしましける時、臨時祭の四位の陪従にめされて侍りけるに、弘徽殿のほそ殿に立ちよりて、先帝中宮女房をたづねいだして火あふぎのつまをりて、書き付けてとらせける、

むかし見し雲のかけ橋かはらねど我が身ひとつのとだえなりけり

〔校異〕御位—二位（底）おはしましける—まします（青）臨時祭—臨時の祭（六・青）、臨時祭礼（多・版）の

陪従に……ほそ殿―ナシ（片・神）　陪従―陪位（青）　先帝―先帝の（六・鷹）　中宮―中宮の（六・鷹・尊）　書き付けて―書付（内・益）　とらせける―とらせけり（六・版）

〔現代語訳〕　新院が御在位でいらしゃった時、臨時祭の四位の陪従に召されて伺候した折に、弘徽殿の細殿に立ち寄って先帝の中宮の女房を尋ね出し、桧扇の端を折って書き付けて与えた歌、

昔見た殿上への道は変わっていないが、わが身だけは変わって殿上からは途絶えているよ。

〔他出〕　風雅集・雑下・1851、治承三十六人歌合・9、歌仙落書・45（第五句は「とだへなるかな」）、中古六歌仙・117、今鏡・すべらぎの下・42「臨時祭の四位の陪従に清輔ときこゆる人、催しいだされて参られたりけるに、先帝（注、二条天皇）の御時は雲の上人なりけれど、この御代（注、六条天皇）にはまだ殿上もせねば、立ちやすらひて、北の陣の方にめぐりて、后の宮（注、藤原育子）のおはします、御達の局町など見るも……昔に変る事もなく、馴れならひたりし人どもの見えければ、后の御方の人に、ものなど申しける間に、桧扇の片つま引き折りて書きつけて、御達の中に申し入れさせける、（本歌省略）　とぞ詠まれたりける、いとやさしく侍りける事ときこえ侍りき」、宝物集・三・342

〔語釈〕　**○新院御位**　「御位」は、底本の「二位」では意不通なので諸本により改める。「新院」は風雅集に「六条院位におはしましける時」とあり、六条天皇のこと。既出（三二六番）。在位は永万元年（一一六五）六月から仁安三年（一一六八）二月まで。**○臨時祭の四位の陪従**　この「臨時祭」は兵範記・仁安二年（一一六七）一一月二一日条の賀茂臨時祭に「陪従清輔朝臣」と見えるので、この時のことであろうか。清輔は時に従四位下である。「陪従」は、臨時祭などにおいて歌をうたう人のこと。「歌人《うたびと》」として既出（四一一番）。**○弘徽殿のほそ殿**　「弘徽殿」は内裏で、清涼殿の北にある殿舎で中宮や女御の住まい。「細殿」は殿舎の渡り廊下、あるいは殿舎のまわりにめぐらした廂のことをいうが、平安京内裏では、弘徽殿の西廂が細殿とも呼ばれている。女房の局などに当てられた。源氏物語・花宴に「弘徽殿のほそ殿に立ちより給へれば、三の口あきたり」とある。**○先帝中宮**　「先帝」は二条天

皇のこと。既出（七七番等）。在位は保元三年（一一五八）から没年の永万元年（一一六五）六月まで（七月没）。「中宮」は二条天皇の中宮藤原育子のこと。既出（四一六番）。一一四六（一一四七とも）年生、一一七三没。一一六一年一二月に中宮になる。**〇火あふぎのつまををり**　桧の薄板で作った扇。ただし、「つまををる」がどういう行為をいうのか明確ではないが、単に「とだえ」を示すためであろうか。源氏物語・葵に「よしある扇のつまを折りて、はかなしや人のかざせるあふひゆゑ神の許しの今日を待ちける、しめの内には、とある手を思しいづれば」とある。**〇雲のかけ橋**　宮中の階段。ここは、殿上への道を喩える。金葉集・雑上に「殿上おりたりけるころ人の殿上しけるを見てよめる　源行宗朝臣　うらやましくものかけはしたちかへりふたたびのぼるみちをしらばや」とある。**〇とだえ**　「かけ橋」の縁語。ここは、殿上を降りたことをいう。

〔補説〕　本歌と同様に、六条天皇の在位の折に殿上を切望して人に送ったものに三二六番がある。

かへし、

やしまもる雲のかけ橋かはらねばとだゆとなどかふみ、ざるべき

〔校異〕　（詞書）と（本歌）―ナシ（片・内・益）　かへし―かへし女房（尊）　かはらねば―かはらね（六・鷹・版）　とだゆ―たゆ（多・群）　などか―なとかは（六・鷹・多・版・群）

〔現代語訳〕　返事の歌、

国を守る殿上の様子は変わっていませんので、途絶えたとしてどうしてあなたが踏み見をなさらないことがありましょうか。踏み見をすべきですよ、決して殿上からは、途絶えていませんし、あなたからの手紙も見ましたよ。

〔語釈〕　**〇やしまもる**　八島（日本の国）を守るの意。源氏物語・賢木に「やしまもる国つみかみも心あらばあか

ぬ別れのなかをことわれ」とある。**○ふみゝ**　「踏み見」と「文見」の掛詞、「踏み」は「かけ橋」の縁語である。後拾遺集・恋三に「題不知　相模　なかたゆるかづらきやまのいはばしはふみみることもかたくぞありける」とある。

〔補説〕　鸚鵡返しの体裁をとっており、清輔を慰める内容となっている。

四位の正下したりけるよろこびを、わかき人〳〵《びと》のいへりければよめりける、
けふこそはくらゐの山のみねまでにこしふたへにてのぼりつきぬれ

〔校異〕　（詞書）と（本歌）―ナシ（内）　正下―上下（正歟）（底）、朝臣（片）　よろこびを―祝ひを（鷹・益）、祝ひ（版）、よろこひ（多）　よめりける―よめる（尊）　こそは―よりは（片）

〔現代語訳〕　正四位下に昇位した喜びを、若い人たちが言ってくれたので詠んだ歌、
今日こそ位山の峰まで折れ曲がった腰で登り着いたことだ。

〔他出〕　重家集・490

〔語釈〕　**○四位の正下し**　「正下」は、底本を改めて正しい形にしておく。清輔が正四位下に昇ったのは、重家集の配列からして一一七二年一月五日かとされている。時に六十五歳である。これ以上、昇位することはない。**○わかき人〳〵**　重家が返歌している（次歌の〔補説〕参考）ことから、弟達を指すのであろう。**○くらゐの山**　位山のこと。既出（三一七、四〇五番）。ここも「位」に関わって詠まれている。**○こしふたへ**　老人の腰のひどく折れ曲がったさま。散木奇歌集・一に「七日、卯杖にあたりたりける日、常陸守経兼がもとよりわかなにそへておくりける歌　おいらくのこしふたへなる身なれども卯杖をつきてわかなをぞつむ」とある。

428

かへし、　　　　作者可尋之、

くらゐ山老いの坂ゆくしるしには猶みねまでものぼらざらめや

〔校異〕 作者可尋之―ナシ（六・片・鷹・群）

〔現代語訳〕 返事の歌、（作者は誰か調べる必要がある）

位山の老いの坂を栄えながら越えるあかしとして、やはりあなたは峰まで登らないでしょうか。

〔語釈〕 **○作者可尋之** 後人の書き入れであろう。同様のものが三二〇番にある。**○老いの坂ゆく** 「老いの坂」は老いていくことを坂道を越えるのに喩えた表現。「坂ゆく」は「坂行く」と「栄ゆく」の掛詞。金葉集・雑上に「源心座主になりてはじめてやまにのぼりけるに、やすみけるところにてうたよめと申しければよめる　良暹法師　としをへてかよふやまぢはかはらねどけふはさかゆくここちこそすれ」とある。**○のぼらざらめや** 「や」は反語で、位山の峰まで登りきったというのである。

〔補説〕 重家集に四二七番の返歌として「くらゐやまみねにのぼるとなにかいふなほさかゆかむすゑはとほきを」がある。

429

四位の後、荷前使《のさきのつかひ》といふことにもよほしければよめる、

あまたたびになひきてさきに過ぎにしをしゐのもち夫《ぶ》に我をおもへる

〔校異〕 ことに―こと（尊）　もよほし―もよほされ（片）　よめる―ナシ（尊）　になひきて―なひきて（底・内・益・尊を除く諸本）、になひて（尊）　過ぎにし―過こし（六・鷹・版）

〔現代語訳〕 四位になって後、荷前使ということで私を召集したので詠んだ歌、

何度もかって自分の責任として受け持って荷物を持ち運んで過ぎましたのに、今度は四位の持夫だと私を思っていますね。

〔語釈〕 ○四位の後　清輔が従四位下になったのは、一一五六年一月六日である。○荷前使　一二月の荷前（諸国からの貢物の初物）の奉幣に派遣される使い。使者は派遣される陵墓により違いはあるが、参議や四位あるいは五位の者が遣わされた。○もよほし　人を呼び寄せるの意。四〇八番にも見られる。○になひきてさきに　「荷前」を訓読みにしたのであり（はじめの「き」は余分であるが）、「なひきてさきに」の本文では意味をなさない。「になふ」は「責任として受け持つ」の意と「担《かつ》ぐ」の意を掛けているのではないか。「さきに」は以前の意。○過ぎにしを　ここまでの上の句は五位で奉仕してきたことをいっているのではないか。「を」は逆接と解しておく。○しゐのもち夫　「しゐ」は四位。「もち夫」は荷物を持ち運ぶ人夫で、散木奇歌集・七に「堀河院御時中宮の御方にて殿上の人人歌つかまつりけるに恋の心をよめる　夜とともにくるしと物を思ふかなこひのもちぶとなれる身なれば」とある。

〔補説〕 必ずしも明確な歌ではないが、「荷前」を「になひきてさきに」と詠んだ機知が眼目である。四位になっても荷前使として奉仕させられることに抗議する体の歌なのであろう。

あたらしき四位おほかるに、ふるき物をしもかくつねにおどろかしければ、よみてつかはしける、

世にしげきわかむらさきをかきわけで古ねを何にほりもとむらん

〔校異〕 しもかく―したかへ（片）　つかはしける―やりける（尊）　かきわけで―かきわけ（版）　古ね―古き（内・益）、ふかね（六）　何―友（片）

〔現代語訳〕 なって間もない四位が多いのに、古株の四位ばかりをこのようにいつも驚かすようなことをするので、

詠んで遣った歌、

世に多くいる若い四位の人を掻き分けもしないで、古根の私を何のために掘り求めるのだろうか。

〔語釈〕 **○かく** 同様の言い方が二九七、三五一番に見られ、これらはある程度内容が具体的に示されているが、本歌では全く示されておらず、どういうことを指すか不明である。**○おどろかし** 具体的には分からないが、何かと急に仕事をさせるというようなことなのであろうか。**○わかむらさき** 四位の人をいうが、同様の言い方が四二一番に「むさし野のわかむらさきの衣で」とあり、これは清輔に関わってのことである。本歌では、若い人の意がこめられている。**○古ね** 若紫の根を詠んだものに、後撰集・雑四の「題しらず よみ人しらず まだきからおもひこきいろにそめむとやわか紫のねをたづぬらん」があるが、「古根」とは詠まれていない。「古根」は、拾遺集・雑賀の「かたらひける人のひさしうおとせず侍りければ、たかうなをつかはすとて よみ人しらず きみとはでいくよへぬらん色かへぬ竹のふるねのおひかはるまで」のように、竹や葦、萩、蓬とともに詠まれることが多い。

〔補説〕「かきわけ」「古ね」「ほり」は「わかむらさき」の縁語である。
前歌と同様に抗議の歌ということになろう。

431

成範卿しもつけへながされて後、めしかへされたりけるのちつかはしける、

鳥のこのありしにもあらぬ古巣にはかへるにつけてねをや鳴くらん

〔校異〕 成範卿―範成卿（底・片・内・益・青・神） ながされて―下《なか》されて（多・版） のち―に（青）

〔現代語訳〕 成範卿が下野国に配流されて後、召還されたあとで言い遣った歌、
昔とは全く様子の違う雛鳥の古巣にあなたが帰るにつけても、あなたは孵ったように声に出して泣いているでしょうか。

〔他出〕　風雅集・雑下・1924（詞書の中に見える。第二句は「ありしにもにぬ」）、月詣集・九・828

〔語釈〕　**〇成範卿**　藤原成範のことであり、「範成卿」とする底本を改める。彼は藤原通憲（信西。既出（四〇八番））男。母は従二位朝子。一一三五年生、一一八七没。初めは成憲。左少将、播磨守、左中将を歴任。一一五九の平治の乱により左中将を解任、下野国に配流。翌年に召還されて「成範」と改名する。和漢の学才に長じる。**〇鳥のこ**　ここは雛鳥をいい、成範の兄弟達を指しているのだろう。拾遺集・物名に「いぬかひのみゆ　鳥のこはまだひなながらたちていぬかひの見ゆるはすもりなりけり」とある。**〇古巣**　住み慣れた巣。もとの住まい。**〇かへる**「帰る」と「孵る」の掛詞である。**〇ねをや鳴く**　兄弟達が散り散りになっているのを成範が嘆き悲しんでいることを表現している。

〔補説〕「古巣」「かへる」「鳴く」は「鳥のこ」の縁語である。

かへし、　　　　　成範卿、

かた〲になきてわかれしむら鳥は古巣にだにもかへりやはする

〔校異〕　成範卿―ナシ（六・神・群）、範成卿（底・片・内・益・青）、民部卿成範（鷹・版）　むら鳥は―むら鳥の（内・益・神）、むら千鳥（六・鷹）、むら千鳥は（版）

〔現代語訳〕　成範卿の返事の歌、

方々に鳴いて別れて行った群鳥は、古巣にさえも孵るように帰ってくるだろうか。

〔他出〕　風雅集・雑下・1924（作者名表記は「民部卿成範」、第三句は「むら鳥の」）、月詣集・九・829（作者名表記は「民部卿成範」）

〔語釈〕　**〇成範卿**　前歌と同様に底本を改める。**〇かた〲になきてわかれしむら鳥**「むら鳥」は群がっている島のこと。平治物語・上によると、成範の兄弟達は同じように配流され、しかもその地は出雲、土佐、隠岐、佐渡、阿波、上総等と各国にわたっており、このことをいっているのである。

433

みあれの日、あがたへゆきける人にあふひをつかはすとて、

けふはよきたむけをぐさを程へなば後のあふひと神やおもはん

〔校異〕　をぐさを程へなば―ナシ（片）　ぐさを程へなば……神やおもはん―ナシ（多・青）　をぐさを―せましを（六・鷹）、をくさに（内）、をまくを（版）　程へなば―被本（六・鷹・版）、被（神）、程（群）　あふひと―あふひを（六・鷹・神・版・群）

〔現代語訳〕　賀茂のみあれの日に、任国へ下って行った人に葵を送って言い遣った歌、

今日にはちょうど良いこの手向けの葵も、時が経てば挿したままで相応しくない葵だと神はお思いになるでしょう。

〔語釈〕　**○みあれの日**　賀茂祭の前三日の、四月の中の午の日に賀茂神社で御阿礼《みあれ》の祭事の催行される日。既出（四〇七番）。**○あがた**　地方官の任国をいう。**○けふはよき**　今日のみあれの日には相応しいという意。**○たむけをぐさ**　「たむけ」として神に捧げる草の意で、ここでは葵のこと。**○程へなば**　たとえば葵を牛車の簾に挿したまま賀茂祭が過ぎたならばの意か。**○後のあふひ**　他に用例を見出せないが、祭りが過ぎても挿した状態にしている葵という意味だろうか。

〔補説〕　分かりにくい歌であるが、以上のように解しておく。後考を俟ちたい。

法性寺殿にて、人々侍りける中に、女房のたき物をいだされたりけるを、後に見ければあらぬ物にてありければ、わらひてやみにけり。又の日、きのふの心おそさなど女房のいへりければよめる、

玉だれのみすのうちよりいでしかば空だき物とたれもしりにき

これを女あるじめで、、まことのたき物をたまはせたりけりとなん。

〔校異〕 侍りける—物語しける（六・鷹）、ける（版） いだされたり—いたされ（片・神・群） 心おそさ—おそき（六・版）、心はそこ（片）、心をそこ（尊） みす—こす（片） 空だき物—空たに物（益） 女あるじ—女のるし（内） まこと—こと（底） たまはせ—たまらせ（尊） たりけり—たり（六・鷹・多・版）、たりける（内・尊） となん—ナシ（片）

〔現代語訳〕 法性寺殿の邸宅に人々が伺候しておりました折に、女房から薫物を出されたのを、あとになって見ると薫物ではなかったので笑いながら終わった。次の日、あなたがたの馬鹿さ加減が分かりましたなどと女房が言ってきたので詠んだ歌、

美しい御簾の中から薫物が出てきましたので、それは空薫物ならぬ偽の薫物であると誰でも知っていました。

この歌を女主人は感心されて本物の薫物を下し賜わったという。

〔他出〕 新拾遺集・雑下・1910、袋草紙・上・163「関白殿の近衛御所の女房の車寄の前に、人々五、六人女房と談笑す。而して事の次《ついで》有りて薫物を一嚢出ださる。人々競ひてこれを取る。……已に薫物に非ず。人々これを咲《わら》ひて分散す。翌日にまた同じ所に人々候せらる。……然る間、女房の中より書状を送れり。開きてこれを見るに、歌有り。「薫物に心遅さのほどはみえにき」と云々。元の句覚えざるなり。人々興違ひておのおの譲れり。……仍りて須臾に廻らし思ふの処に、形の如く篇に成して詠じて云はく、（本歌省略。第五句は「誰かしりにき」） 北の政所聞こ

し召して、御感極まりなくて実《まこと》の薫物一嚢を下し給ひて、今に筥の中に納む」

〔語釈〕 **○法性寺殿** 関白藤原忠通のこと。関白忠実男。既出（二五番）。ここは建物をいうか。袋草紙によれば、近衛御所である。**○きのふの心おそさなど** この部分は袋草紙には歌が送られてきたとあり、新拾遺集には「昨日のたきもののあらそひこそをかしくと女房申しける」と見え、おのおの違いがある。**○玉だれ** 美しく垂れたの意。**○空だき物** 個々の物に香をたきしめるのではなく、ある場所全体にどこからともなく漂ってくるようにたく香のこと。詞花集・秋に「（詞書省略） 左京大夫顕輔 あまのがはよこぎるくもやたなばたのそらだきもののけぶりなるらん」とある。ここは、「そら」に嘘、偽物の意を響かせており、これが眼目となっている。**○女あるじ** 袋草紙には「北の政所」とあり、忠通の北の方宗子のこと。権大納言藤原宗通女。母顕季女。既出（二五番）。**○まことのたき物** 「まこと」は、底本の「こと」では意不通なので、諸本により改める。

〔補説〕 左注の「となん」からすると、他にも見られるように後人の注記であろう。

これをみよ春のきゞすのわれもさぞつまこひかねてなれるすがたを

人のもとよりきゞすをおこすとてよめりける、

〔校異〕 きゞすを—きゝす（多・版）、千鳥を（底・益・尊） おこすとて—おくるとて（尊） よめりける—よめる（六・鷹・多・版）、ナシ（尊） これを—これ（益） さぞ—こそ（尊） なれる—ほれる（六・鷹・版） すがたを—すかたか（青）

〔現代語訳〕 ある人のところから雉を送るということで詠んできた歌、

これを見てください。春の雉のように私もさぞかし妻を恋い慕いあぐねてなるであろうこの成れの果ての姿を。

〔参考歌〕 後撰集・恋三「物いひける女に、せみのからをつつみてつかはすとて 源重光朝臣 これを見よ人もすさめぬ恋すとてねをなくむしのなれるすがたを」、拾遺集・春「題しらず　大伴家持　春ののにあさるきぎすのつまごひにおのがありかを人にしれつつ」

〔語釈〕 **○きゞす**　底本では歌詞と合わず、しかも返歌に「きゞすのさま」とあるので送られたのは「きゞす」であろう。諸本により底本を改める。雉のこと。〔補説〕参考。**○春のきゞす**　参考歌の拾遺集のように、「つまごひ」の雉である。**○さぞ**　「こひかね」にかかる副詞として解する。**○なれるすがた**　やつれたみじめな姿をいう。住吉物語・上に「君があたり今ぞ過ぎ行くいでて見よ恋する人のなれる姿を」とある。

〔補説〕　本歌と同様のことが、頼政集・下に「或人のもとより千鳥を遣すとて申しつかはしける　是を見よ人もさこそはつまこふる春のきぎすのなれるすがたを　返し人にかはりて　女房大輔　我はただかりのうき世ぞあはれなる春のきぎすのなれるさまにも」と見え、送られたのは「千鳥」であり、歌詞は「きぎす」とある。また、殷富門院大輔集に「よりまさ三ゐ　これをみよ人もさこそはつまごひにはるのきぎすのなれるすがたよ　とにかくにかりのうきよぞあはれなるはるのきぎすをみるにつけても」とある。鳥の名や作者の問題も含めてこれらには―本歌も絡み―かなりの混乱が見られる。

436

かへし、

つまごひになれるきゞすのさまみればわれさへあやなほろゝとぞなく

〔校異〕　かへし―ナシ（版）　さま―はま（版）　ほろゝとぞなく―ほろ〳〵となく（底・内・益・版・尊を除く諸本）、おろ〳〵となく（版）

〔現代語訳〕　返事の歌、

妻を恋い慕ってやつれた雉の様子を見ると、私までがなぜかわけもなく雉のようにほろほろと泣くことです。

〔語釈〕　○あやな　筋が立たない、わけがわからないの意。拾遺集・秋に「（詞書省略）　みつね　ひこぼしのつままつよひの秋風に我さへあやな人ぞこひしき」とある。○ほろゝとぞなく　「ほろゝ」は雉などの鳴く声の擬声語。古今集・雑体に「題しらず　平貞文　春の野のしげき草ばのつまごひにとびたつきじのほろろとぞなく」（奥義抄・下巻余に挙がる）とある。

わらはともだちの受領になりてくだるに、馬の餞《はなむけ》すとて、

二葉より花咲くまでにみなれ木のよとせの春やかすみへだてん

〔校異〕　くだるに—下々に（版）　餞す—餞別す（多・版）　までに—までも（六・鷹・多・版）　よとせの—よとおの（版）

〔現代語訳〕　幼友達が受領になって任国に下る折に、餞別をするということで詠んだ歌、

二葉から花が咲くまで見慣れた水馴れ木のあなたを四年間の春が霞んで隔てるだろうか。いやそういうことはなく、いつまでも忘れないよ。

〔語釈〕　○馬の餞　昔、旅立つ人の安全を祈って乗馬の鼻をその行き先に向けたことから、餞別の意となる。○みなれ木　幼友達を喩えたもの。常に水に浸り馴れた意の「水馴れ」と「見馴れ」を掛けると解しておく。古今集・恋五に「題しらず　藤原かねすけの朝臣　よそにのみきかましものをおとは河渡るとなしに見なれそめけむ」とある。なお、二五四番にも「みなれ」の掛詞が見える。○よとせの春や　受領の任期は四年であり、かつ地方官の除目は春であるのでこう表現したもの。後拾遺集・別に「遠江守為憲まかりくだりけるに、あるところよりあふぎつかはしけるによめる　藤原道信朝臣　わかれてのよとせのはるのはるごとにはなのみやこを思ひおこせよ」とある。「や」は餞別詠であることから、反語であろう。○かすみへだて　霞がかかってさえぎるの意。後拾遺集・羈旅に

「はるごろゐなかよりのぼりはべりけるみちにてよめる　源道済　みわたせばみやこはちかくなりぬらんすぎぬる山はかすみへだてつ」とある。

〔補説〕「みなれ」は古今集の例歌の場合は「おとは河」の縁語で掛詞として用いられているが、本歌ではなぜ「水馴れ」なのか明確ではない。

内容の上では「離別」の歌であり、三二八番の次にあるべきだろう。

臨時祭に四位陪従といふことにめしいだされて、かもにまゐりてよみて、人のもとへつかはしける、

こもりぬにしづむかはづは山吹の花のをりにぞねはなかれける

〔校異〕臨時祭―臨時の祭（六・鷹・多・青・版・群）　四位陪従―四位の陪従（六・鷹・尊）、四位陪（版）　めし―めん（尊）　かもに―かりに（鷹・版）　まゐりてよみて―まかりよみて（六・版）、まかりてよみて（多）、まゐりよみて（神）、まゐりて（尊）　つかはしける―つかはしけり（版）　こもりぬに―こもり江に（六・鷹・青・版）、こもり江《ぬ》に（多）、こもりぬと（神）　なかれ―なかり（青）

〔現代語訳〕臨時祭の四位の陪従ということに召し出されて、賀茂神社に参詣して詠み、ある人のところへ言い遣った歌、

隠沼に隠れている蛙が山吹の花が咲く折に声に出して鳴くように、沈淪している私はこれを挿頭に挿してついつい泣いてしまうことだ。

〔他出〕月詣集・七・717「経正朝臣賀茂臨時の祭の舞人にてはべりけるに、清輔朝臣は陪従にて侍りまゐれりけるを、いかにとたづねたりければ、大田にまゐりておもふこころのべ申しつるなりとて、よみてつかはしたりける　藤原清輔朝臣　かくれぬにしづむかはづは山ぶきの花のをりこそねはなかれけれ　かへし　平経正朝臣　としごと

の春にぞあはんかくれぬにしづむ蛙と何なげくらん」、経正集・94（初句は「かくれぬに」、第四、五句は「はなのをりみてねはなかれけれ」）

〔語釈〕〇臨時祭　「かもにまゐりて」とあるように賀茂臨時祭である。月詣集にあるように平経正が舞人、清輔が陪従であるのは嘉応元年（一一六九）一一月二一日催行のものである（兵範記）。時に清輔は従四位上である。なお、清輔はちょうど二年前の賀茂臨時祭においても、陪従を務めている可能性がある（四二五番）。〇陪従　歌人《うたびと》のこと。既出（四一一、四二五番）。〇人　平経正のこと。平清盛弟の経盛男。生年未詳、一一八四没。覚性法親王に幼少より伺候する。左馬権頭、淡路守、兵衛佐等を歴任。一ノ谷合戦で討死。琵琶の名手として知られる。〇こもりぬ　隠沼。草の茂みなどに覆われて見えない沼。万葉集・一二に「こもりぬのしたにはこひむいちしろ（る）くひとのしるべく（き）なげきせむやも」（作者未詳歌）とある。なお、三七一番に「こもり江」が見られる。〇しづむ　「蛙が水中に隠れる」の意と「わが身の沈淪」の意を掛ける。〇かはづ　歌語で、蛙のこと。古今集・仮名序に「水にすむかはづのこゑをきけば」とある。〇山吹の花　「かはづ」とともに詠まれることが多く、たとえば後拾遺集・春下に「題不知　大弐高遠　ぬまみづにかはづなくなりむべしこそきしの山ぶきさかりなりけれ」とある。なお、ここは臨時祭の陪従が山吹を挿頭としたことを踏まえている。既出（四一一番）。

〔補説〕　典型的な沈淪を嘆く歌である。

439

里海といふ所をしりけるが、たがふ事ありけるをとぶらひたまふとて、宇治前大僧正覚忠のもとよりつかはしたりける、

よとともに心ばかりやこがるらんふねながしたる里のあま人

〔校異〕　里海—里海士（底・六・青・尊を除く諸本）、里の海士（六）、里海人（青）　とぶらひたまふ—とひたまふ

（青）、とふらふ（尊）　つかはしたりける—つかはしける（青）、ナシ（尊）　こがるらん—こもるらん（内）、とかるらん（版）

〔現代語訳〕　里海という所を領有していたが、行き違うことがあったのを慰めるなさるというので、宇治前大僧正覚忠のところから言い遣わしてきた歌、

夜ごとに常に思い煩ってのみいるでしょうか。漂流して、どうしようもない里海の海人であるあなたは。

〔語釈〕　**○里海といふ所**　正しくは、里海庄で、清輔が領有していた荘園である。既出（四一九番）。**○たがふ事**　詳しくは分からないが、揉め事でもあったのだろう。**○宇治前大僧正覚忠**　天台寺門派の僧。関白藤原忠通男。一一一八年生、一一七七没。一一三八に平等院執印、一一六二に天台座主（第五〇代）、一一六四に大僧正となり、一一六七に法務を辞任する。一一六九年六月一七日には「前大僧正覚忠」と見える（兵範記）。近衛、二条、六条天皇の護持僧を務めたことでも知られる。**○よとともに**　常にの意の「世とともに」と夜ごとにの意の「夜とともに」の掛詞と解しておく。金葉集・秋に「（詞書省略）　藤原家経朝臣　よとともにくもらぬくものうへなればおもふことなく月を見るかな」とある。**○心ばかりやこがる**　「こがる」は普通恋い慕って思い煩うの意であるが、ここは一般的に思い煩うの意と解する。「や」は反語であろう。なお、「あま人」の縁語の「漕がる」を響かせている。**○ふねながしたる**　漁師が船を浪にさらわれてどうしようもないこと。どうにもしようのないさまの喩え。古今集・雑体に「七条のきさきうせたまひにけるのちによみける　伊勢　おきつなみあれのみまさる宮のうちはとしへてすみしいせのあまも舟ながしたる心地して……」とある。**○里のあま人**　里海庄の領有者である清輔のことをいう。

〔補説〕　いずれは解決することを保証する体の慰めの歌である。

かへし、

440
はるかさんかたもおぼえず里のあまの焼《た》くもの煙下むせびつゝ

〔校異〕　むせび—むすひ（尊）

〔現代語訳〕　返事の歌、

　煩いを晴らす方法も分かりません。里海の海人が海藻を焼く煙にむせるように、私は心の中で咽び泣きながら。

〔参考歌〕　後拾遺集・恋二「かたらひ侍けるをむなのことひとにものいふとききてつかはしける　藤原実方朝臣
うらかぜになびきにけりなさとのあまのたくものけぶり心よわさは」

〔語釈〕　**○はるかさ**　晴らすの意。千載集・哀傷に「贈皇后苡子かくれ侍りにけるのち、すずりのはこなどとりしたため侍りけるに、物にかきつけておかれて侍りける歌　藤原基俊　むねにみつおもひをだにもはるかさで煙とならむことぞかなしき」とある。**○焼くも**　「焼」は『類聚名義抄』に「タク」とある。焚く藻のこと。塩をとるために海藻を焼くこと。**○下むせび**　「煙で胸がつまる」の意と「人知れず咽び泣く」の意を掛ける。後拾遺集・恋二に「（詞書省略）　藤原実方朝臣　わすれずよまたわすれずよかはらやのしたたくけぶりしたむせびつつ」とある。

〔補説〕　参考歌と「下むせび」項に挙げた歌とは並べて配列されており、本歌は両歌を合わせたような形となっている。「下—」という語は本集に多く見られ、「下紅葉」（一七六、二二三番）、「下こがれ」（二二九番）、「下はふ」（二五五番）、「下ゆく」（二八七番）とある。

441
浦かぜはよもにふくともさとのあまのもしほの煙うるはしみたて

　このいのりにかしこにいまする神にあふぎをたてまつるとて、かきつけゝる、

　其後《そののち》ほどなくなほりにければ、神のしるしとよろこびけらし。

〔校異〕 かしこに―かしこき（尊） 浦かぜは―浦かせに（内・益） よもに―よそに（片）、とのもに（青） たて―たへ（内）、とて（群） ければ……けらし―けり（以下、ナシ）（尊） 神―うて（青）

〔現代語訳〕 この祈願に、あそこにいらしゃる神に扇を奉納するために書き付けた歌、

浦風があちらこちらに吹くとしても、里海の海人が焼く藻塩の煙はきちんと立ち昇ってくださいよ。

その後まもなくして正常な状態に戻ったので、神の効験だとして喜んだようである。

〔参考歌〕 後拾遺集・恋二「かたらひ侍けるをむなのことひとにものいふときてつかはしける　藤原実方朝臣

うらかぜになびきにけりなさとのあまのたくものけぶり心よわさは」

〔語釈〕 **○このいのり** 四三九番の「たがふ事ありける」のためにである。**○あふぎをたてまつる** 願いを叶えてもらうために扇を神に奉納したのであろうが、他に見られない。**○うるはしみ** 「うるはし」は、きちんとしている、間違いのないさまの意で、ここは煙が乱れることなく立ち昇ることをいうのであろう。「み」は形容詞「うるはし」のミ語法で、その内容を示す。**○なほり** 正常な状態になるの意。

〔補説〕 左注は「けらし」からすると、他にも見られるように後人の注記であろう。

本歌も四四〇番と同じ参考歌によっている。

静蓮入道むかしをとこにて、おなじく出家せんなどいひけるが、としをふるまで遅《おそ》きことをはぢしめて、

世をすつることは人のためにはあらぬ物をなどいへりければ、かへりごとによめりける、

わが身とはおもはぬ物を世の中も人のためこそすてまほしけれ

〔校異〕 おなじく―おなし（底） など―なんと（尊） ふるまで―ふるとて（尊） すつること―すつる（底を除く諸本） ために―ために（六・鷹・版） 物をなど―物なと（内）、物なめりと（青） ければ―ける（尊） よめりける

—よめる（六・鷹・多・青・版）、ナシ（尊）　わが身とは—わか身をは（六・鷹・多・版）

〔現代語訳〕　静蓮入道が昔在俗の折に、同じように出家しようなどと言っていたが、私が年が経っても出家しないことをきまり悪く思わせて、出家することは人のためではないのだなどと言ったので、返事に詠んだ歌、

わが身のためとは思っていないのになあ。人のためにこそ世の中を捨てたいのだ。

〔語釈〕　**○静蓮入道**　和歌色葉・上に「侍従入道静蓮　俗名重義」、『勅撰作者部類』に「法師俗名重茂　治部丞頼綱子」とあり、必ずしも特定できない。実国集によれば「高野の奥院入道静蓮が住家を」、寂然の唯心房集に「入道静蓮、にし山の辺にすみけるころ」とある。また、寂蓮、教長とも交流があったことがおのおのの家集から窺える。**○をとこ**　在俗の男。成尋阿闍梨母集に「法師なるも、をとこなるも、おとづれして」とある。**○おなじく**　底本では不自然な感があるので、諸本により改める。**○はぢしめ**　恥ずかしめるの意。為信集に「見えがたき女の、法師とふしたるをみて、はぢしめしに、いみじうなげけば」とある。

〔補説〕　静蓮の非難に、人のために俗界を捨てるのが本望だと清輔の持論で反論したのであるが、出家を果たすことができない言い訳めいたものを感じさせる歌である。

443

沙弥観西と名《な》ある文を、さしおかせたるをみれば、藤原資基がてにてあり。あやしみて使ひにとへば、かしらおろしたるよしをいふに、よみてつかはしける、

むかしにもあらぬなぐさのはまちどり跡ばかりこそかはらざりけれ

〔校異〕　なある—なあみ（青）

〔現代語訳〕　沙弥観西と名前のある手紙を置かせていたのを見ると、藤原資基の筆跡である。不思議に思って使者に尋ねると、出家したことを言うので詠んで遣った歌、

昔とは違う名前の名草の浜の浜千鳥ですが、その足跡ならぬ筆跡だけは変っていませんね。

〔他出〕 中古六歌仙・119

〔語釈〕 **○沙弥** 仏門に入ったばかりの見習い僧。**○藤原資基** 能登守藤原基兼男のことであろうか。母は相模守藤原清家女。生没年未詳。初めは忠隆。能登大夫と号さる。従五位下刑部少輔に至る。一一一五年～三四の歌合に名が見られ、四〇ころまで活躍する。「能登大夫資基」という名称で袋草紙・上に二箇所見える。彼が出家したか否か不明である。なお、法名の「観西」は他には出ない。**○なぐさのはまちどり** 「なぐさ」は紀伊国の歌枕。現在の和歌山市南部の海岸。後撰集・恋二に「返ごとえせざりける女のふみをからうじてえて よみ人しらず 跡みれば心なぐさのはまちどり今は声こそきかまほしけれ」とある。「な」は「名」を掛けている。後撰集の「なぐさ」は「慰さむ」を掛けているが、本歌はそうではないだろう。**○跡** 浜千鳥の足跡と筆跡を掛けている。既出（三五一、三八八番）。

やまとの国いそのかみといふところに、かきのもと寺といふ所のまへに、人丸が墓《はか》ありといふをきゝて、そとばをたてけり。かきのもとの人まろ墓としるしつけて、かたはらにこの歌をなむかきつけゝる、

よをへてもあふべかりける契りこそこけのしたにも朽ちせざりけれ

其後むらのものどもあまたあやしき夢をなむみたりける。

〔校異〕 いそのかみ―岩上（多・版） まへに―まつに（神） たてけり―たてたり（底・内・益を除く諸本） 人まろ墓―人まろ（六・鷹・版） この歌をなむ―この歌を（内） べかりける―へかりけり（版） 契りこそ―契しそ（尊） ざりけれ―さるらめ（片）、さるらん（版）、さりけり（尊） ものども―もの（尊）

〔現代語訳〕大和国の石上という所の、柿本寺という所の前に人麿の墓があると聞いたので卒塔婆を建てた。柿本人麿墓と書いて、その傍につぎの歌を書き付けた、

後世になっても逢うことになっていた前世からの因縁は墓の下でも朽ちることはなく深いものであったのだ。

その後、多くの村人が不思議な夢を見たのである。

〔他出〕玉葉集・雑五・2604、中古六歌仙・114、柿本朝臣人麻呂勘文・76「清輔語りて曰く、大和国に下向の時、彼の国の古老民言ふ、添上郡石上寺の傍に杜有り。春道杜と称す。その杜の中に寺有り。柿本寺と称す。是れ人丸の堂也。その前の田中に小塚有り。人丸墓と称す。その塚霊所にして常に鳴ると云々。清輔之を聞き、祝いを以って行き向かうの処、春道杜は鳥居有り。柿本寺はただ礎ばかり有り。人丸墓は四尺ばかりの小塚也。木無くして薄生ふ。仍りて後代のために、卒塔婆を建つ。その銘に柿本朝臣人丸墓と書く。その裏書に佛菩薩名号経教要文を書く。また予の姓名を書く。その下に和歌を注し付く。(本歌省略)帰洛の後、彼の村の夢に咸て云う、衣冠を正すの士三人出で来て、この卒塔婆を拝して去ると云々。その夢南都に風聞し、人丸の墓に決定するの由を知ると云々」(原漢文)。

〔語釈〕**○いそのかみ** 大和国の歌枕。現在の奈良県天理市石上町。**○かきのもと寺** 所在地未詳である。**○人丸** 柿本人麿のこと。歌聖といわれ、のち歌神となる。清輔の祖父顕季は一一一八年六月一六日に人麿影供を創始した。特に六条藤家にとっては歌道の信仰の対象となった。**○そとば** 卒塔婆。供養のために墓の後に建てる塔形をした細長い板。**○こけのした** 墓の下。金葉集・雑下に「小式部内侍うせてのち上東門院より年ごろたまはりけるきぬをなきあとにもつかはしたりけるに、小式部とかきつけられて侍りけるを見てよめる　和泉式部　もろともにこけのしたにもくちもせでうづまれぬなを見るぞかなしき」とある。

〔補説〕人麿の墓所に関する最初の記事であると考えられている。次いでは、寂蓮法師集の「人丸墓尋ねありきける、柿本明神まうでて　古きあとを苔のしたまで忍ばずはのこれるかきの本をみましや」であろうか。人麿展墓に

ついては、佐々木孝浩氏「人麿展墓の伝統―人麿信仰の一展開―」（「国文学研究資料館紀要」第18号）参考のこと。

本歌で清輔集を終えるのは、人麿と六条藤家の関係の深さを誇示するためであろう。

解説

一、清輔集の諸本について

清輔集は現在二〇数本の伝本が知られており、これらの伝本研究は福崎春雄氏によって詳しくなされている（「和歌文学研究」第三十一号、『新編国歌大観』解題）。これらによると、諸本は四四〇首前後と近接しており（四一九首の本もあるが）、かつまったくの異本による異同はないので同一系統に属するが、四二六番歌の有無、三三一番歌と三三二番歌の歌順などの若干の異同により、大きく二類に分かれるとする。一類本は書陵部蔵御所本（本書の底本）系、二類本は群書類従本系と呼称している。一類本はさらに一七二番歌の有無、三五七番歌と三五八番歌の歌順により二つに分類できるとする。本書に取り挙げた諸本で分類すると、二類本に属するのは類従本以外では神宮文庫本、書陵部蔵片玉集前集本であり、残りは一類本である。一類本はさらに六条家二代和歌集本、書陵部蔵鷹司本、多和文庫本、元禄一二年版本のグループとその他のグループに分けることができるであろう。

分類するに微妙な本も存するが、大体のところ首肯しておいてもよいだろう。

二、清輔集の成立について

清輔集は晩年のころの自撰とされているが、諸氏が指摘するように完成しないで没したかと考えられている。特に、後者については、次のようなことが問題となる。まず第一に、不統一な点がしばしば見受けられるのである。たとえば、六条天皇を仁安三年（一一六八）二月の退位後の呼称である「新院」（四二五番）と記しているが、その一方安元二年（一一七六）七月没後の「六条院」（三二六番）とすることもある。藤原俊成を「俊成」（三三三、四番）とし、また安元二年九月の出家後の「俊成入道」（四〇四番）ともする。弟の重家を「しげ家」（三二四番）、「重家」（三二七番）と記すが、「重家卿」（三一六、七番、三三七番、四二一番）と敬称を付すこともある。第二に、配列に不具合な点が多々存在するのである。「雑部」と考えられる四〇〇番と四〇二番の間に「物名、からにしき」（四〇一番）が入っており、また「わらはともだちの受領になりてくだるに、馬の餞すとて」（四三七番）という「離別」の歌が、「離別一首」（三二八番）と「離別」があるにもかかわらず、ここに一首しか置かれていないのである。その他、三三一番以降は「哀傷」の歌が二〇首ほどあるが、その部立名がなく、そしてまた「釈教」五首（三五四〜八首）のすぐあとの「閑居夜雨」「暮鳥宿林」などの複合題（ここでは、二つ以上の概念を結びつけた題の意味で用いる）の歌にも何の部立名も付されていないのである。

このような不具合な点が見られるが、基本的にはやはり自撰として大過ないであろう。では、清輔集は晩年に一度にまとめて成されたのであろうか。私は二回にわたっているのではないか考えている。原家集は「久安百首」詠と「師光百首」詠を含む「鶯」「梅」「桜」「七夕」などの大きな歌群と単純題が付された一、二首の「久安百首」詠を中心とする小さな歌群を合わせた一四〇首ほどのものであり、これを二条天皇即位の保元三年（一一五八）に勅命により献上した。そして残りの三〇〇首ほどは原家集をコアにして晩年に増補したと仮定しておいた（詳しくは、拙著『六条藤家清輔の研究』（以下、単に「拙著」とする）所収「『清輔集』の成立について」参考のこと）。

ところが、自撰にしては不自然な箇所がある。たとえば、「題しらず」が三首見られる（一一四番、一二〇番、二八一番）。平安末期の歌壇の流行としては歌題の拡充や深化があり、清輔がこの風潮に従って細分化させるべく他に見られない複合題に変えたり、清輔独自の複合題で制作した歌があることは十分に考えられる。この点からすれば、清輔はこれらに題を付すのをたとえ忘れることがあったとしても、「題しらず」とすることはありえないと断じてもよいであろう。

他にも、にせの薫物を出されたのに対して清輔が上手な歌を詠んだ話があり、その左注に「これを女あるじめで、まことのたき物をたまはせたりけりとなん」と見られる（四三四番）が、「となん」からして清輔の自記とは思われない。また、あることの祈願に扇を神に奉納して歌を詠んだが、この左注に「其後ほどなくなほりにければ、神のしるしとよろこびけらし」とある（四四一番）が、これも「けらし」からして自記ではないだろう。詞書のなかにも、自記ではないと推測される歌が幾首かある。

このようにみれば、後人の手に成ると思しいものがあり、特に左注は歌徳に関わっていることからすれば、清輔に近しい人物が清輔没後そんなに遠くないころに書き加えたのであろう。

三、藤原清輔について

ここでは、六条藤家清輔の略伝を時系列的にできるだけ本集と関係させて述べていこう。周知のごとく、清輔については、井上宗雄氏「清輔年譜考」（『平安後期歌人伝の研究』所収）の業績があり、本稿も負うところが多い。また、拙著所収「清輔の述懐歌—出家と関わって—」と重なるところがある。

清輔は父顕輔（一〇九〇年～一一五五）と母能登守高階能遠女（生年未詳、一一五一ころ没か。三四〇番に喪に服している記事が見える）の第二子として生まれた。初名は隆長である。兄に顕方がいた。生年については、承安二年（一一七二）三月一九日に散位清輔の発企による「宝荘厳院尚歯会」が行われるが、その群書類従本に清輔が六十九歳とあることに従って、長治元年（一一〇四）生まれとするのが通説であった。ところが、最近刊行された冷泉家時雨亭叢書『尚歯会和歌』には「六十五」と見られ、これによると通説より四歳若く、天仁元年（一一〇八）生まれとなり、治承元年（一一七七）没の享年を七十歳とする「顕広王記」の記事と一致することになる。通説による父十五歳の子で、かつ兄がいたという不自然さも解消されるであろう。また、永暦元年（一一六〇）ころの秋の催行かとされる「月三十五首のなかに」（一三三一〜一六〇番）にある「いそかへり我が世の秋はすぎぬれどこよひの月ぞためし成りける」（一三五番）の「いそかへり」が通説にいう五十七歳では不審であったものが、五十三歳となり大いに納得されるのである。これらにより本書では、新説に従っておく。

保安四年（一一二三）九月、祖父の修理大夫顕季が六十九歳で没した。時に清輔十六歳である。袋草紙の中にも「将作（修理職の唐名）」としてしばしば見えており、清輔は大いに学ぶところがあった。顕季は元永元年（一一一八）六月にその邸で「人麿影供（人麿の肖像に供物を供えること）」を催行しており、六条藤家が歌道家を形成していく上で重要な催しであり、六条藤家の祖と仰がれるゆえんである。清輔が本集の最後を人麿墓の話で終えたのも首肯される。

久安六年（一一五〇）、作者（全部で一四名）の一人として「散位清輔」と署しての「久安百首」が崇徳院に奏覧された。基本的には晩年の自撰かとされている本集にそこから清輔は六九首を採り入れており、長歌を含む三一首を除いている。除かれた中には、後に藤原俊成が千載集・秋下に入集させる「たつた山松のむらだちなかりせばいづくかのこるみどりならまし」等がある。

井上氏によると、この年までに崇徳院に歌学書の奥義抄を進上している。

このように、歌の面において比較的順調であったが、それだけでなく、官位の上でも喜ばしいことがあった。袋草紙・上によれば、「久安百首」詠で、本集の「梅」に入る「梅の花おなじねよりは生ひながらいかなるえだの咲きおくるらん」（一七番）を藤原忠通の北の方宗子が哀れに思い、朝覲行幸の御給に与って従五位上に叙せられたという（井上氏によれば、久安六年の翌年の正月かとする。四十四歳である）。このことは、本集では、少しあとの二五番に見られるが、「此の歌」がなにを指すか明確ではなく、かつ本文的にも分かりづらくなっている。もっと丁寧に説明すべき箇所であろう。なお、叙爵された年時は不明である。

仁平元年（一一五一）、父が撰者の詞花集が成立する。袋草紙・上によれば、これを巡って、父との間にいくつかのトラブルがあったことが知られる。

久安六年から仁平四年の間に、歌学書である和歌一字抄が成立したと考えられている。一字や二字の一九六項目に分類し、それぞれの文字を含む歌題を列挙し、諸歌集から集成したのを例歌として掲げたもの。当時の歌壇の流れとして、複合題は白河院政期前後から一気に増加したと指摘されており、本集も例にもれず多くの歌題が見られ（しかも、詠作状況がほとんど示されない）、かつ歌題にいろいろと工夫を凝らしていると思しいことからも、この歌学書はもっと注目されるべきである。清輔は歌学者としての業績を着実にあげていることが窺える。

久寿元年（一一五四）、正五位下に叙せられる。本集によると、崇徳院に昇階の望みを二、三年申しあげたが叶わず、鳥羽院に一二月二〇余日に「くらゐ山谷の鶯人しれずねのみなかるゝ春をまつかな」（四〇五番）と奏聞したところ、よい歌だというので聞き入れられて昇位したとある。袋草紙・上によれば、多くの競争者がいたが、和歌に優れていたゆえに新院（崇徳院）御給に与ったという。このあと、「何の面目かこれに如かんや。事に堪へずといへども、この道によりて度々面目有り。これ多年の稽古の致す所か」（原漢文。以下同じ）と感激の気持ちを述べている。

翌年の三、四月のころか、病中の顕輔が父から伝えられた「人麿影」を清輔に授け、五月七日に六十六歳で没する。父子には確執が最後まであったようだが、この行為は清輔の和歌の学識を充分に認めたゆえであろう。清輔が名実ともに六条藤家の後継者となったことを意味する。

翌保元元年（一一五六）一月、従四位下に叙せられる。本集によると、弟達（重家、頼輔）が四位なのに、自分は四位昇位を許されないという申文に付けた「やへ〳〵の人だにのぼるくらゐ山老いぬるみにはくるしかりけり」（四二〇番）により奏功したとある。袋草紙・上によれば、鳥羽院への申文であり、昇位の理由は「重代の者かたほなる事だにあり、尤も興有るの歌躰なり」と。別様なりといへども、御哀憐の至りか」であり、さらに「末代の勝事なり。世もつて珍重の由謳歌すと云々」と素直に喜んでいる。

このように、三度の昇位がいずれも歌によってのものであり、そのゆえに本集に採り入れたと思われる。

同年の一一月二八日、皇太后宮（多子）の大進となる。記録にみるかぎり、初めて得た職であるようだ。保元三年の二月三日、多子が太皇太后宮になったのに伴って、記録には見えないが、ほぼ同時に宮の大進となったと考えられる。本集には、「太皇太后宮の大進にてとしひさしくなりにける」（四一三番）とある。

同年の八月一一日、後白河天皇が二条天皇に譲位した。時に天皇は十六歳である。新帝は早くに母を失ったため、鳥羽天皇の皇后、美福門院得子により養育された。得子は父の長兄長実の娘であるので、清輔のいとこに当たる。このことも与っているのだろう、文学好きの天皇の信任を受け、清輔は宮廷歌壇のメンバーとして活躍の場が設けられるようになる。保元二年八月九日から今年の八月一一日までの間に根幹部分が成立したとされる袋草紙の世評が高く、天皇の叡覧に供した。その後に白紙の冊子を下賜し、これに書写して献上するようにという宣旨があった。

平治元年（一一五九）一〇月三日に進覧したという（袋草紙・奥書）。この冊子下賜のことが、本集にも見られ、「御さうしかきにたまはせたりける」（七七番）がそれではないかと考えておいた。この後、清輔自身による追補が何度か行われたようである。

応保二年（一一六二）、三月六日に内昇殿勅許の知らせがあった。これは一三日に中宮（藤原育子）貝合が催行されるのを機に許されたものである。七日に殿上人となった清輔（山槐記・六日条によれば「散位清輔」とあり、「太皇太后宮大進」を辞していたと考えられる）に「遥尋残花」と「思出旧女恋」の二歌題が示され、同日に和歌披講が高倉内裏で行われた。昇殿と二条歌壇へのデビューの二重の喜びであった。これは主に袋草紙・上によるが、本集では、「二条院御時、中宮に歌合あるべしとて殿上ゆるされたりけるよろこび申す」ということで重家との贈答歌がある（三二四、五番）。特に、昇殿については、本集では「ふじの山けぶりばかりを雲のうへにならせることはうしとおもふや　此の御歌の心は、うへゆるされぬことをおぼしめしけるになむ、さて御かへしに申す、雲ゐまでふじの煙ののぼらずはむせぶおもひもしられざらまし」（七七、八番）という二条天皇とのやりとりがある。なお、七日の御会の歌題「遥尋残花」は本集の「遠尋残花」（四六番）に似ており、あるいはこのときの詠かも知れない。

永万元年（一一六五）六月二五日、二条天皇が六条天皇に譲位し、七月二八日に二十三歳で没する。清輔は、袋草紙以外にも在世中に『題林百二十巻』（散逸）を進上したことがあり、さらに奏覧すべきよしの勅命を蒙りながら没により果たせなかった続詞花集もあり、天皇との信頼関係は最後まで揺らぐことはなかったと思われる。本集に入る、八月七日の葬送の折に詠まれた中の一首「よろづ代とたのみし君をよひのまの空のけぶりとみるぞかなしき」（三三二番）の初、第二句には清輔の天皇への真率な思いが表れているであろう。

仁安三年（一一六八）、一一月二〇日に大嘗会叙位により、源頼政らとともに従四位上に叙せらる（今回は歌にはよらず）。本集に「四位して後、としをへて従上したりけるをりに、人のよろこびければ」（三二一番）とあり、一二年ぶりの昇位であった。因みに、従四位下に叙せられたことが四二一番、正四位下のことが四二七、八番に見られるので、三二一番をこのあたりに配列することもできたであろうに。このことは、晩年の自撰であるが完成せずに没したゆえであろうか。

仁安年中（一一六六〜八）、経平（姓、経歴等不明）、義弟顕昭とともに『和歌現在書目録』を編んでいる。

嘉応元年（一一六九）七月、摂政松殿藤原基房（忠通男。一一四五年〜一二三〇）の命による和歌初学抄が成立する。ただし、天理本『和歌初学抄』の奥書に「嘉応元年七月日依殿下仰抄出之」と記されていることから、嘉応元年に抄出したとも考えられている。同年一一月二六日の基房催行の「宇治別業和歌」で「松殿関白、宇治にてかはの水久しく澄むといふことを、人々によませさせ給ひけるに」（三一〇番）と詠んでおり、基房の信任を受けていたことが窺える。なお、基房の同母兄基実（一一四三年〜六六）の妾に清輔の妹がおり、子供出生のことが本集に「いもうとのはらに、中摂政のおほんむすめむまれたまへることをよろこびて、重家卿のもとへ」と重家との贈答歌（三一六、七番）で見え、さらにまた「中摂政うせたまへることを嘆きて、重家卿のもとへつかはしける」と基実没時にも贈答歌（三三七、八番）がある。忠通男との深いつながりが知られる。

承安二年（一一七二）一月五日に正四位下に叙せられるか（重家集の配列からの推測であるが）。これが極位となる。本集に「四位の正下したりけるよろこびを、わかき人〳〵のいへりければよめりける、けふこそはくらゐの山のみねまでにこしふたへにてのぼりつきぬれ」（四二七番）と見え、「こしふたへ」の六十五歳である。

同年の三月一九日、「宝荘厳院尚歯会」が清輔の発企により、白川の宝荘厳院で行われ、清輔以外に祝部成仲、源頼政ら計七叟（七名の老人）が集まった。清輔は「仮名序」を草し、古今集の嘆老の歌を誦す折には、「かぞふればとまらぬ物を年といひてことしはいたくおいぞしにける」（雑上）と「おいらくのこむとしりせばかどさしてなしとこたへてあはざらましを」（雑上）を取り挙げ、各人の和歌披講の折には「ちるはなはのちの春ともまたれけりまたもくまじきわがさかりはも」と詠んでいる。なお、この尚歯会のことを記す古今著聞集・五には、清輔が着座する際の弟重家と季経の世話および兄を敬う態度に感激した清輔は、伝領してきた「人麿影」と破子硯を重家男の経家に、和歌文書を季経に与えたとある。しかし、これらは分散されたのではなく、すべて一括して季経に譲られたと考えられている（浅田徹氏「六条家―承安～元暦頃を中心に―」（和歌文学論集6『平安後期の和歌』所収））。

治承元年（一一七七）六月二〇日、清輔没する。享年七十歳である。藤原実房の『愚昧記』に「晴、今晩清輔朝臣頓滅云々、近代長和歌者也、年来近馴、哀傷在眼前、可悲〳〵」とある。実房は清輔のいとこ公教男であり、本集の「ながらへば又此のごろやしのばれんうしとみし世ぞ今はこひしき」（四〇〇番）を詠み送った相手と考えておく。『顕広王記』は一七日条に記すが、「正四位下藤原清輔朝臣卒去年七十、酔死云々、当世歌仙也」と見え、死因は「酔死」であったという。さらに藤原兼実（一一四九年～一二〇七）の『玉葉』に「基輔（注、清輔甥）来云、今日辰刻清輔朝臣逝去云々、和歌之道忽以滅亡、哀而有余、歎而無益、就中余聊嗜此道、偏頼彼朝臣之力、今聞此事、落涙数行、惣論諸道之長、無如清輔朝臣之得和歌之道、和歌者我国風俗也、滅亡時至、誰人不痛思哉」と見え、兼実の嘆きは並々ならぬものがある。そもそも清輔と兼実との関係は、『玉葉』の嘉応二年（一一七〇）一〇月二七日条に「清輔朝臣来談」と初めて見えて以来、何度も兼実邸を訪問するほど親密であった。たとえば、『玉葉』の安元二年（一一七六）一〇月二七日条に「午刻清輔朝臣来、談和歌事等、近代知此道之者、唯彼朝臣而已、可貴可仰、及亥刻退出了」とあり、長時間に渡って歌談義を交わしており、若き兼実が歌壇の第一人者から多くの知見を学び取ったことが窺える。また、『玉葉』の承安四年（一一七四）六月六日条には、清輔の家が焼失した際の「仍遣訪了、返答云、和歌文書一紙不焼失云々」という記事も見えるくらいである。この関係から、兼実邸で内内に行った歌合の勝負をわざわざ歌を遣わして付けさせたり、兼実邸で催行される歌合に判者として招くことも多くあり、兼実の信任は絶大なるものがあった。

このように、基実、基房、そして兼実の三兄弟は清輔と親交が深い。これには、前述したほかにも、彼らの父忠通の室宗子（一〇九五年〜一一五五）が権大納言宗通女であり、顕輔の姪にあたることも与っているだろう。宗子の朝覲行幸の御給に与って従五位上に叙せられたこともあり（一七番、二五番）、「故北の政所の御はてに、法性寺殿にまゐれりける」（三三九番）折に哀傷の歌を詠んでいるのである。

清輔の略歴をできるだけ本集に関わらせて述べてきたのであるが、職歴といえば、資料に見えるかぎりでは「太皇太后宮大進」を八、九年勤めたくらいであり、とても官人としては誉められたものではない。このためであろう、既述した以外にも沈淪や不遇を訴える歌が多く見受けられる。「述懐」「述懐百首のうちに」「愁ふる雑歌のうちに」という歌群があり、また、たとえば「柳　わが門のいつもと柳いかにしてやどによそなる春をしるらん」（二八番）、「端午述懐　人なみに袂にかくるあやめ草うきにおひたるこ、ちこそすれ」（七三番）、「乾蘆礙船　霜がれのあしまにしぶくつり舟や心もゆかぬわが身なるらん」（二一五番）のようなものがあり、彼の心情をそのままに詠んだ歌と考えてよいだろう。

この不遇意識と関係すると思しいのが嘆老である。「述懐　夢のうちにいそぢの春は過ぎにけり今行末はよひの稲妻」（三七〇番）と「五十歳」を歌詞に詠み込むこともあれば、あるいは「郭公　いくとせぞきかじとおもへば時鳥待つにつけても老いぞかなしき」（六八番）、「秋ごろ、世の中はかなかりけるに、花をみて、まがきなる花につけても思ふかないまいくとせの秋か見るべき」（一一五番）のように老身の余命の短かさを詠んでいる。

いま本集の主調をなす不遇と嘆老を見てきたが、これらが相俟って詠歌を先鋭化させたのではないだろうか。たとえば、いずれも「述懐百首のうちに」に入る「いさり火のほにこそ物をいはねどもあまのうらみはたえせざりけり」（三七六番）と「いまはたゞちから車もつきはてゝやるかたもなきなげき成けり」（三七九番）の両詠は海人と人夫に託して「うらみ」と「なげき」を詠んでいるが、前者は恨みは尽きることがないという憤慨、後者は万策尽きてどうにもしようのない嘆きを述べたものとなっている。

これらを解決させる一つに出家があるだろう。

現に、清輔は出家を真剣に考えた時期があったらしく、「静蓮入道むかしをとこにて、おなじ出家せんなどいひけるが、としをふるまで遅きことをはぢしめて」と出家の約束を果たさないでいる清輔を恥ずかしがらせて「世をすつることは人のためにはあらぬ物を」と責めたのに対して、「わが身とはおもはぬ物を世の中も人のためこそすてまほしけれ」とはぐらかして言い訳をしていることが見えるのである（四四二番）。この事実を知ると、本集に出家に関わる歌の存在に気付かされるのである。「述懐百首のうちに」に「よも山をながめてのみもくらすかないづれのみねにいらんとすらん」（三九三番）といざ出家する時にはどこかの山、しかも峰に入りたいという思いを詠んだものであり、並々ならぬ出家の決意を表明している体の歌と言えるのではないだろうか。「郭公　ほとゝぎす心のまゝにたづぬとて鳥の音もせぬ山にきにけり」（六五番）については、「鳥の音も聞こえぬ」は極めて仏教的色彩が濃厚であり、「深き山に入る」と表現される隠遁思想をさらに強調したのが「鳥の音も聞こえぬ」という表現であるとされている。しかし、「述懐百首のうちに」の「いしぶみやつがろのをちにありときくえぞ世の中をおもひはなれぬ」（三八九番）、同じく「たちがたきおもひのつなにまとはれて引きかへさるゝことぞかなしき」（三九〇番）という歌もある。これら両詠も観念的な詠作ではなく実情に即したものと考えてよく、なかなか出家に踏み切ることができず、諦めざるをえないという真情をここに読み取ることができるであろう。

最後に、清輔の不遇の原因ともなっているであろう性格について述べてみたい。

まず、歌合判者に見る清輔の態度を、つぎの有名なくだりによって紹介しよう。『無名抄』「俊成清輔判偏頗事」に清輔弟の顕昭の言として「此比和歌の判は、俊成卿・清輔朝臣、左右なき事也。しかるを、共に偏頗ある判者なるにとりて、其様の変りたる也。俊成卿は、われも僻事すと思へる気色にて、いともあらがはず、「世中の習ひなれば、さなくてもいかがは」などやうにいはれき。清輔朝臣は、外相はいみじう清廉なるやうにて、偏頗と云ふ事露も気色に現はさず、自ら人の傾く事などあれば、気色をあやまりてあらがひ論ぜられしかば、人皆その由を心得て、更にいひ出る事もなかりけり」とある。俊成の温和な態度と違って、清輔は一見清廉潔白な態度でありながら、人が不審がる様子を見せると豹変して顔色を変え論争するので、誰も口答えすることがなくなったという。歌に対する執着というよりはやはり偏った性格の持ち主と考えたほうがよいであろう。

また、父との不和も有名な話である。袋草紙・上には、父と不仲な折に、詞花集の撰者となった父が清輔にいろいろと助力させようとしたがかえって関係が悪化したこと、撰者の子供の歌は入集した前例がないという理由で詞花集に採られなかったこと、詞花集に入る安芸の作となっている歌は実は清輔の歌であること、と詞花集にまつわる逸話でもって父に不満をぶつけているのである。しかし、父は歌の面において清輔を評価したことは前述のとおりである。

この狷介な性格が官位昇進に災いしたことは間違いないであろう。

叙上のような清輔であるが、『玉葉』に見たとおり、当時の歌界の第一人者として仰がれ、また、当然ながら『無名抄』「清輔宏才事」に勝命の言として「清輔朝臣、歌の方の弘才は肩を並ぶる人なし。よも見及ばれじと覚ゆる事をわざと構へて求め出て尋ぬれば、もとより沙汰し古されたる事どもにて侍しか」とあるように、博覧強記の人物であった。このゆえに、清輔は多くの歌合に参加する一方、判者としても遇されており、また兼実の邸に招かれて歌談義に長時間興ずるようなこともあったのである。要するに、人格的に問題があるにしても、当時歌のことに関して真っ先に思い出される人物、それが清輔ではなかっただろうか。その意味で、不遇ながらも特に後半生において一気に花開き、幸せな人生であったかもしれない。

四、清輔集における複合題

本集にはおおよそ一二〇題の複合題が見られる。しかし、複合題で「松殿関白、宇治にてかはの水久しく澄むといふことを、人々によませさせ給ひけるに」（三二〇番）というように詠作状況が明示されるのは例外であり、ほとんどが歌題しか示されていない。その歌題の幾首かが他の歌人の歌題と共通するといういわば外部徴証によって、同じ場で詠まれたのではないかと推測される程度なのである。ここでは、なぜ詠作状況を明示しなかったのだろうか、また、複合題は清輔にとって何であったのかを考えてみよう。なお、本稿は拙著所収「『清輔集』における結題―その成立と関わって―」、拙稿「『清輔集』の結題」（『国文学解釈と教材の研究』二〇〇〇年一二月）と重なるところがある。

まず、本集の配列を取り挙げよう。たとえば、「桜」を見ると、一字題の「桜」歌群が三一番から九首あり、次に複合題の「待山花」「晩望山花」「見花述懐」が各一首あり、続いて「南殿のさくらを見て」「宇治左大臣、花見給ひて帰りてのち、人々に歌よませ給ひけるに」と日常生活詠が見られて桜歌群は終わるのである。これが典型的な配列である。

しかし、このような完全な形をとらず、「立春」(一、二番)、立春暁(三番)、そして「卯花」(六一番)、「卯花混月」(六二番)のような一字題と複合題だけの場合があり、実はこれがもっともよく見受けられる。

ところが、意外にも一字題のないのも多く存在するのである。「羇中霜　あさまだきはつ霜しろしむべしこそ花かりしく床はさえけれ」(一九六番)には一字題の「霜」の詠がない。この前に置くに相応しい一字題のものがないというのではない。「久安百首」から本集に六九首採り入れられ、しかもこれらには一字題等が付せられているので、「久安百首」の「山がつのよもぎのかども霜がれて風もたまらぬ冬は来にけり」を「霜」として入集させてもよかったのではないか。あるいは、「久安百首」から本集に採り入れている「冬夜　君こずはひとりやねなん篠のはのみ山もそよにさやぐ霜よを」(二三一番)を「霜」とすることもできたであろう——本集には「冬夜」はもう一首あるのでなおさらのこと——。

重要な一字題でありながら見られないのが他にもある。たとえば、「藤」について、「藤松樹花」(五三番)、「池辺藤花」(五四番)、「大臣の家にて、ふぢの花のうたよみけるに」(五五番)とあるのに、「藤」がないのである。「社頭子日」(五番)の前に「子日」、「風底荻」(一二二番)の前に「荻」があってしかるべきであろう。これらはいずれも「久安百首」に相応しい歌が見られないが、たとえそうであってもこれくらいの歌なら清輔には簡単に詠むことができたはずである。

また、前述したように、複合題は白河院政期前後から一気に増加したと指摘されている。こと清輔にかぎっても、彼の主催する歌会において「隣家梅、清輔朝臣家会」(頼政集・上)、「清輔朝臣のもとにて、人人暮春帰雁といふことをよみ侍りしに」(季経集)、「清輔朝臣許にて、歳暮恋と云ふ題を」(同上)などがあり、歌会での複合題がたとえ本集に多く入っていても何ら不思議はない。

複合題にかかずらうことは以上から窺えるかと思うが、次のような事実をどのように解すればよいのであろうか。清輔若年時に成ったとされる和歌一字抄には随分と多くの複合題が存するのであるが、にもかかわらず、本集と共通するのは八題、一〇首である。そして『平安和歌歌題索引』によれば、複合題の半数が他に見出すことのできないものなのである。また、複合題は「旅宿恋」を除いて一題一首となっている。

このことを他に見られない複合題でもって検討していこう。

まず、「田家夏雨　刈りしほのそとものむぎもくちぬべしほすべきひまもみえぬ五月雨」（八〇番）を挙げよう。これより前の二首は「五月雨」のもとに、「時しまれ水のみこもをかりあげてほさでくたしつ五月雨の空」（七五番）、「たごの浦のもしほもやかぬ五月雨にたえぬはふじの煙なりけり」（七六番）と見え、歌題と同じ歌詞が詠み込まれている。七七、八番は七六番歌にまつわる二条天皇とのやりとりでいわば日常生活詠であり、「五月雨」とは関わらない。次の「船中五月雨」の「五月雨のせとにほどふる友舟は日影のさゝむをりをこそまて」（七九番）は歌題の「五月雨」がそのまま歌に詠み込まれている。これからすれば、八〇番は「田家五月雨」とするのが常道であろう。たとえ、「田家五月雨」自体が他に見られない歌題ではあっても、このとおりでは七九番の「五月雨」と重なり、また「五月雨」は言い古された歌語でもあるので、清輔のさらに新しい歌題を創出しようとする考えのもと、このように「田家夏雨」としたのではないだろうか。これには和歌一字抄・上の、「田家秋雨　太政大臣実行　かりしほの門田の稲のくつるまであまま待ちをる心許なさ」が脳裏にあったかも知れない。麦と稲と季節の違いはあるが、晴れ間を待つ趣は共通している。なお、「田家秋雨」は他に教長集と行宗集にも見られる。

次は、「森間寒月　冬がれの森の朽葉の霜のうへにおちたる月の影のさむけさ」（二一八番）、「池上寒月　冬の池の玉もにさゆる月影やあくればきゆるこほりなるらん」（二一九番）であるが、これらは内容の上で、しかも「冬月しろたへの雪ふきおろすかざこしのみねより出づる冬の夜の月」（二一七番）とある配列からみても「冬月」の複合題である。「寒月」という歌題はなく、「寒月」を含む複合題もこれ以前には他に見られない。二一九番に歌題がよく似る「池上冬月」が親宗集に「或所歌合、池上冬月の心を　いけはみなこほりにけらし水のおもの月見むほどは春をまつかな」とある。この「歌合」が何を指すかは不明であり、清輔詠との関係も分からないが、平親宗は清輔と近しい人物である。そして和歌一字抄・上に、よく似たものとして、「水上冬月　源信宗朝臣　冬のよのあしまにやどる月影はむすばぬ水のこほるとぞみる」があるが、これは氷っている景ではない。二一九番は「池上冬月」としてもおかしくはなく、「寒月」とする必然性もない。新しい複合題を意図して作ったものではないだろうか。

最後に、「山家早春　をの山の春のしるしは炭がまの煙よりこそ霞みそめけれ」（四番）を挙げよう。本歌は、「立春」のもとに詠まれた、「いかばかりとしのかよひ路近ければ一夜の程にゆき帰るらん」（一番）、「いつしかとかすまざりせば音羽山音ばかりにや春を聞かまし」（二番）の複合題である、「立春曙　けふこそは春はたつなれいつしかと気色ことなる明ぼの丶空」（三番）と同じように「立春」の複合題ではなかろうか。一番、三番はおのおの下の句、初め二句から明らかに立春を指しているが、二番は必ずしも分明ではなく、現に「久安百首」の部類本は「早春の心を詠める」として収めている。四番は二番と同じように「かすむ」を詠み、さらに「春のしるし」「春を聞く」とあり、同じ様相の歌といえるので「山家立春」としても何ら違和感はない。この「山家立春」の題は、永万元年（一一六五）八月～安元三年（一一七七）三月に催行された「後徳大寺実定家結題百首会」で小侍従が詠んでいる。清輔詠との前後関係は分からないが、今までと同じように「立春」の複合題として工夫したと言えるのではないだろうか。

独自の複合題を取り挙げてきたが、「田家夏雨」の「夏雨」には五月雨、「森間寒月」「池上寒月」の「寒月」には冬月、「山家早春」の「早春」には立春をおのおの詠んでおり、これらに共通することは、大まかな、たとえば「夏雨」などのもとに、あるものに具体化して「五月雨」を詠むという姿勢である。

さて、例歌として取り挙げたこれらの歌も含めて、前述したように、詠作状況が明示されていない複合題がほとんどである。これらの中には、歌会等の折に詠まれた歌題のまま本集に入れることも勿論あろうが、細分化させるべく他に見られない歌題に変えた歌もあったであろう。現に、仁平元年（一一五一）以前の「崇徳院句題百首」に「逐夜氷厚」で詠んだと思しい「すはの海浪にくだけしうすごほりわたるばかりになりにけるかな」（二一三番）が本集には「氷逐夜厚」として入っている。歌題の意味は同じであるが、「氷逐夜厚」が他出しないことからみて、これに変えたのであろう。そして、憶測にしか過ぎないが、清輔が創った独自の複合題でもっていわば机上の産物として歌を制作したこともあったと考えられるのではないか。

この清輔の営為は何を意図しているのだろうか。権勢家のもとで行われた歌会ならばその旨を明示した方が箔がつくであろう。しかし、彼の関心はいつ、どういう折に詠まれたのかにあるのではなく、歌題それ自体、つまり特異な歌題か新奇な歌題か否かにあったのではないか。これは前述したような歌題の拡充や深化という当時の歌壇の流行に従ったからであろう。そしてまた、その歌題のもとでの詠みようを教示するねらいがあったと思われるのである。

五、清輔の詠歌について

いろいろな視点から、清輔の詠歌を取り挙げることができるであろうが、ここでは、清輔が影響を受けたと思われる歌との関係に絞って論じていきたい。これにより、彼の詠風や詠み方をも窺い知ることができると思われるからである。なお、本稿は拙著所収「第二章　藤原清輔の詠歌」の諸論と重なるところが多い。

そもそも清輔は今までともすれば歌学者という面だけが強調され論じられてきたきらいがある。彼の歌はおおよそ五五〇首ほど存するとされており、このうち四二六首が本集に見られる。本集に入る「ながらへば又此のごろやしのばれんうしとみし世ぞ今はこひしき」（四〇〇番）が「百人一首」に採られており、実作者としても評価されていたことが充分に窺えるのである。

ここで、当時の清輔の歌人としての評価ははたしてどうなのか、確認してみよう。

まず、平安末期の承安二年（一一七二）ころの歌仙と目される歌人二〇人の歌風をそれぞれの秀歌例を挙げて論評した『歌仙落書』から見ていこう。清輔は一〇首採られており、俊成の一五首に次いで多い。秀歌例の多少が歌人の評価を示しているとされており、彼の評価はすこぶる高いと言えるであろう。論評は「風躰さまざまなるにや。面白も又さびたる事も侍り。たけたかきすぢやをくれ侍らむ。霧の絶えまより秋のはないろいろにさきみだれたらんをみわたしたるとや云ふべからむ」とあり、作風は一定しておらず、情趣があり、古風で落ち着いた趣を備えているが、格調の点においては劣ると評されている。

次に、同じく院政期に名の聞こえた六歌人、俊頼、基俊、待賢門院堀河、俊恵、登蓮法師、そして清輔の歌を挙げた『中古六歌仙』では、俊頼の六四首、俊恵の五九首に次いで清輔は五六首と多く入集する。

また、藤原定家の『近代秀歌』では、「然れども大納言経信卿、俊頼朝臣、左京大夫顕輔卿、清輔朝臣、近くは亡父卿すなはち此の道をならひ侍りける基俊と申しける人、このともがら末の世のいやしき姿をはなれて、常に古き歌をこひねがへり」（流布本）として挙がっており、本集の二一八番、二三一番、二二九番、四〇〇番の四首が見られる。

最後に、『後鳥羽院御口伝』は「清輔、させることなけれども、さすが古めかしき事、時々見ゆ。年経たる宇治の橋守言問はん幾世になりぬ水の水上」（「年経たる」詠は三一〇番歌）とあり、古風な雅趣が備わっていると評している。

勅撰集入集については、直近の千載集は二〇首、新古今集は一二首と採られており、それなりの相応しい評価を得ていると考えてよいだろう。

（1）　清輔の『万葉集』歌の受容

当時は古語尊重という時代風潮であり、祖父顕季が六条藤家の象徴となった「人麿影供」を催行し、かつ顕季の「歌よみは万葉よく取るまでなり。これを心得てよく盗むを歌読とす」（袋草紙・上）という揚言に見られるような環境に清輔は生まれ育ったのである。清輔自身も『無名抄』「清輔宏才事」に勝命の言として「晴の歌よまんとては、「大事はいかにも古き集を見てこそ」といひて、万葉集を返々見られ侍し」とあり、さらに二条院御本の万葉集は清輔が訓をつけた（次点）と伝えられている。『後鳥羽院御口伝』が「さすが古めかしき事、時々見ゆ」とするのも納得されるところである。

清輔詠で万葉集の影響をうけたと思しいものはおおよそ五〇数首くらい存し、本集の約一割強をしめている。紙幅の関係もあり、できるだけ例歌を絞って説明していこう。なお、万葉集は西本願寺本のよみに従う。

「述懐百首のうちに」とある「おく山のしたひがしたに鳴くとりのおとにもいかで人にきかれじ」（三九一番）は万葉集巻一〇の「あき（かな）やまのしたひがしたになくとりのこゑだにきかばなにかなげかむ」（柿本人麿歌集）によることは確実であろう。上の句全体がほぼ同じ措辞であり、「音」や「声」を起こす序詞として機能している。しかし、万葉歌は「秋相聞」、清輔詠は述懐歌であり、詠まれ方はまったく違っている。

「恋」の「あふことをいなさほそ江のみをつくしふかきしるしもなき世なりけり」（二三一番）は「久安百首」詠である。これは巻一四の「とほつあふみいなさほそえのみをつくしあれをたのめてあさましものを」（遠江国歌）が脳裏にあったと言えよう。「久安百首」以前の成立とされる奥義抄・上「出萬葉集所名」の「江」に「いなさほそ江」とある。「いなさほそ江のみをつくし」は清輔以前に用例を見出せない。万葉歌が「とほつあふみいなさ」であるのを、「あふことをいな」として「いな」を掛詞にしたのが趣向である。そして「みをつくし」も掛詞であり、「いなさほそ江のみをつくし」が「ふかき」を導く序詞ともなっている。万葉歌が相手の不実を責めているのに対して、これは身を尽くしても応じてくれない嘆きを詠む。

次に、万葉歌二首を合わせて詠じた例を挙げよう。

まず「野径寒草」の「ひくま野にかりしめさししあさぢ原雪のしたにて朽ちぞはてぬる」（二二〇番）を見よう。「ひくま野」は清輔以前の金葉集や「堀河百首」などにいろいろな詠み方がなされているが、本歌のような組み合わせで詠まれるものはないので、これらによったとするよりも、むしろ奥義抄・上「出萬葉集所名」の「野」に「ひくまの」、同じく「古歌詞」の「萬葉集」に「ひくまのに、ほふはぎはら」とあることからも万葉集を見ていたと考える方がよいだろう。「ひくまのに、ほふはぎはら」詠は、巻一の「ひくまのににほふはぎはらいりみだるころもにほはせたびのしるしに」（長忌寸奥麿）であるが、本歌は「にほふはぎはら」を詠み込まず、ただ「ひくまの」だけを用いたのである。もう一首の万葉歌は巻一一の「あさぢはらかりしめさしてそらこともよせてしきみがことをしまたむ」（作者未詳）であり、本歌の第二、三句がこれに倣っている。万葉歌の初、第二句に異訓はない。晩年の和歌初学抄「古歌詞」の「萬葉集」に「あさぢはらかりしめさして」とある。「にほふはぎはら」よりもこれによって詠歌したのは——句順を逆にしてはいるが——、一に清輔の好尚に関わっているだろう。このように既に奥義抄に挙げた語を詠み込むことは、清輔の所説を強調する意味からも不可欠であった。しかし、内容の面では、万葉歌に従うことなく、歌句だけを借用して詠んだのである。

いま一首は、「愁ふる雑歌のうちに」の「ふるさとをしきしのぶるもあやむしろをになる物といまぞしりぬる」（三九六番）である。第二句の「しきしのぶ」は「頻りにしのぶ」の意であり、これは巻四の「にはにたつあさでかりほししきしのぶあづまをとめ（をうな）をわすれたまふな」（常陸娘子）によるだろう。奥義抄・中「古歌萬葉集」に第四句「あづまをんなを」として引かれており、詠まれた状況と「あさで」の意味を述べている。「しきしのぶ」は清輔以前にも「堀河百首」で源俊頼が「あさでほすあづま乙女のかや筵敷きしのびても過す比かな」（千載集に入る）と詠んでおり、万葉歌と共通する歌句が多い。さらに清輔詠と前後関係は明確ではないが、「久安百首」に父顕輔の「あさてかりしきしのびけむあづまめも我が恋ばかりおもひけむやぞ」、同じく藤原俊成の「しき忍ぶ床だに絶えぬなみだにも恋はくちせぬ物にぞ有りける」がある。清輔は、俊頼詠を知った上であれ、若いころの奥義抄にこの万葉歌を引いて注を付しており、しかも「あづまをとめ」を承けて「ふるさとをしきしのぶる」と詠んでいるように思えるので、これを踏まえたということは言えるだろう。もう一首の万葉歌は巻一一の「ひとりぬと（ぬる）こも（とこ）くちめやもあやむしろをになるまでにきみをしまたむ」（作者未詳）であり、本歌の第三、四句がこれに倣っている。「あやむしろ」は和歌初学抄「物名」に「筵　アヤムシロ」と見える。

このように見れば、前歌の二二〇番と同じような形で万葉歌を摂取し詠み込んだと言えよう。

最後に、万葉歌とこれ以外の二首を合わせて詠じた例を挙げよう。

まず、「晩望山花」の「み吉野の水わけ山のたかねよりこす白浪や花のゆふばえ」（四一番）を見よう。これは承安三年（一一七三）八月催行の「三井寺新羅社歌合」での清輔の代作と考えられている。清輔最晩年の作である。この初、第二句は巻七の「かみさぶるいはねこごしきみよしののみづわけやまをみればかなしも」（作者未詳）による。奥義抄・上「出萬葉集所名」の「山」に「水わけ山ミヨシノ、」、和歌初学抄「萬葉集所名」に「みよしの、水わけ山」とだけあり、さらに同じく「両所ヲ詠歌」には第二句「いはねこきしき」としてこの歌を挙げている。そして「みよしののみづわけやま」は清輔ころまで詠まれていないのである。しかし、「みづわけやま」だけならば承安三年以前に詠まれている。平経盛の経盛集に「家歌合」として「ゆふがすみみづわけやまにふかければたつともみえずはなのしらなみ」と見える。この歌合は同じ折に出詠された重家集の配列や春題であることから承安元年春の催行と考えられている。なお、清輔は経盛催行の歌合に判者を務めたこともあり、親しい間柄であった。いま一例は重家集に「按察のこはれしかば、十首題を」とある「落花」の「桜さくみづわけやまにかぜふけばむつだのよどにゆきつもりけり」である。これは承安二年八月の「大納言公通十首会」の折の歌で、清輔もこれに参加し出詠している。これらを知っていたであろう清輔が万葉歌によって「みよしのの」と付けたのであろう。

清輔詠の「花のゆふばえ」は以前には一例しか見出せない表現である。散木奇歌集・一に「修理大夫顕季卿六条家にて、桜歌十首人人によませ侍りけるに　せりつみしことをもいはじさかりなる花のゆふばえ見ける身なれば」

とある。詠歌状況からして清輔はこの歌を知っていただろう。花が夕映えしている美しさを俊頼が詠むのに対して、花の夕映えの景色を水分山を越す白波に見立てているところが清輔詠の趣向であり、ここに清輔独自の新しい一つの景に至り得たといえよう。

いま一首を挙げよう。

「月三十五首のなかに」の「紫のねはふよこ野にてる月はその色ならぬ影もむつまし」(一四九番)である。藤原忠通が自邸に催した歌会での詠であり、参加者の一人の重家集の配列からおおよそ永暦元年(一一六〇)ころの秋、あるいは翌年の七月上旬の催行と考えられている。初、第二句の表現は巻一〇の「むらさきのねばふよこののはるのにはきみをかけつつうぐひすなくも」(作者未詳)による。この歌会以前に成立の奥義抄・上「出萬葉集所名」の「野」に「よこのムラサキノネハフ」とある。そして本歌の第四、五句は小町集の「見し人のなくなりしころ」とある「むさしのにおふとしきけばむらさきのその色ならぬ草もむつまし」によく似ている。小町詠は古今集・雑上の「紫のひともとゆゑにむさしのの草はみながらあはれとぞ見る」(読人不知)を踏まえていることは明白である。小町集については、総数六九首の清輔所持本を清輔甥の顕家が写して架蔵していたといわれている。そうであるならば、この歌を知っていた可能性は十分にあるだろう。

実は、清輔詠に酷似する歌がこれ以前成立の「久安百首」に見出せる。藤原俊成の「紫のねはふよこののつぼすみれま袖につまむ色もむつまし」であるが、清輔詠とは初、第二、五句がほぼ同じ、万葉歌とも初め二句がまったく同じである。俊成は万葉歌を用い、小町詠の影響は明らかでないが、ともかく古今歌を踏まえて詠んだのである。清輔は俊成詠以前の成立の奥義抄からみて、もとから万葉歌を熟知しており、さらに俊成詠をも知っていたのであろう。小町詠や俊成詠が紫草の関係で草花を対象とするのに対して、月を詠む意外性が清輔のねらいであったと思われるのである。

以上、清輔の万葉歌の受容を述べてきたが、和歌初学抄のいわば序の部分で「古き詞のやさしからむをえらびてなびやかにつゞくべき也」との詠作方法についての論が見える。もともと六条藤家は古語尊重の傾向が強くあり、清輔も所論のように優美な古語を合わせて、しかし依拠した歌そのままではなく、少し趣を変えて一首にまとめあげることに眼目があり、これが清輔の技法といえるのではないだろうか。

(2) 清輔の父祖詠の受容

六条藤家の清輔という視点からの場合、彼は祖父顕季や父顕輔の詠歌をどう扱っているのだろうか。父祖詠を意識しているのが散見されるが、この詠作方法は万葉歌の受容とは違うのか否かなど興味のある問題である。

まず、祖父詠との関係から論じていこう。

「桜」の「をとめごの袖ふる山をきてみれば花の袂もほころびにけり」(三一番)を見よう。上の句は万葉集巻四の「をとめらがそでふるやまのみづかきのひさしきよよりおもひきわれは」(柿本人麿)に負うている。これは奥義抄・下に初句「をとめごが」、下の句「久しきよゝり思ひそめてき」と小異をもって挙げられており、清輔熟知の歌であった。いま問題にしたいのは下の句であるが、顕季は次の歌を詠んでいる。六条修理大夫集に「春雨」で入る(以下、六条修理大夫集を略す)、「かすみしくこのめはるさめふるごとにはなのたもとはほころびにけり」であり、両詠の下の句は全く同じと言ってよく、ともに「花のたもと」は「花」に眼目があり、「ほころぶ」の関係で「たもと」を添えたのである。祖父詠は「はるさめ」に「張る」を響かせ、花が「ほころぶ」の関係で「たもと」をもって来、「はる」「たもと」「ほころび」という縁語仕立ての歌になっている。二首を合成させた清輔の歌は「袖」

「袂」「ほころび」が縁語となっており、この点においても当然ながら祖父詠と似る。

　ところで、清輔は「花の」を冠する措辞をよく詠む。「鶯」の「谷のとにかへりやしぬる鶯の花のねぐらはちりつもりつゝ」（一四番）、「桜」の「神がきのみむろの山は春きてぞ花のしらゆふかけてみえける」（三七番）、「晩望山花」の「み吉野の水わけ山のたかねよりこす白浪や花のゆふばえ」（四一番）、「落花繞砌」の「けさ見れば軒ばとめゆくあま水のながれぞ花のとまりなりける」（四五番）、「叢夜虫」の「もろごゑに秋の夜すがらなくむしは花のねぐらや露けかるらん」（一七〇番）などがある。「花のとまり」は祖父詠に「秋のとまりなるらん」「はるのとまりなるらん」があり、これに従ったのであろうか。このように見てくると、「花の」は清輔の好尚にあったゆえに「花の袂」を祖父に倣い（「花の袂」は清輔以前に勅撰集では既に二首見られるが）、同じような意味合いで詠んだのである。

　趣の異なる例歌を挙げよう。

「神祇」の「はふりこがさす玉ぐしのねぎごとにみだるゝかみもあらじとぞ思ふ」（三五三番）であるが、こう詠ましめたのは、祖父の「いのれどあはぬ恋」の「はふりこがいのりを神やうけざらんわがにしきぎをとる人もなき」が脳裏にあったからであろう。共通する語は「はふりこ」「かみ」くらいしかない。祖父は、「錦木」の故事を踏まえて、祝子の祈りを無視して神は恋しい女が気に入るように計らってくれなかったという恨みを詠み、清輔は祝子の願掛けに対して神は思い悩むこともなく、願い事を叶えるだろうと詠む。つまり、これは相反する内容なのである。実はこれに類することが清輔詠には多く見出されるのであるが、後述するためにここでは一例だけを挙げるにとどめよう。「題不知」の「思ふことのこらぬ物は鹿のねを聞きあかしつるね覚なりけり」（一一〇番）は古今集・秋上の「山里は秋こそことにわびしけれしかのなくねにめをさましつつ」（忠岑）を念頭に置いている。古今歌は山里に限定してその寂しさを鹿の声で象徴しているのに対して、清輔は寝覚めして鹿の声を聞き明かしたことの満足感を詠んでおり、おおよそ対照的である。

次に、父詠との関係を見ていこう。

「郭公」の「郭公よこ雲わたる山のはにさもほのめきて過ぎぬなるかな」（六七番）を挙げよう。「よこ雲」は比較的新しく用いられた歌詞であるが、清輔詠にあと一首見られる。「雪」の「吉野山はつ雪こよひふりにけりあくれどきえぬみねのよこ雲」（一九八番）であり、「久安百首」詠である。これは、大江匡房（一〇四一年～一一一一）作で、和歌一字抄・上に、「山桜わきぞかねつるみよしののよこ雲渡る春の明ぼの」と詠まれるのが初出である。次は永久四年（一一一六）の「永久百首」の「春曙」の「山のはのよこ雲ばかりわたりつつみどりにみゆるあけぼのの空」（源兼昌）であり、これらが「よこ雲わたる」とするのは清輔詠と同じ。しかし、ともに春の景を詠むことでは清輔とは異なる。

さて、清輔と同じように「郭公」と「よこ雲」を詠む顕輔の歌に酷似するものがある。顕輔集の「暁月聞郭公」（以下、顕輔集を略す）の「月かげにたづねきたればほととぎすなくやまのはによこぐもわたる」である。この第三句以下の句順を変えて清輔は上の句に使用したのであろう。内容的には、顕輔詠は「よこぐも」の方にいわば主眼があるが、清輔の方は「よこ雲」は添え物にすぎずあくまでも「郭公」を詠む。そして第四句の「ほのめき」について見ると、八代集にかぎれば五例あるが、このうち「郭公」と詠まれるのは次の二首であり、両者のつながりはけっして一般的なものではない。金葉集・夏の「ほととぎすほのめくこゑをいづかたとききまどはしつあけぼののそら」（中納言女王）と千載集・夏の「心をぞつくしはてつるほととぎすほのめくよひの村雨のそら」（権中納言長方）であるが、清輔は特に前者に従ったのであろう。

次は、「月」の「谷河にやどれる月の浮雲は岩間によどむみくさなりけり」（一二七番）である。歌体と歌想ともに似通う顕輔詠として「人人来りて歌よむに、海辺月を　すみのえにやどれる月のむらくもはまつのしづえのかげにぞ有りける」がある。ともに「―は―なりけり」型をとる。水に「やどれる月」を歌において検するに、これらのように「雲」とともに詠む例はなく、単に「やどれる月」を見ての感懐が詠まれるのに過ぎないのである。清輔に近い八代集から引くと、金葉集・秋の「われこそはあかしのせとにたびねせめおなじみづにもやどる月かな」（春宮大夫公実）、詞花集・雑上の「いけみづにやどれる月はそれながらながむる人のかげぞかはれる」（小一条院）、千載集・雑上の「さもこそはかげとどむべき世ならねどあとなき水にやどる月かな」（藤原家基）である。最初は題詠（「旅宿月」）、二首目は出家後に池に月が映っているのを眺めての詠、三首目は題詠（「水上月」）であり、特に後の二首は無常が詠まれる。顕輔と清輔の歌はこれらとは異なり、その形式からも分かるように一種の見立てが眼目となっている。父が水中の月にかかる叢雲を松の下枝の影とするのに対して、清輔は水中の月にかかる浮雲をものの影ではなくて水中に生える水草そのものとする点で異なっている。「むらくも」に対して「浮雲」としたのは、水草が浮くゆえであることは言うまでもない。父詠によりながらも、単なる模倣には終わってはいない。

第四句の「岩間によどむ」という措辞は金葉集・恋下の「めづらしやいはまによどむわすれみづいくかをすぎておもひいづらん」（橘俊宗女）が念頭にあったものだろう。離れた男からの便りに対する返歌として詠まれたもの。和歌初学抄に「なかたゆる事には……ワスレミヅ」と見え、「わすれみづ」はこれが八代集唯一の例であることから清輔がこの歌を知っていたことは推察できる。

最後に、「雪」の「きのふけふふじの高根はかきくれてきよ見が関にふれる初雪」（二〇〇番）を挙げよう。「富士」と「清見が関」の両所を詠み込むのは、たとえば既に詞花集・恋上に「むねはふじそではきよみがせきなれやけぶりもなみもたたぬひぞなき」（平祐挙）と見えるが、清輔詠と歌体がそっくりな顕輔詠がある。「歌合し侍りしに、月　よもすがらふじのたかねにくもきえてきよ見がせきにすめる月かげ」であり、顕輔自身が詞花集・雑上に撰入している。これは長承三年（一一三四）九月催行の「中宮亮顕輔家歌合」に出詠され、判者藤原基俊は雲は瞬時に消えるので「よもすがら」を用いるのは不適切であり、また富士は雲ではなく煙をよむべきだとして負とした。にもかかわらず、なんら改変することなく詞花集に入集させ、清輔も和歌初学抄「両所ヲ詠歌」の「関」に挙げているので、父子ともに秀歌と認めていたのである。

父詠は「きよ見」に月の清く見えることを掛け、「すめる」を導く体裁をとる。清輔詠は「きよ見」に同じことを響かせる点で父詠と似ており、そして富士が「かきくれ」るのと対照的に清見関の方は「清く見える」とし、そこでの初雪の美しさを強調したのが清輔の工夫ということになろう。

清輔が祖父、父と受け継がれてきたもので詠歌した例を挙げて、この稿を閉じよう。

「柳」の「わぎも子がすそ野になびく玉柳うちたれがみの心ちこそすれ」（二九番）であるが、「すそ野」は古くから詠まれる歌詞ではない。清輔以前の確実な例としては後拾遺集・秋下、そして顕季の、「兵衛督の家歌合、夏風」であり、後に金葉集・夏に入る「なつごろもすそののくさばふくかぜにおもひもあへずしかやなくらん」である。顕季詠を承けた清輔詠に、「鹿」の「たかさごのをのへの風やさむからんすその、原に鹿ぞなくなる」（一一八番）がある。裾野を吹く夏の涼しい風で鹿が秋の到来を待望する祖父詠に対して、清輔は風の寒さを鹿が悲しむとし、例のように異なった詠み方である。

次に、初句の「わぎも子が」が「すそ」にかかる枕詞になっていることに注目しよう。顕輔の「久安百首」に入る「わぎもこがすそ野に匂ふふぢばかま露はむすべどほころびにけり」があり、さらに顕輔は「蘭恋」に「わぎもこがすそのににほふふぢばかまおもひそめてし心たがふな」と詠み、両詠は上の句が全く一緒であるが、後者は上の句が序詞となっている。これらは顕季の「早苗」として入る「わぎもこがすそわのたゐにひきつれてたごのてまなくとるさなへかな」に負うているのであろうが、「すその」ではなく「すそわ」とある。これは万葉集巻九の「つくはねのすそわのたゐにあきたかるいもがりやらむもみちたをらな」（作者未詳）によっているからであろう。顕季は「わぎもこが」を「すそ」にかかる枕詞として使用したのであるが、顕輔は顕季の「なつごろも」詠にある「すその」を使ってこれを襲ったものであろう。なお、清輔詠の第三、四句は「堀河百首」の「柳」の大江匡房の「さほひめのうちたれがみの玉柳ただ春風のけづるなりけり」の第二、三句を念頭に置いている。

次は、「留信失恋」の「中〳〵にかくれのを野のをみなへし露のかたみをなにゝ置きけん」（二七一番）を検討しよう。「かくれのを野」という歌枕は顕季詠が初出であろう。「堀河百首」に出詠され、のち「女郎花」として収められた「あきぎりにかくれのをののをみなへしわがたもとにはにほへとぞおもふ」であるが、この「かくれのをの」は、顕輔も「萩」として「人も見ぬかくれのをのにさくはぎはこれこそよるのにしきなりけれ」と詠んでいる。顕季詠と顕輔詠はともに「かくれ」に「隠れ」を掛けているが、後者は女郎花とは違い「萩」を詠む。これは「かくれのをの」ではないが、万葉集巻八の「よひにあひてあさかほはづるかくれののはぎはちりにきもみちはやつげ」（縁達師）が脳裏にあったからかも知れない。清輔詠は第二、三句は顕季詠等と同じように「隠れ」を掛けているだろうが、序詞として機能させている点では異なる。そして「をみなへし」に女を響かせている。これは、姿を消した女が文を残したばっかりに恨んでいる男の歌という体裁をとっているのである。なお、第四句は拾遺集・雑上の「ゆくするゑの忍草にも有りやとてつゆのかたみもおかんとぞ思ふ」（清原元輔）によっているだろう。

以上、清輔が父祖詠からいかに影響をうけたかを見てきたのであるが、割愛せざるをえない例も多く存する。本稿においても、複数の歌を合成して作歌しており、構成や歌想は似るが、単なる模倣に終わることなく工夫を凝らしているなど、いわば清輔らしさを際立たせようとしていることを窺い知ることができるように思う。

（3）　清輔の反伝統的詠歌

ここでは、ある伝統的な又は権威付けられたものに疑問を呈したり、反発するような歌を紹介し、清輔の持ついわば進取的な面に触れてみたいと思う。

まずは、「秋はな」の「うすぎりのまがきの花のあさじめり秋は夕とたれかいひけん」（一一三番）を検討しよう。これは枕草子の冒頭によって規範化された美意識に異を唱えた歌となっている。「秋は夕暮。夕日のさして山のはいとちかうなりたるに、からすの寝所へ行とて、三四、二みつなど、とびいそぐさへあはれなり。まいて雁などのつらねたるが、いとちいさくみゆるは、いとおかし。日入はてて、風の音むしの音などいとあはれなり」（三巻本）であり、秋の夕暮の趣のほとんどが動物の景でもって表現されているが、清輔詠はこれに反発するかのように植物を詠み、秋の朝方の風情を詠む。また、清輔はこの冒頭部分の別の「春は曙。やう〳〵しろくなり行、やまぎはすこしあかりて、むらさきだちたる雲のほそくたなびきたる」により、「梅」の「なさけあらん人にみせばや梅の花をり〳〵かをる春のあけぼの」（二一番）を詠んでおり、コピー化された感のある景物に挑むかのように新しい景物の「梅の花をり〳〵かをる」を創るのである。なお、「なさけあらん人」はここではものの情趣を解する人という意である。

そもそも、六条藤家は枕草子を歌学書のような意識で読んでいたという指摘が久保田淳氏によってなされており（『枕草子講座』所収「枕草子の影響　中世文学」）、たとえば、この「秋は夕暮」により詠まれる歌として、「毎昼会恋」

の「かくしつゝよるはふるすにゆく鳥のかりのねぐらやわが身なるらん」(二六八番)を挙げている。これ以外にも「九月ばかり……すこし日たけぬれば、萩などのいとおもげなるに、露のおつるに、枝打ちうごきて、人も手ふれぬに、ふと上ざまへあがりたるも、いみじうをかし」により、「萩花露重」の「ふしにける萩の立ちえをはかりにてかゝれる露のおもさをぞしる」(二〇六番)というように詠んでいるのである。

いま、枕草子を意識して詠まれた歌を挙げたが、これらの「秋は夕とたれかいひけん」と「なさけあらん人にみせばや」との文言から、清輔自身の創始した美意識に対する自信を読み取ってもよいだろう。

「萩花勝春花」の「小萩原やなぎさくらをこきまぜし春の錦もしかじとぞおもふ」(二〇七番)を挙げよう。初句で切れ、その様子は柳と桜の織り成す「春の錦」も及ぶまいとする。「小萩原」を最初に詠んだ歌と思しいのは為仲集の「(詞書省略) 小萩原分けつるほどにぬれにけりいくばく《(マヽ)》かりに置ける露ぞも」か、金葉集・秋の「(詞書省略) 僧正行尊 こはぎはらにほふさかりはしらつゆもいろいろにこそ見えわたりけれ」であり、「露」とともに詠まれる。

比べられた第二~四句は古今集・春上の「花ざかりに京を見やりてよめる そせい法し みわたせば柳桜をこきまぜて宮こぞ春の錦なりける」であることは言うまでもない。もともと「錦」はたとえば古今集・秋下の「題しらず よみ人しらず 竜田河もみぢみだれて流るめりわたらば錦なかやたえなむ」のように秋の紅葉にたとえられるのが普通であるが、「みわたせば」詠は春の景としており、その点が眼目となっているのだろう。清輔は「みわたせば」詠を否定し、「竜田河」詠の紅葉に代わって「小萩原」の「錦」という新しい景物を詠むのである。「萩の錦」の先行歌には、千里集の「山花織錦無郷春」の「やまごとに萩のにしきをおればこそみるにこころのやすき時なき」があり、これは山一面に咲く萩の花を錦に見立てたもの。これを清輔が知っていたか否か不明だが、本歌は

「みわたせば」詠のように複数のものがない交ぜになっているのではなく、小萩だけによって成される錦を賛美している。そして「小萩原」という秋と「春の錦」という異なった季節を俎上に載せていることも特徴である。なお、美的創見への前述の断定的な自信に満ちた口吻とは違って「しかじとぞおもふ」とやや謙遜的な言辞になっていることに注意したい。

次に、「月三十五首のなかに」の「いかなれや花ももみぢもをりこそあれ年の一とせあかぬ月影」（一三六番）を検討しよう。この歌群は季節には関係なくいろいろな月の歌が入る。花も紅葉もその折によっては美しいが、月光はどういうわけで一年中美しくて見飽きないのかという歌意である。一般的に月光は秋に詠まれるのが普通であり、「年の一とせあかぬ月影」と詠む清輔は特にどの季節の月光を普通に言われるものと違うということで問題にしようとするのであろうか。

まず春の月であるが、後撰集・春下の「月のおもしろかりける夜、はなを見て　源さねあきら　あたら夜の月と花とをおなじくはあはれしれらん人に見せばや」のように詠まれる。夏の月については、後拾遺集・夏の「夏夜月といふ心をよみはべりける　土御門右大臣　なつのよの月はほどなくいりぬともやどれる水にかげをとめなん」、金葉集・夏の「夏月のこころをよめる　源親房　たまくしげふたかみやまのくもまよりいづればあくる夏のよの月」と見られ、いずれも歌会での詠であろう。これらに対して冬の月はどううたわれるのであろうか。

拾遺集・雑秋の「高岳相如が家に、冬のよの月おもしろう侍りける夜、まかりて　もとすけ　いざかくてをりあかしてん冬の月春の花にもおとらざりけり」、詞花集・冬の「題不知　読人不知　あきはなほこのしたかげもくらかりき月はふゆこそみるべかりけれ」、そして永承四年（一〇四九）一一月催行の「内裏歌合」の「月」に「少納言伊房」の「あきとのみいかなるひとかいひそめしつきはふゆこそみるべかりけれ」があり、結構多く詠まれる。これらは、冬の月を「春の花にもおとらざりけり」「ふゆこそみるべかりけれ」のごとく、ことさらに注意を喚起する体であることに気付く。つまり、それだけ冬の月はもともと賞美に値するものではなかったと推測されるのである。

最後に、源氏物語の「朝顔」の有名な部分を挙げよう。光源氏は紫の上に次のように説く。「時々につけても、人の心をうつすめる花紅葉の盛りよりも、冬の夜の澄める月に雪の光あひたる空こそ、あやしう色なきものの身にしみて、この世のほかの事まで思ひ流され、おもしろさもあはれさも残らぬおりなれ。すさまじきためしに言ひをきけむ人の心あささよとて、御簾巻き上げさせ給ふ」とあり、源氏は人々が心ひかれる花や紅葉の盛りよりも冬の夜の澄んだ月に積雪の映えて見える空が趣深いと言う。花や紅葉と比較するのは本一三六番と同じ。なお、引用部分のこの少し前にも、「月さし出でて、うすらかに積れる雪の光あひて、なか〳〵いとおもしろき夜のさまなり」と同じように表現されている。源氏物語は冬の月を春や秋と比べることでこれらの歌と似るが、積雪を配している点は違っており、この月と雪との組み合わせは他に「賢木」「若菜下」「総角」にも見られることからして、紫式部にはよほど心に染み入る情景だったのではないかと思量される。

叙上のごとく、源氏物語、拾遺集、後拾遺集のころあたりから次第に「冬の月」が重んじられるようになるが、千載集以降に漸増してゆく。「冬」部で例歌を挙げると、「月前水鳥といへる心をよめる　前左衛門督公光　あしがものすだく入えの月かげはこほりぞ浪のかずにくだくる」、「冬月といへるこころをよめる　平実重　夜をかさねむすぶ氷のしたにさへ心ふかくもやどる月かな」、「題しらず　仁和寺後入道法親王覚性　たとへてもいはむかたなし月かげにうす雲かけてふれるしら雪」と見え、前述のように冬の月をことさらに強調する体ではなく、おのおのの様子が具象的に詠まれる。最初は氷が砕け散るようにきらきらと美しい月光、次は氷の下深くまで宿って趣深く澄む月、最後は薄雲がおおう月に白雪が舞っている幻想的な様という風である。

このように見てくると、清輔は興醒めだとされてきた冬の月を念頭において「年の一とせあかぬ月影」と詠んでみたのではなかったかと考えられる。次第に詠まれてきた冬の月の情趣を歌の世界においてより確固たるものにさせるための営為であったのだろう。

では、清輔自身は「冬の月」を詠んでいるのだろうか。実は三首見出されるのである。まず「冬月」の「しろたへの雪ふきおろすかざこしのみねより出づる冬の夜の月」（二一七番）がある。風が雪を吹き降ろすという風越の峰から非情なまでに冷たく輝いて出る冬の月を詠む。冬の月の一つの景であり、中世的な感じさえ与える。二首目は「森間寒月」の「冬がれの森の朽葉の霜のうへにおちたる月の影のさむけさ」（二一八番）である。「さむけさ」を「さやけさ」とする本が圧倒的に多い。第四句の措辞については、古今集・秋上の次の歌と関係があろう。「題しらず　よみ人しらず　このまよりもりくる月の影見れば心づくしの秋はきにけり」の第二句が清輔本『古今集』には「を（お）ちたる月」とあり、この言い方によって新しい境地を開拓していこうとする意気込みや清輔本の本文の優秀さを誇示せんとした思惑があって、この本文で詠歌したのであろう。本歌は、霜が白く置いた森の朽葉に何に遮られることなくさす月光を「さむけさ」「さやけさ」と詠う。このどちらの表現が相応しいか、にわかには断じられないが、いずれにしても冷え冷えと輝く月を詠んでおり、二一七番と同じである。最後は「池上寒月」の「冬の池の玉もにさゆる月影やあくればきゆるこほりなるらん」（二一九番）であり、「玉もにさゆる」とあるように冬の池に美しく冴え渡っている月を詠む。金葉集・冬の「月網代をてらすといふことをよめる　大納言経信　月きよみせぜのあじろによるひをはたまもにさゆるこほりなりけり」の下の句とあるいは本集の「露秋夜玉」の「たつた姫おける物とやおもふらんあくればきゆる露のしら玉」（一二二一番）の第四句を脳裏に思い浮かべているだろう。

これら三首は清輔が冬の月に興味を持ち、その詠み方を示しているように感じられるのであり、伝統的な王朝美への挑戦から新しい美を掘り起こすための歌と考えてよいだろう。これを統括したのが一三六番の特に「年の一とせあかぬ月影」であると位置づけることができるだろう。

さて、清輔をして以上のごとき歌を詠ましめたものは一体何なのであろうか。

「月三十五首のなかに」の「世の中のなさけもいまはうせにけりこよひの月に人のさはねぬ」（一三八番）に注目しよう。「なさけ」は二一番で述べたように風流を解する心であり、下の句は、詳しい説明は省略するが、今宵の美しい月に人が観賞することもなく寝てしまったことを言う。つまり、これは現今の風流心の欠如を嘆いている歌ということになる。翻って、二一番は情趣の分かる人は少数であるという前提でもって詠まれた歌だといま思い至るのである。

清輔はなぜ「なさけ」の欠如を問題にするのだろうか。今は「末代」の世であるという危機意識を清輔が強く持っていたことに関わると思う。たとえば袋草紙・上に「詞花集……集の体たらくにおいては、末代に及びて歌仙なし。随つて金葉の撰以後、年序幾ばくならずしてこれをなすは如何」、「(除目のたびごとに清輔は和歌でもって窮状を訴えていたことに関して)かくの如く毎度和歌出来の故、恐れ乍ら進覧する所なり。末代の勝事なり。世もつて珍重の由謳歌すと云々」と見え、前者は当代は末代であるゆえに歌仙がおらず、にもかかわらず詞花集を撰進するのは如何なものかといい、後者は歌に賭けている点が末代において優れたことだと世間の人々は珍しがってほめてくれたという。これらの「末代」は、物事の衰え廃れた時代をさす末法思想の「末の世」であろう。この故に、手垢の付いた景物等ではもはやなく、新しいものを示すことが緊要であると清輔は考えたのではないだろうか。そのため、たとえ名歌で、人口に膾炙されていても、それに倣わず、反発したり、発想を変えたりして詠むことが必要であった。

こうは言っても、清輔においていわゆる進取的な歌は少数であることは否めない。守旧的な歌人である裏付けとなりうるが、清輔なりに少しでも斬新な歌を詠む努力をしていると筆者は考えており、それを評価したいと思っている。

（二〇〇八年は藤原清輔生誕からちょうど九〇〇年である。本書が清輔の顕彰になれば幸いである）

主要参考文献

藤岡忠美・芦田耕一・西村加代子・中村康夫『袋草紙考証』歌学篇・雑談篇　和泉書院　昭和五八年・平成三年
藤岡忠美校注『袋草紙』　岩波書店　平成七年
井上宗雄『平安後期歌人伝の研究』　笠間書院　昭和五三年（昭和六三年に増補版）
松野陽一『鳥帚　千載集時代和歌の研究』　風間書房　平成七年
西村加代子『平安後期歌学の研究』　和泉書院　平成九年
芦田耕一『六条藤家清輔の研究』　和泉書院　平成一六年
木船重昭『久安百首全釈』　笠間書院　平成九年

系図

天皇家略系図

- 鳥羽天皇
  - 崇徳天皇
  - 後白河天皇——二条天皇——六条天皇
  - 近衛天皇
  - 覚性法親王

六条藤家略系図

- 藤原顕季
  - 長実——女子（美福門院。得子。近衛天皇母）
  - 家保
  - 顕輔
    - 顕方
    - 清輔
    - 重家
    - 頼輔
    - 季経
    - 顕昭（猶子）
    - 女子（基実妾。忠良、通子母）

初句索引

あ行

か行

な行

は行

ま行

や行

芦田耕一（あしだ・こういち）

1946年、大阪市に生まれる（本籍　兵庫県丹波市）。神戸大学文学部卒業。神戸大学大学院文学研究科修士課程修了。現在、島根大学法文学部教授。著書：『六条藤家清輔の研究』（和泉書院）、『袋草紙考証』歌学篇・雑談篇（ともに共著　和泉書院）。

新注和歌文学叢書 1

清輔集新注

二〇〇八年二月二五日　初版第一刷発行

著　者　芦田耕一

発行者　大貫祥子

発行所　株式会社青簡舎

〒一〇一-〇〇五一

東京都千代田区神田神保町一-二七

電　話　〇三-五二八三-二二六七

振　替　〇〇一七〇-九-四六五四五二

印刷・製本　株式会社太平印刷社

ISBN978-4-903996-02-8 C3092